루쉰과 현대 중국

중국 루쉰연구 명가정선집 06

루쉰과 현대 중국

초판 인쇄 2021년 6월 20일 **초판 발행** 2021년 6월 30일
글쓴이 쑨위 **옮긴이** 박재우·서광덕 **펴낸이** 박성모 **펴낸곳** 소명출판 **출판등록** 제13-522호
주소 서울시 서초구 서초중앙로6길 15, 2층
전화 02-585-7840 **팩스** 02-585-7848 **전자우편** somyungbooks@daum.net **홈페이지** www.somyong.co.kr

값 21,000원   ⓒ 소명출판, 2021
ISBN 979-11-5905-238-5 94820
ISBN 979-11-5905-232-3 (세트)

중국 루쉰 연구
명 가 정 선 집

06

루쉰과 현대 중국

LU XUN AND MODERN CHINA

쑨위 지음 | 박재우 · 서광덕 역

중국 루쉰연구 명가정선집

일러두기

• 이 책은 허페이(合肥) 안후이대학출판사(安徽大學出版社)에서 2013년 6월에 출판한 중국
  루쉰연구 명가정선집 『中國需要魯迅』을 한글 번역하였다.
• 가급적 원저를 그대로 옮겼으며, 설명이 필요한 경우에는 '역주'로 표시하였다.

'중국 루쉰연구 명가정선집'을 펴내며

린페이林非

100년 전인 1913년 4월, 『소설월보小說月報』제4권 제1호에 '저우춰周逴'로 서명한 문언소설 「옛일懷舊」이 발표됐다. 이는 뒷날 위대한 문학가가 된 루쉰이 지은 것이다. 당시의 『소설월보』편집장 윈톄차오惲鐵樵가 소설을 대단히 높이 평가해 작품의 열 곳에 방점을 찍고 또 「자오무焦木 · 부지附志」를 지어 "붓을 사용하는 일은 금침으로 사람을 구해내는 것이라 할 수 있다", "전환되는 곳마다 모두 필력을 보였다", 인물은 "진짜 살아있는 듯이 생생하게 썼다", "사물이나 풍경 묘사가 깊고 치밀하다", 또 "이해하고 파악해 문장을 논하고 한가득 미사여구를 늘어놓기에 이르지 않은" 젊은이는 "이런 문장을 본보기로 삼는 것이 아주 좋다"라고 말했다. 이런 글은 루쉰의 작품에 대한 중국의 정식 출판물의 최초의 반향이자 평론이긴 하지만, 또 문장학의 각도에서 「옛일」의 의의를 분석한 것이다.

한 위대한 인물의 출현은 개인의 천재적 조건 이외에 시대적인 기회와 주변 환경에서 비롯되기도 한다. 1918년 5월에, '5 · 4' 문학혁명의 물결 속에서 색다른 양식의 깊고 큰 울분에 찬, '루쉰'이라 서명한 소설 「광인일기狂人日記」가 『신청년新靑年』 월간 제4권 제5호에 발표됐다. 이로써 '루쉰'이란 빛나는 이름이 최초로 중국에 등장했다.

8개월 뒤인 1919년 2월 1일 출판된 『신조新潮』 제1권 제2호에서

'기자'라고 서명한 「신간 소개」에 『신청년』 잡지를 소개하는 글이 실렸다. 그 글에서 '기자'는 최초로 「광인일기」에 대해 평론하면서 루쉰의 "「광인일기」는 사실적인 필치로 상징주의symbolism 취지에 이르렀으니 참으로 중국의 으뜸가는 훌륭한 소설이다"라고 말했다.

이 기자는 푸쓰녠傅斯年이었다. 그의 평론은 문장학의 범위를 뛰어넘어 정신문화적 관점에서 중국 사상문화사에서의 루쉰의 가치를 지적했다. 루쉰은 절대로 단일한 문학가가 아닐 뿐 아니라 중국 근현대 정신문화에 전면적으로 영향을 끼친 심오한 사상가이다. 그래서 루쉰연구도 정신문화 현상의 시대적 흐름에 부응해 필연적으로 일어난 것이고, 시작부터 일반적인 순수 학술연구와 달리 어떤 측면에서는 지난 100년 동안의 중국 정신문화사의 발전 궤적을 반영하게 됐다.

이로부터 루쉰과 그의 작품에 대한 평론과 연구도 새록새록 등장해 갈수록 심오해지고 계통적이고 날로 세찬 기세를 많이 갖게 됐다. 연구자 진영도 한 세대 또 한 세대 이어져 창장의 거센 물결처럼 쉼 없이 세차게 흘러 중국 현대문학연구에서 전체 인문연구에 이르기까지 하나의 큰 경관을 형성했다. 그 가운데 주요 분수령은 마오둔茅盾의 「루쉰론魯迅論」, 취추바이瞿秋白의 「『루쉰잡감선집魯迅雜感選集』·서언序言」, 마오쩌둥毛澤東의 「신민주주의론新民主主義論」, 어우양판하이歐陽凡海의 「루쉰의 책魯迅的書」, 리핑신李平心(루쭤魯座)의 「사상가인 루쉰思想家的魯迅」 등이다. 1949년 이후에 또 펑쉐펑馮雪峰의 「루쉰 창작의 특색과 그가 러시아문학에서 받은 영향魯迅創作的特色和他受俄羅斯文學的影響」, 천융陳涌의 「루쉰소설의 현실주의를 논함論魯迅小說的現實主義」과 「문학예술의 현실주의를 위해 투쟁한 루쉰爲文學藝術的現實主義而鬪爭的魯迅」, 탕타오唐弢의 「루쉰 잡문의 예술적 특징

魯迅雜文的藝術特徵」과 「루쉰의 미학사상을 논함論魯迅的美學思想」, 왕야오王瑤의 「루쉰 작품과 중국 고전문학의 역사 관계를 논함論魯迅作品與中國古典文學的歷史關係」 등이 나왔다. 이 시기에는 루쉰연구마저도 왜곡 당했을 뿐 아니라, 특히 '문화대혁명' 중에 루쉰을 정치적인 도구로 삼아 최고 경지로 추어 올렸다. 그렇지만 이런 정치적 환경 속에서라고 해도 리허린李何林으로 대표된 루쉰연구의 실용파가 여전히 자료 정리와 작품 주석이란 기초적인 업무를 고도로 중시했고, 그 틈새에서 숨은 노력을 묵묵히 기울여왔다. 그래서 길이 빛날 의미를 지닌 많은 성과를 얻었다. 결론적으로 루쉰에 대해 우러러보는 정을 가졌건 아니면 다른 견해를 담았건 간에 모두 루쉰과 루쉰연구의 존재를 무시할 수 없다.

귀중한 것은 20세기 1980년대 이후에 루쉰연구가 사상을 제한해온 오랜 속박에서 벗어나 영역을 화장채 철학, 사회학, 신리학, 비교문학 등 새로운 시야로 루쉰 및 그의 생애와 작품에 대해 더욱 심오하고 두텁게 통일적이고 종합적으로 연구하며 해석하게 됐고, 시종 선두에서서 중국의 사상해방운동과 학술문화업무의 발전을 촉진시키기 위해 불멸의 역사적 공훈을 세웠다. 동시에 또 왕성한 활력과 새로운 지식구조, 새로운 사유방식을 지닌 중·청년 연구자들을 등장시켰다. 이는 중국문학연구와 전체 사회과학연구 가운데서 모두 보기 드문 것이다.

그래서 이 연구자들의 저작에 대해 총결산하고 그들의 성과에 대해 진지한 검토를 하는 것이 매우 필요한 일이 되었다. 안후이安徽대학출판사가 이 무거운 짐을 지고, 학술저서의 출판이 종종 적자를 내고 경제적 이익을 얻을 수 없는 시대에 의연히 편집에 큰 공을 들여 이 '중국 루쉰연구 명가정선집中國魯迅研究名家精選集' 시리즈를 출판해 참으로 사람을 감격하게 했다. 나는 그들의 노력이 수포로 돌아갈 리 없고, 이 저작들이 중국의 루쉰연구학술사에서 틀림없이 중요한 가치를 갖고 대대로 계승돼 미래의 것을 창조해내서 중국에서 루쉰연구가 더욱 큰 발전을 이룰 것을 굳게 믿는다.

이로써 서문을 삼는다.

2013년 3월 3일

횃불이여, 영원하라
지난 100년 중국의 루쉰연구 회고와 전망

1913년 4월 25일에 출판된 『소설월보』 제4권 제1호에 '저우춰'로 서명한 문언소설 「옛일」이 발표됐다. 잡지의 편집장인 윈톄차오는 이 소설에 대해 평가하고 방점을 찍었을 뿐 아니라 또 글의 마지막에서 「자오무·부지」를 지어 소설에 대해 호평했다. 이는 상징성을 갖는 역사적 시점이다. 즉 '저우춰'가 바로 뒷날 '루쉰'이란 필명으로 세계적인 명성을 누리게 된 작가 저우수런周樹人이고, 「옛일」은 루쉰이 창작한 첫 번째 소설로서 중국 현대문학의 전주곡이 됐고, 「옛일」에 대한 윈톄차오의 평론도 중국의 루쉰연구의 서막이 됐다.

1913년부터 헤아리면 중국의 루쉰연구는 지금까지 이미 100년의 역사를 갖게 됐다. 그동안에 사회적 상황의 변화로 인해 수많은 곡절을 겪었음에도 불구하고, 그러나 여전히 저명한 전문가와 학자들이 쏟아져 나와 중요한 학술적 성과를 냈음은 물론 20세기 1980년대에 점차 중요한 영향력을 지닌 학문인 '루학魯學'을 형성하게 됐다. 지난 100년 동안의 중국의 루쉰연구사를 돌이켜보면, 정치적인 요소가 대대적으로 루쉰연구의 역사과정에 커다란 영향을 끼쳤음을 볼 수 있다. 그래서 우리도 정치적인 각도에서 중국의 루쉰연구사 100년을 대체로 중화민국 시기와 중화인민공화국 시기로 구분할 수 있다.

중화민국 시기(1913~1949)의 루쉰연구는 중국의 100년 루쉰연구의 맹아기와 기초기라고 말할 수 있다. 비공식 통계에 따르면, 이 기간 중국의 간행물에 루쉰과 관련한 글은 모두 96편이 발표됐고, 그 가운데서 루쉰의 생애와 관련한 역사 연구자료 성격의 글이 22편, 루쉰사상 연구 3편, 루쉰작품 연구 40편, 기타 31편으로 나뉜다. 이런 글 가운데 비교적 중요한 것은 장딩황張定璜이 1925년에 발표한 「루쉰 선생魯迅先生」과 저우쭤런周作人의 『아Q정전阿Q正傳』 두 편이다. 이외에 문화 방면에서 루쉰의 영향이 점차 확대됨에 따라 점차 더욱더 많은 평론가들이 루쉰과 관련한 연구에 몰두하기 시작해 1926년에 중국의 첫 번째 루쉰연구논문집인 『루쉰과 그의 저작에 관하여關於魯迅及其著作』를 출판했다.

중국의 100년 루쉰연구의 기초기는 중화민국 난징국민정부 시기(1927년 4월~1949년 9월)이다. 비공식 통계에 따르면, 이 기간에 중국의 간행물에 루쉰과 관련한 글은 모두 1,276편이 발표됐고, 그 가운데 루쉰의 생애 관련 역사 연구자료 성격의 글 336편, 루쉰사상 연구 191편, 루쉰작품 연구 318편, 기타 431편으로 나뉜다. 중요한 글에 팡비方壁(마오둔茅盾)의 「루쉰론魯迅論」, 허닝何凝(취추바이瞿秋白)의 「『루쉰잡감선집魯迅雜感選集』·서언序言」, 마오쩌둥毛澤東의 「루쉰론魯迅論」과 「신민주주의적 정치와 신민주주의적 문화新民主主義的政治與新民主主義的文化」, 저우양周揚의 「한 위대한 민주주의자의 길一個偉大的民主主義者的路」, 루쭤魯座(리핑신李平心)의 「사상가인 루쉰思想家魯迅」과 쉬서우창許壽裳, 징쑹景宋(쉬광핑許廣平), 펑쉐펑馮雪峰 등이 쓴 루쉰을 회고한 것들이 있다. 이외에 또 중국에서 출판한 루쉰연구 관련 저작은 모두 79권으로 그 가운데 루쉰의 생애와 사료연구 저작 27권, 루쉰사상 연구 저작 9권, 루쉰작품 연구 저작 9권, 기타 루쉰연구 저작(주제 연구 및 집록류輯錄類 연구 저작) 34권이다. 중요한 저작에 리창즈李長之의 『루쉰 비판魯迅批判』, 루쉰기념위원회魯迅紀念委員會가 편집한 『루쉰선생기념집魯迅先生紀念集』, 샤오홍蕭紅의 『루쉰 선생을 추억하며回憶魯迅先生』, 위다푸郁達夫의 『루쉰 추억과 기타回憶魯迅及其他』, 마오둔이 책임 편집한 『루쉰을 논함論魯迅』, 쉬서우창의 『루쉰의 사상과 생활魯迅的思想與生活』과 『망우 루쉰 인상기亡友魯迅印象記』, 린천林辰의 『루쉰사적고魯迅事迹考』, 왕스징王士菁의 『루쉰전魯迅傳』 등이 있다. 이 시기의 루쉰연구가 전체적으로 말해 학술적인 수준이 높지 않다고 해도, 그러나 루쉰 관련 사료연구, 작품연구와 사상연구 등 방면에서는 중국의 100년 루쉰연구를 위한 기초를 다졌다.

중화인민공화국 시기에 루쉰연구와 발전이 걸어온 길은 비교적 복잡하다. 정치적인 요소의 영향을 받았기 때문에 여러 단계로 구분된다. 즉 발전기, 소외기, 회복기, 절정기, 분화기, 심화기가 그것이다.

중화인민공화국 '17년' 시기(1949~1966)는 중국의 100년 루쉰연구의 발전기이다. 신중국 성립 이후 당국이 루쉰을 기념하고 연구하는 업무를 매우 중시해 연이어 상하이루쉰기념관, 베이징루쉰박물관, 사오싱紹興루쉰기념관, 샤먼廈門루쉰기념관, 광둥廣東루쉰기념관 등 루쉰을 기념하는 기관을 세웠다. 또 여러 차례 루쉰 탄신 혹은 서거한 기념일에 기념행사를 개최했고, 아울러 1956년에서 1958년 사이에 신판 『루쉰전집魯迅全集』을 출판했다. 『인민일보人民日報』도 수차례 현실 정치의 필요에 부응해 루쉰서거기념일에 루쉰을 기념하는 사설을 게재했다. 예를 들면 「루쉰을 배워 사상투쟁을 지키자學習魯迅, 堅持思想鬪爭」(1951년 10월 19일), 「루쉰의 혁명적 애국주의의 정신적 유산을 계승하자繼承魯迅的革命愛國主義的精神遺産」(1952년 10월 19일), 「위대한 작가, 위대한 전사偉大的作家 偉大的戰士」(1956년 10월 19일) 등이다. 그럼으로써 학자와 작가들이 루쉰을 연구하도록 이끌었다. 정부의 대대적인 추진 아래 중국의 루쉰연구가 점차 발전하기 시작했다.

비공식 통계에 따르면 이 기간에 중국의 간행물에 발표된 루쉰연구와 관련한 글은 모두 3,206편이다. 그 가운데 루쉰의 생애 관련 역사연구자료 성격의 글이 707편, 루쉰사상 연구 697편, 루쉰작품 연구 1,146편, 기타 656편이 있다. 중요한 글에 왕야오王瑤의 「중국문학의 유산에 대한 루쉰의 태도와 중국문학이 그에게 끼친 영향魯迅對於中國文學遺産的態度和他所受中國文學的影響」, 천융陳涌의 「한 위대한 지식인의 길一個偉大的知識分子的道路」, 저우양周揚의 「'5·4' 문학혁명의 투쟁전통을 발휘하자發揚"五四"文學革命的戰鬪傳統」, 탕타오唐弢의 「루쉰의 미학사상을 논함論魯迅的美學思想」 등이 있다. 이외에 또 중국에서 출판된 루쉰연구와 관련한 저작은 모두 162권이 있고, 그 가운데 루쉰의 생애와 사료연구 저작은 모두 49권, 루쉰사상 연구 저작 19권, 루쉰작품 연구 저작 57권, 기타 루쉰연구 저작(주제 연구 및 집록류 연구 저작) 37권이다. 중요한 저작에 『루쉰 선생 서거 20주년 기념대회 논문집魯迅先生逝世二十周年紀念大會論文集』, 왕야오의 『루쉰과 중국문학魯迅與中國文學』, 탕타오의 『루쉰 잡문의 예술적 특징魯迅雜文的藝術特徵』, 펑쉐펑의 『들풀을 논함論野草』, 천바이천陳白塵이 집필한 『루쉰魯迅』(영화 문학시나리오), 저우샤서우周遐壽(저우쭤런)의 『루쉰의 고향魯迅的故家』과 『루쉰 소설 속의 인물魯迅小說裏的人物』 그리고 『루쉰의 청년시대魯迅的青年時代』 등이 있다. 이 시기의 루쉰연구는 루쉰작품 연구 영역, 루쉰사상 연구 영역, 루쉰 생애와 사료 연구 영역에서 모두 중요한 학술적 성과를 얻었고, 전체적인 학술적 수준도 중화민국 시기의 루쉰연구보다 최대한도로 심오해졌고, 중국의 100년 루쉰연구사에서 첫 번째로 고도로 발전한 시기이다.

중화인민공화국의 '문화대혁명' 10년 동안은 중국의 100년 루쉰연구의 소외기이다. '문화대혁명' 초기에 중국공산당 중앙이 '프롤레타리아 문화대혁명'을 발동하고, 아울러 루쉰을 빌려 중국의 '문화대혁명'을 공격하는 소련의 언론에 반격하기 위해 7만여 명이 참가한 루쉰 서거30주년 기념대회를 열었다. 여기서 루쉰을 마오쩌둥의 홍소병紅小兵(중국소년선봉대에서 이름이 바뀐 초등학생의 혁명조직으로 1978년 10월 27일에 이전 명칭과 조직을 회복했다－역자)으로 만들어냈고, 홍위병(1966년 5월 29일, 중고대학생을 중심으로 조직됐고, 1979년 10월에 이르러 중국공산당 중앙이 정식으로 해산을 선포했다－역자)에게 루쉰의 반역 정신을 배워 '문화대혁명'을 끝까지 하도록 호소했다. 이는 루쉰의 진실한 이미지를 대대적으로 왜곡했고, 게다가 처음으로 루쉰을 '문화대혁명'의 담론시스템 속에 넣어 루쉰을 '문화대혁명'에 봉사토록 이용한 것이다. 이후에 '비림비공批林批孔'운동, '우경부활풍조 반격反擊右傾飜案風'운동, '수호水滸'비판운동 중에 또 루쉰을 이 운동에 봉사토록 이용해 일정한 정치적 목적을 달성했다. '문화대혁명' 후기인 1975년 말에 마오쩌둥이 '루쉰을 읽고 평가하지讀點魯迅'는 호소를 발표해 전국적으로 루쉰 학습 열풍을 일으켰다. 이에 대대적으로 전국 각지에서 루쉰 보급업무를 추진했고, 루쉰연구가 1980년대에 활발하게 발전하는데 기초를 놓았다.

비공식 통계에 따르면 전체 '문화대혁명' 기간(1966~1976)에 중국의 간행물에 발표된 루쉰 관련 연구는 모두 1,876편이 있고, 그 가운데 루쉰 생애와 사료 관련 글이 130편, 루쉰사상 연구 660편, 루쉰작품 연구 1,018편, 기타 68편이다. 이러한 글들은 대부분 정치적 운동에 부응해 편찬된 것이다. 중요한 글에 『인민일보』가 1966년 10월 20일 루쉰 서거30주년 기념을 위해 발표한 사설 「루쉰적인 혁명의 경골한 정신을 학습하자學習魯迅的革命硬骨頭精神」, 『홍기紅旗』 잡지에 게재된 루쉰 서거30주년 기념대회에서의 야오원위안姚文元, 궈머뤄郭沫若, 쉬광핑許廣平 등의 발언과 사설 「우리의 문화혁명 선구자 루쉰을 기념하자紀念我們的文化革命先驅魯迅」, 『인민일보』의 1976년 10월 19일 루쉰 서거40주년 기념을 위해 발표된 사설 「루쉰을 학습하여 영원히 진격하자學習魯迅永遠進擊」 등이 있다. 그 외에 중국에서 출판한 루쉰연구 관련 저작은 모두 213권이고, 그 가운데 루쉰 생애와 사료연구 관련 저작 30권, 루쉰 사상 연구 저작 9권, 루쉰작품 연구 저작 88권, 기타 루쉰연구 저작(주제 연구 및 집록류 연구 저작) 86권이 있다. 이러한 저작은 거의 모두 정치적 운동의 필요에 부응해 편찬된 것이기 때문에 학술적 수준이 비교적 낮다. 예를 들면 베이징대학 중문과 창작교학반이 펴낸 『루쉰작품선강魯迅作品選講』 시리즈총서, 인민문학출판사가 출판한 『루쉰을 배워 수정주의 사상을 깊이 비판하자學習魯迅深入批修』 등이 그러하다. 이 시기는 '17년' 기간에 개척한 루쉰연구의 만족스러운 국면을 이어갈 수 없었고 루쉰에 대한 학술연구는 거의 정체되었으며, 공개적으로 발표한 루쉰과 관련한 각종 논저는 거의 다 왜곡되어 루쉰을 이용한 선전물이었다. 이는 중국의 루쉰연구에 대해 말하면 의심할 바 없이 악재였다.

　'문화대혁명'이 막을 내린 뒤부터 1980년에 이르는 기간(1977~1979)은 중국의 100년 루쉰연구의 회복기이다. 1976년 10월 '문화대혁명'이 막을 내렸을 때는 루쉰에 대해 '문화대혁명'이 왜곡하고 이용하면서 초래한 좋지 못한 영향이 여전히 상당한 정도로 존재하고 있었다. '문화대혁명'이 막을 내린 뒤 국가의 관련 기관이 이러한 좋지 못한 영향 제거에 신속하게 손을 댔고, 루쉰 저작의 출판 업무를 강화했으며, 신판『루쉰전집』을 출판할 준비에 들어갔다. 아울러 중국루쉰연구학회를 결성하고 루쉰연구실도 마련했다. 그리하여 루쉰연구에 대해 '문화대혁명'이 가져온 파괴적인 면을 대대적으로 수정했다. 이외에 인민문학출판사가 1974년에 지식인과 노동자, 농민, 병사의 삼결합 방식으로 루쉰저작 단행본에 대한 주석 작업을 개시했다. 그리하여 1975년 8월에서 1979년 2월까지 잇따라 의견모집본('붉은 표지본'이라고도 부른다)을 인쇄했고, '사인방'이 몰락한 뒤에 이 '의견모집본'('녹색 표지본'이라고도 부른다)들을 모두 비교적 크게 수정했고, 이후 1979년 12월부터 연속 출판했다. 1970년대 말에 '삼결합' 원칙에 근거하여 세운, 루쉰저작에 대한 루쉰저작에 대한 주석반의 각 판본의 주석이 분명한 시대적 색채를 갖지만, '문화대혁명' 기간의 루쉰저작에 대한 왜곡이나 이용과 비교하면 다소 발전된 것임을 의심할 여지는 없다. 그래서 이러한 '붉은 표지본' 루쉰저작 단행본은 '사인방'이 몰락한 뒤에 신속하게 수정된 뒤 '녹색 표지본'의 형식으로 출판됨으로써 '문화대혁명' 뒤의 루쉰 전파에 중요한 공헌을 했다.

비공식 통계에 따르면, 이 동안에 중국의 간행물에 발표된 루쉰 관련 연구는 모두 2,243편이고, 그 가운데 루쉰의 생애와 사료 관련 179편, 루쉰사상 연구 692편, 루쉰작품 연구 1,272편, 기타 100편이 있다. 중요한 글에 천융의「루쉰사상의 발전 문제에 관하여關於魯迅思想發展問題」, 탕타오의「루쉰 사상의 발전에 관한 문제關於魯迅思想發展的問題」,

위안량쥔袁良駿의 「루쉰사상 완성설에 대한 질의魯迅思想完成說質疑」, 린페이林非와 류짜이푸劉再復의 「루쉰이 '5·4' 시기에 제창한 '민주'와 '과학'의 투쟁魯迅在五四時期倡導"民主"和"科學"的鬪爭」, 리시판李希凡의 「'5·4' 문학혁명의 투쟁적 격문－'광인일기'로 본 루쉰소설의 '외침' 주제"五四"文學革命的戰鬪檄文－從『狂人日記』看魯迅小說的"吶喊"主題」, 쉬제許傑의 「루쉰 선생의 '광인일기' 다시 읽기重讀魯迅先生的『狂人日記』」, 저우젠런周建人의 「루쉰의 한 단면을 추억하며回憶魯迅片段」, 펑쉐펑의 「1936년 저우양 등의 행동과 루쉰이 '민족혁명전쟁 속의 대중문학' 구호를 제기한 경과 과정과 관련하여有關一九三六年周揚等人的行動以及魯迅提出"民族革命戰爭中的大衆文學"口號的經過」, 자오하오성趙浩生의 「저우양이 웃으며 역사의 공과를 말함周揚笑談歷史功過」 등이 있다. 이외에 중국에서 출판한 루쉰연구 관련 저작은 모두 134권이고, 그 가운데 루쉰의 생애와 사료 연구 관련 저작 27권, 루쉰사상 연구 저작 11권, 루쉰작품 연구 저작 42권, 기타 루쉰연구 저작(주제 연구 및 집록류 연구 저작) 54권이다. 중요한 저작에 위안량쥔의 『루쉰사상논집魯迅思想論集』, 린페이의 『루쉰소설논고魯迅小說論稿』, 류짜이푸의 『루쉰과 자연과학魯迅與自然科學』, 주정朱正의 『루쉰회고록 정오魯迅回憶錄正誤』 등이 있다. 전체적으로 말하면 이 시기의 루쉰연구는 '문화대혁명'이 루쉰을 왜곡한 현상에 대해 바로잡고 점차 정확한 길을 걷고, 또 잇따라 중요한 학술적 성과를 얻었으며, 1980년대의 루쉰연구를 위해 만족스런 기초를 다졌다.

　20세기 1980년대는 중국의 100년 루쉰연구의 절정기이다. 1981년에 중국공산당 중앙이 '문화대혁명'의 영향을 철저하게 제거하기 위해 인민대회당에서 루쉰 탄신100주년을 위한 기념대회를 성대하게 거행했다. 그리하여 '문화대혁명' 시기에 루쉰을 왜곡하고 이용하면서 초래된 좋지 못한 영향을 최대한도로 청산했다. 후야오방胡耀邦은 중국공산당을 대표한 「루신 탄신100주년 기념대회에서의 연설在魯迅誕生一百周年紀念大會上的講話」에서 루쉰정신에 대해 아주 새로이 해석하고, 아울러 루쉰연구 업무에 대해 새로운 요구 사항을 제기했다. 『인민일보』가 1981년 10월 19일에 사설 「루쉰정신은 영원하다魯迅精神永在」를 발표했다. 여기서 루쉰정신을 당시의 세계 및 중국 정세와 결합시켜 새로이 해독하고, 루쉰정신을 계승하고 발전시킬 중요한 현실적 의미를 제기했다. 그리고 전국 인민에게 '루쉰을 배우자, 루쉰을 연구하자'고 호소했다. 그리하여 루쉰에 대한 전국적 전파를 최대한 촉진시켜 1980년대 루쉰연구의 열풍을 일으켰다. 왕야오, 탕타오, 리허린 등 루신연구의 원로 전문가들이 '문화대혁명'을 겪은 뒤에 다시금 학술 연구 업무를 시작하여 중요한 루쉰연구 논저를 저술했고, 아울러 193,40년대에 출생한 루쉰연구 전문가들이 쏟아져 나왔다. 예를 들면 린페이, 쑨위스孫玉石, 류짜이푸, 왕푸런王富仁, 첸리췬錢理群, 양이楊義, 니모옌倪墨炎, 위안량쥔, 왕더허우王德後, 천수위陳漱渝, 장멍양張夢陽, 진홍다金宏達 등이다. 이들은 중국의 루쉰연구를 시대의 두드러진 학파가 되도록 풍성하게 가꾸어 민족의 사상해방 면에서 중요한 작용을 발휘하도록 했다. 그러나 1980년대 말에 정치적인 이유로 인해 루쉰은 또 당국에 의해 점차 주변부화되었다.

비공식 통계에 따르면 20세기 1980년대 10년 동안에 중국 전역에서 루쉰연구와 관련한 글은 모두 7,866편이 발표됐고, 그 가운데 루쉰 생애 및 사적과 관련한 글 935편, 루쉰사상 연구 2,495편, 루쉰작품 연구

3,406편, 기타 1,030편이 있다. 루쉰의 생애 및 사적과 관련해 중요한 글에 후펑胡風의 「'좌련'과 루쉰의 관계에 관한 약간의 회상關於"左聯"及與魯迅關係的若干回憶」, 옌위신閣愈新의 「새로 발굴된 루쉰이 홍군에게 보낸 축하편지魯迅致紅軍賀信的新發現」, 천수위의 「새벽이면 동쪽 하늘에 계명성 뜨고 저녁이면 서쪽 하늘에 장경성 뜨니—루쉰과 저우쭤런이 불화한 사건의 시말東有啓明西有長庚—魯迅周作人失和前後」, 멍수훙蒙樹宏의 「루쉰 생애의 역사적 사실 탐색魯迅生平史實探微」 등이 있다. 또 루쉰사상 연구의 중요한 글에 왕야오의 「루쉰사상의 한 가지 중요한 특징—깨어있는 현실주의魯迅思想的一個重要特點—清醒的現實主義」, 천융의 「루쉰과 프롤레타리아문학 문제魯迅與無産階級文學問題」, 탕타오의 「루쉰의 초기 '인생을 위한' 문예사상을 논함論魯迅早期"爲人生"的文藝思想」, 첸리췬의 「루쉰의 심리 연구魯迅心態研究」와 「루쉰과 저우쭤런의 사상 발전의 길에 대한 시론試論魯迅與周作人的思想發展道路」, 진훙다의 「루쉰의 '국민성 개조' 사상과 그 문화 비판魯迅的"改造國民性"思想及其文化批判」 등이 있다. 루쉰작품 연구의 중요한 글에는 왕야오의 「루쉰과 중국 고전문학魯迅與中國古典文學」, 옌자옌嚴家炎의 「루쉰 소설의 역사적 위상魯迅小說的歷史地位」, 쑨위스의 「'들풀'과 중국 현대 산문시『野草』與中國現代散文詩」, 류짜이푸의 「루쉰의 잡감문학 속의 '사회상' 유형별 형상을 논함論魯迅雜感文學中的"社會相"類型形象」, 왕푸런의 『중국 반봉건 사상혁명의 거울—'외침'과 '방황'의 사상적 의미를 논함中國反封建思想革命的一面鏡子—論『吶喊』『彷徨』的思想意義」과 「인과적 사슬 두 줄의 변증적 통일—'외침'과 '방황'의 구조예술兩條因果鏈的辨證統一—『吶喊』『彷徨』的結構藝術」, 양이의 「루쉰소설의 예술적 생명력을 논함論魯迅小說的藝術生命力」, 린페이의 「'새로 쓴 옛날이야기'와 중국 현대문학 속의 역사제재소설을 논함論『故事新編』與中國現代文學中的歷

史題材小說」, 왕후이汪暉의「역사적 '중간물'과 루쉰소설의 정신적 특징歷史的"中間物"與魯迅小說的精神特徵」과「자유 의식의 발전과 루쉰소설의 정신적 특징自由意識的發展與魯迅小說的精神特徵」그리고「'절망에 반항하라'의 인생철학과 루쉰소설의 정신적 특징"反抗絶望"的人生哲學與魯迅小說的精神特徵」등이 있다. 그리고 기타 중요한 글에 왕후이의「루쉰연구의 역사적 비판魯迅研究的歷史批判」, 장멍양의「지난 60년 동안 루쉰잡문 연구의 애로점을 논함論六十年來魯迅雜文研究的症結」등이 있다. 이외에 중국에서 출판한 루쉰연구에 관한 저작은 모두 373권으로, 그 가운데 루쉰 생애와 사료 연구 저작 71권, 루쉰사상 연구 저작 43권, 루쉰작품 연구 저작 102권, 기타 루쉰연구 저작(주제 연구 및 집록류 연구 저작) 157권이 있다. 저명한 루쉰연구 전문가들이 중요한 루쉰연구 저작을 출판했고, 예를 들면 거바오취안戈寶權의『세계문학에서의 루쉰의 위상魯迅在世界文學上的地位』, 왕야오의『루쉰과 중국 고전소설魯迅與中國古典小說』과『루쉰작품논집魯迅作品論集』, 탕타오의『루쉰의 미학사상魯迅的美學思想』, 류짜이푸의『루쉰미학사상논고魯迅美學思想論稿』, 천융의『루쉰론魯迅論』, 리시판의『'외침'과 '방황'의 사상과 예술"吶喊""彷徨"的思想與藝術』, 쑨위스의『'들풀' 연구「野草」研究』, 류중수劉中樹의『루쉰의 문학관魯迅的文學觀』, 판보췬范伯群과 쩡화펑曾華鵬의『루쉰소설신론魯迅小說新論』, 니모옌의『루쉰의 후기사상 연구魯迅後期思想研究』, 왕더허우의『'두 곳의 편지' 연구「兩地書」研究』, 양이의『루쉰소설 종합론魯迅小說綜論』, 왕푸런의『루쉰의 전기 소설과 러시아문학魯迅前期小說與俄羅斯文學』, 진훙다의『루쉰 문화사상 탐색魯迅文化思想探索』, 위안량쥔의『루쉰연구사(상권)魯迅研究史上卷』, 린페이와 류짜이푸의 공저『루쉰전魯迅傳』및 루쉰탄신100주년기념위원회 학술활동반이 편집한『루쉰 탄신 100주년기념

학술세미나논문선紀念魯迅誕生100周年學術討論會論文選』 등이 있다. 전체적으로 말하면 이 시기의 루쉰연구는 중국의 100년 루쉰연구사상의 폭발기로 '문화대혁명' 10년 동안의 억압을 겪은 뒤, 왕야오, 탕타오 등으로 대표되는 원로 세대 학자, 왕푸런, 첸리췬 등으로 대표된 중년 학자, 왕후이 등으로 대표되는 청년학자들이 루쉰사상 연구 영역과 루쉰작품 연구 영역에서 모두 풍성한 연구 성과를 거두었다. 아울러 저명한 루쉰 연구 전문가들이 쏟아져 나왔을 뿐 아니라 중국 루쉰연구의 발전을 최대로 촉진시켰고, 루쉰연구를 민족의 사상해방 면에서 선도적인 핵심 작용을 발휘하도록 했다.

20세기 1990년대는 중국의 100년 루쉰연구의 분화기이다. 1990년대 초에, 1980년대 이래 중국에 나타난 부르주아 자유화 사조를 청산하기 위해 중국공산당 중앙이 1991년 10월 19일 루쉰 탄신110주년 기념을 위하여 루쉰 기념대회를 중난하이中南海에서 대대적으로 거행했다. 장쩌민江澤民이 중국공산당 중앙을 대표해「루쉰정신을 더 나아가 학습하고 발휘하자進一步學習和發揚魯迅精神」는 연설을 했다. 그는 이 연설에서 새로운 형세에 따라 루쉰에 대해 새로운 해독을 하고, 아울러 루쉰연구 및 전체 인문사회과학연구에 대해 새로운 요구 사항을 제기하고 또 새로운 방향을 제시했다. 루쉰을 본보기와 무기로 삼아 사상문화전선의 정치적 방향을 명확하게 바로잡았던 것이다. 이로 인해 루쉰도 재차 신의 제단에 초대됐다. 하지만 시장경제의 발전에 따라 시장경제라는 큰 흐름의 충격 아래 1990년대 중·후기에 당국이 다시 점차 루쉰을 주변부화시키면서 루쉰연구도 점차 시들해졌다. 하지만 195, 60년대에 태어난 중·청년 루쉰연구 전문가들이 줄줄이 나타났다. 예를 들면 왕후이, 장푸구이張福貴, 왕샤오밍王曉明, 양젠룽楊劍龍, 황젠黃健, 가오쉬둥高旭東, 주샤오진朱曉進, 왕첸쿤王乾坤, 쑨위孫郁, 린셴즈林賢治, 왕시룽王錫榮, 리신위李新宇, 장훙張閎 등이 새로운 이론과 새로운 연구방법으로 루쉰연구의 공간을 더 나아가 확장했다. 1990년대 말에 한둥韓冬 등 일부 젊은 작가와 거훙빙葛紅兵 등 젊은 평론가들이 루쉰을 비판하는 열풍도 일으켰다. 이 모든 것이 다 루쉰이 이미 신의 제단에서 내려오기 시작했음을 나타냈다.

비공식 통계에 따르면 20세기 1990년대에 중국에서 발표된 루쉰연구 관련 글은 모두 4,485편이다. 그 가운데 루쉰 생애와 사적 관련 글 549편, 루쉰사상 연구 1,050편, 루쉰작품 연구 1,979편, 기타 907편이다. 루쉰 생애와 사적과 관련된 중요한 글에 저우정장周正章의 「루쉰의 사인에 대한 새 탐구魯迅死因新探」, 우쥔吳俊의 「루쉰의 병력과 말년의 심리魯迅的病史與暮年心理」 등이 있다. 또 루쉰사상 연구 관련 중요한 글에 린셴즈의 「루쉰의 반항철학과 그 운명魯迅的反抗哲學及其命運」, 장푸구이의 「루쉰의 종교관과 과학관의 역설魯迅宗教觀與科學觀的悖論」, 장자오이張釗貽의 「루쉰과 니체의 '반현대성'의 의기투합魯迅與尼采"反現代性"的契合」, 왕첸쿤의 「루쉰의 세계적 철학 해독魯迅世界的哲學解讀」, 황젠의 「역사 '중간물'의 가치와 의미－루쉰의 문화의식을 논함歷史"中間物"的價值與意義－論魯迅的文化意識」, 리신위의 「루쉰의 사람의 문학 사상 논강魯迅人學思想論綱」, 가오위안바오郜元寶의 「루쉰과 현대 중국의 자유주의魯迅與中國現代的自由主義」, 가오위안둥高遠東의 「루쉰과 묵자의 사상적 연계를 논함論魯迅與墨子的思想聯系」 등이 있다. 루쉰작품 연구의 중요한 글에는 가오쉬둥의 「루쉰의 '악'의 문학과 그 연원을 논함論魯迅"惡"的文學及其淵源」, 주샤오진의 「루쉰 소설의 잡감화 경향『魯迅小說的雜感化傾向』, 왕자량王嘉良의 「시정 관념-루쉰 잡감문학의 시학 내용詩情觀念-魯迅雜感文學的詩學內蘊」, 양젠룽의 「상호텍스트성-루쉰의 향토소설의 의향 분석文本互涉-魯迅鄕土小說的意向分析」, 쉐이薛毅의 「'새로 쓴 옛날이야기'의 우언성을 논함論『故事新編』的寓言性」, 장훙의 「'들풀' 속의 소리 이미지『野草』中的聲音意象」 등이 있다. 이외에 기타 중요한 글에 펑딩안彭定安의 「루쉰학-중국 현대문화 텍스트의 이론적 구조魯迅學-中國現代文化文本的理論構造」, 주샤오진의 「루쉰의 문체 의식과 문체 선택魯迅的文體意識及其文體選擇」, 쑨위의 「당대문학과 루쉰 전통當代文學與魯迅傳統」 등이 있다. 그밖에 중국에서 출판된 루쉰연구 관련 저작은 모두 220권으로, 그 가운데 루쉰 생애 및 사료 연구와 관련된 저작 50권, 루쉰사상 연구 저작 36권, 루쉰작품 연구 저작 61권, 기타 루쉰연구 저작(주제 연구 및 집록류 연구 저작) 73권이 있다. 그 가운데 중요한 루쉰의 생애 및 사료 연구와 관련된 저작에 왕샤오밍의 『직면할 수 없는 인생-루쉰전無法直面的人生-魯迅傳』, 우쥔의 『루쉰의 개성과 심리 연구魯迅個性心理研究』, 쑨위의 『루쉰과 저우쭤런魯迅與周作人』, 린셴즈의 『인간 루쉰人間魯迅』, 왕빈빈王彬彬의 『루쉰 말년의 심경魯迅-晩年情懷』 등이 있다. 또 루쉰사상 연구 관련 중요한 저작에 왕후이의 『절망에 반항하라-루쉰의 정신구조와 '외침'과 '방황' 연구反抗絶望-魯迅的精神結構與「吶喊」「彷徨」研究』, 가오쉬등의 『문화적 위인과 문화적 충돌-중서 문화충격의 소용돌이 속에 있는 루쉰文化偉人與文化衝突-魯迅在中西文化撞擊的漩渦中』, 왕첸쿤의 『중간에서 무한 찾기-루쉰의 문화가치관由中間尋找無限-魯迅的文化價値觀』과 『루쉰의 생명철학魯迅的生命哲學』, 황젠의 『반성과 선택-루쉰의 문화관에 대한 다원적 투시反省與選擇-魯迅文化觀的多維透視』 등이 있다. 루쉰작품 연구 관련 중요한 저작에는 양이의 『루쉰

작품 종합론』, 린페이의『중국 현대소설사에서의 루쉰中國現代小說史上的魯迅』, 위안량쥔의『현대산문의 정예부대現代散文的勁旅』, 첸리췬의『영혼의 탐색心靈的探尋』, 주샤오진의『루쉰 문학관 종합론魯迅文學觀綜論』, 장멍양의『아Q신론-아Q와 세계문학 속의 정신적 전형문제阿Q新論-阿Q與世界文學中的精神典型問題』 등이 있다. 그리고 기타 루쉰연구 저작(주제 연구 및 집록류 연구 저작)에 위안량쥔의『당대 루쉰연구사當代魯迅研究史』, 왕푸런의『중국 루쉰연구의 역사와 현황中國魯迅研究的歷史與現狀』, 천팡징陳方競의『루쉰과 저둥문화魯迅與浙東文化』, 예수쑤이葉淑穗의『루쉰의 유물로 루쉰을 알다從魯迅遺物認識魯迅』, 리윈징李允經의『루쉰과 중외미술魯迅與中外美術』 등이 있다. 전체적으로 말하면 루쉰이 1990년대 중·후기에 신의 제단을 내려오기 시작함에 따라서 중국의 루쉰연구가 비록 시장경제의 커다란 충격을 받기는 했어도, 여전히 중년 학자와 새로 배출된 젊은 하자들이 새로운 이론과 연구방법을 채용해 루쉰사상 연구 영역과 루쉰작품 연구 영역에서 계속 상징적인 성과물들을 내놓았다. 1990년대의 루쉰연구의 성과가 비록 수량 면에서 분명히 1980년대의 루쉰연구의 성과보다는 떨어진다고 해도 그러나 학술적 수준 면에서는 1980년대의 루쉰연구의 성과보다 분명히 높았다고 말할 수 있다. 이러한 현상은 루쉰연구가 이미 기본적으로 정치적 요소의 영향에서 벗어나 정상궤도로 진입했고, 아울러 큰 정도에서 루쉰연구의 공간이 개척되었음을 나타내고 있다고 말할 수 있다.

21세기의 처음 10년은 중국의 100년 루쉰연구의 심화기이다. 21세기에 들어서면서 루쉰을 기념하는 행사를 개최하려는 당국의 열의는 현저히 식었다. 2001년 루쉰 탄신120주년 무렵에 당국에서는 루쉰기념대회를 개최하지 않았고 국가 최고지도자도 루쉰에 관한 연설을 발표하지 않았을 뿐 아니라『인민일보』도 루쉰에 관한 사설을 더이상 발표하지 않았다. 이와 동시에 루쉰을 비판하는 발언이 새록새록 등장했다. 이는 루쉰이 이미 신의 제단에서 완전히 내려와 사람의 사회로 되돌아갔음을 상징한다. 하지만 중국의 루쉰연구는 오히려 꾸준히 발전하였다. 옌자옌, 쑨위스, 첸리췬, 왕푸런, 왕후이, 정신링鄭心伶, 장멍양, 장푸구이, 가오쉬둥, 황젠, 쑨위, 린셴즈, 왕시룽, 장전창姜振昌, 쉬쭈화許祖華, 진충린靳叢林, 리신위 등 학자들이 루쉰연구의 진지를 더욱 굳게 지켰다. 더불어 가오위안바오, 왕빈빈, 가오위안둥, 왕쉐첸王學謙, 왕웨이둥汪衛東, 왕자핑王家平 등 1960년대에 출생한 루쉰연구 전문가들도 점차 성장하면서 루쉰연구를 계속 전수하게 되었다.

2000년에서 2009년까지 비공식 통계에 따르면 중국에서 발표한 루쉰연구 관련 글은 7,410편으로, 그 가운데 루쉰 생애와 사료 관련 글 759편, 루쉰사상 연구 1,352편, 루쉰작품 연구 3,794편, 기타 1,505편이 있다. 루쉰 생애 및 사적과 관련된 중요한 글에 옌위신의「루쉰과 마오둔이 홍군에게 보낸 축하편지 다시 읽기再讀魯迅茅盾致紅軍賀信」, 천핑위안陳平原의「경전은 어떻게 형성된 것인가?-저우씨 형제의 후스를 위한 산시고經典是如何形成的-周氏兄弟爲胡適刪詩考」, 왕샤오밍의「'비스듬히 선' 운명"橫站"的命運」, 스지신史紀辛의「루쉰과 중국공산당과의 관계의 어떤 사실 재론再論魯迅與中國共産黨關係的一則史實」, 첸리췬의「예술가로서의 루쉰作爲藝術家的魯迅」, 왕빈빈의「루쉰과 중국 트로츠키파의 은원魯迅與中國托派的恩怨」 등이 있다. 또 루쉰사상 연구의 중요한 글에 왕푸런의「시간, 공간, 사람-루쉰 철학사상에 대한 몇 가지 견해時間·空間·人-魯迅哲學思想

芻議」, 원루민溫儒敏의 「문화적 전형에 대한 루쉰의 탐구와 우려魯迅對文化典型的探求與焦慮」, 첸리췬의 「'사람을 세우다'를 중심으로 삼다－루쉰 사상과 문학의 논리적 출발점以"立人"爲中心－魯迅思想與文學的邏輯起點」, 가오쉬둥의 「루쉰과 굴원의 심층 정신의 연계를 논함論魯迅與屈原的深層精神聯系」, 가오위안바오의 「세상을 위해 마음을 세우다－루쉰 저작 속에 보이는 마음 '심'자 주석爲天地立心－魯迅著作中所見"心"字通詮」 등이 있다. 그리고 루쉰 작품 연구의 중요한 글에 옌자옌의 「다성부 소설－루쉰의 두드러진 공헌復調小說－魯迅的突出貢獻」, 왕푸런의 「루쉰 소설의 서사예술魯迅小說的敍事藝術」, 팡쩡위逢增玉의 「루쉰 소설 속의 비대화성과 실어 현상魯迅小說中的非對話性和失語現象」, 장전창의 「'외침'과 '방황'－중국소설 서사방식의 심층 변환『吶喊』『彷徨』－中國小說敍事方式的深層嬗變」, 쉬쭈화의 「루쉰 소설의 기본적 환상과 음악魯迅小說的基本幻象與音樂」 등이 있다. 또 기타 중요한 글에는 첸리췬의 「루쉰－먼 길을 간 뒤(1949~2001)魯迅－遠行之後1949~2001」, 리신위의 「1949－신시기로 들어선 루쉰1949－進入新時代的魯迅」, 리지카이李繼凱의 「루쉰과 서예 문화를 논함論魯迅與書法文化」 등이 있다. 이외에 중국에서 출판한 루쉰연구 관련 저작은 모두 431권이다. 그 가운데 루쉰 생애 및 사료 연구 관련 저작 96권, 루쉰사상 연구 저작 55권, 루쉰작품 연구 저작 67권, 기타 루쉰연구 저작(주제 연구 및 집록류 연구 저작) 213권이다. 그 가운데 루쉰 생애 및 사료 연구의 중요한 저작에 니모옌의 『루쉰과 쉬광핑魯迅與許廣平』, 왕시룽의 『루쉰 생애의 미스테리魯迅生平疑案』, 린셴즈의 『루쉰의 마지막 10년魯迅的最後十年』, 저우하이잉周海嬰의 『나의 아버지 루쉰魯迅與我七十年』 등이 있다. 또 루쉰사상 연구의 중요한 저작에 첸리췬의 『루쉰과 만나다與魯迅相遇』, 리신위의 『루쉰의 선택魯迅的選擇』, 주서우퉁朱壽桐의『고립무원의 기치-루쉰의 전통과 그 자원의 의미를 논함孤絶的旗幟-論魯迅傳統及其資源意義』, 장닝張寧의『수많은 사람과 한없이 먼 곳-루쉰과 좌익無數人們與無窮遠方-魯迅與左翼』, 가오위안둥의『현대는 어떻게 '가져왔나'?-루쉰 사상과 문학 논집現代如何"拿來"-魯迅思想與文學論集』 등이 있다. 루쉰작품 연구의 중요한 저작에 쑨위스의『현실적 및 철학적 '들풀' 연구現實的與哲學的-「野草」研究』, 왕푸런의『중국 문화의 야경꾼 루쉰中國文化的守夜人-魯迅』, 첸리췬의『루쉰 작품을 열다섯 가지 주제로 말함魯迅作品十五講』 등이 있다. 그리고 주제 연구 및 집록류 연구의 중요한 저작에는 장멍양의『중국 루쉰학 통사中國魯迅學通史』, 펑딩안의『루쉰학 개론魯迅學導論』, 펑광롄馮光廉의『다원 시야 속의 루쉰多維視野中的魯迅』, 첸리췬의『먼 길을 간 뒤-루쉰 접수사의 일종 묘사(1936~2000)遠行之後-魯迅接受史的一種描述1936~2000』, 왕자핑의『루쉰의 해외 100년 전파사(1909~2008)魯迅域外百年傳播史1909~2008』 등이 있다. 전체적으로 말하면, 21세기 처음 10년의 루쉰연구는 기본적으로 정치적인 요소의 영향에서 벗어났고, 루쉰작품에 대한 연구에 더욱 치중했으며, 루쉰작품의 문학적 가치와 미학적 가치를 훨씬 중시했다. 그래서 얻은 학술적 성과는 수량 면에서 중국의 100년 루쉰연구의 절정기에 이르렀을 뿐 아니라 학술적 수준 면에서도 중국의 100년 루쉰연구의 절정기에 이르렀다.

21세기 두 번째 10년에 들어서면서 중국의 루쉰연구는 노년, 중년, 청년 등 세 세대 학자의 노력으로 여전히 만족스러운 발전을 보인 시기이다.

비공식 통계에 따르면 2010년 중국에서 발표된 루쉰 관련 글은 모두 977편이고, 그 가운데 루쉰 생애 및 사료 관련 글 140편, 루쉰사상 연구 148편, 루쉰작품 연구 531편, 기타 158편이다. 이외에 2010년에 중국에서 출판된 루쉰 관련 연구 저작은 모두 37권이고, 그 가운데 루쉰 생애 및 사료 관련 연구 저작 7권, 루쉰사상 연구 저작 4권, 루쉰작품 연구 저작 3권, 기타 루쉰연구 저작(주제 연구 및 집록류 연구 저작) 23권이다. 대부분이 모두 루쉰연구와 관련된 옛날의 저작을 새로이 찍어냈다. 새로 출판한 루쉰연구의 중요한 저작에 왕더허우의 『루쉰과 공자魯迅與孔子』, 장푸구이의 『살아있는 루쉰-루쉰의 문화 선택의 당대적 의미"活着的魯迅"-魯迅文化選擇的當代意義』, 우캉吳康의 『글쓰기의 침묵-루쉰 존재의 의미書寫沈默-魯迅存在的意義』 등이 있다. 2011년 중국에서 발표된 루쉰 관련 글은 모두 845편이고, 그 가운데 루쉰 생애 및 사료 관련 글 128편, 루쉰사상 연구 178편, 루쉰작품 연구 279편, 기타 260편이다. 이외에 2011년 한 해 동안 중국에서 출판된 루쉰 관련 연구 저작은 모두 66권이고, 그 가운데 루쉰 생애 및 사료 관련 연구 저작 18권, 루쉰사상 연구 저작 12권, 루쉰작품 연구 저작 8권, 기타 루쉰연구 저작(주제 연구 및 집록류 연구 저작) 28권이다. 중요한 저작에 류짜이푸의 『루쉰론魯迅論』, 저우링페이周令飛가 책임 편집한 『루쉰의 사회적 영향 조사보고魯迅社會影響調查報告』, 장자오이의 『루쉰, 중국의 '온화'한 니체魯迅-中國"溫和"的尼采』 등이 있다. 2012년에 중국에서 발표된 루쉰 관련 글은 모두 750편이고, 그 가운데 루쉰 생애 및 사료 관련 글 105편, 루쉰사상 연구 148편, 루쉰작품 연구 260편, 기타 237편이다. 이외에 2012년 한 해 동안 중국에서 출판된 루쉰 관련 연구 저작은 모두 37권이고, 그 가운데 루쉰 생애 및 사료 관련 연구 저작 14권,

루쉰사상 연구 저작 4권, 루쉰작품 연구 저작 8권, 기타 루쉰연구 저작(주제 연구 및 집록류 연구 저작) 11권이다. 중요한 저작에 쉬쭈화의『루쉰 소설의 예술적 경계 허물기 연구魯迅小說跨藝術研究』, 장멍양의『루쉰전魯迅傳』(제1부), 거타오葛濤의『'인터넷 루쉰' 연구"網絡魯迅"研究』등이 있다. 상술한 통계 숫자에서 현재 중국의 루쉰연구는 21세기 처음 10년에 얻은 성과를 바탕으로 계속 만족스러운 발전 시기에 있었음을 알 수 있다.

마지막으로 지난 100년 동안의 루쉰연구사를 돌이켜보면 중국에서 발표된 루쉰연구 관련 글과 출판된 루쉰연구 논저에 대해서도 거시적으로 숫자적인 분석이 필요하다. 비공식 통계에 따르면 1913년에서 2012년까지 중국에서 발표된 루쉰과 관련한 글은 모두 31,030편이다. 그 가운데 루쉰 생애 및 사료 관련 글이 3,990편으로 전체 수량의 12.9%, 루쉰사상 연구 7,614편으로 전체 수량의 24.5%, 루쉰작품 연구 14,043편으로 전체 수량의 45.3%, 기타 5,383편으로 전체 수량의 17.3%를 차지한다. 상술한 통계 결과에서 중국의 루쉰연구는 전체적으로 루쉰작품과 관련한 글이 주로 발표되었고, 그다음은 루쉰사상 연구와 관련한 글이다. 가장 취약한 부분은 루쉰의 생애 및 사료와 관련해 연구한 글임을 알 수 있다. 루쉰연구계가 앞으로 더 나아가 이 영역의 연구를 보강할 수 있기를 희망한다. 이외에 통계 결과에서 다음과 같은 사실도 알 수 있다. 중화민국 기간(1913~1949년 9월)에 발표된 루쉰연구와 관련한 글은 모두 1,372편으로, 중국의 루쉰연구 글의 전체 분량의 4.4%를 차지하고 매년 평균 38편씩 발표되었다. 중화인민공화국 시기에 발표된 루쉰연구와 관련한 글은 모두 29,658편으로 중국의 루쉰연구 글의 전체 분량의 95.6%를 차지하며 매년 평균 470편씩 발표되었다. 그 가운데 '문화대혁명' 후기의 3년(1977~1979), 20세기 1980년대(1980~1989)와 21세기 처음 10년 기간(2000~2009)은 루쉰연구와 관련한 글의 풍작 시기이고, 중국의 루쉰연구 문장 가운데서 56.4%(모두 17,519편)에 달하는 글이 이 세 시기 동안에 발표된 것이다. 그 가운데 '문화대혁명' 후기의 3년 동안에 해마다 평균 748편씩 발표되었고, 또 20세기 1980년대에는 해마다 평균 787편씩 발표되었으며, 또한 21세기 처음 10년 동안에는 해마다 평균 740편씩 발표되었다. 이외에 '17년' 기간(1949년 10월~1966년 5월)과 '문화대혁명' 기간(1966~1976)은 신중국 성립 뒤에 루쉰연구와 관련한 글의 발표에 있어서 침체기이다. 그 가운데 '17년' 기간에는 루쉰연구와 관련한 글이 모두 3,206편으로 매년 평균 188편씩 발표되었고, '문화대혁명' 기간에 루쉰연구와 관련한 글은 1,876편으로 매년 평균 187편씩 발표되었다. 하지만 20세기 1990년대는 루쉰연구와 관련한 글의 발표에 있어서 안정기로 4,485편이 발표되어 매년 평균 448편이 발표되었다. 이 수치는 신중국 성립 뒤 루쉰연구와 관련한 글이 발표된 매년 평균 451편과 비슷하다.

이외에 비공식 통계에 따르면 중국에서 루쉰연구와 관련해 발표된 저작은 모두 1,716권이고, 그 가운데서 루쉰 생애 및 사료 관련 연구 저작이 382권으로 전체 수량의 22.3%, 루쉰사상 연구 저작 198권으로 전체 수량의 11.5%, 루쉰작품 연구 저작 442권으로 전체 수량의 25.8%, 기타 루쉰연구 저작(주제 연구 및 집록류 연구 저작) 694권으로 전체 수량의 40.4%를 차지한다. 상술한 통계 결과에서 중국에서 출판된 루쉰연구 저작은 주로 루쉰작품 연구 저작이고, 루쉰사상 연구 저작이 비교적 적은 것을 알 수 있다. 학술계가 더 나아가 루쉰사상 연구를 보강해 당대 중국에서 루쉰사상 연구가 더욱 큰 작용을 발휘할 수 있기를 희망한다. 또 이외에 통계 결과에서 중화민국 기간(1913~1949년 9월)에 루쉰연구 저작은 모두 80권으로 중국의 루쉰연구 저작의 출판 전체 수량의 대략 5%를 차지하고 매년 평균 2권씩 발표되었지만, 중화인민공화국 시기에 루쉰연구 저작은 모두 1,636권으로 중국의 루쉰연구 저작 출판 전체 수량의 95%를 차지하며, 매년 평균 거의 26권씩 발표됐음도 볼 수 있다. '문화대혁명' 후기의 3년, 20세기 1980년대(1980~1989)와 21세기 처음 10년 기간(2000~2009)은 루쉰연구 저작 출판의 절정기로 이 세 시기 동안에 루쉰연구 저작은 모두 835권이 출판되었고, 대략 중국의 루쉰연구 저작 출판 전체 수량의 48.7%를 차지했다. 그 가운데서 '문화대혁명' 후기의 3년 동안에 루쉰연구 저작은 모두 134권이 출판되었고, 매년 평균 거의 45권이다. 또 20세기 1980년대에 루쉰연구 저작은 모두 373권이 출판되었고, 매년 평균 37권이다. 또한 21세기 처음 10년 기간에 루쉰연구 저작은 모두 431권이 출판되었고, 매년 평균 43권에 달했다. 그리고 이외에 '17년' 기간(1949~1966), '문화대혁명' 기간과 20세기 1990년대(1990~1999)는 루쉰연구 저작 출판의 침체기이다. 그 가운데 '17년' 기간에 루쉰연구 저작은 모두 162권이 출판되었고, 매년 평균 거의 10권씩 출판되었다. 또 '문화대혁명' 기간에 루쉰연구 저작은 모두 213권이 출판되었고, 매년 평균 21권씩 출판되었다. 20세기 1990년대에 루쉰연구 저작은 모두 220권이 출판되었고, 매년 평균 22권씩 출판되었다.

‘문화대혁명’ 후기와 20세기 1980년대가 루쉰연구와 관련한 글의 발표에 있어서 절정기가 되고 또 루쉰연구 저작 출판의 절정기인 것은 루쉰에 대한 국가적인 정치 이데올로기의 새로운 자리매김과 루쉰연구에 대한 대대적인 추진과 관계가 있다. 21세기 처음 10년에 루쉰연구와 관련한 글을 발표한 절정기이자 루쉰연구 논저 출판의 절정기가 된 것은 사람으로 돌아간 루쉰이 학술연구의 대상이 되었고 또 중국에 루쉰연구의 새로운 역군들이 대량으로 쏟아져 나온 것과 커다란 관계가 있다. 중국의 루쉰연구가 지난 100년 동안 복잡하게 발전한 역사를 갖고 있긴 하지만, 루쉰연구 분야는 줄곧 신선한 생명력을 유지해왔고 또 눈부신 발전 가능성을 지니고 있다. 미래를 전망하면 설령 길이 험하다고 해도 앞날은 늘 밝을 것이고, 21세기 둘째 10년의 중국 루쉰연구는 더욱 큰 성과를 얻으리라 믿는다!

미래로 향하는 중국의 루쉰연구는 다음과 같은 중요한 문제 몇 가지에 주목해야 한다.

우선, 루쉰연구 업무를 당국이 직면한 문화전략과 긴밀히 결합시켜 루쉰을 매체로 삼아 중서 민간문화 교류를 더 나아가 촉진시키고 루쉰을 중국 문화의 ‘소프트 파워’의 걸출한 대표로 삼아 세계 각지로 확대해야 한다. 루쉰은 중국의 현대 선진문화의 걸출한 대표이자 세계적인 명성을 누리는 대문호이다. 거의 100년에 이르는 동안 루쉰의 작품은 많은 외국어로 번역되어 세계 각지에서 출판되었고, 외국학자들은 루쉰을 통해 현대중국도 이해했다. 하지만 부인할 수 없는 현실은 바로 거의 20년 동안 해외의 루쉰연구가 상대적으로 비교적 저조하고, 루쉰연구 진지에서 공백 상태를 드러낸 점이다. 이러한 배경 아래 중국의 루쉰연구자는 해외의 루쉰연구를 활성화할 막중한 임무를 짊어져야 한다. 루쉰연구 방면의 학술적 교류를 통해 한편으로 해외에서의 루쉰의 전파와 연구를 촉진하고 또 다른 한편으로는 루쉰을 통해 중화문화의 '소프트 파워'를 드러내고 중국과 외국의 민간문화 교류를 촉진해야 한다. 지금 중국의 학자 거타오가 발기에 참여해 성립한 국제루쉰연구회國際魯迅研究會가 2011년에 한국에서 정식으로 창립되어, 20여 개 나라와 지역에서 온 중국학자 100여 명이 이 학회에 가입하였다. 이 국제루쉰연구회의 여러 책임자 가운데, 특히 회장 박재우朴宰雨 교수가 적극적으로 주관해 인도 중국연구소 및 인도 자와하랄 네루대학교, 미국 하버드대학, 한국외국어대학교와 전남대학에서 속속 국제루쉰학술대회를 개최하였다. 또한 앞으로도 이집트 아인 샴스 대학교, 러시아 상트페테르부르크 국립대학, 일본 도쿄대학, 말레이시아 푸트라대학교 등 세계 여러 대학에서 계속 국제루쉰학술대회를 개최하고 세계 각 나라의 루쉰연구 사업을 발전시켜 갈 구상을 갖고 있다(국제루쉰연구회 학술포럼은 그 후 실제로는 중국 쑤저우대학蘇州大學, 독일 뒤셀도르프대학, 인도 네루대학과 델리대학, 오스트리아 비엔나대학, 말레이시아 쿠알라룸푸르 중화대회당中華大會堂 등에서 계속 개최되었다 −역자). 해외의 루쉰연구가 다시금 활기를 찾은 대단히 고무적인 조건 아래서 중국의 루쉰연구자도 한편으로 이 기회를 다잡아 당국과 호흡을 맞추어 중국 문화를 외부에 내보내, 해외에서 중국문화의 '소프트 파워' 전략을 펼치고, 또 다른 한편으로는 해외의 루쉰연구자와 긴밀히 협력해 공동으로 해외에서의 루쉰의 전파와 연구 업무를 추진해야 한다.

다음으로, 루쉰연구 사업을 중국의 당대 현실과 긴밀하게 결합시켜

야 한다. 지난 100년 동안의 루쉰연구사를 돌이켜보면, 루쉰연구가 20세기 1990년대 이전의 중국 역사의 진전과 긴밀한 관계를 갖고 있었음을 볼 수 있다. 하지만 20세기 1990년대 이후 사회적 사조의 전환에 따라 루쉰연구도 점차 현실 사회에서 벗어나 대학만의 연구가 되었다. 이러한 대학만의 루쉰연구는 비록 학술적 가치가 없지 않다고 해도, 오히려 루쉰의 정신과는 크게 거리가 생겼다. 루쉰연구가 응당 갖추어야 할 중국사회의 현실생활에 개입하는 역동적인 생명력을 잃어 버린 것이다. 18대(중국공산당 제18기 전국대표대회 – 역자) 이후 중국의 지도자는 여러 차례 '중국의 꿈'을 실현시킬 것을 강조했는데, 사실 루쉰은 일찍이 1908년에 이미 「문화편향론文化偏至論」에서 먼저 '사람을 세우고立人' 뒤에 '나라를 세우는立國' 구상을 제기한 바 있다.

> 오늘날 것을 취해 옛것을 부활시키고, 달리 새로운 유파를 확립해 인생의 의미를 심오하게 한다면, 나라 사람들은 자각하게 되고 개성이 풍부해져서 모래로 이루어진 나라가 그로 인해 사람의 나라로 바뀔 것이다.

중국의 루쉰연구자는 이 기회의 시기를 다잡아 루쉰연구를 통해 루쉰정신을 발전시키고 뒤떨어진 국민성을 개조하고, 그럼으로써 나라 사람들이 '중국의 꿈'을 실현시키도록 하고, 동시에 또 '사람의 나라'를 세우고자 했던 '루쉰의 꿈魯迅夢'을 실현해야 한다.

마지막으로 중국의 루쉰연구도 창조를 고도로 중시해야 한다. 당국이 '스얼우十二五'(2011~2015년의 제12차 5개년 계획 – 역자) 계획 속에서 '철학과 사회과학 창조프로젝트'를 제기했다. 중국의 루쉰연구도 창조프로젝트를 실시해야 한다. 『중국 루쉰학 통사』를 편찬한 장멍양 연구자는 20세기 1990년대에 개최된 한 루쉰연구회의에서 중국의 루쉰연구 성과의 90%는 모두 앞사람이 이미 얻은 기존의 연구 성과를 되풀이한 것이라고 말했다. 일부 학자들이 이견을 표출한 뒤 장멍양 연구자는 또 이 관점을 다시금 심화시켰으니, 나아가 중국의 루쉰연구 성과의 99%는 모두 앞사람이 이미 얻은 기존의 연구 성과를 되풀이한 것이라고 수정했다. 설령 이러한 말이 커다란 논쟁을 불러일으켰다고 해도, 의심할 바 없이 지난 100년 동안 중국의 루쉰연구는 전체적으로 창조성이 부족했고, 많은 연구 성과가 모두 앞사람의 수고를 중복한 것이었다고 말할 수 있다. 푸른색이 쪽에서 나오기는 하나 쪽보다 더 푸른 법이다. 최근에 배출된 젊은 세대의 루쉰연구자는 지식구조 등 측면에서 우수하고, 게다가 더욱 좋은 학술적 환경 속에 처해 있다. 그리하여 그들이 열심히 탐구해서 창조적으로 길을 열고, 그로부터 중국의 루쉰연구의 학술적 수준이 높아질 수 있기를 희망한다.

'중국 루쉰연구 명가정선집' 총서 편집위원회

2013년 1월 1일

서문

나는 스무 살 전에는 무엇을 학계라고 부르는지 잘 알지 못했다. 1978년에 시골에서 중문과에 합격하여 공부하게 되었는데, 루쉰을 연구하는 예더위葉德裕선생에게 감화를 받고서야 비로소 무엇을 문학연구라고 하는지 알게 되었으며 논문을 쓸 충동도 생겨났다. 내가 최초에 루쉰의 책을 읽은 것은 초등학교 다닐 때였다. 그때부터 읽었으나 단편적이고 그다지 계통적이지 못했다. 예더위 선생이 나의 사고방식을 변화시켰고 나에게 문학 작품을 연구할 갈망을 품게 했다. 그러나 그때는 바로 사상해방의 초기였다. 당시에 나는 흥밋거리가 매우 많아서 때로 당대當代 문학 영역의 떠들썩한 판에 끼어들기도 했으니 루쉰에 대한 관심이 한동안 멀어지기도 했다.

1980년대에 대학원을 졸업한 뒤 루쉰박물관에 배치받아 일하게 되었다. 가오위안둥高遠東 등과 함께 『루쉰연구동태魯迅研究動態』잡지를 편집하게 되었는데, 이는 나에게 루쉰연구의 역사를 이해할 기회를 제공하였다. 루쉰박물관에서 회의를 열 때 늘 참석하던 분으로는 왕야오王瑤, 탕타오唐弢, 왕징산王景山, 린페이林非, 옌자옌嚴家炎, 첸리췬錢理群, 왕푸런王富仁 선생 등이 있었고, 연구실의 왕더허우王德厚, 천수위陳漱渝, 리윈징李允經선생들과는 더욱 많이 접촉했다. 자주 보고 들어 익숙하게 되자 루쉰에 대해 점점 잘 알게 되고 자신의 관심도 당대 문학에서 점차 루쉰의 세계로 바뀌었다.

그러나 내가 진정으로 루쉰연구를 시작한 것은 1990년 이후였다.

그때 창작 방면에는 여전히 금지구역이 있어서 당대 문학 가운데 충분히 관심을 쏟을만한 작가가 아주 드물었다. 그제야 나는 아프지도 가렵지도 않은 당대 문학 속에 빠져 있는 것이 루쉰의 세계로 들어가는 것만 못하다고 느꼈다. 그 세계의 풍부한 것들이 나의 필요와 일치한 것이다. 나는 이러한 상황 속에서 연구의 길을 걷기 시작했다.

루쉰에 대한 나의 판단에 영향을 미친 것은 모두 1980년대 학창시절 동안에 형성된 사고 맥락이었다. 당시 사조의 영향으로 인해 나는 칸트, 니체, 쇼펜하우어 등을 읽기 시작했다. 첸리췬, 왕푸런, 왕후이李暉의 사고 맥락도 내 관심의 방향에 깊은 영향을 미쳤다. 그 흔적들은 1993년 출판한 『20세기 중국의 가장 우환에 찬 영혼20世紀中國的最憂患的靈魂』이라는 책에 모두 남아 있다. 그 후 편집된 『모독당한 루쉰被藝瀆的魯迅』은 아주 잘 팔려서 어떤 출판사의 편집위원의 주목을 받게 되었다. 대략 1995년경인데 허베이河北인민출판사의 리량위안李良元이 『루쉰과 저우쭤런魯迅與周作人』을 써달라는 원고 청탁을 해와 나는 되는 대로 수락했다. 의외로 이 책의 초판은 2만권을 인쇄했고 여러 해 뒤에 재판을 여러 차례 발행했다. 이것이 나로 하여금 루쉰연구의 대오에 들어가도록 했고, 이로부터 나와 루쉰연구의 관계는 더욱 밀접해졌다.

『루쉰과 저우쭤런』이 출판된 뒤 나는 계속해서 루쉰과 관련된 책을 여러 권 썼다. 그 저작들은 모두 바쁜 행정 업무 가운데 틈을 내어 쓴 것들이어서 결코 아카데미즘의 역작이라고 할 수는 없을 것이다. 루쉰에 대해 글을 쓰는 것은 일종의 욕구가 되었는데, 그것은 자신의 곤혹을 해결하고 싶었기 때문이다. 앞사람 가운데는 거울삼을 만한 이가 많지 않고, 서양 철학자들이 많기는 하지만 멀리 있는 물로는 당장 닥친 목마름을 해결할 수 없듯 거기에는 우리 사는 곳의 절실한 문제들이 없었다. 오직 루쉰만이 우리와 밀접한 관련이 있었다. 이 일은 사회와 관련이 있을 뿐만 아니라 개인의 생명과도 연관이 있다. 나의 이러한 상태는 거의 기독교도의 모습과 닮아 있었다. 비록 본질상에 있어 나는 유가의 자손이라고 해도.

이 경험이 나에게 세 가지 이점을 주었다. 하나는 이를 빌려 언어 표현 훈련을 한 것이고, 둘째는 독립적 판단을 하는 지성이 가져다주는 즐거움을 향유하는 것이며, 셋째는 현대 문인들의 지도를 찾는 일이었다. 다른 작가들에게서 이처럼 풍부한 소득을 얻기는 어려운 일일 것이다. 이 위대한 영혼과 만나면서 내 인생의 방향에도 변화가 생겼다. 어떤 친구가 내 고지식한 생각을 보고 웃었는데 아마도 맞는 말일 것이다. 나에게 있어 연구란 사실은 마음 속의 자기 설득인 것이다. 어지러운 세상에서 자신을 설득시킬 어떤 사람의 텍스트를 찾을 수 있는 것은 일종의 해탈이라고 할 수도 있을 것이다.

나는 여러 해 동안 루쉰박물관의 관장을 맡았으니 일찍이 루쉰 유산을 지키는 사람이었다고 할 수 있다. 그 동안에 학술적 기초 작업을 했다. 간행물을 편집하고 자료집을 출간했으며 전람회를 개최하였고 강좌를 열었다. 그래서 중국 국내외의 많은 학자들과 깊은 교분을 쌓았다. 마루야마 노보루丸山昇, 기야마 히데오木山英雄, 마루오 츠네키丸尾常喜, 쑨위스孫玉石, 왕첸쿤王乾坤, 자오징화趙京華 등이 모두 나에게 무수한 깨달음을 주었다. 화가 출신인 우관중吳冠中, 천단칭陳丹靑, 작가 모옌莫言, 옌롄커閻連科, 사오옌샹邵燕祥 등은 내 사고의 방향에 많은 자극을 주었다. 그들과의 교류 가운데 문화에 대한 나의 입체적인 감각도 날로 강화되었다. 나는 직접 글을 쓰는 것보다 학술활동을 조직하는 일이 훨씬 더 가치가 있다고 느꼈다. 지금도 내가 설계한 전람회와 강좌에서 사람들이 움직이는 장면을 떠올릴 때마다 마음속으로 기쁨과 위안이 느껴진다. 그런 일들과 비교해 보면 나의 책은 모두 미미해서 거론할 가치조차 없을 것이다.

대학에서 가르치기 시작한 뒤, 나는 점차 이른바 연구논문을 쓰게 되었다. 그러나 "논"이라고 해도 사실은 느낌이었고 아카데미즘의 틀과는 차이가 있다. 나는 대학이 아닌 곳에서 너무 오래 있어서 사고방식이 자유로웠고, 자연히 규범에 부합하지 않았다. 나이가 점점 많아지자 글 쓰는 자세를 조정하려는 충동도 일지 않았다. 스스로의 마음 속 깨달음을 학생들에게 전달해 주는 것이 내게는 일종의 즐거움이었다. 그 동안 쓴 『루쉰의 우환적 사고의 기록魯迅憂思錄』과 『루쉰과 러시아魯迅與俄國』는 학생들을 가르친 흔적이 남아있는 책이다. 과거에 비해 논술이 좀 더 구체적이라는 점 말고는 독특한 사상은 별로 없다.

루쉰의 복잡성은 시대와 유행어를 초월하고 있다. 그의 동시대 사람 가운데 그와 깊이 있게 대화를 나눌 수 있는 사람은 얼마 되지 않았다. 지혜의 표현에 관해 이야기한다 해도 동시대 사람들의 사유와는 차이가 있다. 우리가 그를 이해하는 것은 정말 너무 어렵다. 내가 일찍이 그를 동양의 칸트라고 말한 이유는 그가 나중 지식인들의 사유방식을 규범화한 데 있다. 우리는 중국의 문제를 논의할 때 대부분 그의 그림자를 쉽게 벗어나지 못한다. 이는 공자와 아주 닮았으니 고대 중국인들의 정서는 일반적으로 모두 그 주변에서 벗어나지 않았다. 루쉰은 현대인이고 그의 인격과 기개는 독립적인 지식인을 대표한다. 대저 나라와 백성을 걱정하는 사람들은 일단 자신과 사회를 성찰하게 되면 자기도 모르게 루쉰적 태도를 갖게 된다. 후일 루쉰의 제자와 제자의 제자, 루쉰을 배우려는 사람들 수는 정말 일시에 통계를 낼 수 없을 정도로 많다.

오랜 기간에 걸친 우리의 루쉰연구는 역사와 현실의 문제와 뒤엉켜 있다. 일본이나 유럽 학자들처럼 세계 범주에서 문제를 논의하지 않는다. 일본 학계의 예를 든다면 그들의 루쉰에 대한 토론은 일본의 문제와 얽혀 있고, 루쉰의 텍스트를 보면서 중국인들이 할 줄 모르는 말을 할 줄 안다. 비교해서 말하면 중국 대륙의 학자들은 루쉰을 연구할 때 현재의 상황에 좌우되는 경우가 지나치게 많다. 어떤 의미에서 본다면 루쉰은 세계적인 안목을 지닌 사람이다. 오랫동안 우리의 루쉰연구는 폐쇄적인 채로 이루어져 왔다. 나중에 시공간이 바뀌고 외래적인 것들이 들어왔지만 문학연구는 여전히 서양식 교조주의 내에서 맴돌았다. 이것은 루쉰이 저주했던 대상이다. 아주 불행하게도 우리의 연구는 때로 루쉰이 혐오하는 환경속에서 진행되었던 것이다.

나는 내 글도 이러한 특징을 띠고 있다는 것을 알고 있다. 독창적인 견해라고 말할 처지가 못 된다. 마음속에서 느낀 것을 밖으로 드러낸 데 지나지 않는데 그 가운데는 경의를 표하는 마음이 적지 않게 들어가 있다. 나는 때로 도스토옙스키에 대한 바흐친의 연구 시야가 매우 넓다는 사실을 떠올리곤 한다. 바흐친은 고대 그리스 이래의 것들에 대해 아주 잘 알고 있고 또 정신적인 면에서의 통찰력을 지녔다. 텍스트에 대한 그의 발견은 우리로 하여금 경탄을 거듭하게 한다. 연구자가 자신의 연구대상의 지음知音이 되기에는 아주 부족하다고 느낄 때,

관건은 자신이 우러러 보는 작가와 같이 심오한 경계와 심경까지 도달해 있는가이다. 이는 쉽게 이루어지지 않는다. 요 몇 년 사이에 나는 주목받는 학술을 연구하는 사람들이 파리처럼 진득거리고 개처럼 구차하게 구는 상황을 많이 보아왔다. 이러한 연구자들의 문장은 아마도 쓰레기통에 버려야 할 것이다. 그들은 위인의 후광을 입고 있지만, 개인적인 이익 추구에 몰두하며 빛나지 못한 일을 하고 있으니 이는 선현들에 대한 모독이 아닐 수 없다.

그러나 나 자신도 대상 세계를 벗어난 적이 없다고 말할 수는 없다. 예컨대 흔히 지금 사람들의 가치 각도에서 옛사람을 대하면, 어쩌면 원래의 의미를 소홀히 하고 그 시대와는 거리가 멀어질 수 있다. 그리고 제2차 세계대전 이후의 사고로 제1차 세계대전 뒤의 중국 지식인들이 처한 상황을 고찰한다면 세계주의와 마르크스주의 전파의 합리성과 그 간의 문제를 그다지 쉽게 이해하기 어려울 것이다. 나는 루쉰 연구의 몇 가지 어려움이 줄곧 해결되지 못했다고 생각한다. 하나는 그가 러시아와 소련 문화를 받아들이는 과정에서 발생한 문제에 대해 지금은 어떻게 대응할 것인가 하는 점인데 오늘날의 사람들은 이를 단순화시키고 있는 것 같다. 그리고 대중을 비판하던 데로부터 대중을 신뢰하는 데로의 전환인데, 그 사이의 연결고리도 아직 분명하게 해석되지 못했다. 또 하나는 전통에 대한 태도인데, 그의 생각과 말이 일치되지 않고 앞뒤 모순된 곳이 많은 것 같다. 이들 문제에 대해 납득할 만한 설명을 내놓으려면 안목과 지혜를 지녀야 한다. 애석하게도 나는 능력에 한계가 있어 때로 백지 답안지를 내 놓는다. 미래의 젊은이들은 이런 문제들에 대해 회피할 수 없을 것이다. 어쩌면 그들이 우리보다 더 잘 설명할 수 있을지도 모르겠다.

30년이 지나갔다. 감사해야 할 분들이 많다. 예더위 선생 외에 왕더허우, 천수위, 리원징, 주정朱正, 첸리췬, 왕푸런, 자오위안趙園, 왕첸쿤, 가오위안둥, 왕페이위안王培元 선생 등은 모두 여러 방면에서 나를 도와준 바 있다. 베이징에서 이런 분들이 없었더라면 나는 아마 더욱 암담하게 지냈을 것이다. 어떤 시대를 막론하고 재미있고 따뜻한 마음을 지닌 분들을 만날 수 없다면 슬픈 일이다. 내가 스스로 위안으로 삼는 것은 이들 스승과 친구들이 있어 사람이 살아가는 의미를 비로소 깨달은 점이다.

이 책은 내가 걸어온 길에 남은 발자국이다. 새로 쓴 몇 편도 주석이나 자료를 첨가한 것에 지나지 않는다. 견해도 이전의 지점에서 맴도는 것이 많다. 그러니 나는 일생의 가장 중요한 시간들을 루쉰과 같은 사람에게 바친 것이 가치 있는 일이라고 생각한다. 앞으로 내가 무엇을 하든지 간에 이러한 기초들은 내 가는 길을 안내하는 이정표이다. 사람을 위한 길과 글을 위한 길은 본래 차이가 있을 수 없다. 중요한 것은 신념을 견지하는 일이리라. 루쉰이 당시 마주했던 문제는 여전히 피해 갈 수 없다. 루쉰의 자원을 어떻게 빌려 우리 자신의 문제와 문화적 난제를 어떻게 해결할 것인가는 오늘을 사는 사람들의 몫이다. 루쉰을 연구하는 것은 루쉰이 되기 위해서가 아니라 자아의식 세우기의 중요성을 알기 때문이다. 우리 한 사람 한 사람의 생명의 잠재능력이 지나치게 오래 깊은 잠에 빠져 있었기에 그러한 창조성과 따뜻한 마음의 존재가 빛을 발하도록 하는 것이 무엇보다 중요할 것이다.

루쉰연구는 오늘날에 와서 더욱 상아탑화되었다. 이는 본래 학술연구의 필연적인 현상이긴 하지만 만약에 그 정신이 일반 사람에게로 흘어져 내려오지 않는다면 그 역시 문제인 것이다. 루쉰을 읽어서 매번 깨달음을 얻고 그를 실천의 선택으로 활용하는 것은 많은 경우 이름 없는 사상가들이다. 나는 때로 사유하는 사람들이 자신의 글에서 사회에 대한 인식을 표현하는 것을 보게 되는데, 그러한 지혜의 방식이 루쉰의 사유의 길과 가까이 있으면 친근감이 일게 된다. 나는 루쉰의 전통이 모두 그 정신세계로 흘어져 들어갔다는 것을 알고 있다. 루쉰의 가치는 우리를 누구의 신도가 되도록 하는 데 있는 것이 아니고 자신을 변화시키고, 또한 사랑의 마음과 창조적인 표현 방식으로써 의미 있게 살아가도록 하는데 있다. 오늘날 우리가 사는 세상에서 이러한 사람이 얼마나 될까? 만약 광릉산廣陵散 가락(삼국시대 위나라 혜강이 즐겨 탄 거문고 가락이라고 하나 전해지지 않는다-역자)이 아직 단절되지 않았다면 그 음을 아는 사람의 춤이 지금까지 전해졌을 것이다. 루쉰 정신의 빛이 여전히 빛나는 것은 중국과 중국 사람들의 지극한 행운일 것이다.

차례

루쉰 담론의 차원

1.

  루쉰의 담론 방식을 정리하려는 사람은 대체로 다음과 같은 문제 한 가지에 주목하게 된다. 즉 루쉰의 텍스트를 대면할 때 그와 동시대의 많은 이론이 다소 간단하게 표현되어 있고, 그것과 부합하는 점이 매우 적은 점이다. 루쉰의 텍스트는 모두 생동하고 다양해서 이를 귀납하려고 하면 오히려 어렵다는 뜻이다. 분명히 우리들에게는 아마도 사유상의 사각지대가 있어 그 정신의 핵심지대로 들어가지 못할 수 있다. 그는 거의 어떤 이론에 의해 좌우되지 않고 자신에게 속하는 인지 방식을 형성했다. 어떠한 이론이든 그와는 모두 겹치지 않는다. 루쉰 연구는 대부분 모두 서술의 곤란에 직면하게 된다.

  아인슈타인과 비트겐슈타인은 모두 사유가 지식보다 더 중요하다고 강조했는데, 이는 옳다. "과학지식을 추구하는 인류는 하나의 함정에 빠져 있다"[1]는 말처럼, 루쉰은 마침 사유가 함정에 빠져 있던 시대에 자신의 외롭고도 고통스러운 여행을 시작했다. 지식은 얻을 수 있으나 특이한 사유를 획득하는 것은 쉬운 일이 아니다. 루쉰의 사유는 거짓말의 환상 속에서 힘껏 벗어났고 일반적인 논리로 개괄할 수 있는 것이 아니다. 현대 과학과 비이성 철학, 구학문과 신학문 사이에 가로걸쳐져 있어 정리하기가 매우 어렵다. 그의 이와 같은 말들은 일정한 언어 환경 속에 놓고 이해해야 하고 그렇지 않으면 곡해되기 쉽다. 그의 말들의 특징은 줄곧 잘못된 길에 빠지는 것을 경계함에 있다. 바로 현실성의 문법을 담론 속에 끌어들이지만, 또 현실성에 얽매이지 않는 것이다. 결론적으로 역사와 현실의 교류, 동양과 서양의 대화 속에서 그의 정신은 비상했던 것이다. 이러한 복잡한 교류가 우리에게 사대부의 언어와 신사紳士계급의 언어와는 다른 색다른 인상을 주었다.

그는 계몽주의의 사상 흔적을 갖고 있으면서 또 "반反본질주의의 비非본질성"의 의미도 지니고 있다고 할 수 있다. 이것은 전통문화와 근대문화의 각종 역설에 대한 경계에서 나왔다. 개성주의를 지키는 동시에 또 현대성이 사람들에게 가져다주는 여러 가지 자극을 경계했다. 이것이 그를 아주 복잡하게 바꿔놓았다. 루쉰은 매우 불행했다. 그가 죽은 뒤 그의 언어를 해석하는 사람들은 모두 그의 정신과는 거리가 아주 멀었다. 나는 일찍이 우리가 선생이 가장 싫어하는 언어로 자주 그를 해석했는데, 이는 그와 뒷사람들과의 괴상한 연계라고 말한 바 있다.

---

1   『維特根斯坦筆記』, 上海 : 復旦大學出版社, 2008, 99쪽.

도대체 어떤 측면으로부터 루쉰을 인식해야 하는가? 여기에 시각의 난이도가 있다. 루쉰은 사실 잡가雜家이다. 그는 이것저것 모든 면에 흥미를 가졌고 또 어느 것이든 그다지 전문적이지 못했다. 그에게 가장 익숙한 것은 물론 중국문학사이다. 그러나 문학사에 대한 그의 파악은 그 분석하고 감상한 문학 이론과도 많이 달랐다. 창작경험을 가진 그는, 예술이란 정신의 불확실성을 드러내고, 이론은 무턱대고 확실성에 얽매이는 경향에 치우쳐 있다고 생각했다. 한편으로는 감성의 미묘한 곳으로 끊임없이 들어가고, 다른 한편으로는 인식의 밝기를 찾았다. 이것은 그의 사유에 알록달록한 색채를 갖게 했다. 이러한 선택이 곧 정신의 불합리한 면을 드러내 보였기 때문이다.

그는 평생 많은 번역을 했다. 창작보다 훨씬 많다. 그래서 나는 그가 무엇보나 먼저 번역가이고 그 다음에 작가라고 규정한다. 번역이 많기 때문에 많은 이단적인 사상을 갖게 되고, 또 언제나 현실을 주시하고 있었기 때문에 서재의 물건을 그대로 내버려 두었다. 루쉰의 번역은 계통적이지 않으며 대부분 흥미에 따른 것이다. 그러한 색다른 텍스트들은 모두 인지적인 자극에서 온 것이다. 일부 그의 부분적 사상 또한 여기서 자극을 받은 것이다. 계통적이지 않지만, 취미는 일이관지하여 격조의 일치성을 지녔다. 문법 면에서는 일어와 독일어의 구와 절을 빌려와 활용했고, 이 또한 그 언어의 융통성을 증대시켰다.

일본에 있을 때 루쉰은 「과학사교편科學史敎篇」, 「사람의 역사人之歷史」와 같은 학술이론 성격이 강한 문장을 썼다. 동시에 「문화편향론文化偏至論」과 같은 니체식의 격문도 발표했다. 이것은 서로 다른 두 종류의 사유인데, 그가 모두 조금씩 습득한 것이다. 「과학사교편」과 「사람의 역사」는 이성의 확실성에 치우치고, 「문화편향론」은 부정적 사유의 특징을 갖고 있다. 확실성의 존재를 믿으면서 한편으로는 선택하는 가운데 맹점이 존재한다고 느꼈는데, 루쉰은 처음부터 과학사를 부정의 부정의 역사라고 보았을지 모른다. 많은 서적을 읽으면서 그는 맹신이 늘어난 것이 아니라 사람의 불완전함을 보았다. 사색이 그의 사유를 자아 성찰의 경지로 들어가게 했다.

자아 성찰이란 심미와 선의禪意의 되돌아보기가 아니라, 자신의 문제를 캐묻기이다. 이런 캐묻기는 소크라테스처럼 타인과의 대화에서 완성된다. 나는 루쉰이 자아비판의식이 강한 사람이라고 생각한다. 그는 다른 사람을 가장 지독하게 공격할 때 자신도 높은 곳에서 내려다보지 않았다. 다른 사람은 악마이고 자신이야말로 천사라고 간주하지 않았다. 그는 그리하지 않았다. 그가 본 것은 아름다운 존재가 아니라, 자아의 불완전함이었다. 그는 다음과 같이 말했다.

> 내 작품은 너무 어둡습니다. 나는 늘 '어둠과 허무'만이 '실재한다고' 느끼면서도 기어코 이런 것들을 향해 절망적으로 반항하기 때문에 편파적이고 극단적인 소리가 아주 많이 들어 있습니다.[2]

이와 같은 말은 아주 솔직하고 조금도 꾸민 흔적이 없다. 그의 선택은 자신의 본뜻이 담긴 것이다. 하지만 두렵고 당혹스러울 때도 있었

---

2   루쉰전집번역위원회 역, 『루쉰전집』 13권, 그린비, 2016, 49쪽. 이하 루쉰 문장의 한국어 번역은 이 책에 따르지만 약간 조정한 경우도 있음을 밝힌다. 이하 『전집』으로 약칭.

다. 그의 두렵고 당혹스러움은 자신을 비이성의 극단으로 밀고 가는 것이 아니라, 자신을 풍자하는 가운데 정신에 대한 따져 묻기의 층위로 올라간 것이다. 예를 들면 그는 이렇게 말했다.

나는 지금까지도 내가 줄곧 무엇을 하고 있는지 끝내 알지 못한다. 토목공사에 비유하자면, 일을 해나가면서도 대(臺)를 쌓는 것인지 구덩이를 파는 것인지 모른다. 아는 것이 대를 쌓는 것이라 하더라도 자신을 그 위에서 떨어뜨리려는 것이나 늙어 죽은 것을 드러내려는 것이다. 구덩이를 파는 것이라면 그야 물론 자신을 묻어 버리기 위한 것일 뿐이다. 요컨대, 지나가고 지나가며, 일체 모든 것들이 세월과 더불어 벌써 지나갔고, 지나가고 있고, 지나가려 하고 있다. ─이러할 뿐이지만, 그것이야말로 내가 아주 기꺼이 바라는 바이다.[3]

먼저 자신부터 시작해 정신 속의 문제를 성찰한다. 내심의 독즙을 한번 깨끗이 씻어낸다. 다른 사람을 뒤엎을 때 그는 이미 자신을 먼저 뒤집었었다. 그는 다음과 같이 말했다.

중국은 예로부터 사람을 잡아먹는 연회를 줄줄이 열어 왔으며 잡아먹는 사람도 있고 잡아먹히는 사람도 있었다고 내게 전에 말했습니다. 잡아먹힌 사람도 사람을 잡아먹은 적이 있고, 잡아먹고 있는 사람도 잡아먹히게 될 것입니다. 그런데 나는 지금 나 자신도 연회를 열도록 돕고 있

---

3 『전집』 1권, 411쪽.

다는 것을 발견했습니다.[4]

맞다. 그는 나르시시즘에 빠지지 않았다. 그는 항상 자신의 한계성을 잊지 않고 있었기 때문이다. 외적인 아름다운 칭호는 그 자신이 보기에 너무 우스꽝스러웠고, 자신에게 남는 것은 고요한 마음일 뿐이다. 왕첸쿤王乾坤은 『루쉰의 생명철학魯迅的生命哲學』에서 이렇게 말했다.

루쉰은 한평생 '성현', '착한 사람', '군자', '사표'로 자소(自塑)(현대예술에서 자신이 지닌 여러 자아를 자신이 원하는 시점에서 원하는 방식으로 꺼내어 쓰는 수법을 말한다 — 역자)하기를 바라지 않았고, 차라리 '부랑자'가 되거나, '야수나 악귀'를 찾거나, '외톨이나 앉은뱅이'같은 장애인이 되거나, '빨리 썩는' '들풀'이 되기를 바랐다. 가치론적으로 우리는 이것을 개성주의라고 할 수 있으며, 생명철학 관점에서 말하자면 여기서 두드러지게 내보이는 것은 사람의 한계성이다. 그는 이로써 무한한 보편적인 통치를 타파하고자 했다.[5]

한계성에 대한 루쉰의 지적은 감동적인 발견이다. 그는 더욱 풍부하고, 격렬하고, 복잡해질수록 텅비는 듯한 쓸쓸함이 오히려 늘어났고, 캐묻기 속에서 결과를 얻지 못한 실망감으로 가득 찼다. 철학적 의미를 담은 그의 서술이 지식인들에게서 자신을 떼어내게 했다. 자신이 알몸일 때 황량한 세계에 직면하여 모든 실존마다 남다른 색채를

---

4   『전집』 5권, 83~84쪽.
5   『魯迅的生命哲學』, 北京 : 人民文學出版社, 2010, 56쪽.

부여받았다. 세계가 거짓말에 점령당할 때, 오직 자신이 피부로 느낀 느낌이라야 진짜이다. 그는 이런 느낌에 충실하면서 동시에 또 낯선 시공간을 뚫고 지나갔다. 다른 사람이 의미 없다고 여기는 곳에서 그는 의미를 발견했다.

2.

그는 이제껏 어제로 돌아간 적이 없는 장소에서 영원히 걷고 있다. 그의 텍스트에 익숙한 사람들은 모두 그가 자신의 사유를 거의 되풀이하지 않는 작가라는 것을 인정한다. 그의 소설은 모두 각각 완성품이고 방향이 다르다. 잡문도 그러한데 변화는 많지만 각기 나름의 재미를 담고 있다. 자신을 재탕하기를 바라지 않는 것은 창조력이 강한 사람들이 지닌 현상이다. 재미있는 것은 루쉰이 호기심을 가진 사람이라는 사실이다. 그는 일찍이 호기심에 관한 일본학자의 글을 번역한 적이 있다. 그것은 아동에 대해 언급한 글이지만, 루쉰의 관점에서 보면, 중국에서 어른은 언제 그것을 필요로 하지 않은 적이 있었던가? 그의 장서에는 각종 과학 관련 책이 매우 많고, 모두 신흥 학과의 것임을 알 수 있다. 그는 말년까지 이러한 어린이 같은 호기심을 줄곧 간직하고 있었다.

저우쭤런周作人은 루쉰이 여러 다양한 학문에 관심이 많았다고 회고했다. 「루쉰에 관하여 2關於魯迅二」에서 일본 유학 시기의 번역과 독서 생활에 관해 상세하게 기술한 바 있다. 러시아 시인과 소설가를 어찌나 좋아했는지, 일본의 소설을 어떻게 자세히 읽게 되었는지 등에 대해서이다. 그의 지식구조에 대한 것들을 모두 드러내 보여주었다. 일본 시기의 몇몇 자료를 통해 루쉰이 공상과학소설, 지질학, 과학, 철학에 모두 관심을 많이 갖고 있었음을 알 수 있다. 하지만 외국 소설이 그에게 준 충격이 가장 컸을 것이다. 초기의 창작에 있어 외국문학이 그에게 끼친 영향이 비교적 컸다. 안드레예프의 음울함을 배워 그 경계를 얻었고, 암담함과 무력함이 모두 아름답게 흘러넘쳤다. 또 나쓰메 소세키의 우수를 익혀 요체를 터득했는데, 국민성 비판은 조금도 미지근하지 않았다. 또 고골리가 흔히 사용한 하찮은 비극에 대해 만족스러움을 얻어 검은 색의 상쾌함이 소리 없이 흘러갔다. 어떤 의미에서 말하면 여러 가지를 뒤섞어 섭취하며 흥청거렸다.

중요한 것은 이런 호기심이 그에게 정형화된 사유의 마력을 뚫고 나가게 했고, 문제를 감지하는 기존 방법을 뒤엎은 데 있다. 그는 케케묵은 언어를 찢어 발겨서 도덕 밖의 담론 영역으로 들어가길 좋아했다. 호기심의 결과는 일종의 회의주의적 판단력을 증대시켰다. 폴 리쾨르는 『역사와 진리』에서 "언어도 생산된다. 언어는 요구를 제기하지 않는다. 회의만이 언어를 문제로 바꾸고, 질문을 대화로 바꾸며, 대답으로 바꾼 문제와 문제에 대한 대답으로 바꿀 수 있다"[6]고 말했다. 루쉰은 줄곧 표현을 문제로 삼아온 사람이다. 그는 노예 언어와 하인의 담론 방식의 유혹을 받지 않은 사람이라야 참말을 할 수 있다고 생각했다.

---

6   [法] 保羅·利科, 『歷史與眞理』, 姜志輝 譯, 上海世紀出判集團, 譯文出版社, 2004, 207쪽.

케케묵은 말을 잊어버리고 신선한 언어를 사용해야만 비로소 표현의 즐거움과 위안을 얻는다. 이를 행하기 어려움을 알았다고 할지라도. 그가 신문화운동 초기에 사용한 것은 후스胡適와 같은 그런 언어가 아니며, 좌익 시기에 이르러서도 언어에 정치적 의미가 적었다. 가장 과격할 때 그는 정치 담론과 거리를 유지했다. 루나차르스키, 플레하노프의 텍스트를 번역할 때, 그가 좋아한 것은 문학비평의 표현이지 정치의 표현이 아니었다. 비非혁명적인 담론으로서 혁명에 대한 이해를 말하는 것이 딱 그의 솔직한 면모에 들어맞는다. 하지만 첸싱춘錢杏邨 등의 번역 투의 이론과 언설은 오히려 혁명과 거리가 멀었다.

언어가 새로워지려면 반드시 수혈이 필요하다. 옛말은 물론 사용해도 되지만, 우리에게서 결국은 멀어진다. 그렇다면 민간 용어는? 물론 사용하고 사투리의 입말도 모두 글에 들어가기도 된다. 그의 소설이 바로 한 예이다. 또 그것은 번역하는 중에 나왔다. 많은 깨우침을 얻었을 터이다.

루쉰은 사람들에게 처세에 능한 어른이라고 조롱받았으나, 그는 줄곧 동화를 사랑했다. 예를 들면 그가 번역한 동화는 매우 많고, 그의 번역 가운데서 일정한 비율을 차지한다. 그가 번역한 예로센코의 동화는 흥미진진하다. 다른 사람들은 가치가 그다지 크지 않다고 여기지만, 그는 도리어 나름대로 자부했다. 시각장애인의 작품은 자신의 상상력에서 나온 것이며, 그런 종류의 특수한 표현이 사람들에게 준 것은 사유의 즐거움이다. 금지 구역이 없고 용어가 기이하고 구절이 비약적이며 기존의 상투를 모두 파괴했다. 사람들은 그가 번역한 것이 모두 유명하지 않은 작가의 작품이며 안목이 없는 것 같다고 원망한다. 그러나 루쉰은 유명하지 않은 작가는 유명 작가의 담론 방식과 멀리 떨어져 있고, 그래서 더욱 가치를 가질 수 있다고 생각했다. 셰익스피어, 괴테는 물론 위대하며 모든 사람들이 잘 알 정도로 위대하다. 하지만 이류, 삼류의 작품은 전체적으로 보면 쓸모없는 것 같지만, 장점이야말로 받아들여야 할 것이다. 모든 존재는 각각 남다른 점이 있으며, 이런 다른 점을 민감하게 가져와야 한다. 이것이 중요하다.

그가 활용한 것은 모두 이상한 부스러기들이고, 표현한 것도 한두 마디 토막말이며, 체계 없지만 자유로운 것이다. 동시대 사람들이 그렇게 노력하여 쌓은 이론의 건축물들은 첸중수錢鍾書가 말한 대로 그에게서 하나하나 모조리 무너졌다.

3.

많은 현대 문인들이 모두 중국의 나쁜 점에 대해 말했다. 좀 고상하게 국민성 뭐라고 했다. 루쉰 역시 많은 중국의 단점을 이야기했지만, 그가 말할 때는 스스로 마음이 움직였고, 우리도 따라서 마음이 움직였다.

그는 구시대의 유산을 비판할 때 언제나 사람 본위의 입장에 섰다. 어떤 문화든 사람의 생존을 방해한다면 대체로 문제가 있게 된다. 교육부에서 일할 때 그는 관료 체계의 운영 시스템을 보고 그 안의 부조리를 깊이 깨달았다. 세상이 몇몇 정객에 의해 설계될 때 문화는 변색된다. 아직 변질되지 않은 것은 오히려 사대부의 눈에 들지 않은 것들이다. 벼슬을 회피하고 멀리하는 문화라야 본연의 것이다. 이러한 안목으로 이전의 역사를 보면 문제는 알기 쉽게 드러난다. 이전의 유물은 재와 먼지에 불과하다. 국수 문제에 대해 그는 이렇게 말했다.

> 사람을 예로 들어보자. 얼굴에 혹이 나고 이마에 부스럼이 불거져 있다면 확실히 뭇사람과 다른 그만의 특별한 모습을 보여 주므로 그것을 그의 '정수'라고 할 수 있겠다. 그런데 내 생각에는 이 '정수'를 제거하여 다른 사람처럼 되는 게 좋을 것 같다.
>
> (…중략…)
>
> 어떤 친구가 한 말이 옳다. "우리가 국수를 보존한다면, 모름지기 국수도 우리를 보존할 수 있어야 한다."
>
> 우리를 보존하는 것이 분명 첫 번째 진리이다. 국수이건 아니건 간에 그에게 우리를 보존할 힘이 있는지를 물어보면 된다.[7]

이 말을 할 때 루쉰은 분명히 힘없는 약자의 입장에 서서 통치자와 대립하고 있었다. 애석하게도 이전의 문화는 대부분 통치자 쪽에 서 있었다. 백성의 괴로움과 즐거움은 큰 공간을 가지고 있었으나, 중국어 글쓰기의 영역에 들어 있지 않았다. 문화는 당연히 이러한 영역을 찾아야 한다. 이 또한 그가 『신청년新靑年』 활동에 참여한 데 대한 이해의 단서를 제공해줄 것이고, 평민문화와 향토문화에 대한 전망은 아마도 중국 문화 쇠락의 보폭을 줄여줄 수 있을 것이다.

---

7 『전집』 1권, 441~442쪽.

그가 많은 말을 할 때 모두 이러했다.

「축복」 같은 작품은 그의 정신의 주석이다. 이러한 입장은 온전히 민간적이다. 전통문화의 기초 위에서 하나의 무형적인 정신의 권력 공간을 형성했고, 민간신앙은 완전히 오염되었으며, 한漢 문명은 하나의 부호로서 인간의 정신을 압살하는 무기로 충당되었다. 이처럼 약자에 대한 사랑 속에서 문제를 사고하는 태도는 본연적인 반응일 터인데, 하지만 어떤 독서인도 이러한 것들을 의식하지 못했다. 이로부터도 그의 사유 논리를 볼 수 있고, '좌련'에 가입한 그의 내적 동기도 해석할 수 있다. 그가 가장 좌경이었을 때 이 입장은 강화된 것이다. 중국 지식인이 좌익으로 전환한 것은 압박에 불만을 지닌 인간성의 힘에 따른 것이다. 루쉰이 말년에 쓴 글 몇 편에 드러난 '좌경'화 경향은 일종의 격분을 담고 있다. 「중국 프롤레타리아 혁명문학과 선구자의 피中國無産階級革命文學和前驅的血」라는 글에서 그는 다음과 같이 말했다.

우리의 노동으로 고생하는 대중은 대대로 오직 극심한 억압과 착취를 당하면서 글자를 깨치는 교육의 혜택마저도 받지 못한 채 그저 묵묵히 온몸으로 살육과 멸망을 겪어 왔다. 또 번잡하고 어려운 상형문자는 그들이 스스로 깨칠 기회를 가질 수 없게 했다. 지식 있는 젊은이들은 자신의 선구적 사명을 깨닫고서 맨 먼저 나가 싸우자고 외쳤다. 이 외침은 노동으로 고생하는 대중 스스로 외친 반역의 함성과 마찬가지로 통치자를 공포로 몰아넣었으며, 곧바로 앞잡이 문인들이 떼 지어 일어나 공격을 가했다. 헛소문을 지어내지 않으면 몸소 정탐꾼이 되었다. 그러나 이 모두는 남몰래 행해졌고 익명으로 이루어졌으니, 그들 자신이 어둠의 동

물임을 증명했음에 지나지 않는다.[8]

이 글의 입장을 이해하면 그가 왜 후스, 량스추梁實秋, 쉬즈모徐志摩와 같은 이들을 좋아하지 않았는지 알 수 있다. 이런 사람들은 신사紳士계급과 유한계층에 속하기 때문이다. 루쉰의 글에서 가장 혐오한 것이 대체로 이런 것들이었다. 그의 글쓰기의 논리적 기점을 여기서 찾을 수 있지 않을까?

한편으로 전통이 사람을 잡아먹는다고 욕하고, 다른 한편으로는 신사계층의 량스추를 "자본가의 볼품없는 상갓집 개"라고 꾸짖은 것도 모두 화가 나서 한 말은 아니었다. 문화 선택의 한 자세이다. 이러한 것들은 민중의 생존적 질고와는 친연관계가 없고 심지어 이 세계의 공모자일 뿐이었기 때문이다. 이로서도 그가 왜 소련을 가깝게 여기고 어째서 마르크스주의 문헌을 번역했는지 이해할 수 있다. 그것들은 대중에 속해 있었고 중국의 피억압자에게 속해 있었기 때문이다.

하지만 피억압자는 자신의 표현 공간이 없고, 그들의 글쓰기는 텅 빈 것이었다. 루쉰 스스로 적극적으로 그러한 사대부의 표현 방식을 버리고 새로운 언어 세계를 찾기 시작했다.

그러나 새로운 언어는 어떻게 세워야 할지도 전혀 알지 못했다. 대중어大衆語와 관련된 토론에 참가했을 때 유토피아적 충동을 면할 수 없었다. 새로운 언어는 마땅히 민간에서 나와야 하지만, 글을 쓸 수 있는 이는 역시 독서인이다. 세계는 지식계층이 묘사한다. 문인의 텍스

---

8   『전집』 6권, 132쪽.

트를 전복시키는 일은 사실 대단히 어렵다. 어려워야 가치를 드러내기 때문이다. 그의 정신의 터전은 사람들과 달랐다.

그의 텍스트에서 살아 꿈틀거리고 흘러가고 있는 아름다움을 느낄 수 있는 이유는 루쉰이 끊임없이 밖으로 나와 대지에 바싹 다가갔기 때문이다.

4.

독자들은 루쉰의 거침없이 내달리는 글쓰기의 일면을 감상할 때 그가 용어를 사용함에 공을 들인 점에도 주의해야 한다. 단어 구사와 문장 구성은 모두 또 다른 깊은 의미가 있다. 그의 언어 표현으로부터 생각의 신중함을 볼 수 있다. 문구가 다소 복잡한 것은 대체로 표현의 빈틈을 메우기 위한 것이다. 루쉰 자신이 보기에 언어의 빈틈이 아주 많고, 그래서 그의 표현은 전체적으로 구체적이고, 세밀하면서 또 습관적인 용어를 넘어서고 있다.

언어는 제한이 필요하다. 제한 속에서 자신의 사상을 표현한다. 그런데 그때 사람들은 대부분 속이 빈 채로 나라니, 민족이니 하는 등의 문제를 논한다. 설사 신변의 사소한 일을 논한다 하더라도 역시 비슷한 것 같으면서도 그렇지 않은 것이 어정쩡하고 애매하다. 예를 들면 혁명문학의 이론 묘사나 사실寫實 관념의 달성과 같은 것은 모두 엄정하지 못한 사유로 인해 그렇게 된 것이다.

일상적인 말투에서도 그가 문제를 사고하는 주도면밀함과 깊이를 알 수 있다. 그의 학생 리빙중李秉中이 그에게 결혼 문제, 즉 결혼은 해야 하는지 아닌지를 물었는데, 이에 대한 루쉰의 대답은 다음과 같았다.

결혼은 말하기 어렵습니다. 이 가운데 이점과 폐단은 수년 전 편지에서 역시 형에게 말한 적이 있다고 기억합니다. 사랑과 결혼은 확실히 세상의 큰일이니, 그것은 이로부터 정해지는 것입니다. 그러나 사랑과 결혼에는 그로부터 발단되는 또 다른 큰 일이 있습니다. 이런 큰일은 결혼 전에는 생각해본 적도 부딪친 적도 없을 것입니다. 그러나 이것도 인생에서 반드시 거쳐야 하니(결혼하고자 한다면) 어쩔 수 없는 일입니다. 결혼하기 전에 이야기해도 모르고 이미 안 뒤에는―어찌할 수가 없습니다.[9]

큰 깨달음 뒤에는 무언의 침묵이 뒤따르는데, 무어라고 말을 하려고 하면 말로 표현하기 어렵다. 이것이 전형적인 루쉰의 사유이다. 사람이 무엇을 선택하는 대로 그와 관련한 문제와 부딪치게 된다. 문제는 선택에 따라서 나타난다. 사람은 반드시 선택해야 하지만 선택하는 속에서도 경계심을 가져야 한다. 이것은 실존의 역설이다. 이런 역설에서 출발해야만 인생을 체득할 수 있다. 『들풀野草 · 묘비명墓碑銘』에서도 그의 "하나의 소리에 여러 가지 가락이 있고, 하나의 그림자에 다양한 형태의 특징"이 있음을 볼 수 있다. 그는 아이러니와 자기반성 속에서 언어의 질서를 전복시켰다. 인생의 경험이 모두 언어로 표현

---

9   「致李秉中300503」, 『魯迅全集』 제12권, 北京 : 人民文學出版社, 2005, 233~234쪽.

될 수 있는 것은 결코 아니니, 언어의 세계에도 허황된 면이 많기 때문이다. 객체가 허황된 단어로 묘사될 때가 바로 분해될 때이고, 우리는 진실이 소재한 곳으로 다가갈 수 없다.

추위 속에서 목 놓아 노래 부르며 열광할 적에 천상에서 깊은 연못을 본다. 모든 눈에서 무소유를 보고, 희망 없는 곳에서 구원을 얻는다.[10]

루쉰은 자신의 관점을 표현할 때 '이다' 또는 '아니다'라고 말하지 않았다. 예를 들면 '공평함'에 관해 논한다면, 그는 공평함에 대해 전혀 반대하지 않았다. 하지만 무엇보다 먼저 상대방이 공평함을 중요시하는지인데, 만약 아니라면 덮어놓고 공평함을 말할 수 없다. 민주란 좋은 것이긴 하지만, 민주를 중요시하지 않는 사람에 대해서는 혁명의 방식으로 해결할 수밖에 없다. 구체적인 문제, 구체적인 분석은 두루뭉술한 표현이 아니다.

두루뭉술하지 않고 구체적인 것이 루쉰 담론의 한 특징이다. 일찍이 당장 닥친 문제를 논할 때, 그는 우리는 당장 "첫째는 살아야 하고, 둘째는 배불리 먹고 따뜻이 입어야 하며, 셋째는 발전해야 합니다"[11]라고 말했다. 그러나 그는 이어서 또 "제가 말하는 사는 것이란 결코 구차한 삶이 아니며, 배불리 먹고 따뜻이 입는 것이란 결코 사치가 아니며, 발전 또한 방종이 아닙니다"[12]라고 말했다. 모든 표현에는 전부

---

10 『전집』 3권, 74쪽.
11 『전집』 4권, 82쪽.
12 『전집』 4권, 82쪽.

제한이 있고, 제한이 없으면 희미하게 되고 근거로 삼을 바가 없게 된다. 언어를 사용할 때 줄곧 매우 조심했는데, 언어에도 또한 함정이 있기 때문이다. 우리는 그의 주도면밀함과 사려 깊음을 느끼지 않을 수 없을 것이다. 습관적인 그의 용어에 대한 경계심은 바깥의 황당무계한 존재에 대한 경각심에 뒤지지 않는다. 루쉰의 글에 대한 가혹한 요구는 인생에 대한 가혹함을 초월한다.

루쉰을 이해하려면 마땅히 그의 사상의 한계를 보아야 할 것이다. 그는 중국 언어문자의 문제는 한계를 설정하기가 어려우며, 확실성을 갖기가 불가능하다는 것을 발견했다. 그래서 번역하는 가운데 부단히 경역硬譯(축자적인 딱딱한 번역을 말한다 - 역자)의 방법을 고집했지만, 경역의 결과는 사람들이 식별하지 못해 별나라 말이 되고 말았다. 옌푸嚴復가 '신信, 달達, 아雅(신은 충실함이며 진실성을 말하고, 달은 풍부함이며 표현이 다양하고 격조에 이르러야 함이고, 아는 고상함이며 문학의 예술성을 담은 것이다 - 역자)'의 규칙에 부합하지 않았고 첸중수가 말한 '화경化境(최고의 경지 - 역자)'도 아니었다. 루쉰이 모국어를 바로잡으려 기울인 노력은 좀 돈키호테적인 모습을 드러냈고, 그 결과는 당연히 실패였다.

번역문에서의 여러 가지 경험은 오히려 잡감문의 풍부함과 표현의 확실함을 가져왔다. 아주 동양적인 사유 방식의 뒤쪽에서 실은 이미 백화문의 방향을 개조했던 것이다.

5.

저우쭤런은 루쉰이 나쓰메 소세키의 영향을 받았다고 말했는데, 보통 사람은 그것을 단번에 파악해내기가 쉽지 않다. 루쉰의 텍스트를 읽을 때 종종 부조리한 느낌을 강하게 느낄 수 있다. 이것은 나쓰메 소세키와 고골리에게서 자주 나타난다. 그렇지만 진실한 상황은 루쉰 자신의 유머감이 강렬하고 현실의 자극에 대해 탁월하게 반응했다는 것이다. 부조리의 뒷쪽에 진실한 말이 있다면, 혹자가 실어의 침묵이라고 말하는 말 없음無語이다. 그러나 일단 표현하고 나면 공허를 느낀다. 또 "나는 침묵하고 있을 때 충실함을 느끼지만, 입을 열면 동시에 공허를 느낀다"이다. 이것은 현대가 나타낸 전형적인 부조리이다.

데리다는 기호가 하나의 차이를 지닌 구조로써 그 절반은 시종 "여기에 있지 않고", 다른 절반은 시종 "저기에 있지 않다"[13]라고 생각했다. 데리다는 이어서 오직 하나의 총체적인 텍스트 속에서만 기호의 진정한 의미를 부여할 수 있게 되어 표현이 비로소 온전하게 되며, 영원히 현장에 없는 그들 기호가 바로 현장에 있는 기호에게 의미를 부여할 수 있다고 인식했다. 그러나 언설은 이 점을 해내지 못했다.[14] 이러한 관점으로 루쉰을 보면 호응할 수 있는 지점이 있을 듯하다. 1927년에 국민당이 사람들을 수도 없이 죽이는데, 루쉰은 너무 놀라서 아연실색하고 말았다. 그는 탄식하며 다음과 같이 말했다.

---

13   橋瑞金, 『非線性科學思惟的後現代詮釋』, 太原, 山西科學技術出版社, 2003, 50쪽.
14   위의 책, 54쪽.

혁명, 반(反)혁명, 불(不)혁명.

혁명가는 반혁명가에게 죽임을 당한다. 반혁명가는 혁명가에게 죽임을 당한다. 불혁명가는 혁명가로 여겨져서 반혁명가에게 죽임을 당하거나 반혁명가로 여겨져서 혁명가에게 죽임을 당하거나 아무것으로도 여겨지지 않아 혁명가 또는 반혁명가에게 죽임을 당한다.[15]

이와 유사한 느낌은 많은데, 글로 에두르는 것은 사실 현실이 도리로 설명하기 어려운 에두르기인 것이다. 언어는 영원히 현실의 뒤쪽에 있고 그래서 현실로 환원하려고 하면 단지 어휘를 에두르게 하여 낯설게 하는 수밖에 없다. 잡감문의 끊임없는 변화 형태는 사실 현실 자극의 결과다.

뜻밖에도 그의 많은 잡반은 너욱 너 현학적 의미에 집근했다. 이치로 설명할 수 없는 인간 세상의 특성에 대한 사색은 사실 현학적인 측면을 갖고 있다. 루쉰의 기질이 한층 이 점에 부합했음은 의심의 여지가 없다. 샤먼夏門에 있을 때 그는 『아침 꽃을 저녁에 줍다朝花夕拾』를 출판하면서 다음과 같은 머리말小引을 썼다.

한때 나는 어린 시절에 고향에서 먹던 마름 열매, 잠두콩, 줄풀 줄기, 참외 같은 채소와 과일에 대해 자주 생각하곤 했다. 이런 것들은 모두 대단히 신선하고 감칠맛 있으며, 또 모두 고향 생각을 자아내던 유혹이었다. 뒷날 오랜만에 다시 먹어보았더니 예전 같지는 않았다. 기억 속에는

지금도 지난날의 그 감칠맛이 남아있다. 이런 것들은 아마도 한평생 나를 속여 가며 가끔 지나간 일을 돌이켜보게 할 것이다.[16]

루쉰은 기억의 믿을 수 없음을 발견했다. 그렇다면 언어는 모두 믿을 수 있는 것일까? 세간에 유행하는 신앙이든 기대든 모두 함정을 갖을른지 모른다. 니체는 『차라투스트라는 이렇게 말했다』에서 언어의 무력함에 관해 쓰고 자신이 자신의 적이라고 했다. 그렇다면 언어도 언어의 적인가? 지혜는 자신을 속일 수 있고 언어도 그물에 걸려들 수 있다. 어찌 이뿐이겠는가, 언어의 허황함 역시 공교롭게도 존재의 허황됨에서 기인한다. 많은 존재는 언어로 설명할 수 없기 때문이다. 그는 많은 외국의 시인과 작가의 글에서 이 점을 보았다. 그들은 항상 역설적인 언어를 사용하여 문제를 토론했다. 루쉰이 번역한 시문 가운데에는 이러한 역설적인 언어가 많을 것이다. 예를 들면 페퇴피의 시이다.

희망은 무엇인가? 창녀.
그는 누구나 유혹하고, 모든 것을 바치게 한다.
그대가 가장 큰 보물―
그대의 청춘을 바쳤을 때, 그는 그대를 버린다.[17]

시인의 촉각은 대단히 신선하고 활발하다. 루쉰이 번역한 니체, 안드레예프, 가르신, 아리시마 다케오有島武郎의 작품에는 이러한 문장구

16　『전집』 3권, 108쪽.
17　『전집』 3권, 44쪽.

조가 많다. 훌륭한 작가는 유행하는 언어를 찢어발긴다. 그들의 사상은 유행의 공간을 통과하고 자신의 시학의 우주를 건립한다.

말년에 그의 글은 부조리한 느낌이 아주 강렬했다. 그는 청년의 죽음을 쓰고, 자신의 구차한 삶의 비애를 보았다. 언어가 무슨 소용이 있는가? 작가의 글은 이런 정도에 지나지 않았다. 「나는 남을 속이고 싶다非我要騙人」라는 글에서 그는 자기 신분의 난처함을 말했고, 진술 속 비非규정성은 역으로 부조리를 더욱 드러내게 했다. 한편으로는 태연자약하게 글을 썼고, 다른 한편으로는 독자에게 죄송하게 생각했다. 이것은 어떤 심경인가?

마치 모든 문제를 모두 쓸 수는 있지만, 써낸 것이 본의를 누락시킨 것에 불과한 것과 같다. 루쉰이 작품에서 전달한 것은 이러한 종잡을 수 없는 느낌이다. 글에도 차기움 속의 따뜻함이 드러나고 있다. 푸코는 욕구가 언어의 표상表象을 뛰어넘을 수 있다고 생각했다. 그렇다면 루쉰 마음속에 담긴 한없는 넓고 아득함은 단어 속에서 포위를 뚫고 나와 연구자에게 수수께끼 같은 유혹을 불러오는 것이다.

6.

루쉰은 마음속으로 주변의 사유 환경이 파괴되었다고 생각했다. 이것이 그에게 캐묻기 심리를 만들어 주고, 사유 패턴도 뒤엎게 했다. 이는 그의 글 어느 곳이나 다 있다. 중국 사람은 원만하고 화기애애한 결말을 좋아한다. 하지만 루쉰은 한사코 그렇게 하지 않았다. 그는 가짜 신령을 모독했다. 그것은 그림자에 불과하며 진실하지 않다고 생각했기 때문이다. 예를 들면 모든 현縣에는 십경十景이 있지만, 너도나도 맞장구친 숫자에 불과하고 진짜 현실과는 무관하다. 모든 희곡의 이야기는 모두 누이 좋고 매부 좋은 결말이고, 헛된 명성을 얻지만, 고달픈 인생과는 아주 거리가 멀다.

문제가 없는 곳에서 그는 많은 문제를 제기했다. 그리하여 질의, 불만과 공격과도 부딪쳤다. 1930년대에 메이란팡梅蘭芳이 한창 인기를 누릴 때, 루쉰이 글 몇 편을 써서 경극을 비평했다. 「메이란팡과 다른 사람들非略論梅蘭芳及其他」에서 이렇게 말했다.

그가 아직 사대부들의 보호를 받기 전에 했던 연극들은 당연히 속된 것이다. 심지어 상스럽고 추악하기조차 하다. 하지만 발랄하고 생기가 있었다. 그러나 일단 '선녀'로 변하자 고귀해졌다. 그러나 그때부터 딱딱하게 굳어져 활기가 없어졌고 불쌍할 정도로 조심스러워졌다. 내 생각에 대다수 사람들은 살아 있는 것도 아니고 죽지도 않은 선녀나 임대옥 누이를 보는 것보다는 우리와 아주 친숙하고 아름답고도 활발한 시골 아가씨를 더 보고 싶어 한다.[18]

많은 사람은 루쉰의 비평에 대해 불만스러워 했는데, 민족 유산에 대한 불경이라고 생각했다. 하지만 루쉰은 사회에 대한 사대부의 끊임없는 미화와 장식은 백성의 경험과 거리가 멀며 진정한 예술이 아니

---

18 『전집』 7권, 773쪽.

라고 생각했다. 문제는 중국의 독서인이 항상 허황함 가운데 하나의 길을 만들어 사람을 미로로 이끌려고 한다는 데 있었다. 사대부 같은 기질을 버리지 않는 한 문학은 결국 문제가 있는 것이다.

케케묵은 방식의 사유가 사람들을 나태하게 만든다. 모든 새롭고도 까다로운 문제가 나타났을 때, 노예근성을 지닌 언어로 어떻게 분명하게 해석을 할 수 있겠는가? 나라가 망할 때, 루쉰은 문인과 미녀는 속죄양이 되지만 권력자와는 무관한 것 같다고 말했다. 이는 노예의 사유이다. 문인이 몇 마디 참말을 써서 그것이 사회 동란의 원인으로 간주될 때, 그것이 현실적 결과라고 과감하게 말하는 사람은 없다. 이 또한 노예 시대의 담론 방식이다. 1930년대에 농촌 백성들의 미신적 풍조를 보고 루쉰은 대중계몽 교육에 대한 갈망을 걱정스레 말했다. 백성의 정신이 옥에 갇힌 것이 정말 오래되었기 때문이다. 정형화된 사유의 결과는 변혁을 생각해내지 못하고, 정신이 과거 세계 속에 있어 새로 나온 모든 것에 대해 거부의 태도를 갖게 된다. 그래서 죽어 뻣뻣해진 여론 환경을 만들어서, 하층 시민의 풍조는 상층 벼슬아치 기풍이 모두 한 가지 가닥을 드러내는데, 그것은 바로 사상적 살인이다. 도덕적으로 죄를 만들어 함정에 빠트리든가, 정치적으로 죄를 만들어 목을 자르든 간에 정말 진정한 사람 세상에 있는 것 같지 않다. 「"사람들의 말은 두렵다"에 관해論"人言可畏"」라는 글은 시민과 신문의 유언비어가 퍼뜨린 독에 대한 울분을 드러냈다. 루쉰은 거기서 국민의 나쁜 근성劣根性의 근원을 보았다.

국민들의 고질적인 습관에 대한 루쉰의 실망은 그로 하여금 예술 속에서 대응하는 존재를 찾게 했다. 사유의 정형화는 언제나 시간적

제약과 습관적인 언어 공간(스티에성史鐵生의 말)에서 이루어진다. 이러한 공간을 부수어야만 어떤 잘못된 영역에서 벗어날 수 있다. 그리하여 역사와 끊임없이 대화하는 가운데 어떤 응고되어버린 민족성이 가져온 문제를 본다. 파탄이 없는 곳에서 파탄을 보는 데는 일종의 꿰뚫는 힘을 지녀야 가능하다. 「명인과 명언名人和名言」에서 "박식한 사람의 말은 천박한 경우가 많고, 전문가의 말은 부조리한 경우가 많다"라는 곤경을 드러냈고, 그 결론은 곧 "명인의 말"과 "명언"을 분리하고 "명인"이 모두 명언을 하는 사람이라고 볼 수 없다는 것이었다.

우리는 루쉰의 작품에서 다시 한 번 그 의표를 찌르는 필법을 볼 수 있다. 소설집 『새로 쓴 옛날이야기故事新編』에서 그는 항상 역사서술 가운데서 현대적 요소를 덧붙이고 블랙 유머의 의미를 드러냈다. 「검을 벼린 이야기鑄劍」는 복수의 이야기이지만, 결말은 원만한 찬란함이 아니라 오히려 함께 죽고자 하는 비장함과 부조리한 화면으로, 모든 이른바 쟁의의 미명을 없애버렸다.

일부 작품에서 그는 줄곧 문화사가 규정한 사람에 대한 한계를 벗어나기를 바랐고, 민간 희극의 귀신 이미지를 긍정하는 동시에 어용의 궁정 예술을 비웃었다. 「하늘을 땜질한 이야기補天」는 여와女媧가 사람을 창조하는 눈부신 장면을 순수하고 아름답게 위용 넘치게 묘사했지만, 조그마한 용속함과 어둠도 없다. 하지만 나중에 작품에서 도학자 티를 내는 젊은이를 등장시키는데, 역사 공간을 현재로 끌어 와 다른 운치를 느끼게 했다.

여기서 사대부의 고리타분한 용어와 역사적 타성은 전복 당했다. 억제된 시간의 흐름은 또 다른 곳으로 흘러간다. 이 유한과 무한에 구속되지 않는 가능성이 그의 글쓰기의 통쾌한 점이다. 현실적 요소와 역사적 요소를 새롭게 배열할 때, 기존의 역사적 사고 패턴을 뒤흔든다. 고골리는 『죽은 영혼』에서 부조리 필치로 현존하는 세계의 불행을 묘사했다. 그것도 찢어발기기의 하나이다. 도스토옙스키의 『가난한 사람들』의 필치도 유사한 의미를 지니고 있다. 루쉰은 외국소설에서 영감을 빌릴 때 중국의 문제로 들어가는 입구를 찾았다. 밀봉된 시공간 계통 하나가 이렇게 해서 찢어 발겨졌다.

7.

루쉰에게는 하나의 비판적 담론이 존재한다. 이 담론의 논리 구조는 무엇인가? 사람들은 추론하기 어렵다. 루쉰의 언어는 공격성을 갖고 있지만, 높은 데서 내려다보며 하는 공격이 아니다. 그러한 가시를 지닌 글들은 지혜, 취미, 울분, 사랑의 에두름이다.

전통적 문인은 세계를 비판할 때, 유머와 지괴志怪(한나라 말기에서 남조까지 시대에 일어난 이상한 일들을 적은 짧은 이야기를 가리키며, 소설의 원류가 되었다 — 역자)의 텍스트 속에서 함축적으로 반영할 수 있었을 뿐이었고, 직접 대놓고 말하면 품위를 잃는 것이었다. 문제는 사람들 대다수가 세상일을 깊이 느끼고 있지만, 루쉰이 좋아한 것은 딱 반대되어 세상과 소통하지 않거나 세상일에서 멀리 벗어난 데 있다. 1930년대의 젊은이들이 그의 글을 좋아했던 것은 바로 그 내심이 순수하고 아름답게 반짝이기 때문이었다. 중국에서 당시에 문인들이 허장성세하는 꼬

락서니가 얼마나 많았는가. 물결 따라 흘러가기는 쉽고, 세상을 거스르기는 매우 어렵다. 「세상 삼매경世故三昧」에서 그는 어떤 심리 상태를 묘사했다.

가장 좋은 건 시비곡직을 따지지 말고 남들 가는 대로 그냥 따라가는 거야. 그런데 더 좋은 건 입을 열지 않는 거야. 더더욱 좋은 건 마음속 시비판단의 표정을 얼굴에조차 드러내지 않는 것이고…….[19]

그는 이렇게 사는 것이 아주 좋다는 것을 알았다. 하지만 이것은 문제가 있는 것이다. 결단코 이러한 선택을 하지 않았다. 그는 이렇게 말했다.

나의 글이 중국에서는 꽤 날카로운 편이고, 말도 가끔 사정없이 한다는 것을 나 자신도 잘 알고 있다. 그렇지만 나는 또한 사람들이 공리와 정의라는 미명과 정인군자라는 휘호와 온화하고 부드러운 두터운 인정을 드러내는(溫柔敦厚) 거짓 얼굴과 소문이나 여론이라는 무기, 알아듣지 못하게 빙빙 돌려 말하는 글을 가지고 어떻게 사사로이 자신에게 이익이 되게 행하는지를, 그리고 붓도 없고 칼도 없는 약자를 어떻게 숨도 못 쉬게 하는지도 잘 알고 있다. 나에게 이 붓이 없었다면 나도 모욕을 당해도 호소할 데가 없는 사람이 되었을 것이다. 나는 이를 깨달았고 그래서 항상 붓을 사용하고 있다. 특히 기린의 껍데기 아래에 숨어있는 마각(馬脚)을 드러내게 하는 데 사용한다.[20]

19　『전집』 6권, 507쪽.
20　『전집』 4권, 311~312쪽.

이러한 태도는 자신을 거친 들판에 두는 것으로, 모든 것을 다 고려하지 않는 것이다. 그래서 그에게는 하나의 처량하고 비장한 그림이 드러난다. 사상을 이해관계로부터 떼어내어야 바로 평범한 군중의 바깥 세계에서 자기 말을 할 수 있다. 그는 『화개집華蓋集 · 머릿말題記』에서 다음과 같이 말했다.

> 내게 이런 단평을 쓰지 말라고 권한 사람도 있다. 그 호의를 나는 매우 고맙게 여기고 있으며, 작품 창작의 소중함을 모르는 바도 결코 아니다. 그러나 이런 것을 지어야 할 때라면, 아무래도 지어야 할 것이다. 예술의 궁전에 이렇게 번거로운 금지령이 있다면, 차라리 들어가지 않는 게 낫다고 나는 생각한다. 사막 위에 선 채 바람에 휘날리는 모래와 구르는 돌을 바라보면서, 기쁘면 그게 웃고, 슬프면 그게 울부짖고, 화가 나면 마구 욕하고, 설사 모래와 자갈에 온몸이 거칠어지고 머리가 깨져 피가 흐르며, 때로 자신의 엉긴 피를 어루만지면서 꽃무늬인 양 여길지라도, 중국의 문사들 하는 대로 셰익스피어를 모시고 버터 바른 빵을 먹는 재미만 못하리라는 법은 없을 것이다.[21]

이것이 루쉰의 개성이다. 예술 궁전의 상투적인 길은 이미 부패했고, 오직 낯선 환경에서 세상과 직면해야만 은밀한 것을 발견할 수 있다. 야스퍼스가 소크라테스를 논할 때 "소크라테스는 사람들에게 무엇이 지식인지를 직접 가르쳐주지 않고 그들 스스로 발견하게 했다"

---

21   『전집』 6권, 25쪽.

고 했다. 세상의 진정한 사상가는 모두 이러할 것이다. 루쉰은 외로운 적막함 속에서의 발견에 흡족해 했다. 모든 기존의 설교는 모두 자신이 체험으로 얻은 것만큼 친근하지 못했다. 사람의 종점은 무덤에 불과하지만 죽음으로 통하는 길 위에서 자아의 반항이라야 진실의 길에 더욱 더 다가갈 것이다.

그리고 그는 한 번도 자신을 영웅이라고 생각하지 않았다. 만약 그렇다면 실패한 영웅일 따름이다.

이러한 결연함과 굳셈은 유가 문화의 신조 속에는 많지 않다. 또 중용의 길과는 통하지 않는 존경할만한 무엇이 있다. 인정에 가깝지 않다고 보이지만, 사실은 참 성정의 발로이다. 유가는 인정人情을 가장 많이 말하지만, 뒤에서는 오히려 반反인정의 방식으로 인정에 들어갔다. 루쉰은 그것을 완전히 전도시켰다. 이 역시 그의 극단적인 담론 방식이 유가 문화 자기장에서 가장 깊은 영향을 받은 사람들의 호감을 어떻게 얻어 낼 수 있었는가 하는 이유이다. 그는 중국 민족의 가장 순수한 것을 보존하고 있기 때문이다. 진과 선의 담론은 매우 난해한 그의 논리 속에서 일상적인 것으로 바뀌었다. 혹자는 그의 모험을 무릅쓴 자아 추방이 결과적으로 인간성의 기본점으로 돌아왔다고 말했다. 그 비통하며, 엄하고 세찬 배후에는 여전히 따뜻한 정이 있는데, 여기에서 그 사유 방식을 이해하는 시각을 찾을 수 있을 것 같다.

냉소에 뛰어난 루쉰의 내심에 있는 이러한 부드러운 마음은 사람을 사로잡는 정신이 깃든 곳이다. 모든 역방향적인 선택은 사리에 맞지 않음의 배후에서 오히려 자신과 타인을 헤아리는 따뜻한 마음에서 비롯되었다. 중국 육조六朝 이전 문인의 맑고 우렁찬 소리가 그 가운데 섞여 있다.

그래서 중국에는 이제껏 실패한 영웅, 끈기 있는 반항, 홀몸으로 치열한 전투를 벌인 무인, 반역자를 위해 용감하게 곡하는 조문객 등이 거의 없었다. 승리의 조짐이 보이면 우르르 몰려들고, 패배의 조짐이 보이면 뿔뿔이 달아난다. 우리보다 뛰어나고 날카로운 무기를 가진 유럽과 미국 사람들, 무기가 반드시 우리보다 뛰어나고 날카롭다고는 볼 수 없는 흉노, 몽골과 만주 사람들이 마치 무인지경에 들어오듯 쳐들어왔다. '여지없이 무너지다(土崩瓦解)'라는 이 말은, 중국인에게 자신을 아는 명석함이 있었음을 잘 나타내 주고 있다.

"꼴찌를 부끄러워하지 않는" 사람이 많은 민족은 이떤 일에서나 절대로 단숨에 '여지없이 무너지지' 않을 것이다. 나는 운동회를 구경할 때마다 늘 이런 생각에 잠기곤 한다. 우승자는 물론 존경할 만하다. 그렇지만 뒤처졌더라도 멈추지 않고 끝까지 달린 선수, 그리고 이런 선수를 보고서도 숙연히 비웃지 않는 관객이야말로 중국의 장래의 대들보라고.[22]

보통 사람과는 전혀 다른 사유 방식이다. 이것은 루쉰이 고심한 부분이라고 할 수 있다. 그의 고독하게 전진하는 내적 동력도 다 여기에 있다. 이러한 생명의 선택이 그 언어 선택의 특이성을 결정했다. 수구 세력과 직면해서 반문하는 가운데 탄생한 사상이 기운차게 원초적인

---

22 『전집』 4권, 195~196쪽.

경지에 진입하지 않으면 영원히 환상 속에서 뒤엉킬 것이다. 모든 것은 복원해야만 창조를 더 충만하게 하는 것이 아니다. 루쉰은 참을 추구하는 동시에 창조적인 비상을 시작했다. 그의 글쓰기 방식은 그 누구도 해본 적이 없고 표현한 공간도 유달리 탁 트이고 환하다. 사람들이 쇠로 된 방 속의 혼돈에 안주할 때, 루쉰은 새벽빛으로 통하는 문짝을 열어젖혔다.

고행자의 길

1.

전에 나는 늘 쉬안우먼宣武門 내 거리를 지나다녔다. 한 번은 길가에서 아는 사람을 만났는데, 그가 베이양北洋 군벌 시기의 교육부가 있던 자리를 물었었다. 나는 잠시 멍해졌다. 어렴풋이 시단西單의 건너편이라고 기억했는데, 그러나 지금은 흔적 하나조차도 없었다. 사람이 한 지방에서 오래 살게 되면 자기 주변의 옛 자취에 대해 흔히 무심해지기 마련이다. 친구는 내가 지리에 대해 자신과 마찬가지로 낯설다는 것을 깨닫고는 이상하게 생각했다. 나는 얼버무리며 말하기를, 원래 유물이라곤 얼마 없으니 구경할 게 하나도 없네라고 했다. 그날 높은 빌딩이 빽빽이 늘어선 시내를 보고 어쩔 수 없이 약간 서글픈 생각이 들었다. 어디에 또 무슨 옛날의 거리 풍경이 있겠는가?

나는 쉬우안면 근처에서 여러 해를 살았는데, 그것은 민국 초기 회관會館들이 즐비했던 곳이라는 것과 많은 문화적 사건이 모두 거기서 일어났다는 것을 알고 있었다. 지금 우리가 그 당시의 유적을 찾으려고 하면 박물관에 갈 수밖에 없으며, 다른 것은 얼마 볼 수 없게 되었다. 역사 중독이 있는 사람들만이 어쩌다 글에서 언급해 옛날의 낙조를 다시 빛낸다. 그러나 현장에 가서 직접 보면 실망하는 바가 많다.

뒤에 업무적인 원인 때문에 문물 총 조사팀에 참가했고, 근처의 사당祠廟과 옛집舊宅으로 가 볼 기회가 있었다. 혼자 자전거를 타고 돌며 거의 모든 길거리를 다 돌아다녔다. 며칠 동안에 자료를 좀 수집했다. 전체적으로 가치 있는 유물은 대부분 일찍이 파손되었고, 어떤 것은 복원된 뒤 옛날 모습이 거의 남아 있지 않았다. 예를 들면 류리창琉璃廠에 예스러운 모습이 있다고 해도 맛은 이미 사라졌고, 훌륭한 희귀 판본善本이나 기막힌 예술품을 보기란 정말 어려웠다.

이것이 나에게 역사를 건져낼 의욕을 불러 일으켰다. 나는 전에 루쉰이 당시 출근하던 길을 걸어가고 싶어 사오싱 현관紹興縣館에서 옛 교육부까지 걸어갔었다. 이것이 일상생활을 엿보는 심리인지 아니면 또 다른 무엇인지는 나도 분명하게 말할 수 없다. 루쉰을 이해하려는 것이 숙원 같은 것이었기 때문에, 그의 의식주 생활에 대해 관찰하지 않으면 무언가가 부족하다고 생각했다. 사오싱 현관에서 교육부까지는 멀지 않은 길인데, 오히려 길을 찾지 못했다. 지난날의 이야기는 종이 위에 있을 뿐 다른 어떤 것도 없었다.

그러나 그때 갑자기 베이징 남쪽 교육부 시기의 루쉰에 대한 나의 인상은 소설 몇 편과 베껴 쓴 향촌 문헌 몇 권을 제외하고 나머지는 매우 적고, 대부분 공백이라는 것을 느꼈다. 일본의 다케우치 요시미竹内

는 일찍이 신비롭게 그것을 침묵의 몇 년이라고 말했다. 침묵이라면 우리가 찾을 수 있는 것은 당연히 적다. 그런 멀어진 세월 속의 사람과 일들에 대해서는 아주 막막하다. 중국에서 루쉰을 연구하는 사람은 많지만, 거의 10년에 이르는 그 침묵의 나날 동안에, 그가 어떻게 지냈는지는 대부분 추측할 수 없다. 그래서 『교육부 시절 루쉰에 대한 역사적 고찰魯迅在教育部史實考』같은 책을 써본다면 재미가 있지 않을까 생각했다. 나는 좀 써보려고 붓을 들자마자 바로 그것의 어려움을 느꼈다.

2.

야스퍼스가 어떤 책에서 말한 것처럼 무의미한 세월이 도래했다고 절실히 느꼈을 때, 그는 사실 한 가지 의미를 움켜쥐고 있었다. 이것은 예수 세계를 묘사할 때의 이야기인데, 루쉰에게 부합하는 부분이 있다. 베이징에서의 생활이 무료함으로 가득했던 것이 오히려 실제 상황이었다. 그는 여기 온 지 오래지 않아 새로웠던 마음은 한순간에 사그라들었다.

서른 살이 지나서야 그는 관료사회로 들어갔다. 세상 사람의 눈에는 월급이 좋으니 괜찮은 선택이었다. 그가 베이징에 온 것은 1912년이고, 거주했던 곳은 쉬안우먼 남쪽의 사오싱 회관紹興會館이다. 그 당시의 생활에 관해 쉬서우창許壽裳과 저우쭤런이 모두 기록을 남기고 있다. 그때 루쉰은 혼자 살았고, 시간이 넉넉했다. 교육부의 일은 복잡하지 않았고, 사회교육사社會敎育司에서 첨사僉事로 시작했다. 도서관, 박물관, 동식물

원, 미술관과 미술전람회 활동, 미술과 음악 및 연극 사무, 유물에 대한 조사수집 등 업무를 담당했다. 이런 것들은 모두 새로운 일인데, 제국의 수도가 지닌 분위기와는 매우 대조적이었다. 이 기관에는 수준 있는 사람이 많고 많았고, 차이위안페이蔡元培가 추천한 몇몇은 해외 유학을 한 이들이었다. 우수한 인물들이라고 할 수 있다. 뒤에 현대교육, 박물관, 도서관, 출판 등의 사업 분야에서 이들은 모두 업적을 남겼다. 다만 그 당시 사람들은 사업의 가치를 몰랐고 일도 많지 않아서, 어떤 때는 사무실에 한가하게 앉아서 무료하기 짝이 없어 보냈다. 주로 옛 책과 골동품으로 시간을 보내기 일쑤였다.

그때 루쉰의 모습은 나이와 그다지 부합하지 않아서, 나이가 들어 보였으며 몸에는 이미 무기력함이 나타나고 있었다. 그는 뭐라 말할 수 없는 무료와 고통을 느꼈지만, 또 이리한 무료와 고통 때문에 불안했다. 세월이 조금씩 흘러가고 있고, 자신이 할 수 있는 것은 독서뿐이며, 다른 것이 차지한 시간은 그다지 많지 않았다.

한낮에 하는 어떤 업무들에도 자극이 없진 않았다. 공문을 작성하고, 문물을 조사하며 회의를 준비했고, 어떤 내용은 흥미로웠다. 예를 들면「교육강요教育綱要」에 의견을 단 적이 있었는데, 문장이 맛깔나고 익살스러운 말도 하며, 세상 풍조와 법률 조문에 대한 이해가 남달랐다. 실과 득의 관계에 정통하고 강호의 몸가짐에 밝았다. 우연히 문물을 참관하거나 외지에 가서 희극을 고찰하는 일 등은 의미 없었다고 하기 어렵다. 당시 차이위안페이, 쉬서우창, 푸쩡샹傅增湘 등의 글을 보면 새로운 사물이 계속 등장하여 교육부의 일은 모두 개척적인 성격이 있었다. 공원 개발, 박물관 건립, 도서관 개관 준비 등이 모두 도전이었다고 할 수 없다. 동료들 가운데서 서학西學을 이해하는 이가 매우 많았다. 칸트철학, 에스페란토, 유럽의 회화가 모두 한가할 때 논의하던 화제였다. 게다가 루쉰이 뒤에 쓴 글의 용어 가운데 동료들의 그것과 비슷한 것들이 있다. 그들은 서로 영향을 주고받았는데, 이는 의심할 수 없는 사실이다.

교육부 내부에는 새로운 기풍이 있었다. 그것은 바로 사회풍속 조사와 예술교육美育 보급이었다. 이것은 차이위안페이의 발상과 관련 있다. 교육부에 들어오자마자 루쉰은 미술 강연을 몇 차례 했다. 일기에 청중은 아주 적었다고 기록되어 있다. 대체로 사람들은 이에 대해 이해하지 못했고, 흥취가 없는지도 알 수 없었다. 나는 그것이 루쉰에게 대체로 자극이었지만, 그와 동료들이 주장한 예술교육 이념에 대해서는 그 뜻을 이해할 수 있는 사람이 많지 않았을 것이라고 짐작한다.

그러나 책을 만나러 가는 것만이 즐거움이었다. 그와 함께 류리창을 거닐며 골동품을 가장 많이 본 이는 첸다오쑨錢稻孫, 쉬서우창, 천스쩡陳師曾, 쉬지상許季上, 치서우산齊壽山 등이었다. 이들은 작은 집단을 형성했다. 여러 친구 가운데서 쉬서우창이 루쉰과 가장 가까운 사이였고 친형제처럼 정이 두터웠다. 그들은 줄곧 밀접한 관계를 유지했다. 나머지 몇 사람은 성격이 모두 좋았고, 또 이들은 모두 학식 있고 사람됨도 충실했다. 몇몇 전문 분야에서 업적도 있었다. 내가 이들의 글을 보고 그들로부터 받은 인상은 태도가 온화하고 거동이 우아하며, 문사에 능통하고 판본에 정통하며 책을 아주 좋아했다는 점이다. 이렇게 훌륭한 자질을 지닌 공무원은 현재의 관청에서는 이미 보기 어렵게 되었다.

사람과 교류할 때 그는 점잖고 재미있으며 감정지수가 높았다. 그에 대한 쉬서우창, 치서우산, 장셰허張協和 등의 인상은 모두 좋았다. 그와 첸다오쑨과의 우의는 언급할 만하다. 첸다오쑨은 흥미로운 인물로서, 나는 첸다오쑨에 대해 계속 흥미를 갖고 있는데, 그를 신비로운 문인이라고 생각한다. 그는 첸쉰錢恂의 아들로 첸쉰의 친동생 첸쉬안퉁錢玄同과 루쉰은 동창이다. 두 사람 사이에 나눈 화제는 많다. 첸다오쑨은 일찍이 아버지를 따라 일본에서 생활해서 일어에 능통했다. 또 유럽에 갔던 적이 있어 식견이 있는 사람이었다. 또 회화繪畫에 능하고 옛 문물에 대해 많이 연구하였다. 루쉰이 교육부에서 처음 몇 년을 보냈을 때 그와 사이좋게 자주 왕래했다. 두 사람이 왕래하면서 문자와 회화에 관한 이야기를 나누고 술을 마시며 한담하기도 했는데, 아무것도 돌아보지 않고 흠뻑 취한 날도 있었다.

말하기를 좋아하지 않는 첸다오쑨은 루쉰에 관한 회고의 글을 남기지 않았다. 그는 방문을 받았을 때 몇 가지 단편적으로 이야기했다. 즉 루쉰이 교육부에 근무할 때 말하는 것을 그다지 즐기지 않았고, 다른 사람들이 마작을 칠 때도 그는 이제껏 어울린 적이 없었다. 정력을 모두 독서에 쏟았다. 첸다오쑨은 일본에 있을 때 루쉰과 쉬서우창을 알았지만 어떤 왕래도 없었다. 뒤에 교육부에서 동료가 되고 루쉰의 특이함을 발견했다. 인상에 학식 있고, 열정적이지만 약간의 위엄도 있었다. 그때 루쉰은 그와 함께 몇몇 활동에 참여하고 착상 내놓기 등을 좋아했다. 루쉰이 전람회를 열 때 그를 끌어 들였는데, 국장國徽 선정을 포함해서, 두 사람이 주요 책임자이기도 했다. 첸다오쑨은 그림을 그리고 루쉰은 글을 썼다. 그 글은 첸다오쑨이 보기에 정말 얻기 어려운 작품이라고 할 정도로 그를 놀라게 했다. 그는 루쉰을 다소 두려워

했던 같다. 그래서 뒷날의 교류에서 루쉰이 그를 자주 선택한 것을 이상하게 여겼는데, 그는 전혀 반대하지 않았지만 여전히 거리감은 있었다. 무슨 이유인지는 제대로 말하기가 어렵다.

그들은 이야기할 때 모두 방언을 사용했고 남쪽 사람들의 음률이 서로에게 더욱 낯익었다. 그러나 공개적인 장소에서 그들은 서투른 표준어(官話)를 사용했다. 루쉰의 발음에 사오싱 사투리 맛을 띠기는 해도, 대체로 알아들을수 있었다. 첸다오쑨은 열정적인 사람이며 지식 방면에서는 미술 등에 더욱 해박했다. 이탈리아어를 알아서 뒤에 단테의 『신곡』을 번역했던 것으로 보아 루쉰이 그의 능력에 대해 인정한 것이다.

처음 몇 년 동안 그들의 교류는 아주 빈번했다. 1912년에서 1915년까지 첸다오쑨은 루쉰의 일기에 자주 등장한다. 거의 매주 만났다는데, 어떤 때는 거의 매일 만났다. 예를 들면 1912년 9월 초의 일기에는 다음과 같이 기록되어 있다.

4일

오전에 말린 복숭아, 살구, 사과와 설탕에 절인 대추 등 네 가지를 집에 소포로 보냄. 저녁에 다오쑨이 왔고 함께 광허쥐(廣和居)에서 술을 마심. 밍보(銘伯)(쉬서우창의 큰형 - 역자)와 지푸(季黻)(루쉰은 쉬서우창을 '지푸'라고 불렀다 - 역자)도 왔다.

5일

오전에 국장, 동료 몇 명과 함께 궈쯔젠(國子監)에 감. 열람 뒤에 점심을 먹고 식사후 다오쑨과 걸어서 스차하이(什刹海)에 가서 차를 마심. (…중략…)

6일

흐림. 오전에 본부 직원회의에 감. 판(范)총장만 연설했는데 그 언사가 아주 이상함. 오후에 대학전문과정 토론회에 나가서 미술학교과정 관련해 토론함. 오후 다오쑨이 왔고, 저녁에 지푸의 집에서 술을 마심.

7일

비. 오후에 첸다오쑨의 집에 감.

8일

흐림. 일요일 휴식. 오전에 지푸와 류리창(留黎廠)에 가서 즈리관수쥐(直隸官書局)에서 『식훈당총서(武訓堂叢書)』초(初) 2집 1부 32책, 5위안(元) 5자오(角)에 구입. 가랑비가 내려 돌아옴. 9월 1일 『민싱바오(民興報)』한 부 받음. 오후에 갬. 『식훈당총서』를 읽음. 이 책은 콰이지(會稽)의 장(章)씨가 새긴 것으로, 지금 그 판본은 쑤저우의 주지룽(朱記榮)에게 있음. 이 책은 주지룽의 재판본임. 동시에 이 가운데서 몇 종을 뽑아서 그의 『괴려총서(槐廬叢書)』에 수록함. 근래 또 그 순서를 바꾸어 『교경산방총서(校經山房叢書)』라고 함. 이리하여 장씨의 이름 사라짐. 주지룽은 원래 서적상으로, 그 옛날 서적에 대한 액운은 마치 새 서적에서의 장위안지(張元濟)와 같음. 『배경루제발(拜經樓題跋)』를 읽고, 소장한 『추사초당집(秋思草堂集)』은 곧 최근 간행된 『장씨사안(莊氏史案)』임을 알았음. 대체로 우(吳)씨 장서가 상우인수관(商務印書館)에 들어간 것인 듯. 오후에 비가 갑자기 그침. 저녁에 다오쑨이 초대하여 볜이팡(便宣坊)에서 술을 마심. 지푸와 왕수샤(汪曙霞) 그리고 그의 형이 동석함.

첸다오쑨이 보기에 루쉰은 첫째 학문이 높고, 둘째 식견이 넓다. 그는 집안을 책임졌다. 바다오완八道灣의 집을 산 앞뒤 사정은 첸다오쑨도 알고 있었다. 루쉰의 사람됨의 특징은 첸다오쑨이 일반 사람들보다 훨씬 많이 알았다. 루쉰이 그를 어떻게 보았는지에 대해서는 기록이 없기 때문에 알 수 없다. 일기에서의 정보는 주로 파편적이다. 한 가지는 두 사람이 함께 책을 구하러 돌아다닐 때, 누군가에게서 책을 얻기 위해 흥정하는 모습인데, 매우 흥미롭다. 다른 한 가지 일은 그가 가치 높은 문물을 소장하고 있었고, 루쉰이 천스쩡과 함께 또 직접 그의 집에 가서 감상하는데 분명히 그 안목이 남달랐다는 점이다. 더군다나 첸다오쑨은 글쓰기 기초가 훌륭하고 단어 구사나 문장 구성에 기개를 담았다. 단지 쓴 것이 너무 적어서 세상 사람들이 분명하게 알 수 없을 따름이다. 저우쭤런은 그의 글에 탄복하여 일본 사람이 생활 풍습을 생생하게 표현했고, 서양의 시문詩文에 대해서도 내공을 쌓았고, 번역 수준도 높아서 당시에 드문 인재라고 여겼다.

저우쭤런이 베이징에 온 뒤 첸다오쑨은 루쉰과 점점 소원해졌다. 나는 첸쉬안퉁의 영향이 있었을 것이고, 또 저우쭤런에게도 원인이 있었을 것이라고 짐작한다. 그들은 모두 루쉰과 더 이상 교류하지 않았고, 저우쭤런은 심지어 절교 편지를 쓴 적도 있다. 친한 이들이 갑자기 흩어지고 나서 루쉰은 분명히 좀 실망했을 것이다. 겉으로는 이에 대해 덤덤했지만, 속으로는 말하기 어려운 아픔을 느꼈을 것이다. 기질적으로 첸다오쑨은 저우쭤런이나 그의 숙부 첸쉬안퉁과 가깝다. 상아탑 안에서의 일이란 비교적 단순하지만, 또 뒷날 루쉰의 거친 것들이 흘러나온 점, 많은 기이한 행동이 사대부 무리의 고상한 운치와 서로 아주 상반된 점, 그러한 보통 사람을 뛰어넘는 안목과 인품 등에 대해 그는 그 뜻을 깊이 깨닫고 있었으나 그와 함께 갈 수 없었고, 그래서 나중에는 왕래도 하지 않게 되었다.

3.

베이징에 처음 왔을 때, 몇 년 동안 루쉰과 미술에 관한 이야기를 나눈 사람은 천헝커陳衡恪이다. 천헝커는 아명이 스쩡師曾이고 1876년생이다. 두 사람은 난징南京 시절의 동창이며 일본에서도 함께 유학했다. 첸다오쑨 등은 심층적인 영역에서 천스쩡과 비교할 수 없다. 그리고 뒤에 루쉰은 중국소설사에 대해 논의할 때 그의 미술사 관념의 영향을 받았다.

내가 본 청淸나라 천헝커의 그림 몇 폭은 모두 작가가 루쉰에게 보낸 것이다. 화풍은 이미 청나라 이전의 산수 작품과는 크게 달랐고, 다소 역동적인 것을 담아냈다. 그것은 현대 시적인 함축이며 푸석푸석한 낡은 티는 보이지 않았다. 그는 붓놀림이 독특하여 석도石濤(1642~1707, 명나라 말기에서 청나라 초기에 활동한 화가이자 예술평론가 – 역자)의 운필을 다소 드러내며 일반 작품과는 달리 수수하고 예스러우면서도 현대적인 숨결을 잃지 않았다.

천스쩡은 서양회화와 일본회화에 대해 깊이 이해하고 있었다. 그의 아버지 천싼리陳三立는 그의 회화에 대해 칭찬을 많이 하고, 아이들 가운데 재능이 뛰어났다고 했다. 그는 일본에서 귀국한 뒤에 난퉁사범

학교南通師範學校에서 줄곧 강의했고, 뒤에 소개로 교육부에서 일하게 되었다. 루쉰은 일찍부터 회화방면에서의 그의 천재성을 알았고, 많은 탁본조각拓片과 화책畵冊을 즐겨 감상했다. 루쉰이 출판한 『역외소설집域外小說集』은 처음에 천스쩡이 표지를 디자인했다. 천헝커가 새긴 인장 몇 개는 모두 독특해서 루쉰이 줄곧 사용했다. 천스쩡은 열정적이고 남을 도와주기를 잘했다. 예를 들면 친히 수석공壽石工(1885~1950, 조각가이자 서예가-역자)의 집에 가서 루쉰을 위해 도장을 구해주고, 자진해서 멀리 있는 저우쭤런을 위해 그림을 그려주었다. 치바이스齊白石가 유명해진 것도 그의 추천과 관련이 있다. 그가 치바이스의 쇠년변법衰年變法(치바이스가 중국 전역을 떠돌며 늘그막에 독자적인 화풍을 얻은 회화세계를 응축시킨 용어이며, 그 자신도 나이 여든이 되어서야 그림다운 그림이 나왔다고 말했다-역자)을 촉진했고, 그의 그림을 일본에 추천 소개했으며, 단번에 성공시킨 데에 영향이 매우 컸다. 천스쩡의 배려에 대해 치바이스가 시 여러 편을 지었다. 우리는 지금 이러한 시구를 보면서 천스쩡의 순수한 정과 너그러움을 어렴풋이 느낄 수 있다.

여러 방면에서 루쉰과 천스쩡은 이야기를 나누었다. 예를 들면 예술에 대한 견해에서 둘 다 새로운 시각을 갖고 있었다. 풍속, 심리, 환경 방면에서 문화를 파악하기를 좋아했다. 루쉰이 집중적으로 외국인의 소설을 읽고 있을 때 천스쩡은 서양과 일본미술이 점차 변하는 길에 관심을 기울였다. 예술사에 대한 그들의 관점과 사유는 때로 일치했다. 두 사람은 모두 우연히 대학에서 강의를 부탁받았고, 그리하여 『중국소설사략』과 『중국회화사』가 세상에 나왔다. 나는 늘 두 사람이 닮은 점이 많다고 느꼈다. 역사 유적에 대한 그들의 태도는 착안점이 일치했고, 모두 비정통 문화 속에서 정신의 우수한 점을 찾을 수 있었다. 종교, 민속, 사대부 문화 사이에서 예술 발전의 법칙을 발견했다. 지금까지 이 두 권의 책을 비교 연구한 학자가 없으니, 참으로 안타까운 일이다. 나로서는 지식구조의 한계로 인해 이에 대해서도 단지 바라보며 탄식할 따름이다.

천스쩡의 회화는 정말 훌륭하다. 그는 현대 문인화의 비조이다. 일부 우창숴吳昌碩의 영향을 받았고 또 일본 만화도 참조했다. 아름답고 역동적이다. 그것은 린수林紓와 같은 낡은 기풍을 가진 화가는 미칠 수 없는 바이다. 그는 회화 이론과 실제 활용 면에서 모두 재능을 갖추었고, 속 빈 이론가가 아니었다. 애석하게도 그의 생이 너무 짧았다. 그렇지 않았다면, 틀림없이 우뚝한 기상을 세웠을 것이다. 뒤에 홀로 강호를 누빈 치바이스가 나에게 늘 천스쩡의 그림자를 떠올리게 했다. 그리고 루쉰이 치바이스를 좋아했으니 다른 중국 화가로서는 대신할 수 없는 일이다. 이런 맥락에서 현대의 예술사를 탐색한다면 우리는 반드시 다른 사람의 그것과는 다른 수확이 있을 터이다.

천스쩡은 눈을 부릅뜨고 세상을 본 사람이라고 할 수 있다. 1911년 「유럽 미술계의 최근 정황南歐洲畵界最近之狀況」이란 글을 번역하여 『난통사범교우회잡지南通師範校友會雜誌』에 실었다. 번역 후기에서 "지금 번역하여 우리 학계에 소개하는 것은 흐름의 변천을 알게 함이다. 곧 저 땅의 예술은 날로 새로워지는데 우리의 상황은 침체하여 나아가지지 못하니 이에 거울삼을 수 있다"라고 말했다. 또한 도쿄대학 오무라 세이가이大村西崖의 「문인화의 부흥」을 번역했는데, 오무라 세이가이의 글은 동양 본위의 특징을 갖고 있다. 여기서 서양 회화의 공리주의에 기울어진 일본 화단에 대한 불만을 쏟아내고, 또 왕유王維이래의 중국 문인화 전통을 대단히 찬미했다. 이런 시각은 저우쭤런이 좋아하는 나가이 가후永井荷風와 비슷하게 전통으로 되돌아간 길이다. 천스쩡은 뒤에 신新문인화를 제창했는데, 이런 사상의 영향을 다소 받았다. 하지만 복고주의도 아니고 자기 생각의 발휘를 중시한 편이고 자연주의에 사로잡히지 않으며, 이른바 멀고 오랜 것이 바로 그렇다. 그리고 그 당시 천두슈陳獨秀 등의 전통 회화를 전부 부정하는 관점에 대해 그는 동의하지 않았다.

사실 천스쩡에 대한 루쉰의 시각이 반드시 긍정적이지는 않았다. 그들은 그 당시 육조六朝 시기 사람들의 작품에 대한 관점이 비교적 가까웠다. 즉 송宋나라 이전의 예술에 창조성이 많다고 여겼는데, 그것이 이국적인 분위기를 지닌 원인인지 아닌지는 모른다. 루쉰은 위·진魏晉이 문학 자각의 시대라고 생각했고, 천스쩡이 회화를 논할 때도 시로 비슷한 관점을 가졌다. 그는 "육조 이전의 회화는 대체로 인륜人倫의 보조물로서 정교政敎의 편리나 건축의 장식을 위한 것이어서, 예술이 미처 속박에서 벗어나지 못했다. 육조에 이르러 미술은 독립 정신을 갖고, 미의 기풍도 그래서 일어났다. 점차 예술의 싹이 텄기 때문에 그 가지가 급성장할 수 있었다"[1]고 말했다. 이러한 견해를 통해 우리는 루쉰의 글에서도 마음이 서로 통했던 것을 알 수 있다. 천스쩡은 뒤에 문인화에 몰두했고, 현대인의 감각을 작품에 활용하여 회화를 개성주의의 세계로 약진하게 하였는데, 루쉰도 마음속으로 그렇게 생각했다.

그들의 마음속에서 중국 문화의 흥미로운 부분은 경서에 있는 것이

---

1   陳師曾,「六朝之繪畫」,『中國繪畫史』, 北京 : 中華書局, 2010.

아니라 감성적 텍스트와 그림이 내뿜는 것에 오히려 소중한 것이 담겨 있었다. 천두슈는 자신의 글에서 문인화를 비판했는데, 그것은 이론상에서 한 말로서 물론 감성의 섬광을 빠뜨린 것이라고 할 수 있다. 문화는 단지 이성의 잣대로 간단히 평가할 수 있는 것이 아닌데, 그것은 생명의 표현이고 많은 비이성적인 자유로운 꿈의 흔적이며 윤리도덕을 뛰어 넘는 것이기 때문이다. 우리 안에 오랫동안 갇힌 정신이 포위 망을 뚫고 나오는 것은 항상 예술로부터 시작된다. 무릇 멀어져 가는 길을 되돌아보면, 그러한 파묻힌 개인적인 속삭임의 파편들이 대체로 우리 윗세대의 지혜를 더욱 드러낼 수 있고, 유의미한 존재도 그 안에 있다. 루쉰은 뒤에 소설에서 전통이 사람을 잡아먹는다고 말했는데, 그것은 이성적 토대 위에서 한 혼잣말이다. 오히려 아직 예술적 매력을 결코 없애 버리지 않았다. 그 자신은 사실 오래된 문명의 수혜자였다. 이 점에서 천스쩡의 체험이 더욱 좀 깊었을 것이다.

나는 줄곧 교육부 시절에 그가 첸다오쑨, 천스쩡과 함께 그렇게 글자와 그림 연구에 뛰어들 수 있었던 것은 결국 서로 비슷한 심리에서 비롯되었다고 생각해왔다. 그들도 중국의 오래된 문화 가운데서 흥미로운 것이 많이 사라졌다고 느꼈다. 그러한 유물을 건져내는 일도 정말 유의미하다. 예를 들면 육조의 조각상은 명·청明清 시대의 예술보다 높은 운치를 드러내고, 한漢의 상상은 송·원末元 이후의 작품보다 훨씬 뛰어나다. 예술의 역사에서 모두 새 세대가 옛 세대를 앞서는 것은 아니다. 진화론은 이와 무관하다. 인류의 정신이 자유로이 노닐며 널리 기대는 것은 기연機緣이다. 오랫동안 새장 속에 갇힌 민족은 정신의 돌진이 필요하고, 그들은 그때 옛 꿈을 부활시키려는 의식도 다소 갖게 된다.

나중에 천스쩡이 세상을 뜨고 몇 년 뒤에 루쉰은 친구들과『베이핑첸푸北平箋譜』를 편집하고 책의 서문에서 천스쩡과 그의 예술에 대해 많이 칭찬했다. 그들의 우정은 조용한 글 어간에서 반짝이고, 그 교류가 남긴 흔적을 여전히 어렴풋이 알아볼 수 있다. 죽은 친구의 세밀하고 절절함, 엄격하고 분명한 현실적 감성과 동심이 예술의 새로운 탄생에 대해 느낌을 갖게 했다. 예스러움 속에 새로운 꿈을 담고, 날렵한 붓으로 옛 흔적을 변화시키며, 어정쩡한 세상이 새로이 꿈틀 움직이기 시작한다. 그러면 밝은 것이다. 죽은 친구의 역작이 이미 이 기연을 가능하도록 바꾸었다.

천스쩡의 죽음은 루쉰이 친구를 잃은 경험의 한 가지 특별한 예이다. 교육부 시절에 그는 이미 몇몇 친구를 잃었다. 특히 판아이눙范愛農의 죽음은 뜻밖이었고 충격도 매우 컸다. 판아이눙의 죽음은 자살이고, 길을 잃은 뒤의 자멸이다. 루쉰에 대한 그의 자극이 컸고, 여러 차례 시문을 지어서 그를 애도했다. 천스쩡이란 별이 떨어진 것도 뜻밖인데, 어머니를 뵈러 고향으로 돌아갔다가 불행히 병을 얻었으니 정말 어찌할 수 없는 일이었다. 친구가 병사한 뒤에 그의 정신은 잿빛으로 뒤덮였다. 그가 좋아한 예술은 틀림없이 모두 사람과 귀신 사이의 색깔을 띠거나 혹은 차가운 이미지라고 할 수 있다. 그러나 숙명적 관점은 이런 예술을 뜨겁게 사랑한 사람들이 삶과 죽음 사이에서 혼돈을 극대화하고 마음을 의지할 곳이 없다는 것이다. 사망 전에 아름다움에 대한 그들의 상상에는 잿빛과 우울한 성분을 얼마간 담고 있다. 죽음을 곱씹어본 사람은 아마도 시의 신詩神에 대한 태도가 아무래도 보통 사람을 뛰어넘을 것이다.

4.

하지만 루쉰은 절대 다른 사람이 상상하는 것처럼 그렇게 비관적이지도 그렇게 즐거워하지도 않았다. 그는 일찍이 천스쩡으로부터 도장을 하나 새겼는데, 이름은 "쓰탕俟堂"으로 죽음을 기다린다는 뜻이다. 교육부 시절에 그가 불경을 읽을 때, 내면의 어두운 느낌은 분명히 짙어졌다. 그러나 일상생활 속에서 그는 유머러스한 구절로도 자신을 풍자하길 좋아했다. 교육부의 많은 사람이 그의 멋스러움을 알고 있었다. 비관적이면서도 자신을 놀릴 수 있는 사람은 생활 속에서 어떤 모습이었을까? 그는 즐겨 담배를 피우고 술도 좀 마셨다. 중요한 점은 서적에 대해 특수한 취미를 가진 데 있다. 그래서 그런 괴롭고 쓸쓸한 날들이 몇 가지 색채로 물들었다.

이때 그와 자주 왕래한 이에는 또 쉬지상許季上(1891~1953,이름은 단丹이다. 교육부에서 루쉰과 동료였다. 1917년 이전에 베이징 대학에서 인도철학을 강의했다-역자)이 있다. 일기에 쉬지상이 등장한 빈도는 아주 높은데, 서로 각별한 관계를 맺었다.

쉬지상은 루쉰보다 10살 정도 아래며, 푸단공학復旦公學을 졸업했고 불학을 깊이 연구했다. 1912년 2월 차이위안페이가 교육부 관리를 베이징에서 소집하기 위해 보낸 전보의 명부에 그의 이름이 있는데, 그는 루쉰과 거의 같은 시기에 교육부에 왔고 사회교육사司에서 일했다. 불학을 좋아했고 또 성과도 있고 베이징대학에서도 강의했다. 뒤에 병으로 량수밍梁漱溟이 그를 대신해 베이징대학에 왔다. 이것은 모두 재미있는 이야기이다. 그들의 우정에 대해 나는 첸다오쑨이나 천스쩡의 그것을 뛰어넘는다고 생각한다. 두 사람은 손발이 척척 맞는 부분이 많았던 것 같다. 루쉰의 일기에서 그들의 친밀도가 다른 사람이 미치지 못했던 것을 느낄 수 있다. 그들은 서로 불경을 주고받으며 열심히 독서를 했다. 일부 전적典籍에 대한 루쉰의 인식도 이 오랜 친구의 도움에서 얻었다.

쉬서우창은 민국 초에 루쉰이 불경을 읽었고, 다른 사람들은 그를 따라가지 못했다고 말한 적이 있다. 거기에 쉬지상이 있었던 것도 관계가 있다. 그러나 두 사람의 출발점은 달랐다. 한 사람은 신도였고, 한 사람은 학술적인 호기심을 지녔다. 쉬지상은 불교 경전에 훤했고, 여러 차례 루쉰에게 책을 증정했다. 그 가운데 『금강경론金剛經論』, 『십팔공백광백론합각十八空百廣百論合刻』, 『집고금불도논형集古今佛道論衡』, 『광홍명집廣弘明集』, 『권반부 제문勸發菩提文』, 『금강경가상이소金剛經嘉祥義疏』, 『등부등관잡록等不等觀雜錄』 등이 있다. 그가 독경하는 마음은 열렬했으나, 루쉰은 찬 기운이 솔솔 풍겼다. 부처의 사상 속에서 자유롭게 누비며 얻은 것은 단조롭고 지루한 숨결이 대부분이었다. 1917년 설날에 루쉰은 일기에 쉬지상이 새해맞이 선물을 주기 위해 방문한 일을 기록했다. 인정이 두텁고 정의감이 강한 것이 눈에 선하다. 하지만 루쉰의 달랑 몇 글자는 또 다른 기분이다.

저녁에 쉬지상이 음식을 가지고 왔는데, 음력 그믐날이다. 밤에 혼자 앉아 비문을 썼다. 해가 바뀌었다는 느낌은 없다.[2]

---

2   魯迅, 「丁巳日記」, 『魯迅全集』第15卷, 北京 : 人民文學出版社, 2005, 273쪽.

부처의 사상은 루쉰이 보기에 확실히 의심할 바 없다. 그 도를 믿는데 그릇됨이 있었다. 부처는 우상이 아니고 사상가이며 어찌할 수 없는 세계의 빛이다. 그 마음은 대단히 고통스러웠지만, 중생을 제도하기를 바라는데, 사랑 받을 수 있는 점이 여기에 있다. 그러나 무한히 숭배하는 것이 그를 낮게 평가하고 세속에 물들게 하면 그것은 곤란하다. 부처가 중국에 온 뒤 공리적인 사고가 사라졌다. 부처에 관한 예술도 그런대로 괜찮다. 그래서 루쉰은 더욱 많이 사상과 예술의 각도에서 불교를 보았다. 쉬지상은 이 점을 알고, 반드시 친구에게 영향을 주려고 하지 않았고, 루쉰도 불성을 지닌 것을 그는 대체로 알아 볼 수 있었다. 괴상한 것은 루쉰이 많이 읽고 스스로 깊게 들어갔다가 천천히 나와서 경서의 외면을 뛰어넘는 것이었다. 광범위하게 옛 전적을 섭렵할 때, 사상은 거기에 고착되지 않고 늘 다른 참조로 인해 미끄러졌다. 불경을 읽을 때 그는 사실 니체 같은 경험이 진작 생겼으니 초연한 관점에서 정신은 최고의 권위를 유일한 목표나 기준으로 삼지 않았다.

한 가지 이상한 일은 루쉰의 모친이 생일을 맞이할 때, 쉬지상에게 부탁해서 친한 사람이 『백유경百喩經』 30부를 새기도록 맺어준 일이다. 리아오李敖가 예전에 루쉰의 이러한 거동에 상당한 불만을 지니고 미신이라고 생각했다. 이 책은 권계勸戒를 빼버리고 우언만 남겼다. 루쉰이 보기에 불교서적의 우언 부분은 바람직하고, 심미적인 힘도 있었다. 심미라면 당시 루쉰의 안목은 예리했다. 한번은 쉬지상이 노점에서 불교화상을 한 점 보았는데, 그 위에는 흉악한 신이 있었다. 곧 루쉰에게 알리며 명나라 사람이 직접 그린 것 같다고 말했다. 루쉰은 오히려 그것이 라마교 사원의 작품으로 명대의 것이 아니라고 말했다. 명 이전의 불교 화상에는 푸른 얼굴을 하고 흉악하게 그린 것이 없기 때문이다. 루쉰의 판단에 쉬지상은 매우 탄복했다. 미술품에 대한 견해에서 루쉰은 남다른 안목을 지녔다. 당시 교육부에서 미술교육에 관한 화제로 토론했고, 그는 뒤에 린펑몐林風眠, 쉬베이훙徐悲鴻과 모두 알게 되었다. 그러나 오히려 이들 몇몇 화가의 눈에 혹하지 못했다. 루쉰의 철학은 상식에 어긋나면서도 모두 상식적인 것이다. 그래서 그 당시 그를 잘 아는 사람이라 해도 단지 몇 사람에 국한될 따름이었다.

쉬지상은 불학을 좋아하고 석가모니를 믿었다. 그러나 자주 병이 났고 가정도 화가 끊이지 않았다. 1917년에 그는 불행하게도 장티푸스에 걸려 병이 더욱 깊어졌다. 루쉰의 일기에 그가 병문안을 갔던 상황을 기록한 바가 있는데, 거의 스무 차례에 이르는 것에서 그 깊은 정을 유추해 볼 수 있다. 얼마 뒤에 쉬지상 부인이 감염되어 세상을 떴다. 루쉰이 직접 조의를 표하고 그 가족에 대해 깊이 동정했다. 친구에게 보낸 편지에서 루쉰은 이렇게 한탄했다.

여러 벗들은 대체로 여전하네. 다만 지상이 10월 초에 장티푸스를 앓았고, 아직까지 돌아다니지 못한다네. 그 여식도 앓았으나 치료가 됐고, 부인은 앓다가 불행히도 연말에 세상을 떴네.[3]

불학 속의 신성한 빛은 사람들에게 행복을 주지 못한다. 쉬안우먼 안의 단조롭고 지루한 생활은 분명히 죽어 사라질 그림자를 드러냈다.

---

3   『전집』13권, 472쪽.

고통만이 진실하고 게다가 이러한 일상 속에 존재했다. 끝이 없는 어둠 속에서 사람들은 생명의 소멸을 묵묵히 기다린다. 심지어 루쉰은 몸 안에 사라져가는 청춘의 숨결을 느꼈다. 소멸, 소멸, 모든 것이 다 사라져 가고 있고 모두 다 가련한 세상에 살고 있다. 단지 그 고통에 이름이 있고 늙음이 있고 가벼움이 있고 무거움이 있을 뿐이다. 누가 벗어날 수 있을까?

루쉰은 불교에 다가가서 시심이 향기로 물들 수 있었다. 그는 불경 구절에서 도리어 늘 예술적 차원의 것을 보았다. 부처는 그에게 있어서 정신적 돌진이고, 시공간이 갑자기 탁 트이게 했다. 중국어번역 불경은 표현상 오묘하고 문장 형식 역시 정교한 면이 많다. 중요한 것은 표현의 방법으로, 중국문명으로 본다면 하나의 충격이라고 할 수 있는데, 사유는 더 이상 땅속에 엎어지지 않고 뛰어올라 자아초월의 경계를 갖게 되었다. 그는 여기서 우회반복과 끊임없는 반전의 심문 그리고 부정, 부정의 부정, 즉 역반逆反, 역반의 역반을 배웠다. 공空 안의 유와 유有안의 공, 그것은 얼마나 시원스러운 만유漫遊인가. 그는 불학이 동쪽으로 이동하지 않았다면 중국문명은 옛길에서 비실비실 거리며 걷고 있었을 거라고 보았다.

몇 년 뒤 형제가 갈라지는 곤경을 당했을 때, 그는 『들풀』에서 여러 차례 불경의 문장 방식을 이용했다. 가져다 써 변용하니 문장이 물로 씻은 듯 세련되게 새로 바뀌었다. 가끔 어기語氣조차도 다소 불경의 형태를 띠었는데 다만 현대주의적 표현을 덧붙여 쉽게 사람들의 주목을 끌지 못했을 따름이다. 나는 그것이 불경을 어렵게 읽은 결과라고 생각한다. 일찍이 그것을 읽었던 경험은 이제 그의 생명의 일부분이 되었다. 일반적인 독서인과 다른 점은, 그가 항상 죽어버린 구절을 되살아나게 하였으니 깊은 잠에 빠진 서술이 그의 붓을 거쳐 온기를 갖고 살아났다는 것이다.

사람이 침묵할 때 마음속에는 마그마와 같은 격류가 있다. 그것은 어떤 인생인가? 도시 남쪽의 속된 세상의 먼지 길과 어두운 기름등불 아래서 중년을 향해 가는 사람이 생명 밖의 소리를 들은 것이다.

5.

비문을 베낄 때만은 그의 마음이 고요했다. 자신도 국민 속으로 침잠해 들어가서 먼 세계에 발걸음을 멈추고 짧은 순간의 즐거움을 얻는다고 형용했다. 그가 비문을 베끼는 방식은 정교했는데, 먼저 자를 이용해 길이를 재고 다시 하나하나 붓으로 기록한다. 글자는 세밀하고 가지런하며, 육조의 뛰어나고 청준淸俊한 기상이 겉으로 확 드러난다. 뤄전위羅振玉가 편한 『진한와당문자秦漢瓦當文字』를 사서 밤새 베껴 정연하게 한권의 책으로 만들어 냈는데 그 정밀하고 교묘함은 원서와 같았다. 심지어 일본인의 한반도에서의 고고학 보고서를 사서 중국 문명 밖의 것에 대해서도 마음을 쏟았다. 옛 사물을 접촉하는 데도 신학新學의 안목이 있었다. 예를 들어 민속학, 사회학, 고고학 등은 그에게 국고國故를 정리하는 일의 참조가 되는 것이었다. 그리고 그의 역사의 옛 흔적을 인식하는 방식은 그의 스승 장타이옌章太炎과 이미 많이 달라졌다.

교육부에서 일할 때의 일기에는 그가 구입한 서적이 대체로 조상造

像, 그림책 종류라고 적고 있다. 고대의 비문에 대한 흥취가 농후했다. 차이위안페이는 루쉰이 수집한 한나라 때의 비석 도안圖案의 탁본은 가치가 높다고 말했다. 이전 사람들이 탁본 수집에서 주목한 것은 문자지만, 루쉰은 오히려 도안 속의 문양을 중시했다. 한번은 루쉰이 차이위안페이에게 보낸 편지에서 일본의 우키요에浮世畵가 중국 한나라 그림의 영향을 받았다고 말한 적이 있는데, 독특한 시각이다. 루쉰은 먼 고대의 중국예술도 기이한 존재라고 보았다. 그러한 낭랑한 기상, 하늘을 찌를 듯한 시의詩意는 정신의 소요逍遙이며, 지금 사람들에게는 더 이상 존재하지 않으니 정말 탄식할 노릇이다.

그가 가장 먼저 한나라 그림을 접촉한 것은 1913년이다. 그 해 9월 친구 후멍러胡孟樂가 산둥山東 우량츠武梁祠의 실존 돌 탁본을 가져왔는데 그는 보고나서 너무 경이로웠다고 한다. 그 안의 장식조각은 서양의 소묘와 비교해도 전혀 손색이 없었고 또 웅대한 기백이 담겨 있었다. 1915년부터 그는 대량으로 한나라의 화상을 수집하기 시작했고, 산둥 외에 허난河南 난양南陽의 한나라 그림이 그의 주의를 끌었으니 그 영향도 컸다. 일부 조상의 설명문 속에 루쉰은 현대 고고학적 시각으로 적막을 서술했는데, 곳곳에 탁견이 들어있다. 그러한 문자들은 뒤에 외화外化되고 그의 작품 속에도 내재하는 바탕의 하나를 이루었다.

빈번하게 골동품을 수집하는 동시에 그는 또 많은 외국 작품을 읽었다. 나는 루쉰이 번역한 몇 편의 아동교육과 미술 교육에 관한 글과 니체의 단문이 모두 적지 않은 긴장감을 갖고 있음에 주목한다. 표면적으로는 고서를 읽는 것과 달랐다. 하지만 자세히 살펴보면 일치하는 점이 아주 많다. 그가 소개한 우에노 요이치^{上野陽一}의『예술 감상의 교육』,『사회 교육과 취미』그리고 다카시마 헤이사부로^{高島平三郎}의『아동관념계지의 초기 연구^{兒童觀念屆至研究}』는 모두 보기 드문 좋은 문장이다. 그는 내심 이러한 관점을 찬미하고 있었다. 이와 같은 문장의 특징은 인간의 호기심을 발굴하고 예술 감상의 취미를 주장한다는 데 있다. 그리고 그 당시는 역사적 호기심과 예술을 감상하는 정서가 강하던 시기가 아니었던가? 그의 이런 마음은 친구들에게 많은 영향을 주었다. 쉬서우창도 몇몇 예술품을 소장했는데, 나는 본 뒤에 감동을 받았고 각종 서법과 회화는 지혜로운 섬광이 적지 않았다. 나는 루쉰이 그와 교류할 때 일정하게 그 속의 즐거움을 함께 나누었다고 추측한다.

침묵하는 몇 년간 그의 즐기움을 우리가 이해하는 깃은 쉽지 않은데, 낡은 유물은 그에게 거의 위안을 줄 수 없었다고 할 수 있다. 정반대로 그가 가장 무료하고 적막한 시기에 그의 내심은 여전히 이러한 따뜻한 느낌을 지니고 있었다. 그러한 낡은 예술의 빛은 그를 불러내어 그에게 살아갈 수 있는 용기를 주었다. 암흑의 동굴 속에서 만약 생명이 불꽃을 피울 수 있다면 온기의 빛이 어찌 사라지겠는가?

루쉰보다 몇 살 어린 지서우산^{齊壽山}은 이런 마음을 잘 이해할 수 있었다. 지서우산과 지루산^{齊如山}은 성격이 달랐다. 그는 지루산의 동생으로 독일어에 능했다. 독일 예술에 관한 이해가 깊었다. 루쉰이 그때 가장 많이 구입한 것이 독일미술작품이었다. 1913년에만 독일어 도서『루나화전^{盧那畫傳}』,『유형미술요의^{有形美術要義}』,『도깨비귀신도^{鬼怪奇觚圖}』,『근세화인전^{近世畫人傳}』,『역대 예술속의 나체인^{裸體人}』,『인상파서

術印象派述』등을 구입했다. 또 지서우산과 공동으로 네덜란드 작가 판 이든F. Van Eeden[4]의 『작은 요하네스Der Kleine Johannes』를 번역했다. 지서우산은 독일에서 유학했고 독일어의 용법을 알고 있었다. 두 사람 중에 한 사람은 구술하고 한 사람은 받아 적어서 훌륭한 작품을 완성했는데, 번역의 역사에서 쉽게 볼 수 없는 것이라고 하겠다. 그들은 서학을 깊이 이해하는 기초 위에서 옛 예술을 되돌아보기 시작했다. 루쉰은 고적을 수집, 교열할 때 역사에 대한 이해가 앞 사람들과 달랐다. 골동품을 감상한다고 할지라도 심정은 대체로 달랐다.

독일어가 전달한 정보는 철학적 사유와 시문의 아름다움이다. 그 총명하고 지혜로운 민족은 자연과 하나님에 대한 이해에서 사람들을 놀라게 하는 면을 갖고 있다. 일체의 신들은 모두 생명 자신의 번쩍임에서 탄생한다. 멀리 달려가는 유랑인도 정신의 계몽자와 같다. 릴케는 『적막자에 대한 단상』에서 말하길, 그렇게 죽은 지 오래된 적막자의 체험은 현재 다른 방식으로 후인들의 사상 속에 존재한다고 했다. 루쉰은 외국의 문장과 중국의 옛 유산 가운데서 자유를 호흡했다. 서학의 배경 아래서 선현의 과거로 달려갔는데, 모든 옛 것들에 의해 갇혀질 수 있는 것이 아니었다.

한편으로는 니체식의 비상이고, 다른 한편으로는 태고 속에 침잠한 깊은 사유이다. 그것은 하나의 모순인 듯하다. 하지만 정말로 아주 기묘하게 한 곳에서 결합한다. 이것은 루쉰의 예술이 비상하기 전의 준비이다. 현대주의적 잠언潛言과 낡은 비문 탁본 사이에서 가장 다이내

---

4   F. Van Eeden(1860~1932), 네덜란드의 의사이자 작가.

밀하고 가장 비밀스러운 존재가 함께 하였다. 그가 뒤에 쓴 소설은 줄곧 이러한 특질을 갖고 있다. 잡문 또한 이와 같다. 지서우산, 천스청, 첸다오쑨은 대체로 루쉰 정신의 이러한 특이한 기질을 보았다. 하지만 진정으로 이 왜소한 키의 사오싱 사람의 세계로 들어가는 것은 그렇게 쉬운 일은 아니다.

6.

수도 베이징의 옛 풍속이 독서인에게 끼친 영향은 아주 깊다. 베이징파老京派 문인은 줄곧 학술 이론과 시문을 자신의 자랑으로 삼고, 하늘과 사람天人에 통하는 눈을 갖고 있는 듯하였다. 이 풍속을 루쉰은 혐오했다. 도시 안에서의 경극 공연은 당시 아주 흥행하였지만, 그는 계속 이와 거리를 두었다. 동생 저우쭤런조차 그때 말한 적 있듯이, 경극을 들으면 아편 피우는 것이 연상되고 사람을 미혹시키는 작품으로 현대인의 감각과 거리가 멀었던 것이다. 지서우산의 동생 지루산은 경극 관람을 좋아해 루쉰에게도 희극 연구 저서를 한 권 보내왔다. 하지만 거의 그의 흥미를 끌지 못했던 듯하다.

교육부의 환경 역시 그는 좋아하지 않았는데, 그 원인은 관청의 암울함과 황당함 때문이었다. 차이위안페이조차도 "전제, 공화를 막론하고 관리는 속俗을 벗어날 수 없다"라고 말했다. 많은 사람들은 "일하는 허무주의파"였다. 사무실 밖의 세계는 오히려 다소 재미가 있었다. 그래서 그의 일기에는 공적인 일에 대한 기록은 적은데, 환경은 그와 결코 친밀한 관계를 맺지 못했다. 이것은 그에게 하나의 숙명이었다. 뒤에 어디를 가든 그는 자신의 주위환경에 대해 좋은 말을 한 적이 없다.

린진란林斤瀾 선생은 살아 있을 때 나에게 루쉰의 베이징에 대한 묘사는 괴상했고, 서술한 후퉁胡同은 거의 모두 죽음의 기운이 가득해서 자못 두렵다고 말한 적이 있다. 독서인부터 말단 직원까지 죄다 잿빛이었다. 린선생은 심지어 베이징의 문화는 루쉰과 관계가 없다고까지 말했다. 이것은 맞는 말이다.

그러나 베이징의 새로운 문화 담지체 안에는 그의 흔적이 많이 남아 있다. 톈탄天壇공원의 건립, 도서관과 역사박물관의 건립은 모두 그가 심혈을 기울인 것이다. 그는 심지어 가장 먼저 미술관 건립을 제창한 사람이다. 이 낡고 오래된 지방에 새로운 존재를 추가하기 위해 교육부에 몸담고 있을 시기 루쉰이 실천한 공적이라고 볼 수 있다. 이러한 것은 뒤에 쓴 글에서는 거의 거론하지 않아서 현재의 젊은이들은 그다지 알지 못하고 있다.

일단의 일기는 나를 감동시켰다. 그는 동료들과 함께 전람회를 위해 외지에서 문물을 운송해왔는데, 의외의 사고를 염려해 밤새 문물을 하인과 함께 자지 않고 지켰다는 내용이다. 이것은 의심할 수 없이 맡은 일에 책임을 다하는 자세다. 역사박물관이 설립되었을 때 문물이 많지 않아 자신이 소장하던 한나라 구리거울과 흙 인형 등을 찬조 출품했다. 그러한 옛 사물은 루쉰이 보기에 정신의 빛을 투사하는 것이었다. 옛 문물을 보존하는 것은 과거로 회귀하는 것이 아니라, 새로운 생활을 개척하는데 중요했다.

루쉰의 고적 정리와 문물 수집을 고찰해보면 모두 기이한 시각이 있다. 그는 둔황 문물에 대해 애정이 있었고 자신도 당나라 사람이 쓴 경문 여러 폭을 갖고 있었다. 경교景敎가 중원에 남겨둔 비문 역시 그가 좋아해 여러 편의 탁본을 수집했다. 교육부 동료는 그의 기호를 알아서 출장갈 때 그를 위해 탁본을 구해주기도 했다. 예를 들어 양선쓰楊莘耜는 시안西安에 갔다 오면서 석각 탁본을 몇 개 사다 주었다. 『범한합문경당梵漢合文經幢』, 『마리지천등경摩利支天等經』, 『전승경조상기田僧敬造像記』와 같은 것은 모두 구하기 어려운 것들이다. 수많은 탁본은 모두 이민족 풍격이 있는데, 여러 문명이 교류한 산물이다. 루쉰이 보기에 중국역사에서 조금이라고 괜찮은 예술은 대체로 해외문명과 교류한 결과이다. 광활한 공간에 곧 정신의 자유가 있다. 그의 역사적 그림자 속에서 번뜩이는 지혜에 대해서는 많은 주의가 필요하다. 그런데 이와 같이 새미있는 것은 지금 이미 사라지고 밀었다.

이것은 모순이 아니다. 골동품을 감상하는 데서 백화문을 쓰는 것까지 그에게는 일이관지한 일이다. 즉 유동적이고 창조적이며 비상하는 욕망 속에서 정신을 개척하는 항해이다. 그래서 낡은 존재와 현대성의 사상은 여기서 손을 잡는다. 그는 좋은 예술과 좋은 사상은 혼혈의 산물이라고 생각했다. 니체, 로댕, 반 고흐 모두 다양한 문명의 혈액이 흐르고 있다. 그리고 중국이 비등하려고 하면 이러한 참조가 필요한 것은 말할 것도 없는데, 다만 이런 일을 하려는 사람이 턱없이 부족했다.

구식 문인은 대체로 이런 안목이 없었다. 그는 왕궈웨이王國維에게 감복했는데 그 세계적 시각 때문이었다. 왕궈웨이는 독일철학적 시각하의 사상에 깊이 침잠하고 또 그 고고학의 깊은 공력은 학리의 갱신을 추진했다. 똑같이 전통과 대면하면서 왕궈웨이 사유 속의 사랑과 원한, 아름다움의 정신은 우리와 같은 속인에게는 없다. 루쉰이 국학을 해야 한다고 생각했을 때 비록 경로는 다양하겠지만 마땅히 이러한 모습이어야 했을 것이다.

그래서 나는 그가 어떻게 후스^{胡適} 같은 이를 포함하여 베이징대학의 몇몇 교원들이 눈에 차지 않았는지 이해할 수 있는데, 그는 문명이란 동태적이어서 영원한 세찬 흐름 속에서 자신의 자태를 드러낸다고 보았다. 중역^{漢譯}된 불경은 마침내 육조^{六朝}의 빼어난 문학을 촉진시켰고, 당나라의 이민족 음률은 중원의 묘구^{妙句}를 창출했으며, 청나라 말기의 잡곡^{雜曲}은 장타이옌의 기음^{奇音}을 흘러나오게 했던 것이다. 애석하게도 중국에서 학문을 하는 이들은 본래 급류가 흐르던 강의 하류를 호수로 바꾸어버렸다. 살아 있는 신선한 사상을 나무인형으로 만들었다. 우리들은 뒤에 복고의 문인과 해외에서 유학하고 돌아온 신사^{紳士}에 대한 루쉰의 조롱을 보게 되는데 역시 여기서 원인을 찾을 수 있다.

뒤의 베이징파^{京派} 문인은 약간 유사한 취향을 갖고 있다. 그러나 루쉰과의 차이는 감상에 그칠 뿐 고행속의 개척이 아니라는 점이다. 루쉰의 말년의 급진적 성향과 사회운동에 대한 참여는 사실 새로운 혼혈의 시대를 만들고자 한 것으로 다양한 예술을 나라 안에 끌어들였다. 그가 잡지와 서적을 편집하고 판화를 개척한 것은 새로운 예술을 촉진시키고 남을 끌어들여 자기의 몸에 융화시켜 운동하게 한 것이었다. 그가 러시아 소설을 번역하고 서양의 판화를 수용하며 일본작품을 널리 홍보했던 것은 모두 하나의 정신적 갈망이다. 이러한 것을 우리들은 그가 침묵했던 몇 년 동안 모두 느낄 수 있다. 혹은 모든 것이 이 약

10년의 침묵에서 온 것이라고 말할 수 있다. 이 발효기의 모든 것은 세세히 살펴보면 모두 커다란 의미가 있는 것이다.

　루쉰은 일생 동안 고행자였다. 설사 뒤에 상하이에서 소란스러움 속에 있었다고 하지만 어찌 그의 그 고독한 그림자를 볼 수 없겠는가? 그는 교육부 시절에 여러 다양한 문화의 기이한 생각을 품고 있었다. 어떤 때는 의기소침하게 생각하였다. 이런 침묵의 지혜가 무슨 재생의 가능성이 있겠는가? 차라리 신속하게 잃어버리는 것만 같지 못하리라. 그러나 시대는 변하고 천지의 색깔도 이미 어제가 아니다. 그는 나왔다, 그 철방 안에서. 그는 햇빛을 받고 사랑을 보았다. 그러나 그 햇빛과 사랑은 하나하나 멀리 가버리고 보이지 않게 되었다. 곧 또 적막한 대사막으로 떨어져 버렸다. 혼자 가면서 고함도 지르고 또 고초를 뱃속에 삭키기도 했다. 그는 예수가 아니었지만 사랑 속에서 죽었다. 또 앞에서 인용한 야스퍼스가 서술한 방식으로 의미 없는 시대에 그는 새로운 우언寓言을 예시했다. 그리고 아주 불행하게도 현재 우리의 시대는 여전히 그의 우언 안에 있다.

루쉰이 보는 아름다움

1.

예전의 평론가들은 루쉰에 대해 얘기할 때 주로 문학방면에 치중했다. 그의 미술활동에 대해서는 단지 소수의 화가와 미술사 연구자가 거론했지만 깊이 들어간 이는 적었다. 루쉰의 성취는 그가 잡가라는 점과 연관이 있다. 류쓰위안劉思源 선생은 그것이 "숨은 능력"이라고 했는데, 사람을 제대로 본 것이다. 그런데 이 능력의 하나가 바로 미술 감상과 연구다. 그 내재적 요소가 루쉰 문장을 지탱하는 힘을 준 점은 무시할 수 없다.

우리가 루쉰의 문장을 읽을 때 어떤 유쾌한 감각을 느끼게 되는데, 그것은 대체로 미학이 말한 영감 있는 창작사유라고 하겠다. 그의 아름다움美에 대한 감수성은 문자와 색채 사이를 넘나든다. 이 습관은 유년에 길러진 것이다. 그는 삽도挿圖, 비첩碑帖, 조각에 모두 흥미가 있었고, 그러한 오래된 세계에서 정신이 비상할 곳을 찾았다. 그림의 미와 문자의 미는 각각 영감을 얻었고, 미적 함의는 여기서 흘러넘친다. 초기 루쉰의 예술에 대한 총체적 시각은 문학과 미술에 대해 함께 어우러져 된 것이다. 이 혼돈처럼 보이는 미적 의상이 그에게 준 장점은 뒤에 한층 분명하게 드러난다.

재미있는 것은 그의 미술에 대한 흥취가 국내외를 넘나들고 있다는 점이다. 그의 현대미술품에 대한 주목은 일본에서 비롯되었다. 서양 회화와 일본 우키요에浮世畵의 그에 대한 흡인력은 생각하기 어렵지 않다. 또 바로 서양 회화와의 대비를 통해 중국 전통의 예술문제를 알았는바, 우열 또한 자명했던 것이다. 서양과 일본의 미술은 자국 미술사의 논리를 반성케 했다. 그리고 미술의 전망을 다시 세우려는 충동이 그에게서 내내 사라지지 않았다.

심미는 복잡한 심리활동이며, 옛사람들의 경험은 그에게 많은 참조를 주었으니 무의식중에 소설과 시문詩文 안에서 응용되었다. 그 가운데 초楚문화의 몽환감夢幻感은 그에게 영향력이 컸다. 궈모뤄郭沫若는 「루쉰과 장자」라는 글에서 그 사이의 연결점에 대해 말했는데, 그것은 대부분 문장상의 고찰을 통해 이루어졌지만 회화 영역에서도 깨달아 얻은 바가 있었다. 루쉰의 난양 한나라 화상漢畵像에 대한 느낌을 쓴 글 속에 신묘한 필치가 많다. 대량의 소장품 중에 정품精品은 넘쳐 난다. 초풍楚風은 성대하여, "그것이 온 데는 흔적이 없고, 그것이 가는 곳은 끝이 없으며", 임야간에 "기세는 웅장하고 거침이 없으며, 의태가 다채롭다."[1] 예술은 도량을 중시하니 천지간에 사람의 마음을 드러내고 마음속에는 해와 달이 있다. 시와 철학, 시와 회화로 글에 입문하여 그 경계는 일반 유생儒生이 비할 바 아니다.

옛 사람의 사유 속에는 혼돈 중에 우언寓言이 담겨 있다. 빛, 음율 등 여러 가지 요소 중에 감정과 사상을 흩어놓는다. 시문과 회화는 모두 이 특징을 갖고 있다. 루쉰은 이것을 의식했고, 그 심미적 율동은 그 가운데의 요소의 도움을 받았다. 혹은 그는 이러한 요소를 환기하여 그것들이 자기 생명의 일부가 되게 했다고 할 수 있다. 현대과학의 세례를 받은 뒤 심미적 방향이 변화했다. 하나는 정확성을 가진 사유로서 그 안에 논리성이 강하고 애매모호한 면은 없다. 다른 하나는 영감식의 사유로, 직각에 의거해 대상세계에 진입하고, 은미한 존재가 끊임없이 많이 다가오고, 심령은 광활하고 요원하다. 이 두 가지는 함께 엮어 짜지면서 기이한 위력을 갖게 된다. 두 가지의 다른 사유는 루쉰에게 통일된다. 또 이로 인해 그는 동면하고 있는 낡은 시의詩意를 환기하고 옛 예술형식에 활기를 불어 넣었다.

19세기 이후의 미술은 철학, 문학과 함께 춤추며 많은 대가를 낳았다. 이후 화가와 작가 사이에 서로 왕래했던 이야기는 그 수를 헤아리기 어렵다. 작가 중에는 미술에 정통한 이가 많았다. 로렌스, 나쓰메 소세키 등이 모두 그렇다. 로렌스는 그림을 논하며 핵심을 간파할 수 있었다. 나쓰메 소세키는 본래 단청丹靑 기술을 갖고 있었고 시와 그림에 모두 뛰어났던 인물이다. 루쉰의 일기를 보면, 그는 천스쩡陳師曾, 쓰투챠오司徒喬, 타오위안칭陶元慶과 교류했고, 또 화단畵壇에 남긴 족적은 생각해볼만한 가치가 있다. 프랑스 지식계의 그러한 대가와 비교

---

1 『전집』 12권, 66쪽.

해보더라도 전혀 손색이 없으며, 그 속의 이야기는 우리 후인들이 동경하고 흠모할 만하다.

린펑몐林風眠, 류하이쑤劉海粟, 우관중吳冠中과 같은 화가는 루쉰을 대단히 중시했다. 그들은 루쉰한테서 미술 그 안에 없는 미감을 얻었다. 문장 속의 미감은 화가가 바라지만 얻을 수 없는 내적 특색을 갖고 있으며, 의상은 보다 요원한 세계로 통한다. 고대 화가가 시문에서 획득한 영감은 얼마나 많은가, 백화 작가가 단청 달인에게 준 계시는 아주 유한하다. 단지 루쉰만이 세밀하고 깊은 생각을 갖고, 화가에게 성결한 장소로 들어가는 것처럼 깨닫도록 하는 경우가 아주 많았다. 그는 문장과 회화의 우수한 점을 아름다운 경치로 연역했고, 그래서 생동적인 의도와 영감서린 구상이 존재한다. 그것은 화가와 시인이 모두 구하고자 하는 영감사유이다. 루쉰이 가슴속에 다 끌어 모았으니, 큰 경계라고 할 수 있다.

루쉰이 미술활동에 참여하며 쓴 많지 않은 문장 중에서 소개한 미술품은 무수히 많지만 미술연구에 해당하는 문장은 없다. 하지만 단지 몇마디의 말 속에 수준 높은 논의가 나오는데 모두 얻기 어려운 잠언箴言이다. 사실 그러한 말은 모두 하늘에서 내린 말이 아니고 두텁게 쌓인데서 자연스레 나온 마음의 소리이다. 미술에 대한 진심어린 애호는 또 공리를 따지지 않는 마음이니, 경의敬意가 샘솟게 된다. 그의 생명은 그 가운데 담기고 온몸은 모두 아름답게 빛나는 빛이다. 또 오직 이와 같기에 추악한 사물 앞에서 조금도 위축되지 않고 성결함으로 더러움을 대하니 차가운 기운이 그 안에 있는 것이다. 그 아름다움 역시 부드럽고 그 사고 또한 활발하다. 그 모습은 신비하고 그 의미는 심오하다.

2.

　대체로 루쉰 저작을 이해하는 사람들은 그 작품에서 양강陽剛의 힘을 느낄 수 있다. 그를 중국의 진정한 대장부라고 말하는 것은 과장된 비유가 아니다. 그의 작품은 일종의 힘의 아름다움을 갖고 있어 어두운 밤에 홀연 강렬한 광채를 주입하고 한기를 격퇴한다. 그는 노예식의 언어를 싫어했고, 어둠을 격퇴하는 호기를 갖고 있다. 산문 수필 속 그와 같은 비판적인 언설은 속세의 담을 뒤흔들고, 거짓 도학僞道學의 방어선을 하나하나 격퇴시켰다.

　그러한 특징은 일본유학시기의 문장에서 볼 수 있다. 그때 접촉한 근대철학과 예술 가운데 그에게 커다란 충격을 준 것은 악마摩羅파 시인의 드넓고 강건한 기운으로, 혼탁한 세속을 씻고 맑은 하늘아래 둘러보니 사방이 찬란한 광채와 같았다. 곧 강력한 의지에 대한 갈망을 갖게 된다. 이것은 니체, 키에르케고르를 열심히 읽은 뒤에 얻은 정신적 사유이다. 「악마파 시의 힘」은 심미적 길에서 무언가를 일소하는 기운을 갖고 있어 사람들에게 적지 않은 감동을 주었다.

　　자존심이 대단한 사람은 항상 끊이지 않고 세상과 세속에 대해 분개하고 싫어하며 거대한 진동을 일으켜 대척되는 무리와 한바탕 싸움을 일으킨다. 대개 자존심이 강한 사람이라면 스스로 물러서지도 않고 타협하지도 않으며, 의지대로 내맡겨 목적을 달성하지 않으면 그만두지 않는다. 그리하여 이로 인해 점차 사회와 충돌하고, 이로 인해 점차 세상으로부터 배척당한다. 바이런과 같은 자가 바로 그중 하나이다.[2]

악마파 시인이 이와 같은 위력을 갖고 있는 것은 마음이 열려 있고 심성에 거리낌이 없기 때문이다. 고대 중국에도 일찍이 유사한 광기 있는 선비^{狂士}와 투사가 있었지만 뒤에 점점 사라졌다. 루쉰은 원래 서양에만 이와 같은 강건한 지식인이 있다고 생각했으나, 뒤에 옛 유산을 정리하면서 그와 같은 인물이 옛 중국에도 있었으며 단지 서양인의 배경과 다를 뿐임을 깨달았다. 그는 뒤에 소설과 산문을 쓰면서 지속적으로 힘에 대한 느낌을 견지했다. 예를 들어『새로 쓴 옛날이야기^{故事新編}』,『들풀』은 기세가 드넓은 바가 있고 항상 기이한 언어^{奇語}가 튀어나온다.『들풀』의「복수」에는 처절한 힘을 써냈는데, 암흑 중에 불굴의 기개^{骨氣}가 솟아오르고 있다.

> 그리하여 광막한 광야만 남았다. 두 사람은 그 가운데에서, 온몸을 발가벗은 채 비수를 들고 메마르게 서 있다. 죽은 사람 같은 눈빛으로, 행인들의 메마름을 감상한다. 피가 없는 대살육. 그러나 생명 고양 극치의 큰 환희에 한없이 잠겨든다.[3]

한·당 기백^{氣魄}에 대한 그의 파악 역시 다른 사람들이 미치지 못하는 바다. 예를 들어 한나라 화상에 대해 창윤^{蒼潤}이 풍부하고 크게 풍골^{風骨}이 있다고 보았다. 그는 한나라 조상^{造像}을 좋아했는데, 수집한『동관창용성좌^{東官蒼龍星座}』,『상인두호^{象人斗虎}』,『상인희수^{象人戲獸}』,『백호포수함구^{白虎鋪獸銜球}』는 모두 당당한데, 웅건하고 힘이 있으며 분방한 선

2   『전집』1권, 134쪽.
3   『전집』3권, 38쪽.

율이 사람들을 감동시킨다. 한나라 예술과 작가에 관해 루쉰은 탁월한 의론을 다수 발표했고, 문학을 거론한 화제가 아주 많은데, 매승枚乘에 대해 다음과 같이 말했다.

그 가사는 시어에 따라 운을 이루고 운에 따라 시의 맛을 이루고 있다. 조탁을 하지 않았으나 뜻이 저절로 깊어지고 풍기는 맛은 초나라『이소(離騷)』에 가까웠으며 체제와 형식은 실로 독자적이니, 참으로 이것이 "온후함에 신기함이 쌓여 있고, 화평함에 슬픈 감정이 깃들어 있으며 의미는 쉬울수록 더욱 깊고 가사는 일상에 가까울수록 더욱 유원해진다"는 것이다.[4]

한나라 문화는 도덕 민능의 그림자가 아직 없었고 사상도 빈틈이 있었으며 민간도 모두 오염이 되지 않았다. 루쉰이 뒤에 한대 화상의 수집에 애정을 기울인 것은 큰 기대를 걸었기 때문인데, 이것을 일종의 부흥의 꿈이라고 해도 안 될 것은 없을 듯하다. 그가 좋아한 사마천司馬遷, 매승은 모두 비범한 일면을 갖고 있는데, 천마행공天馬行空의 탈속함이 영감사유를 향하여 한곳에 모여 찬란한 정오의 햇살처럼 창공을 두루 비추었다. 이러한 것은 모두 암암리에 그의 세계에서 내화하여, 문자文字 동종銅鐘 소리처럼 산야山野 사이를 돌았으니 역사와 오늘 간의 대화의 공간은 대단히 광활한 것이다.

그는 한·당 기백의 문제를 이야기하는 데 그치지 않고, 일본의 우

---

4   『전집』12권, 132~133쪽.

키요에가 한나라 조상을 모방했다고 말했는데, 그 속에는 또 조상의 문명에 대한 추억이 들어 있다. 수집한 한·위 비첩碑帖에는 대다수가 고풍스러우면서도 힘이 있고 기개와 운치가 결코 유약하지 않은 모습이다. 그는 일찍이 직접 뤄전위羅振玉가 편집한 『진·한와당秦漢瓦當』을 모사摹寫하였는데, 흥취를 느낀 것은 그 자연스러우면서도 매끄럽게 흐르는 선이었으며 신령이 나는 듯한 춤추는 모습이었다. 이러한 것은 뒤에 모두 그의 흥취 속에서 암암리에 투영되어 문장 사이에서 무의식적으로 바람결이 흩어져서 마치 가을 느낌이 감도는 것처럼 상쾌하다. 문장은 황량한 큰 들판 속의 아마득함이 있고, 또한 저녁노을의 드넓음이 가득하다. 조그만 정서에 구속된 진부한 문인들에 비해 정말로 대단히 장대하다.

3.

그가 침묵했을 때 우리는 또 그의 우울한 소리를 들을 수 있다. 인정하지 않을 수 없는 것은 하층민에 대한 그의 불쌍히 여기는 감정과 격정이 그의 문장에 어떤 침통함의 분위기를 초래했다는 점이다. 우리는 많은 곳에서 그의 고독한 심경과 담담한 슬픔을 읽어낼 수 있다. 이것은 천성 속에서 나오는 소리인가 후천적인 수련에 의한 것인가? 우리는 늘 그 서술에 감염되고 있다. 「고향」, 「광인일기」, 「고독자」에는 절망과 반항이 함께 존재하고 독자는 이로 인해 마음이 움직인다. 「고독자」는 웨이롄수魏連殳가 죽은 뒤 '나'의 감상을 적고 있다.

관 뚜껑에 못을 치는 소리가 들리자 동시에 곡소리가 울렸다. 이 곡소리를 끝까지 다 들을 수가 없어서 난 마당으로 나왔다. 발길이 가는 대로 걷다 보니 어느새 대문 밖으로 나왔다. 질척질척한 길이 또렷이 비쳤다. 고개를 들어 하늘을 올려다보니 짙은 구름은 이미 흩어지고 둥근 달이 차가운 빛을 던지며 걸려 있었다.

나는 무거운 물건 속에서 뚫고 나오려는 것처럼 걸음을 재촉했다. 그러나 잘 되지가 않았다. 귓속에서 무언가 발버둥치는 것이 있었다. 아주 오랫동안 발버둥 치던 것이 마침내 밖으로 뛰쳐나왔다. 그것은 길게 울부짖는 소리 같았다. 마치 상처 입은 이리가 깊은 밤중에 광야에서 울부짖는 것처럼 그 고통 속에는 분노와 비애가 뒤섞여 있었다.[5]

「고독자」는 우울로 시작해 우울로 끝나는데, 약간의 밝은 촛불도 하나 없다. 똑같은 우울한 것으로 「죽음을 슬퍼하며」는 따뜻한 기운이라고는 거의 없으며 일체가 어둠이다. 그러한 우울에는 생명에 대한 탄식과 애석히 여기는 마음, 그리고 극히 작은 희망이 있다. 여기서 강렬한 탄식, 그리고 떨쳐버릴 수 없는 번뇌를 느낄 수 있다. 모두 자신에 관련된 독백이 아니며 어떤 것은 어루만지는 듯한 비통함이다. 이때 그 서술 속에는 예수와 같은 따뜻한 마음을 감지할 수 있다. 하늘은 너무 춥고 그 속에 위축된 채 전해져 오는 탄식은 마치 한 줄기 광선이 우리의 마음을 관통하는 것 같다.

많은 혼잣말과 같은 문장에는 모두 그가 해소하기 어려운 걱정이

---

5   『전집』 2권, 342쪽.

있다. 그 자신의 말을 빌려 말한다면 내심이 너무 어두운 것이다. 옛 사람들의 비통스런 말 역시 그를 감염시켰는데, 두보杜甫, 육유陸游의 문장도 이 사이에 모두 한 둘 볼 수 있다. 번역한 가르신, 안드레예프, 아르치바세프의 문장은 모두 떨쳐 버릴 수 없는 애수이다. 뒤에 그의 글쓰기 안에도 무의식적으로 이런 류의 감상적인 정서가 드러나는데, 그의 눈에는 이 또한 내심 버릴 수 없는 존재였다.

그러나 그는 전적으로 우울 속에 침잠하지 않았고, 내심으로는 이 러한 우울을 싫어했다. 이런 우울이 병적인 요소를 갖고 있다고 생각 했을 때, 자조적인 말투로 해소했다. 항상 우울에서 달려 나가 대항적 인 모습으로 옛 자신과 대면했다. 이때 가슴 속의 한이 분리되어 나가 고 생동감 있는 복사輻射가 일어난다. 이것은 사람들에게 푸시킨의 시 를 상기시키는데, 실의의 선율 속에서 비등하는 애정과 고초를 넘어 서는 격정이 그와 같은 어두운 그림자를 쫓아내는 것이다.

그는 니체, 트로츠키의 문장을 소개할 때 그와 같은 절망 뒤의 결연 決然에 감동했다. 자신의 왜소화에 불만을 느낄 때 정신의 격투가 나타 난다. 부단히 자기 내심의 어두운 그림자와 투쟁하며 귀기鬼氣와 의기 소침한 기운을 떨쳐내고 비상한 회오리의 장력을 갖게 된다. 많은 연 구자들이 이 점을 보아내고 일부 전문저서는 이것에 대해 깊은 사고를 보여주었다. 확실히 우울의 배후의 그러한 존재는 그에게 대단히 중 요했으니, 그것은 다른 감상적인 작가와 다른 점이다. 「나그네」는 주 인공의 말을 빌려 다음과 같이 말한다.

가야 합니다. 되돌아가 봤자 거기에는, 명분이 없는 곳이 없고, 지주가 없는 곳이 없으며, 추방과 감옥이 없는 곳이 없고, 겉에 바른 웃음이 없는 곳이 없으며, 눈시울에 눈물 없는 곳이 없습니다. 저는 그것들을 증오합니다. 돌아가지 않을 겁니다.[6]

한편으로는 뒤얽힌 실의, 한편으로는 그 곳에서 달려 나가려는 충동이다. 사멸속의 적막에 침잠하지만 오래지 않아 격투의 즐거움으로 대체된다. 그것은 하나의 신생新生의 가능성인가? 아니면 다른 무엇인가? 일체 모두 그렇게 진실하고 또 그렇게 소환하는 힘을 갖고 있다. 우울은 어쩔 수 없는 고고孤苦한 환경에서 나타나고, 사람들은 모두 그것을 벗어던지기 어렵다. 저자는 그에 대해 조금도 유예하지 않고 솔직하고 성실하게 자기 고통스런 느낌을 표출했다. 그러나 한편으로는 때때로 이러한 절망의 처지에서 위치를 옮겨 그것과 멀리 떨어진 곳을 향해 갔다.

말년에 케테 콜비츠의 판화를 소개할 때, 그와 같은 눈물을 머금은 화면은 또 하나의 호응이라고 말하지 않을 수 없다. 그는 이러한 작품을 해석할 때, 내심 화가에 대해서 인정한 것이다. 그러나 콜비츠가 그에게 가장 중요한 것은 우울 배후의 충동이, 훼멸 사이에서 민첩한 기운을 잃지 않았다는 점이다. 왜냐하면 오직 큰 사랑을 가진 이만이 불행과 눈물을 보아낼 수 있으며, 깊은 연못에 임하여도 늠름할 수 있기 때문이다. 그의 흑백이 분명한 개성을 상기해보면 어떻게 그에게 감동하지 않을 수 있겠는가?

---

6 『전집』 3권, 60쪽.

4.

일찍이 고문에 허튼 소리가 많다고 했던 루쉰은 사실 아주 고풍스럽다. 그의 몸에 구식 문인의 기운이 있어, 많은 기문奇文도 만들어냈다. 만약 서양문명과 만나지 않았다면 루쉰은 다른 모습이 되었을 것이다. 그의 몸에 고풍스러운 우아함의 의미는 끝내 사라지지 않았다. 그러나 니체, 체호프와 만난 뒤 그의 사상은 소박하고 중후하게 변했다. 그러나 본래의 질박하고 고풍스러운 요소는 완강하게 남았다. 그는 난해한 니체, 도스토옙스키를 좋아했지만, 자신이 중국의 문제와 대면했을 때는 오히려 오경재吳敬梓, 포송령蒲松齡의 길로 후퇴했다. 소설에서 그는 고소설의 이념을 빌려 스케치 수법으로 몰래 깊은 뜻을 담아내며 크게 쾌감을 느꼈다. 그와 같은 풍토와 인정에 대한 묘사는 마치 옛 그림처럼 고요하고 흥미롭다. 그가 번역한 작품은 난해하고 심원한 것이 많지만, 자신이 창작을 할 때는 서양 영향의 흔적 없이 완전히 중국화하였다.

「풍파」의 첫머리에서 이렇게 말하고 있다.

강에 잇닿은 마당으로 태양이 누런빛을 거둬들이고 있었다. 마당 언저리 강에 드리운 오구목(烏桕木) 잎들이 이제야 생기를 되찾았고 그 아래 몇 마리 모기가 앵앵대며 춤을 추고 있었다. 강으로 난 굴뚝에선 밥 짓는 연기가 가늘어졌고 여인과 아이들은 앞마당에 물을 뿌리며 탁자며 걸상을 내놓고 있었다. 저녁밥 때가 된 것이다.[7]

그야말로 한 폭의 풍속도처럼 고요히 향촌의 한 모퉁이를 드러내었다. 어떤 때 그의 붓끝은 한나라의 높고 먼 기운과 육조六朝의 창랑蒼冷을 포함했다. 어떤 때는 명·청 이래 강남江南 물 고을水鄕의 시경詩境을 볼 수 있다. 「아Q정전」, 「쿵이지」가 사용한 것은 모두 스케치 수법이지만, 구舊시가와 점포 사이의 인정세태는 생동적으로 표현했다. 그것은 평온한 화면으로, 중국의 오랜 시골 읍과 마을이 일종의 사멸 속에 응고되어 있다. 그러나 우리의 작가는 그 사이에 빠져 있을 때 우연히 오래된 깊은 곳에서 한 줄기 신풍新風을 볼 수 있었다. 그와 같은 시원히 스치는 바람은 안개를 일소하고 가는 길의 깊이를 드러냈다. 민간의 풍속과 인정을 담는 속요 속의 시의는 이렇게 꿈틀거렸다.

　　『아침 꽃 저녁에 줍다』는 여러 차례 시골 마을의 아름다운 축제, 사오싱紹興 옛날 희극 속의 조화로운 시상 감정을 드러냈다. 시골 풍속에 순박하고 청초한 숨결이 흔들리고, 그 안에는 의심할 바 없이 그리움이 있다. 『새로 쓴 옛날이야기』에서 유동하는 것은 높고 먼 정신의 울림으로 장자, 노자, 공자 시대의 사리에 반한 노래가 느긋하게 들려온다. 중국 고대의 사상 감정은 그 붓 끝에 있는 것이고, 고요함과 장엄함에서 세찬 흐름을 발견하는 소란 또한 있다. 고요하기 때문에 유행 색깔의 유혹에 저항할 수 있다. 또 고박古朴하기 때문에 문장과 시경詩境은 길고도 먼悠遠 여운을 가질 수 있다.

　　루쉰의 고풍은 소품에서도 나타나는데, 현대 책이야기現代書話(책의 판본이나 역사적 사실을 고증한 짧은 글-역자)의 다른 길을 열었다. 그는 저우

7　『전집』 2권, 82쪽.

쥐런周作人처럼 옛 책의 묘사에 침잠하기를 그다지 원하지 않았고, 두려워한 것은 상아탑 분위기에 물드는 것이었다. 그러나 어떤 때는 우연히 여기에 발을 들여놓았다. 그렇지만 그 흥취를 감상하려는 것이 아니라, 고대의 영혼과 뒤엉킨 다른 심경의 순간적인 번뜩임이었다. 고인을 빌려 이야기하지만 사실 현재의 은원恩怨을 쓰고 현실과 대화하는 것이다.

만약 현실과의 대화를 방기한다면 단지 상아탑 속에서 인간과 세상을 보는 것으로, 그는 분명히 저우쥐런에 비해 더 고아한 작품을 쓸 수 있었을 것이다. 우연히 고서와 예술품 발문跋文 쓰기에 발을 들여놓았는데, 평범하지 않은 필력을 보여주었다. 예를 들어 「책의 부활과 급조」, 「되는대로 책을 펼쳐 보기」의 자연스러운 아름다움, 「『소학대전小學大全』을 산 기록」의 주도면밀 등등. 문장은 백화이나 배후는 오히려 고전적 운치를 갖고 있어 중국어漢語 발전에 여러 가지 계발을 주었다.

「『소학대전』을 산 기록」 서두에서 다음과 같이 말했다.

선장서는 정말이지 너무 비싸 살 수가 없다. 건륭시대 각본의 가격은 그 당시의 송본의 그것과 비슷할 정도이다. 명대 판본의 소설은 오사운동이후 가격이 천정부지로 올랐다. 그리하여 올해부터 행운이 소품문에 깃들게 되었다. 청조의 금서는 민국 원년 혁명 이후 보물이 되었다. 볼만하지 않은 저작이라도 수십 위안에서 백여 위안까지 들곤 했었다. 헌책방을 자주 다니지만 이런 보물 같은 책은 살 엄두조차 내지 못했다. 그런데 단오절 전에 쓰마루 일대를 돌아다니다가 생각지도 않게 『소학대전』이라는 다섯 권으로 이루어진 책을 하나 사게 됐다. 가격은 7자오(角)인데 목차를 훑어보니 사람들이 좋아할 만한 것이 아니었다. 그러나

의외로 청대의 금서였다.[8]

　문장은 흥미진진하여 고인의 서화書話와 같다. 명대문인의 문장 풍격 속에는 그러한 것이 있었다. 그러나 읽어 내려가면 문제가 있음을 알 수 있다. 감상용 작품인 것처럼 보이지만 실제로 큰 비극의 생성을 이야기하는데, 상실된 것은 공교롭게도 고아한 선비의 취미다. 예부터 지금까지 현대인의 감수성으로 고풍에 진입하는 것은, 옛 것으로 돌아가 보물을 찾는 것이 아니라, 우리 문명 속의 영혼이 귀기鬼氣인지 독기毒氣인지를 따져 묻는 것이다. 이럴 때 그의 글쓸 때의 즐거움을 알 수 있다. 사대부의 문체는 전복의 언어를 숨기고 있다. 그와 같은 고인의 말투와 같은 존재는 하나하나 현대 지식인의 우환의식에 의해 대체된다.

　좋다, 고서와 고전 취향이 독기를 발라내면 신묘한 기풍을 갖게 되니 이는 옛것을 오늘날을 위해 쓴다는 의미의 고위금용古爲今用의 뜻이다. 이 유유자적과 질박함의 아름다움은 후대의 소품문 작가에게 많은 영향을 주었다. 황상黃裳, 탕타오唐弢, 원짜이다오文載道, 수우舒蕪는 모두 이런 기풍의 유혹을 받아서 백화적인 팔고문八股文이 사방에 가득한 때에도 또 그 고의古意를 버리지 않고 구식 문인의 풍격을 유지했다. 문체상 루쉰의 풍부함은 저우쭤런, 린위탕林語堂 등의 인물이 미치지 못하는 바라고 할 것이다.

　만약 이런 고풍이 어떤 아름다움이라고 한다면 명청의 문인과 다르

8　『전집』 8권, 89쪽.

고, 민국의 학인과도 또한 다르다. 똑같이 고문을 운용했으나 루쉰은 그것을 이미 걸러내고, 그 안을 외국문장의 언어 환경으로 씻어내고, 또 민간언어의 세례를 받아들였다. 그리하여 그와 같은 문장은 이처럼 밝게 번쩍이고, 풍부하며 또 꾸미지 않는 하나의 새로운 의미를 획득했던 것이다. 고박함은 일종의 경계로 신문학의 작가 중에 이 뜻을 푸는 이는 정말 아무도 없었다.

5.

젊을 때 처음 「고향」, 「하늘을 땜질한 이야기」, 「지신제 연극」을 읽고 그 어렴풋하며 신기한 화면에 감동을 받고, 그 슬픔과 괴로움의 뒤에 사람을 홀리는 신비한 배후가 있음을 깨닫고 내심 호기심을 가졌다. 루쉰의 작품에는 다소 민속적 신기함과 신화와 같은 신비함이 있음을 알 수 있다. 이러한 것은 모두 사람들에게 숙연한 마음을 들게 한다. 이러한 작품의 수는 많지 않지만, 사람들을 떠나지 못하게 한다. 「하늘을 땜질한 이야기」의 서두는 대단히 웅장하다.

여와(女媧)는 갑자기 깨어났다.

그녀는 꿈을 꾸다 놀라 깬 것 같았다. 그러나 무슨 꿈을 꾸었는지는 또렷이 생각나지 않았다. 단지 가슴이 답답하고 무언지 미흡한 듯한, 그리고 무언지 너무 많은 듯한 느낌이 들었다. 산들산들 불어오는 따뜻한 바람이 훈훈하게 그녀의 기를 온 우주에 가득 퍼지게 했다.

그녀는 눈을 비볐다.

분홍빛 하늘에는 석류꽃빛 채운(彩雲)이 굽이굽이 떠 있었다. 별은 그 뒤편에서 홀연히 나타났다 홀연히 사라지며 깜박거리고 있었다. 하늘 가장자리 핏빛 구름 속에는 사방으로 광선을 쏘아 대는 태양이 있어, 마치 유동하는 황금빛 공이 태고의 용암 속에 휩싸여 있는 듯했다. 저쪽편은 쇠붙이처럼 차갑고 하얀 달이다. 그러나 그녀는 어느 쪽이 지고 있고, 어느 쪽이 떠오르고 있는지 마음에 두지 않았다.[9]

이것은 유화와 같은 높고 먼 심오한 화면이다. 회화에 대한 감이 없는 사람은 이처럼 신기한 필법을 결코 가질 수 없다. 루쉰은 내심 고전적 미학요소가 있어 어쩌다 한번 표현하면 진기한 기운이 밀려와 떠도는 가운데 드물게 보이는 신운(神韻)을 갖게 되었다. 우리는 반 고흐의 작품을 읽을 때 유사한 느낌을 갖게 되는데, 그들 색채적 기이함은 아마득한 구름 같은 정신환상을 탄생시켰다. 그러나 루쉰은 한자에 의지해 이 환상의 구조를 완성시킨 것이다.

「지신제 연극」에서 물의 고장(水鄕)의 야경에 대한 묘사는 완전히 한 폭의 동화와 같아서, 너무나 고요하고 심원하여 마치 꿈속에서 떠도는 신곡처럼 달빛 아래 잔잔한 물결이 인다. 저자는 드물게 이처럼 마음을 다해 이 민간적인 그림 같은 경치에 침잠해 있었는데, 우리는 그 내심 오랫동안 억압당한 미적인 감응을 볼 수 있다.

---

9 『전집』 3권, 259쪽.

양쪽 기슭의 콩과 보리, 강바닥의 수초가 발산하는 싱그런 내음이 공기 속에 섞여 왔다. 달빛은 축축함 속에 몽롱했다. 거무스레 굽이치는 산들이 마치 용수철로 만든 짐승의 등줄기처럼 아득히 뱃고물 쪽으로 달음질쳤다. 그래도 내겐 배가 너무 느리게 느껴졌다. 네 번 교대를 하고서야 어렴풋이 자오창이 보이는 듯했다. 노랫소리, 악기소리도 들리는 듯했다. 몇몇 불빛은 무대인지 고깃배 불빛인지 모호했다. 그 소리는 아마 피리소리인 것 같았다. 조용히 구르다 길게 뽑는 소리는 내 마음을 잔잔히 가라 앉혔다. 하지만 나도 모르게 그 소리와 함께 콩과 보리, 수초 내음 그윽한 밤기운 속으로 젖어 드는 느낌이었다.[10]

이러한 필법은 루쉰이 그다지 사용하지 않았고, 이에 대해 아주 절제했다. 그러나 그것은 오히려 무한히 심원한 천지를 왕래하여 영감 사유의 원대함을 볼 수 있다. 많은 시간 우리는 그것을 통해 홀연히 움직이며 또 얼굴을 향해 다가오는 아름다운 그림 같은 경치를 발견할 수 있다. 『들풀』의 「가을밤」에 그 높고 먼 하늘, 불가사의한 창공 속에 감추어진 비밀은 철학적 사유처럼 묘사되어 있다. 이런류의 필법은 많은 문장에서 볼 수 있다. 「여조女弔」의 사오싱 귀신 연극鬼戲의 매우 참혹한 소리에 대한 묘사는 민간의 혈색을 띤다. 그 배후의 토템과 같은 운율은 영혼의 깊이를 가리킨다. 이때 우리는 세레나데와 같은 신기함과 부드러움, 감미로움을 느낄 수 있고, 마음은 이에 따라 두근거린다. 내부의 근심스러운 존재는 점점 흩어지고 마음은 한 바탕 세레

---

10   『전집』 2권, 197쪽.

를 받는다. 재미도 없는 곳에서 본 것은 무한히 넓고 깊은 심령의 경치이고, 황량한 곳에서 드러내는 녹색이다.

이런 의상意象은 그가 번역한 작품에서 늘 감지할 수 있다. 그것은 외국소설과 회화에서 영향 받은 것이 맞다. 비어즐리의 회화는 사멸과 요염함의 경향을 갖고 있는데, 루쉰이 그의 작품을 소개한 의도는 깊고도 깊다. 모든 예술이 영혼의 깊은 곳에 진입할 수 있는 것은 아니다. 비어즐리는 영혼의 비밀한 곳에 진입하는 입구를 텄다. 파보르스키와 크라브첸코[11]의 판화 또한 심원하고 고아하면서 굳세어서 그 영혼은 천지간에서 세례를 받았다. 그러한 그림과 만났을 때 마음은 무궁한 밤하늘에 끌리고 정신이 이로 인해 날아오른다.

그가 좋아한 서구의 판화에서 심미의 한 방향을 볼 수 있다. 예술은 평범한平凡한 사람의 기억이 아니리, 괴이한 영감靈感의 춤이다. 편향되게 느껴지는 담장 밖에서 씩씩하게 전진하고, 보이지 않는 신비한 정신의 소재로 몰고 들어간다. 이것은 서양인에게는 신학과 관계가 있을 수 있지만, 루쉰은 유사한 의상을 심령의 은밀하고 신비한 곳에 거듭하여 포갰다. 그곳은 너무 깊어 볼 수 없는 요원함이며 또한 정신을 정화시키는 형이상학의 세계이다. 그의 잡문과 소설은 사실 이러한 흔적을 찍어낸 것이다.

필자는 만약 그가 항상 조소와 비난만 할 줄 알았다면 그것은 루쉰이 아니라고 생각했다. 사방에 논적, 함정과 죽음이 있는 곳에서 그는 하늘과 통하는 창문을 가지고 있었다. 설령 자신은 큰 병중에 고통스

---

11   V. Favorsky(1886~1964), 소련의 현대삽화 화가, 판화가. A. Kravchenko(1889~1940)는 러시아의 화가이자 일러스트레이터, 데생 화가 및 판화 제작자.

러운 모습 그리고 무미건조한 자질구레한 일들을 나열했지만, 우리는 그의 멀리 달려가는 영혼을 느낄 수 있다. 「"이것도 삶"……」은 밤에 잠을 못 이룰 정도로 아픈 사정을 적었는데, 사람을 감동시키는 신묘한 필치가 드러난다.

> 가로등 불빛이 창을 통해 들어와 방안을 어슴푸레하게 비추었다. 대충 둘러보았다. 낯익은 벽, 그 벽의 모서리, 낯익은 책 더미, 그 언저리의 장정을 하지 않은 화집, 바깥에서 진행되는 밤, 끝없는 먼 곳, 수없이 많은 사람들, 모두 나와 관련이 있었다. 나는 존재하고, 살아 있으며, 앞으로도 살아갈 것이다. 나는 처음으로 나 자신을 더욱 절실하게 느꼈다. 나는 움직이고 싶은 욕망이 생겼다. — 하지만 얼마 뒤 다시 잠에 빠져들었다.[12]

짧은 몇 구절에서 우리는 그의 내심의 신기한 아름다움을 볼 수 있다. 그것은 고심에 찬 마음의 표출이 아니고 일종의 자연스러운 생동적인 묘사다. 그것은 "광대한 천지와 연결된 호탕한 마음속 심사"의 대경계인데, 세상 범부凡夫들이 어떻게 그를 이해하겠는가? 만약 예술가에게 세밀하고 은밀한 체험이 없다면 그 예술가의 작품은 아마도 창백한 것일 것이다.

우리는 그가 말년에 이르면 이를수록 더욱더 괴로워하는 심사를 표출하는 것을 알게 된다. 그가 애정을 가진 존재는 그 주변의 세계를 깊이 휘감고 있었다. 정신계의 전사는 한시도 백성에 대한 애정을 버리지 않

---

12 『전집』 8권, 761쪽.

왔고, 자식을 사랑하는 듯한 마음을 품고 청년과 함께 가시덩쿨의 길로 나아갔는데, 우리들이 감동을 받아야 하는 바이다. 그가 '좌익작가연맹左聯' 다섯 열사를 묘사한 문장을 보면 얼마나 침울하고 격앙되어 있는가. 야경 아래 고독한 그림자 속의 독백, 멀리 가버린 영혼에 대한 추구에서 그 마음의 광대함을 볼 수 있다. 그와 같은 문장은 잔혹한 세상에 대한 증거이다. 그러나 또 이러한 증거에 만족하지 않고 늘 내심의 가장 심오한 영감적 사유를 시의詩意를 담아 표현해냈다. 오직 내심이 아름다운 사람만이 추악과 대치할 때 그 힘을 드러낸다. 루쉰의 힘은 모두 지식과 도덕에서 온 것이 아니라, 근본적으로 말하면 그 내심의 아름다움에서 온 것이다. 톨스토이가 재난의 러시아에 대해 추궁할 수 있었던 것은 바로 성도와 같은 아름다움을 갖고 있었기 때문이다. 타고르의 세계도 이러한데, 그 문장에서 파괴된 인도는 특이한 은은한 빛을 지녔다. 그렇다면 우리는 루쉰에 대해서도 그렇게 보아야 한다.

6.

어느 작가는 루쉰이 한담할 때 유머스런 모습이 정말 흥미를 끈다고 회고했다. 루쉰이 웃기는 말을 할 때 자신은 결코 웃지 않았다. 그는 다른 사람을 조소하는 동시에 자신을 조소했다. 이것은 몇몇 연구자도 파악한 것이다. 우울한 작가는 일반적으로 유머를 구사할 수 없다. 쑤만수蘇曼殊, 위다푸郁達夫, 딩링丁玲이 모두 그러했다. 린위탕은 유머를 자주 말했지만, 루쉰이 보기에 오히려 유머의 요소가 부족했다.

유머를 아는 사람은 그다지 유머를 많이 하지 않는데, 마치 수영할 수 있는 사람이 수영 규칙을 잘 말하지 않는 것과 마찬가지다. 루쉰은 항상 그러했다. 곧 냉정하게 사람과 세상을 본 뒤 모두 자신을 대상세계에 기대는 것이 아니라 몸을 공손히 한 번 흔들고 밖으로 뛰어나와 자신의 가소로움을 본다. 이러한 전환은 사람들에게 거리감을 주지만 어떤 유머적인 아름다움 또한 드러낸다. 그러나 그가 보기에 이것은 하나의 인생태도로서, 일단 이런 태도를 과시하면 곧 나르시시즘의 일면을 갖게 된다.

그는 사실 약간 패러디적 능력을 갖고 있는데, 그렇지 않으면 고골리, 나쓰메 소세키와 같은 유머감이 강한 작가의 작품을 번역할 수 없었을 것이다. 슬픔과 분개의 기분 배후에 유머와 풍자의 의미가 있어서 그것에 지극한 정신적 즐거움을 갖게 한다. 그는 적을 상대할 때 소송문서를 작성하는 관리 같은 모진 성격을 표출하고 또 고골리식의 반문反問도 많이 썼다. 글을 쓸 때 부조리한 의미를 띠고 있어 독자는 웃음을 참을 수 없는 가운데 깨달음을 얻는다.

하나는 필법筆法의 유머이다. 그는 격분했을 때가 많은데, 일반적으로 우스갯소리를 잘 하지 않는다. 다만 한가할 때 한담을 적으며 어쩌다 약간 우스갯소리를 한다. 말년에 자신의 글쓰기 생활과 인생태도를 추억할 때 약간 가벼운 유희감을 드러냈다. 「『집외집集外集』서언序言」에서 이렇게 말했다.

나는 패주하는 척하다가 되돌아서 적을 치는 기만술을 부릴 줄 아는 황한승(黃漢升)을 탄복하기도 하지만, 우악스럽게도 이해를 따지지 않다가 끝내 부하에게 목을 잘린 장익덕(張翼德)을 좋아한다. 하지만 장익덕 부류이면서도 다짜고짜 도끼를 휘둘러 '목을 늘어놓아 뎅겅뎅겅 자르는' 이규(李逵)를 싫어하고, 따라서 이규를 물속에 끌어들여 눈이 희번덕거릴 정도로 실컷 물을 먹인 장순(張順)을 좋아한다.[13]

중국 작가로서 이처럼 가볍게 이러한 화제를 이야기한 이는 사실 우리는 몇 명 찾아낼 수 없다. 웃기는데 거칠지도 않고 흥미를 끌지 않는 것도 아니다. 그 사이에 지혜가 많이 담겨 있으니, 그것이 바로 예술이다. 이것은 민간학에서 온 능력으로 희곡과 소설에서 항상 볼 수 있다. 그가 쉬즈모徐志摩를 풍자할 때 이러한 농담의 방식을 이용했는데, 설교가 아니고 또 개인적인 원한의 발설도 아니면서도 그 바보적인 일면을 조소한 것이다. 진지하지 않은 어투로 그 진지하지 않은 얼굴을 그려냈다. 또 량스추梁實秋와의 논쟁에서도 이와 같이 만화적 필치로 해서 유추적 수법은 웃기지만 내면의 힘은 사람에게 상처를 입힌다. 이른바 '소송문서를 작성하는 관리'의 의미는 분명하다. 「'집 잃은' '자본가의 힘없는 주구'」는 분량이 길지 않지만 구절구절 가시가 보이고 심지어 악의도 드러난다.

무릇 주구란 설사 어느 한 자본가가 길러 낸 것일지라도 사실은 모든 자본가에게 속하기에, 부자들만 보면 꼬리를 치다가도 가난뱅이만 보면 미친 듯이 짖어 대는 법이다. 누가 자기의 주인인지 모르는 것은 바로 부

---

13   『전집』 9권, 30쪽.

자들만 보면 꼬리를 치는 까닭이며, 모든 자본가에게 속해 있다는 증거이기도 하다. 기르는 사람이 없어 앙상하게 여윈 채 들개가 되었을지라도, 여전히 부자들만 보면 꼬리를 치고 가난뱅이만 보면 미친 듯이 짖어댄다. 그렇지만 이쯤 되면 누가 제 주인인지 더욱 알지 못하게 된다.[14]

완전히 문학식의 농담이고 무심결에 한 한담으로 보이지만 그러나 비중은 무겁다. 루쉰은 이론으로 상대와의 논쟁을 하려고 하지 않았고 오히려 화가적 필치를 사용하여 형상속에서 은유적 맥박을 담아냈다. 형상은 결국 이론보다 크다. 그는 서양의 소설을 읽고 이 점을 깊이 깨달았다. 러시아의 이론가는 많다, 하지만 톨스토이, 도스토옙스키의 문장이 플레하노프, 루나차르스키의 논저에 비해서 더 풍부하니, 그것은 의심할 바 없이 예술의 내재성이 작동을 한 결과이다. 그래서 가장 이론 번역에 열심이었던 상하이 시기에도 그는 자신의 이론적 틀을 건립하려고 하지 않았다. 아마도 형상으로 이야기를 하는 것이 더욱 힘이 있음을 알았기 때문일 것이다.

상하이에서의 거했던 세월, 문단의 난맥상은 그가 현대문화와 현대문인의 문제를 고려하도록 자극을 주었지만, 그가 얻은 것은 또한 황당한 인상에 불과하였다. 그는 이러한 것을 좋아하지 않았고, 때로는 혐오하기까지 했다. 그러나 그들 남겨진 것들은 다시 말할 때 결국 가벼움을 드러냈으니 또 그 정신속의 어떤 자신감을 드러낸 것이다. 무료한 문인에 대해 분명하고 힘 있는 필법을 사용하는 것은 사실 기력

14　『전집』 6권, 92쪽.

을 낭비하는 것이다. 단지 아주 가볍게 흔들며 힘을 들이지 않고 군상을 묘사해냈다. 읽을 때마다 우리는 매번 웃지 않을 수 없다. 「상하이 문예의 일별」에서 그는 다음과 같이 말했다.

재자는 원래 걱정도 많고 병도 많아, 닭 울음소리를 듣고도 성을 내고 달을 보고도 마음 아파합니다. 이런 마당에 상하이에 와서 기녀를 만나게 되었습니다. 기생집에 가서는 열 명 스무 명의 꽃다운 아가씨들을 한데 불러 모을 수 있었으니, 그 광경이 흡사 『홍루몽』 같았겠지요. 그리하여 그는 자신이 가보옥(賈寶玉)인 양 느껴졌습니다. 자신이 재자라면, 기녀는 물론 가인(佳人)일 터, 이리하여 재자가인의 책이 만들어지게 되었습니다. 내용은 대부분 이렇습니다. 오직 재자만이 풍진 세상에 영락한 가인을 가련히 여기고, 오직 기인만이 때를 만나지 못해 뜻을 이루지 못한 재자를 알아주며, 천신만고 끝에 드디어 멋진 짝이 되거나 모두 신선이 된다는 것입니다.[15]

무료할 때 무료한 듯한 필법이 어떤 부류의 사람들의 형상을 포착하게 되면 그 역시 무의식중에 생명의 본색을 보게 된다. 사고하는 사람이 문제를 가라앉힐 때만이 곧 그와 같이 시원스럽게 그것들을 처리할 수 있다. 이렇게 하면 심오한 사고의 힘을 갖게 된다. 중국의 작가는 한탄하기만 한다든지 아니면 감상만 할 줄 안다든지 하여, 어둠과 상대할 때 하나하나 모두 우매함을 드러내거나 혹은 지능지수가 높은

---

15 『전집』 6권, 143쪽.

악의 세력에 미치지 못한다. 루쉰의 유머는 그의 강세를 드러냈는데 —지식, 지혜와 능력, 감정 면에서 눈앞의 암흑을 뒤덮었다. 그 가소로운 존재들은 거의 모두 수하의 장난감 인형이 되어, 장난치며 웃거나 마음대로 하게 되는데, 그 배후에는 바로 그 넓은 뒷모습이 있는 것이다. 그러나 이때 우리는 프랑수아 라블레, 오경재와 같은 인물을 떠올리게 된다. 그것은 『새로 쓴 옛날이야기』에서 특히 두드러진다. 어떤 때 그러한 블랙 유머의 장면들은 서양의 여러 많은 걸출한 작가들의 묘사와 쌍벽을 이룬다.

　루쉰의 유머는 항상 문인이 쓸 만하다고 생각지 않는 화제에 착수하여 자질구레한 곳에서 세상의 황당무계함을 깨닫게 한다. 우리가 보기에 글로 쓰기에는 부적절한 그런 화제가 결국 그를 통해 정신의 밝기를 드러낸다. 심미적 측면에서 그는 많은 새로운 시각을 열었다. 「즉흥일기」는 거의 진실, 자질구레한 일들의 나열이다. 그러나 그 주제를 일반인들이 어떻게 무시할 수 있을까? 자신의 일상에서 시작하여 광대한 세상을 써내어 모두 물이 흐르는 곳에 도랑이 생기듯 자연스럽게 만들어진 것이지 꾸민 것이 아니다. 진지하지 못한 말들이 간혹 독자를 웃게 하기도 하지만 곧 이어서 엄숙한 화제를 끌어들이니 우리는 웃는 가운데 갑자기 깨달음을 얻게 된다. 원래 우리는 이처럼 가소로운 족속들이다. 「'타마더他罵的'에 대하여」에서 이렇게 말했다.

　'하등인'이 아직 벼락부자가 되기 전이라면 당연히 대체로 '타마더'를 자주 입에 오르내린다. 그러나 어떤 기회가 와서 우연히 한 자리를 차지하고 대략 몇 글자를 알게 되면 곧 점잖아진다. 아호도 있게 되고, 신분도 높게 되고, 족보도 고치게 된다. 그리고 시조를 한 사람 찾아야 하는데, 명유(名儒)가 아니면 명신(名臣)이다. 이때부터 '상등인'으로 바뀌고, 선배 상등인과 마찬가지로 언행은 모두 온화하고 우아해진다. 그렇지만 어리석은 백성 중에도 어쨌든 총명한 사람이 있어 벌써부터 이러한 속임수를 꿰뚫어 본다. 그래서 "입으로는 인의예지를 말하지만 마음속은 남도여창(男盜女娼)이다!"라는 속담이 생긴다. 그들은 훤히 알고 있는 것이다.

그리하여 그들은 반항하며 '타마더'라고 한다.

그러나 사람들이 자기나 남의 은택이나 음덕을 폐기하거나 일소하지 못하고 억지로 다른 사람의 조상이 되려고만 한다면 어찌 되었건 비열한 일임에는 틀림없다. 이따금 '타마더'라고 불리는 자의 생명에 폭력을 가하는 경우도 있겠지만, 그것은 대체로 허점을 이용하는 것이지 시대의 추세를 만들어 내는 것이 아니므로 어찌 되었건 역시 비열한 일이다.

중국인들은 지금까지도 무수한 '등급'을 가지고 있고, 가문에 의지하고, 조상에 기대고 있다. 만약 고치지 않으면 영원히 유성(有聲), 무성(無聲)의 '나라욕'이 있을 것이다. 그래서 '타마더'가 위아래 사방을 포위하고 있다. 게다가 그것도 태평한 시대인데도.

다만 가끔은 예외적인 용법이 있다. 놀람을 나타내거나 감복을 나타내기도 한다. 나는 고향에서 시골농부 부자가 함께 점심을 먹는 것을 본 일이 있는데, 아들이 요리를 가리키면서 그의 부친에게 "이거 괜찮아요, 마더(媽的), 드셔 보세요!"라고 했고, 아버지는 "난 먹고 싶지 않아. 마더, 너 먹어라"라고 말했다. 오늘날 유행하는 '내 사랑하는'의 뜻으로 이미 완전히 순화되어 있다.[16]

우리는 물론 이것을 농담이라고 할 수 있으나 차분히 생각해 보면 비애, 연민을 느끼게 되고 거의 모두 그에게 정신적 고통을 당한 것 같다. 그렇다, 우리는 언제 이러한 저열한 근성을 가지지 않은 적이 있는가? 그는 『죽은 영혼 백가지 그림死靈魂百圖』을 소개할 때 풍자의 역량을 보았고, 이러한 새로운 심미이념을 중국에 수입했다. 눈물을 머금은 웃음, 한을 가득 담은 웃음은 반란의 문학을 촉진한다. 그 간의 경험에 대해 후인들이 훌륭하게 총괄하지 못했다.

현재 그가 보는 아름다움에 대해 이러한 기본적인 결론을 내릴 수 있다. 루쉰은 기묘한 미의식을 중국어 세계에 가져온 사람이다. 그는 멀리 한·당漢唐의 운율을 취하며 민간의 꿈에 다가가고 겸해서 해외의 혼에까지 미쳤다. 사실寫實로 심오함에 통하고 전투로 하여 부드러운 마음을 얻었으며 소란 속에서 고요함을 간직하고, 희망 없음 속에서 자유를 획득했다. 루쉰이 있기 때문에 중국의 심미 지도는 다시 쓰여졌다. 이후 우리는 세계와 진정한 대화를 한 진인眞人을 갖게 되었고, 빛나는 신문예를 갖게 되었다. 필자는 개인적으로 루쉰 한 권을 손에 드는 것이 바로 천지간에 최대의 즐거움을 얻는 것이라고 생각한다. 그를 벗 삼으면 그를 따라 읊고 춤을 추며 시의의 경지에 들어갈 수 있다. 무취, 무지가 지능지수를 비웃는 시대에 이러한 시의를 지녀야만 우리의 세계는 비로소 황량함에 이르지 않을 것이다.

16　『전집』 1권, 345~346쪽.

탐색자의 정신 형상

1.

　루쉰의 정신 속에 담겨진 내용을 이해하기 위해서는 『들풀野草』을 읽지 않을 수 없다. 이 작품은 루쉰의 정신적인 왕국 가운데 가장 모호하고 곤혹스러우며 심도 있는 부분이다. 루쉰은 이 작품에서처럼 깨달음이 그렇게 깊으면서도 그와 같이 모호하며 또 그처럼 풍부한 정신적인 이미지를 표현한 적이 없다. 작가는 이전에 추구했던 이성적이고, 확실한 개성을 비이성적이고, 불확실한 정신적인 혼란에 자리를 내어주었다. 아울러 작가는 마음속의 가장 심각한 느낌과 오래된 삶의 체험을 가장 뛰어난 예술적인 필치로 표현해냈다. 『들풀』은 루쉰이라는 현대 선구자의 정신적인 형상을 부각해 냈다고 할 수 있다.

　『들풀』이 시적인 철학이라고 불리게 되는 이유는 이 작품이 동양인들 특유의 사유방식과 감지방식으로 자아생명체험으로 획득한 감성적인 경험을 형이상학의 영역으로 연장시켰다는데 있다. 이 작품은 현상계의 단일한 형상화의 재창조나 또는 이성왕국에 대한 감성적인 구현이 아니라 인간의 존재에 대한 동양식의 힐난이다. 『들풀』이 보여주는 것은 일종의 철학적인 추측으로 더욱 형상적이고, 더욱 모호한 방식으로 인간의 가치와 사회존재에 대한 이해를 드러내고 있다.

『들풀』처럼 이렇게 중국 현대 문단과 나아가서 중국 당대 문화사조에 큰 관심을 불러일으킨 작품은 극히 드물다. 정신현상의 시각에서 보았을 때 루쉰은 중국문학사와 정신발전사에 있어 처음으로 모더니즘 정서를 확립하였다. 이는 중국 지식인들의 고전적인 감정 방식이 루쉰에서 종결되었음을 의미하고 있다. 이를 대신하여 들여온 것은 완전히 새롭고 현대적인 정신과 현대화된 개인정서이다. 이러한 비약적인 발전은 『들풀』의 가치로 하여금 예술적인 영역을 멀리 뛰어 넘게 했다.

『들풀』의 뚜렷한 특징의 하나는 인간의 주체세계와 현상계 사이의 역설적인 정서를 보여주고, 인간 운명 속에 있어서의 허무의 의의를 밝혀주었다는 데 있다. 루쉰은 인생의 불확실성과 운명의 잔혹성을 깊이 있게 체험했다. 그리하여 모든 조화롭고 장엄한 이성적인 문명의 풍경이 작가에게서 사라졌다.

> 내가 싫어하는 것이 천당에 있으니 나는 가지 않겠소. 내가 싫어하는 것이 지옥에 있으니 나는 가고 싶지 않소. 내가 싫어하는 것이 당신들의 미래의 황금 세계에 있으니 나는 가지 않겠소.
> 그런데 당신이 바로 내가 싫어하는 사람이오.

친구여, 나는 그대를 따르고 싶지 않소. 나는 머무르지 않으려오. 나는 원치 않소.

아아, 나는 원치 않소. 차라리 정처 없는 곳을 방황하려 하오.

내 한낱 그림자에 지나지 않소만, 그대를 떠나 암흑 속에 가라앉으려 하여. 암흑은 나를 삼킬 것이나, 광명 역시 나를 사라지게 할 것이오.

(…중략…)

그렇지만 나는 결국 밝음과 어둠 사이에서 방황하게 되었소. 나는 지금이 황혼인지 여명인지 모르오. 내 잠시 거무스레한 손을 들어 술 한 잔 비우는 시늉을 하리다. 나는 때가 어느 때인지 모를 때에 홀로 먼 길을 가려오.

(…중략…)

친구여, 때가 되어 가오.

나는 암흑을 향하여 정처 없이 방황할 것이오.

그대는 아직도 나의 선물을 기대하오. 내가 그대에게 무얼 줄 수 있겠소? 없소이다. 설령 있다고 하여도 여전히 암흑과 공허일 뿐이오. 그러나 나는 그저 암흑이기를 바라오. 어쩌면 그대의 대낮 속에서 사라질 나는 그저 공허이기를 바라오. 결코 그대의 마음자리를 차지하지 않도록.

나는 이러기를 바라오. 친구여—

나 홀로 먼 길을 가오. 그대가 없음은 물론 다른 그림자도 암흑 속에

는 없을 것이오. 내가 암흑 속에 가라앉을 때에, 세계가 온전히 나 자신
에 속할 것이오.[1]

이처럼 역설로 가득 찬 영혼의 독백은 작가가 과거에 지니고 있었
던 낙관주의적인 이성적인 법칙이 이미 무너지고, 자신 존재의 고독
감과 황당함을 진정으로 의식하고 있음을 보여주고 있다. 여기에서
보여주는 허무적인 감정은 적어도 루쉰에게 있어서 과거의 인생구상
은 단지 인간의 자아조절과 마음의 위로에 불과할 뿐이라는 것을 설명
해 준다. 루쉰은 과거의 회의주의를 사회의 문명사로부터 자아의 정
신사로 전환시켰고, 사회적 존재를 개체적 인간 존재로 전환시켰다.
그리고 이 개체적인 인간의 존재는 더 이상 문명의 외피에 싸인 도덕
적 개체가 아니고, 종법사회와 자신의 몸에 씌워진 모든 '문명'화된
것들과는 다른 문화적 매듭으로 선험적이고 도덕적인 법칙을 한편에
놓아두고 있다. 그리하여 그의 정신세계 속에는 본래 자신의 그 허무
적이고 광활한 정신적인 들판만을 남겨 놓았다. 루쉰은 아마도 인간
은 바로 '무'의 세계에서 살고 있고, 도덕적, 법률적, 민속적인 문화의
빛은 단지 인류가 자아를 창조한 후, 생존선택의 물화적인 상태일 따
름이라고 느낀 것 같다.

루쉰은 「희망」이라는 글에서 자신의 발견에 대하여 더욱 직접적으
로 자세하게 설명했다. 희망의 빛은 그의 시선 속에서 분해되었다.

---

1   鲁迅, 「影的告別」, 『鲁迅全集』第2卷, 北京 : 人民文学出版社, 2005, 169~170쪽.

……전에는 내 마음도 피비린내 나는 노래 소리로 가득하였다. 피와 쇠붙이, 화염과 독기, 회복과 복수. 그런데 문득 이런 모든 것이 공허해졌다. 때로는, 하릴없이 자기 기만적 희망으로 그것을 메우려 하였다. 희망, 희망, 이 희망의 방패로 공허 속 어둔 밤의 기습에 항거하였다. 방패 뒤쪽도 공허속의 어둔 밤이기는 마찬가지지만……

(…중략…)

나는 몸소 이 공허 속의 어둔 밤에 육박(肉薄)하는 수밖에 없다. 나는 희망이라는 방패를 내려놓고 페퇴피 산도르(Petőfi Sándor)의 '희망'의 노래에 귀 기울였다.

희망이란 무엇인가? 창녀.
그는 누구에게나 웃음 짓고 모든 깃을 준다.
그대가 가장 소중한 보물―
그대의 청춘―을 바쳤을 때 그는 그대를 버린다.

(…중략…)

나는 몸소 이 공허 속의 어둔 밤과 육박하는 수밖에 없다. 몸 밖에서 청춘을 찾지 못한다면 내 몸 안의 어둠이라도 몰아내야 한다. 그러나 어둔 밤은 어디 있는가? 지금은 별이 없고, 달빛이 없고, 막막한 웃음, 춤사위 치는 사랑도 없다. 청년들은 평안하고 내 앞에도, 참된 어둔 밤이 없다.
절망의 허망함, 그것은 곧 희망과 같다![2]

이와 비슷한 느낌은 그의 작품에서 자주 나타난다. 소설「고향」중에도 이와 비슷한 언급이 있다. "생각해 보니 희망이란 본시 있다고도 없다고도 할 수 없는 거였다. 이는 마치 땅위의 길과 같은 것이다. 본시 땅위엔 길이 없다. 다니는 사람들이 많아지면 거기가 곧 길이 되는 것이다."[3] 조금도 의심할 나위 없이 루쉰의 사유에는 많은 측면에서 실존주의 사상과 비슷한 점들이 표현되어 있다. 사르트르는 일찍이 이렇게 단언했다. 사람들은 현상 뒤의 것을 포착하기 어렵다. 하지만 의식 중의 현상은 인식할 수 있다. 코플스톤F.Copeston은 『당대철학』이라는 책에서 이런 실존주의 현상에 대하여 이렇게 밝혔다. "마치 우리가 이미 아는 것과 마찬가지로 의식은 항상 어떤 사물에 대한 의식이다. 그래서 그것은 일종의 거리감 또는 부정이다. 이런 관념은 우리로 하여금 의식의 본질을 파악하게 했다. 의식은 일종의 분할로, 자각되는 존재와 자체 존재를 분할하는 것은 공空과 무無이다. 의식은 숨겨진 공과 무를 꿰뚫고 생긴다. 마치 실존 중에서 틈새 또는 분열이 나타나는 것과 같다. 그러나 이런 틈새 또는 분열은 말로 표현할 수 없다. 왜냐하면 그것은 공과 무이기 때문이다. 공과 무는 의식의 중심에 존재하고 있다. 사람들은 그리하여 공과 무를 이 세계에 진입시키는 존재로서 묘사한다." 루쉰과 사르트르는 거의 동일하게 인간 의식의 불확실성을 의식했다. "자각되는 존재와 자체 존재를 한 자아의 같은 존재 속에 통일시키는 것은 불가능하다." 루쉰과 사르트르에게서 인간의 실체 의의는 선험적인 이성에 귀속되어 있는 것이 아니고, 인간 자신

---

2   魯迅, 「希望」, 『魯迅全集』第2卷, 北京 : 人民文学出版社, 2005, 181~182쪽.
3   魯迅, 「故乡」, 『魯迅全集』第1卷, 北京 : 人民文学出版社, 2005, 510쪽.

에게 귀속되어 있다. 인간은 바로 자아의 선택, 자아의 창조를 통해서 비로소 인간의 자아 형태를 형성하고 있다. 이런 선택과 창조가 없다면 모든 정신적인 신조는 생각조차 할 수 없는 것이다. 문제의 관건은 선조들이 역사를 선택하고 창조하는 동시에 비극도 잔인하게 자신들의 후손들에게 던져주었다는 점이다. 인간은 낡은 문화의 속박에서 벗어날 수 없다. 인간은 태어나자마자 구문화의 그물 속에서 길들여지게 된다. 그래서 인간은 처음부터 선택과 창조의 자각성과 자유성을 상실했고 거대한 역사 문화적 힘의 추진력에 의해서 과거의 순환을 반복하고 있다. 루쉰은 이 점을 깊이 체감했지만 그는 실존주의자가 아니라서 사르트르나 하이데거와 같은 그런 엄밀한 철학적 체계를 지니지 못했다. 그는 동양인 특유의 예민하고, 심오하고, 이미지화 된 언어로 심각하고 형이상학적인 의미를 지닌 명제를 표현했다.

많은 시편 중에서 루쉰은 의미심장하게 생명의 암담함에 대해 탄식하고 있다. 그는 구걸하는 사람에 대해 썼고, 초라한 나그네에 대해 썼으며, 꺼진 불에 대해 썼고, 무덤에 대해 썼다. (…중략…) 어쨌든 그는 느꼈던 모든 무섭고 회색적인 이미지를 거의 모두 자신의 문장 속에 쏟아냈다. 만약 『외침』 중에서 루쉰의 비극적인 의식이 개인 생명의 괴멸로 나타났다면 『들풀』에서 그는 인간의 내재된 비극적인 정서를 자아존재 의미에 대한 반문으로 표현했다. 여기에서는 더 이상 인간의 불운에 대한 슬픔도, 더 이상 고전적 인도주의에 대한 찬미도 찾아 볼 수 없다. 여기에서 인간은 마치 절망 중에서 존재하고, 생존하고, 선택하는 '만물의 영장'인 것 같다. 올바른 정의 없는 시대에 인류는 본래부터 그런 '좋은 이야기'에 나타나는 신화에 대하여 지나치게 맹종하지 말아야 했다. 모든 것은 허망 되고 마음으로 만든 그림자처럼 허무한 존재 속에서 순식간에 사라지고 만다. 이 점은 『묘비문墓碣文』에서 리얼하게 표현된다.

　　나는 내가 묘비를 보고서서 거기 새긴 글을 읽는 꿈을 꾸었다. 그 묘비는 모래와 자갈로 만들어졌는지 부스러진 데가 많았고 이끼까지 잔뜩 끼어, 몇몇 글자만 알아볼 수 있었다.

　　…… 큰 소리로 노래 부르고 열광할 때, 추위를 먹고, 하늘에서 깊은 연못을 본다. 모든 눈에서 무소유를 보고, 희망 없음에서 구원을 얻는다. ……
　　…… 떠돌이 혼 하나가 긴 뱀으로 변했다. 독이빨로 남을 물지 아니하고제 몸을 물었다. 마침내 죽었다. ……
　　…… 떠나가라!……

　　묘비 뒤로 돌아가니 고분이 있었다. 풀 한 포기, 나무 한 그루 없이 주저앉은 갈라진 무덤 틈새로 주검이 보였다. 가슴과 배가 벌어져 있고, 심장과 간이 없었다. 얼굴에는 슬픔이나 즐거운 표정 없이 아지랑이처럼 흐릿하였다. 의혹과 두려움에 몸을 돌렸으나, 뒷면의 글귀를 보고 말았다.

　　…… 심장을 후벼 파서 스스로 먹네. 그 본래의 맛을 알고자. 고통이 혹심하니, 본래 맛을 어찌 알랴?……
　　…… 고통이 가라앉자 천천히 먹네. 이미 성하지 않으니 그 본래의 맛

을 또 어찌 알랴?⋯⋯

⋯⋯대답하게나. 그렇지 않으면 떠나가게나!⋯⋯[4]

이는 정말 세상을 깨우치고 사람을 놀라게 하는 인생우언이다. 평범함 속에서 비범함을 보고, 진리 속에서 오류를 깨달으며, 조용함 속에서 소란함을 해석하고, 즐거움 속에서 고통을 감지한다. 이런 상호 배리되는 감지 방식은 루쉰 사상의 특수한 부분이다. 루쉰은 여기에서 인간 인식의 단편성을 보았고, 이성세계 가운데서는 현상계 진리의 지극한 면에 다다를 수 없다는 냉혹한 현실을 보았다. 허무적인 정서는 바로 여기에서 피어오르고 흩어지고 있었다. 이는 인간의 선험적인 인지 형식에 대한 대담한 회의이다. 왜냐하면 루쉰의 시야 속에서 인간의 주체세계는 현상계에서 수없이 많은 고통을 받았지만 조화로운 저울은 거의 찾아 볼 수 없었다. 비록 루쉰은 칸트처럼 그렇게 뚜렷하게 인간의 선험적인 인지방식의 한계를 인식할 수 없었고, 나아가 제한된 사유형식으로 무한 변화하는 객관적 실재를 감지해야 했기 때문에 필연적으로 이율배반이라는 현상을 낳았지만, 그러나 루쉰은 예술가의 예민한 시각으로 직관적이고 신비스러운 감지 속에서 사람들에게 인간본체의 궁색한 모습을 묘사해 보였고, 인간의 언어와 신념의 반증가능성을 묘사해 보였다. 루쉰의 이 발견은 획기적인 것이었다. 『들풀』 중 모순이 가득 찬 대화와 묘사는 인간의 비이념적인 감정을 솔직하게 표현했다고 말할 수 있고, 인간 세계의 다른 한 측면을

4 　魯迅, 「墓碣文」, 『魯迅全集』 第2卷, 北京 : 人民文学出版社, 2005, 第207页.

밝혔다고 할 수 있다. 이 측면은 무질서하고 혼돈스럽고 창백하다. 이 것은 인간 감정의 배를 띄우고 있는 망망대해이고, 인생의 많은 비밀은 거의 모두 이 무의식의 바다와 밀접한 관련이 있는 것이다.

그리하여 루쉰에게 있어 모든 것은 더 이상 그렇게 빈약하고 고정된 틀에 박힌 것처럼 보이지 않았다. 그의 붓끝에서 보여준 세계는 항상 넓고 광활하며, 때로는 심지어 기이한 분위기를 내포하고 있었다. 수많은 감지 촉각과 어지러운 이미지들, 그리고 관찰할 수도 알 수도 없는 높고 먼 세계는 작품 중에서 요원하고 차가운 공간으로 나타났다. 이는 암담하고 예측불가능한 곳이다. 자연의 신비스러운 힘과 인간의 혼란스러운 마음은 충격을 받아 무수히 많은 알록달록하고 이채로운 감각의 부스러기로 부서지고 말았다. 여기에는 갈망과 기대로 가득 차 있고, 실의의 곤혹과 복귀 후의 자아 추방으로 충만 되어 있다. 『가을 밤』 가운데 루쉰은 이렇게 썼다.

그 위의 밤하늘은 괴이하게 높다. 나는 평생 동안 이렇게 기괴하게 높은 하늘을 본 적이 없다. 인간 세상을 떠나 사람들이 더 이상 쳐다보지 못하게 하려는 듯하다. 그렇지만 지금 아주 푸르며, 반짝반짝 몇 십 개의 별들의 눈, 차가운 눈을 깜빡이고 있다. 그의 입가에는 미소가 번졌다. 마치 스스로 깊은 뜻이 있다는 듯. 그러면서 된서리를 내 뜰의 들꽃 풀에 흩뿌린다.

나는 이 꽃풀들의 진짜 이름이 무엇인지, 사람들이 어떻게 부르는지 알지 못한다. 나는 아주 작은 분홍색 꽃이 피었던 것을 기억한다. 지금도 피어 있지만 꽃은 더 작아졌다. 분홍꽃은 차가운 밤공기 속에서 잔뜩 움추린 채 꿈을 꾼다. 꿈에서 봄이 오는 것을 보았고, 가을의 오는 것을 보았으며, 깡마른 시인이 제 맨 끄트머리 꽃잎에 눈물을 훔치면서, 가을이 비록 닥칠 것이고, 겨울이 비록 닥칠 것이나 그 뒤에 이어지는 것은 의연히 봄이어서, 나비가 풀풀 날고 꿀벌이 봄노래를 부를 것이라 일러주는 꿈을 꾸었다. 분홍꽃은 이에 웃음 지었다. 추위에 벌겋게 얼고 움추린 채로.[5]

신비, 준엄, 공포 등 사람들의 마음에 한기를 느끼게 하는 풍경은 『가을 밤』 중에 무수히 많다. 마치 아득하고 차갑고 나지막한 소야곡처럼 광활한 들에서 맴돌고 울려 퍼지고 있다. 이 아름다운 산문에 대해 아마도 영원히 그 비밀을 알 수 없을 것이다. 이 산문의 함축적이고 완곡한 격조와 난삽한 이미지는 이성으로서는 해석할 수 없다. 이와 같은 징시, 보통사람으로시는 이해할 수 없는 느낌은 진정으로 영원한 가치를 획득하게 했다. 이는 현대인들의 진정한 정서이고 고전예술에서 현대예술로 나아가는 한 가닥의 불빛이다. 이 불빛은 주체적인 인간이 자아를 초월하려다가 마침내 절망에 빠져드는 감정을 펼쳐내고 있다. 서구의 현대시인인 보들레르나 엘리엇 등 사람들과 비교했을 때, 루쉰 작품의 심오함과 신비스러움은 조금도 손색이 없다.

또 다른 작품인 『연』 중에서도 루쉰은 비슷한 느낌을 표현했다. '나'는 어렸을 때 동생의 꿈을 깨고 그의 연을 밟아서 부순 적이 있다. 성인이 된 이후, '나'는 동생이 관용해 줄 것을 바라는 참회의 마음으로 용서를 구했다. 하지만 동생은 이상하게 웃으면서 "그런 일이 있었

---

5   鲁迅, 「秋夜」, 『鲁迅全集』 第2卷, 北京 : 人民文学出版社, 2005, 166쪽.

어요?"라고 되물었다. '나'의 마음은 자신도 모르게 슬픔을 금할 수 없었다. 이처럼 용서를 구걸하는 감정은 사실 허무맹랑한 정신적인 거품이었다. "그런 터에 또 무엇을 바랄 수가 있겠는가? 나의 마음은 무겁기만 했다."[6] 소원과 현실에 대한 파악 불가능성은 인간의 모든 장엄하고도 성스러운 정감을 모조리 부숴버렸다. 여기에서 존재의 부조리를 보여주었다. 그는 겹겹이 인간을 유혹하는 정신적인 아우라를 꿰뚫고, 인류정신 밤하늘의 새로운 별자리를 발견했다. 이렇게 더욱 광활하고 예측 불가능한 세계가 그의 붓끝에서 탄생했다.

루쉰의 『들풀』 중에 나타나는 이런 파악하기 어려운 정서와 모순적이고 상호 부정적인 자아의식은 어떤 의미에서 말하자면 낙관적인 진화론 사상에 대한 일종의 지양이다. 그는 불확실하고 부조리한 감정으로 장엄하고 질서화 된 진화론과 사회적인 이성이 그의 사상체계 속에서의 와해되고 있음을 선고하고 있었다. 이는 루쉰 정신의 중요한 비약으로 이러한 정신은 이 천재작가의 작품으로 하여금 영원한 가치를 획득하게 하였다.

2.

현상이 포착하기 어려운 존재일진대 인간은 어떻게 자신을 확립하고, 어떻게 자신으로 하여금 자신이 되게 할 수 있을까. 이는 이미 인

---

6   魯迅, 「风筝」, 『魯迅全集』 第2卷, 北京 : 人民文学出版社, 2005, 189쪽.

간이 자아를 초월하는데 있어서 난제가 되었다. 루쉰은 인간의 자아발전 가운데서 이런 진퇴양난의 처지를 분명하게 의식했다. 그는 전통문화가 인간에게 가져다주는 것은 결국 두 가지의 탈출구밖에 없음을 알고 있었다. 하나는 현존의 문화질서에 나타나는 환상을 인정하는 것이다. 즉 유가의 정신 속에서 실용적인 이성을 찾고, 나아가 세속적인 환락 속에 빠져 있는 것이다. 또 하나의 탈출구는 바로 노장老莊식의 은둔 방식으로 현실을 도피하고 모든 인간, 그리고 자신과 다른 사회형태를 회피해서 무위 속에서 유위를 얻어 만물과 내가 합일을 이루는 인생 경지에 이르는 것이다. 이 두 종류의 탈출구는 수천 년 동안 중국 문인들이 마음의 평형을 얻었던 필연적인 안식처였다. 전자는 인간으로 하여금 존비의 그물 속에 굴복되게 하는 것이고, 후자는 인간 자신의 현실가치를 포기하고, 비현실적인 마음의 돈오 속에서 인생의 의의를 찾게 하는 것이다. 루쉰이 봤을 때, 이 두 종류의 탈출구는 중국문화의 '속임과 기만' 현상을 야기한 중요한 원인이었다. 그가 잡문 중에서 행한 유교문화 모델에 대한 비판을 보면 루쉰의 이런 문화적인 태도를 분명하게 이해할 수 있다. 루쉰의 현실적 진리에 대한 발견은 바로 그가 유교문화에 대한 비판을 전제로 하는 것이다.

그럼 출로는 어디에 있는가?

이론적인 느낌이 가득한 불교에 있을까 아니면 서구의 신비스럽고 장엄한 에덴동산에 있을까?

모든 답안은 「나그네」를 통해서 표현되고 있다. 「나그네」 중의 '나그네 의식'은 세계에 대한 루쉰의 가장 적절한 해석을 드러내 주었다.

「나그네」는 루쉰의 전 생애 중에서 쓴 유일한 '소극小劇'이다. 시극

형식으로 된 이 작품은 처량한 필법으로 이름도 성도 모르는 '나그네'가 황량한 들판에서 용감하게 앞으로 나아가는 이야기를 그리고 있다. 황량하게 무너진 무덤에서, 길인지 아닌지 구분이 안 되는 나무숲과 기와더미 속에서 '나그네'는 지친 몸을 끌고 비틀거리며 걸었다. 그는 자신이 어디에서 왔고 또 미래가 무엇인지도 모른 채 오로지 걷고, 또 걷고, 낯선 먼 곳을 향하여 미래를 향하여 계속 걸었다. 그는 영원히 과거에 대해 권태를 느꼈고, 자신이 겪었던 "명분이 없는 곳이 없고, 지주가 없는 곳이 없으며, 추방과 감옥이 없는 곳이 없고, 가식적인 웃음이 없는 곳이 없으며, 눈시울에 눈물 없는 곳이 없는" 것을 싫어했다. 그는 비록 종착점은 인간의 마침표인 무덤이라는 것을 알고 있었지만 이역異域에서 새로운 세상을 찾고자 했다. 그는 친구가 없고 사랑이 없고 즐거운 과거도 없었다. 하지만 그는 생존의 의의는 바로 이렇게 부지런히 걷는 중에 있음을 알고 있었다. 걷는 것은 멈춤에 대한 저항으로 걷는 것은 생명의 가치를 의미하고 있다. 걷는 것은 '나그네'가 절망에서 벗어나는 유일한 생존방식이었다. 루쉰은 여러 번 말한 바 있다. 그가 필사적으로 싸우는 것은 바로 절망에 반항하기 위해서이다. '나그네'는 물론 꿈에서 깨어난 후 갈 길이 없었지만, 그것은 쉴 새 없이 걷는 자의 형상이었다. 절망 중에서 망설이고, 앞으로 나가지 않는 것은 희망이 없는 것이다. 걷는 것은 출로이고, 걷는 것은 바로 의의였다. 정의를 위해 용감하게 앞으로 나아가는 정신이 없다면 인생의 피안에 이를 수 없다. '나그네 의식'의 전적인 의미는 바로 여기에 있다. '나그네'가 봤을 때, 세계는 진실하지 못하고 허무한 존재였다. 모든 실제적인 의미는 모두 인간 자신의 행동 중에 내포되어 있다. 생명의 의지가 사람들에게 보여준 것은 바로 쉴 새 없이 걷는 와중에 형성된 반항적이고 창조적인 정서이다.

'나그네 의식'은 절망에 대한 반항을 표현했을 뿐만 아니라 동시에 루쉰의 생명철학을 깊이 있게 구현하고 있다. 즉 인간은 자유의지를 지닌 가치적 개체로 의지는 단지 칸트식의 절대적인 명령 하에 있는 사신일 뿐만 아니라 본질적으로 말하자면 인간의 몸에 뿌리내려 있는 잠재력이다. 그것은 자아정신을 지탱하는 절대적인 핵심이다. 전제적인 시대에는 인간의 개체적인 의지 이외에 모든 이념의 하늘 아래 걸려 있는 눈부신 신조들은 모두 사람을 솔깃하게 하는 사기에 불과했다. 루쉰은 인본주의 기치를 높이 든 동시에 반인본주의의 거대한 도끼도 높이 들어올렸다. 그는 한편으로는 인간의 자유의 실현은 마땅히 투쟁을 통해서 이루어져야 하고 역사적인 사명감을 지녀야 하며, '지휘자의 말을 들어야' 한다고 주장하고, 다른 한편으로는 또 모종의 선험적인 의식은 진실하지 못하고, 황당무계한 존재라고 풍자했다. '나그네'가 온통 가시로 가득 찬 황량한 사막을 어렵게 걸으며, 한 번 두 번씩 거듭 절망하다가 또 한 번 두 번씩 희망을 가질 때, 사실상 모든 신비스럽고 장엄한 도덕적인 명령은 모조리 포기한 것이었다. 그의 생명 핵심을 묶어 놓고 있는 것은 이념이 아니라 생존의지였다. 이런 의지는 그로 하여금 모든 것을 아랑곳하지 않고 앞으로 나아가도록 하게 했다. 동정도 필요 없었고 도움도 필요 없었다. 자아를 동반한 것은 영원히 그 자유의 의지였다.

나그네 : 그렇습니다. 저는 갈 수밖에 없습니다. 게다가 앞에서 저를

재촉하는 소리, 부르는 소리가 있습니다. 저를 멈추지 못하게 하는 소리가 있습니다. 제 발이 망가진 게 원망스럽습니다. 여러 군데를 다쳤고 피를 많이 흘렸습니다. (한 쪽 발을 들어 노인에게 보인다.) 그래서 저는 피가 부족합니다. 저는 피를 좀 마셔야 해요. 그렇지만 피가 어디 있습니까? 설령 누군가의 피가 있다고 하더라도 그 누가 되었건 저는 그 사람의 피를 마시고 싶지 않습니다. 물을 좀 마시어 제 피를 보충하는 수밖에 없습니다. 걷다 보면 물은 있게 마련이라, 부족한 것은 없다고 느낍니다. 단지 기력이 부칩니다. 피가 묽어져서 그럴 겁니다. 오늘은 작은 물웅덩이조차 보지 못했는데 길을 적게 걸어서 그럴 겁니다.

노인 : 꼭 그렇지만은 않을 거요. 해가 저물었는데 내 생각에는 그래도 좀 휴식을 취하는 게 나을 겁니다. 나처럼 말이예요.

나그네 : 하지만 저 앞의 목소리가 절보고 걸으라고 합니다.

노인 : 알고 있습니다.

나그네 : 영감님이 아신다고요? 그 소리를 아십니까?

노인 : 그렇소. 나를 부른 적이 있었던 듯하오.

나그네 : 그 소리가 지금 저를 부르는 이 소리인가요?

노인 : 그건 나도 잘 모르오. 몇 차례 소리쳐 부르는 걸 못 본 체 했더니 더는 부르지 않더군요. 나도 또렷이 기억나지는 않소.[7]

이 목소리는 무엇일까? 선구자의 외침일까 아니면 선험적인 법칙일까? 루쉰은 지극히 낮은 소리로 사람들에게 위대하고 성스러운 목

7   鲁迅, 「过客」, 『鲁迅全集』 第2卷, 北京 : 人民文学出版社, 2005, 196~197쪽.

소리를 드러내고 있다. 이 목소리는 '나그네' 자신의 쉬지 않고 끊임 없이 솟구쳐 오르는 의지에서 오고, 생명 내부의 핵심에서 온다. 바로 이런 생명의 욕구가 '나그네'로 하여금 진정한 '내부 동력'을 갖게 했 다. 그는 걷고 찾았으니 인생의 의미는 바로 이 속에서 영원성을 획득 했던 것이다.

'나그네 의식'은 철저하게 전통에 저항하는 것이다. 여기에는 니체 식의 초인정신이 있을 뿐만 아니라 또 루쉰 자신이 지니고 있는 특유 의 완강한 전투적인 특성이 있다. 하지만 '나그네 의식'의 전체적인 가치는 단지 과거에 대한 거부로 나타나는 것이 아니라 현실 불만의 정체성에 대한 초월적인 표현에 있다. 이런 인생태도는 일종의 형이 상적인 의의가 있다. 중국문학사에서 그 어떤 사람도 이렇게 현상계 에서 인간 생존의지의 지위를 심도 있게 묘사한 적이 없다. 또한 그 어떤 사람도 인간이 열등감과 곤경을 초월하여 자유 의지로 선택하는 모습을 이렇게 형상적으로 펼친 적이 없다. 루쉰 붓끝의 '나그네 의 식'은 인간의 자아의 자아에 대한 저항이고, 현실 반항에 대한 일종의 정신적인 투영이다. '나그네'에게 있어서 인간은 만물의 척도인 동시 에 더욱 중요한 것은 끊임없이 자아를 부정하고 자아분열을 하는 변 화의 주체라는 점이다. 인간의 본질은 유한한 것으로 이런 유한성을 뛰어 넘으려면 오로지 자아갱신에 의존할 수밖에 없다. 인간의 자아 척도는 종종 자신에 우선하고 있는 이성적인 규칙에 굴복하게 한다. 오직 인간의 의지와 인간의 자아 양기의 내적인 동력만이 인간을 인 간으로 불리게 하는 이유이다. '나그네 의식'의 탄생은 중국현대 인생 철학의 한 줄기 굴절된 빛이라고 할 수 있다. 이런 새로운 생존철학의 후광 속에서 현대 중국 선구자들의 개성은 더욱 복잡하고 풍성하게 드러났다.

3.

『들풀』은 자아의식을 드러냄에 있어서 상당히 높은 수준에 다다랐을 뿐만 아니라 단체의식에 대한 성찰 역시 깊이 있게 다루고 있다. 개체 인간에 대한 루쉰의 고문은 조금도 사정을 두지 않았다. 동시에 단체의식의 층위에 대한 발굴 역시 타인을 초월하는 루쉰의 도량을 느낄 수 있다. 군중들의 구경꾼 의식, 우매한 심리와 세속적인 심미심리에 대한 폭로는 소설과 잡문 중에서 보여준 것보다 더 형상적이고 철학적이다.

「복수」는 확실히 루쉰이 평범한 군중들의 사상적 고질병을 비판하는 유력한 표현이다. 1934년 5월 16일 작가는 정전둬鄭振鐸에게 보내는 편지 중에서 이렇게 말했다. "저는 『들풀』에서 두 남녀가 넓은 들판에서 칼을 들고 마주서 있는 장면을 서술한 적이 있습니다. 어떤 하릴없는 사람이 따라와 보면서 틀림없이 사건이 생겨 무료함을 달래 줄 것으로 생각했습니다. 그런데 그 두 사람이 아무런 행동도 하지 않는 까닭에 그 하릴없는 사람은 여전히 무료하였고, 그렇게 무료하게 늙어 죽었다는 이야기입니다. 제목을 「복수」라고 단 것 역시 이런 의미였습니다."[8] 이런 사상에 대한 루쉰의 예술적 표현은 아주 특이했다. 그는 전라상태에서 예리한 칼을 들고 광활한 황야에서 마주 서 있는 두 사람과 주위를 둘러싸고 구경하고 있는 인간들의 다양한 표정을 선택했다. 작품의 바탕색은 암울했고, 전라자의 형상은 마치 하나의 조각상과 한 폭의 모던한 색채가 농후한 유화 같았다. 이 그로테스크한 경치 중에 루쉰은 인간과 인간 사이의 거리, 무지와 마비된 인생태도를 애써 표현하고자 했다. 루쉰은 민중의식의 진부함과 낙후함을 깊이 있게 느꼈고 그는 자신의 조기 작품 중에서 이런 열악한 민중의식을 맹렬하게 비판한 바 있다. 그때 그의 비판적인 시각은 진화론과 사회학의 관점에 치우쳤다. 즉 민중의 굳어져 버린 보수적인 특성을 폭로하고, 개성화되고 자유로운 정신으로 전통 정신에 도전하고자 했다. 그러나 『들풀』에서 그는 민중의 구경꾼의식과 노예의식을 조롱했을 뿐만 아니라 선각자인 자신의 정신상태의 고독함을 냉철하고 심도 있게 성찰했다. 루쉰의 가치 척도는 이미 양자 사이에서 분리되었고, 개체적 인간과 집체적 인간을 완벽한 통일체로 여기고 원거리에서 관조했다. 그는 희미하게 선각자의 즐거움과 고통은 민중들의 우매와 상호 인과관계를 이루고 있음을 느꼈다. 가장 선각적인 것과 가장 낙후한 것은 개체의식과 집체의식의 상호 대항관계를 구성하고 있었던 것이다. 그리하여 비극이 탄생했다. 한편으로는 완고하여 변화되지 않는 사회적인 특성이고 다른 한편으로는 영웅화된 초인식의 저항정신이었다. 초인이 위대할수록 그의 운명은 더욱 비극성을 띠고 있었다. 「복수2」에서 작가는 침통한 심정으로 예수의 죽음에 대해 썼다.

---

8   魯迅, 『魯迅全集』第2卷, 北京 : 人民文学出版社, 2005, 177쪽, 주석 참조.

보라. 저들이 그의 머리를 때리고 침을 뱉고 절을 한다 (…중략…)

그는 몰약을 탄 그 술을 마시려 하지 않았다. 이스라엘 사람들이 저희의 아들을 어떻게 대하는지 똑똑히 음미하기 위해서. 또한 보다 오래도록 그들의 앞날을 가엾어하고, 그들의 현재를 증오하기 위해서.

사방이 온통 적의에 차 있다. 가엾은, 저주스러운.

땅땅 못 끝이 손바닥을 뚫었다. 그들은 자기네 신의 아들을 못 박아 죽이려 하는 것이다. 불쌍한 자들아. 이 생각이 그의 고통을 누그러뜨렸다. 땅땅, 못 끝이 발끝을 뚫고 뼈를 바수자, 아픔이 사무쳤다. 하지만 그들은 자신들의 신의 아들을 죽이고 있는 것이다. 저주받을 자들아. 이 생각이 그의 고통을 가라앉혔다.

십자가가 세워졌다. 그는 허공에 매달렸다.

그는 몰약을 탄 그 술을 마시려 하지 않았다. 이스라엘 사람들이 저희 신의 아들을 어떻게 대하는지 똑똑히 음미하기 위해서. 또한 보다 오래도록 그들의 앞날을 가엾어하고, 그들의 현재를 증오하기 위해서.

행인들은 그를 모욕하였다. 제사장과 율법학자가 그를 놀렸다. 함께 못 박힌 강도 두 명도 역시 그를 비웃었다.

보라, 그와 함께 못 박힌 (…중략…)

사방이 온통 적의로 차 있다. 가엾은, 저주스러운.

손과 발의 아픔 속에서 그는, 가엾은 자들이 신의 아들을 못 박아 죽이는 슬픔과, 저주스러운 자들이 신의 아들을 못 박아 죽이려 하고, 신의 아들이 못 박혀 죽는 환희를 음미했다. 갑자기 뼈를 바수는 큰 고통이 사무쳤다. 그는 큰 환희와 큰 슬픔 속에 맑게 무겁게 빠져들었다.[9]

중생을 구원하고자 했던 하느님의 아들이 중생들에게 죽임을 당한 것이다. 자신이 사랑하고 불쌍히 여겼지만 자신을 원망한 사람들에게 죽임을 당하는 일보다 비극적인 일이 있을까? 예수의 형상은 루쉰에게 있어서 은유의 의미를 지니고 있다. 루쉰이 『신약전서』에 기록된 전능의 지자智者를 자신 산문시의 주인공으로 선택한 이유는 그가 사랑과 헌신정신이 있는 예수로부터 인간세상의 정의와 인격적 역량의 비극적 의의를 발견했기 때문이다.

이런 비극은 루쉰에게 있어서는 잔혹한 것이었다. 그는 이런 비극을 탄생하게 하는 더욱 심층적인 원인을 명확히 보았다. 루쉰은 다른 작품 중에서 종종 이런 비극에 대하여 감탄을 발하고 있다. 『들풀』 속에서 그는 비극 속에 있어서의 악의 의의를 여러 차례 표출했다. 악은 인간이 본성 중에 깊이 묻혀있는 불규치저이고 부정저인 요소이고, 또한 민중들끼리 서로 잔인하게 죽이게 하는 내재적인 원인이다. 이런 사상은 「퇴폐 선의 떨림」 속에 아주 생동적으로 묘사되고 있다. 빈곤에 시달리고 있던 엄마는 자신의 자녀들을 부양하기 위하여 부득이 자신의 육체를 팔게 된다. 그녀는 피와 살의 대가로 자신의 아이를 키웠지만 그녀에게 돌아 온 것은 원망, 증오와 멸시의 눈초리였다. 그래서 그녀는 "눈을 들어 하늘을 향했다. 할 말을 잃은 언어도 침묵에 들었다. 떨림만이 햇살처럼 사방으로 퍼졌다. 그것은 허공 속에 파도를 즉각 맴돌게 하였고 바다 폭풍처럼 파도를 가없는 황야에 솟구쳐 흐르게 하였다".[10] 이 늙은 부인은 악의 힘이 그녀에게 가하는 박해에서 벗어날 수

9   魯迅, 「复仇(其二)」, 『魯迅全集』 第2卷, 北京 : 人民文学出版社, 2005, 178~179쪽.
10   魯迅, 「頹敗線的顫動」, 『魯迅全集』 第2卷, 北京 : 人民文学出版社, 2005, 211쪽.

없었다. 처음부터 끝까지 그녀는 줄곧 모욕당하는 고통 속에서 몸부림쳤다. 그녀는 그 사랑 없는 고통을 깊이 맛보았고, 하는 수없이 그녀는 자녀들에게 대한 사랑을 억울한 눈물로서 남기고자 했다. 하지만 그녀는 실패했다. 그녀는 마침내 이해하지 못하는 사람들의 야몰찬 비난 속에서 빛도 사랑도 없는 큰 호수로 걸어 들어갔다. 침묵하면서, 떨면서 (…중략…) 이 산문 가운데 루쉰이 어떠한 우의寓意를 표현하고자 했든지 간에, 이 글은 최소한 그가 사람과 사람 사이의 관계가 악의 세력에 뒤얽혀짐으로 하여 생기는 장벽과 적대시에 대해 큰 슬픔을 느끼고 있음을 말해주고 있다. 동시에 그는 이런 악의 세력이 전통문화로부터 올 뿐만 아니라 전통문화의 담지자인 민중 자신으로부터 온다고 생각했다. 민중의 이런 심리가 합쳐져 중국문화의 내재적인 형태를 구성하고 있었던 것이다. 이는 사실상 이미 자신을 목 조르고 민중을 구원하는 선각자를 목 졸라 죽이는 무서운 심연이 되었다.

인생의 여정 중에서 아마도 인간과 인간 간의 무관심이 가져다 준 고통을 영원히 떨쳐버릴 수 없을 것이다. 그래서 불신, 질책과 소통불가를 조롱하는 마음이 자연스럽게 생기게 된다. 선각자인 '나'는 이런 사랑이 없는 천지 사이에 외롭게 앞으로 나가고 있었다. 그는 주변 사람들의 '구걸'의 눈빛을 하찮게 여겼고 가련한 자들의 허위적인 감정을 개의치 않았다. 「구걸하는 자」 중에서 '나'는 구걸하는 자의 목소리와 통곡소리를 혐오했다. 그는 사람들의 허위가 자신으로 하여금 사랑을 주는 자신감을 상실하게 했다고 느꼈다. 미풍이 불기 시작하면 사방은 모두 흩날리는 먼지였다. "나는 앞으로 다른 사람의 보시를 받지 못할 것이며, 보시할 마음도 사지 못할 것이다. 나는 보시의 윗자리에 서 있다고 자처하는 사람들의 성가셔함, 의심, 미움을 살 될 것이다."[11] 이처럼 고독한 마음 속 독백은 민중에게 실망한 루쉰의 굴절된 표현이다. 「구걸하는 자」는 아주 뛰어난 산문시이다. 회색적 분위기와 망연한 눈빛, 그리고 황량한 환경은 주인공이 혐오하는 심경마저 혼연일체로 엮어 짜서 광활한 정신적인 공간을 형성하고 있다. 즐거움은 더 이상 존재하지 않고 모든 것은 이해할 수 없다. 인간은 자신이 만든 '물건 없는 진지無物之陣' 가운데 빠져있었다.

루쉰은 '선각자'를 통하여 구제 불능한 낙후한 민중의 정신 상태를 보여주었다. 또 각성하지 않는 민중을 통하여 '선각자' 힘의 유한성과 나아가 이런 유한성을 초월할 수 없는 초조함과 불안한 심리상태를 보여 주었다. 이는 두 개의 서로 대조되는 세계였다. 모든 세계는 모두 상대의 낯설음에 대한 부정을 하고 있다. 그것들은 모두 끝이 없는 암흑에 싸여 있다. 『들풀』 중의 많은 문장은 이와 같이 울분에 가득 차 있는 고통의 응어리들이 많이 맺혀있다.

4.

루쉰 스스로도 인정하듯이 그는 『들풀』을 아주 좋아했다. 루쉰연구자들은 거의 모두 그로테스크하고 심오한 이 작품에 매료되었다. 『들풀』의 세계는 신비스럽다. 이 작품의 가장 뚜렷한 정신적인 특징

---

11   魯迅, 「求乞者」, 『魯迅全集』 第2卷, 北京 : 人民文学出版社, 2005, 172쪽.

은 감정의 도약과 사상의 미혹이 이미 보통 사람들의 사유의 한계를 뛰어 넘고 있다는데 있다. 루쉰은 여기에서 이성으로 쌓았던 벽을 무너뜨리고 비인간의 세계와 불교식의 경지를 인간의 정신 배경에 펼쳐놓았다. 이곳은 마치 단테 『신곡』의 연옥 같기도 하고, 괴테 『파우스트』식의 무한한 공간 같기도 했다. 루쉰은 이성의 큰 한계를 초월하여 마음껏 감정과 비이성적인 바다 속에서 돌아다녔다. 여기에는 죽은 불의 잔광이 있었고, 죽음 뒤의 괴이한 그림자가 있으며, 백골의 형상이 있고, 고분 중의 시든 풀이 있었다. (…중략…) 요컨대 여기는 천당도 아니고 지옥도 아닌 특이한 곳이었다. 사람들은 여기에서 갖은 시련을 겪고 있었다.

신비성은 『들풀』에서 나타나는 감정의 주요 색감이다. 작가는 몽롱하게 사람들에게 말로 표현할 수 없는 이상한 세계를 펼쳐주고 있다. 어떤 사람은 동양에서 신비스러운 것은 항상 역설적인 것에 수반되어 생겨난다고 주장했다. 서로 대치될수록 통일될 수 없는 이성 세계에는 그럴수록 더 끊임없이 유동하는 이미지가 나타난다. 엘리엇은 이렇게 말했다. "시인의 직업은 새로운 감정을 찾는 것이 아니다. 단지 평범한 감정으로 시를 승화시켜 실제 감정 중에서 전혀 찾아볼 수 없는 느낌을 표현하게 하는 것이다."[12] 루쉰은 아마도 이런 현실 속에 존재하지 않는 감각 가운데 정신적인 힘을 찾고자 했다. 이런 기이한 시적인 이미지 속에서 그는 삶에 대한 곤혹과 죽음에 대한 미망함을 생동감 있게 재현해냈다. 「죽은 불」중 이해하기 힘든 얼음 계곡 속의

12　『传统与个人才能』卞之琳译.

화염, 그리고 화염의 난해한 대사는 생명의 불확실성을 느끼게 한다. 존재에 대한 희망과 재난 속의 생명체에 대한 구원은 일반적인 언어로 는 표현할 수 없는 것이다. 루쉰은 현실 속에서 한 번도 느낄 수 없었 던 어떤 느낌을 창조해냈다. 그것은 현상계에서 타협이 되지 않는 모 순과 대립을 담고 있고 또 이런 역설적인 것들을 최대한 재현해내고 있다. 작가는 모든 것은 꿈속의 환영일 따름이라고 거듭 암시하고 있 다. 이런 환영은 대부분이 추하고 무서운 그림들이다. 그것들은 저승 에서 오는 불길함과 공포를 풍기고 있다. 마치 「잃어버린 좋은 지옥」 의 시작 부분에서 묘사한 것처럼.

> 나는 내가 침대에 누워 있는 꿈을 꾸었다. 황량한 벌판, 지옥 가장자
> 리였다. 모든 귀신들의 울부짖는 소리가 나지막하나 질서가 있었다. 그
> 것들은 포효하는 불꽃, 들끓는 기름, 흔들리는 삼지창과 어우러져 마음
> 을 취하게 하는 크나큰 음악을 이루면서 삼계에 '지하태평(地下太平)'
> 을 알리고 있었다.[13]

위의 문장은 음산한 이미지를 작품 중에 관통시키고 있고 게다가 환상 같은 상황을 거듭 보여주고 있는데 작가 내심의 깊은 고민을 알 려 주고 있다.

물론 루쉰은 신비주의자가 아니다. 그는 한 번도 종교의 세계에 심 취한 적이 없다. 하지만 아주 재미있는 것은 루쉰이 『들풀』 가운데 적

---

13   鲁迅, 「失掉的好地狱」, 『鲁迅全集』 第2卷, 北京 : 人民文学出版社, 2005, 204쪽.

극적으로 불교의 언어를 대량으로 인용하여 이런 특이한 언어 범주로
자신의 감각세계를 조합하고 있다는 사실이다. 이는 작가가 현실적
모순 가운데 탄생한 고통스런 적막함 속에서 애써 벗어나고자 하는 일
종의 방식이었다. 『들풀』은 반현실의 정신적인 존재와 예술적인 존재
로서 아주 심도 있게 정신 충돌의 타협의 불가능성을 반영하고 있다.
신비스러운 정신은 마치 일종의 상징이나 우의寓意처럼 심오한 인생철
학을 번뜩이고 있다. 그것은 은유인 동시에 직설적인 표현이기도 하
다. 혼란스러운 경지에서 작가의 현실에 대한 우울한 마음을 가장 통
쾌하게 털어놓을 수 있었다.

　『들풀』 속의 신비주의 색채를 자아의식 변형을 이루는 방식이라고
볼 수 있는 충분한 근거가 있다. 루쉰의 감지 촉각은 기성의 관념에 따
라 앞으로 뻗어나가는 것이 아니다. 그는 경험하지 않은 예술적인 풍
경을 대량으로 사용했는데 마음 깊은 곳에 쌓이고 깨어진 사상 감정을
펼쳐내고 있다. 루쉰은 허구적이고 진실하지 못한 환영 중에서 내심
세계의 가장 진실한 풍경을 만들어 냈다. 전통적인 숭고한 이성은 사
라졌다. 그는 혼잡스럽고 무질서한 정신 왕국 속에서 리얼한 본래의
존재를 조각해냈다. 니체는 "시작 때 자신이 단지 이러한 존재일 뿐이
라는 것을 인식하게 되면 허무주의에 대한 동일시를 면하기 어렵다.
그것은 단지 맹목적이고 공허한 '허무적인 의지'를 반영하고 있다"고
했다. 정신적인 면에서의 루쉰의 역설은 그의 자아의식의 초월적인
변화와 더불어 그의 사상으로 하여금 예술형식의 충격 속에서 이런
'허무의식'을 크게 확대 발전시켜 작품 속에서 거대한 장력을 형성하
게 했다. 그것은 거의 모든 뚜렷하고 식별이 가능한 객관적인 장면을

삼켜버렸다. '나我'의 이지적인 판단과 '비아非我'의 부정적인 판단은 낡아빠진 이성적인 풍경들을 모두 뒤죽박죽 만들었다. 인간은 자아의 진실한 실재를 분명히 알 길이 없다. 과거의 인식방법은 단지 '생존의 감각 오류'의 산물에 불과하다. 루쉰은 애써 낡은 감각 방식의 속박에서 벗어나서 새롭고 회의적인 정신으로 자연과 사회를 다시 관찰하고자 했다. 그는 불교의 이미지와 직각적인 체험을 빌어서 마음속의 그림을 재구성하고자 했다. 그래서 혼돈적이고, 시끄럽고, 기형적인 정신언어가 그의 작품 중에 어지럽게 나타났고, 몽롱한 화면을 이루었다. 루쉰의 시도는 모험적인 것이었다. 기이하고 괴상한 표현방식은 전통서사방식에 대한 개조일 뿐만 아니라 가장 중요한 것은 인간언어에 대한 도전이었다. 루쉰은 새로운 언어논리 창조의 중요성을 감지했다. 그는 새로운 문구와 인이 경계로서 작품의 정신적인 함의와 심미적인 함의를 크게 확충시켰다.

이는 루쉰 사유공간에 있어서 한차례 위대한 발전이었다. 그는 눈빛을 생존의 현실에서 비존재의 허무세계로 돌렸고, 세속적인 왕국에서 죽음의 블랙홀로 전환시켰다. 그는 단어의 은유 중에서 끊임없이 촉각을 느낄 수 없는 '존재'를 향하여 뻗쳤다. 루쉰은 작품 중에서 마음으로 그 무한한 '존재'를 체득하고자 했다. 혼돈과 분명함 사이에서, 생존과 궤멸 사이에서 루쉰은 탐색하고 찾고 있었다. 막스·뮐러는 일찍이 이렇게 말했다. "모든 유한한 지각과 동반하는 것은 모두 무한한 지각과 관련이 있다. 만약 '지각'이라는 글자가 지나치게 강렬하다면 우리는 무한한 감정과 예감을 지니고 있다고 말할 수 있다. 처음으로 감촉하고, 듣고, 보았던 행위로부터 우리는 보이는 우주뿐만 아니라

보이지 않는 우주와 접촉이 시작되었던 것이다." 만약 막스·뮐러의 관점이 종교적인 의미를 지니고 있어 보편적인 논리를 구성하지 못한 다면 소수의 천재적인 예술가에게 있어서 이런 신비스러운 체험은 확실히 존재하는 것이다. 루쉰은 작품 중에서 이 점을 생동감 있게 표현 했다. 그는 단어가 없는 언어로 인간과 객관 존재의 내재적인 연관성을 재현했다. 이는 그가 간절히 자아를 알고 세계를 앎으로써 인생 곤경에서 벗어나고자 하는 일종의 탐색과 몸부림이었다. 그리하여 그의 작품의 정신적 가치는 불멸의 의의를 갖게 되었다.

번역의 혼

1.

루쉰의 번역은 31권 삼백만 자 이상이다. 그의 잡문집과 소설집에 비해서도 많다. 짧은 56년의 생애에서 이 정도면 세상에 남긴 번역문이 사실 많은 것이다. 나는 루쉰이 일차적으로 번역가이고 다음에 작가라고 말한 적이 있는데, 이것은 그의 번역과 창작의 비율에 착안하여 말한 것이다. 사실 그는 일생동안 번역과 편집 출판에 정력을 쏟았으며, 창작과 글쓰기는 여가의 위치에 있었지 결코 창작을 최우선에 두지 않았다. 하지만 현재 사람들의 인식은 줄곧 그 반대다. 원인은 그의 번역을 보기도 알기도 어렵기 때문인데, 이것은 정말 유감스러운 일이다.

완전하게 루쉰을 이해하기 위해서는 그의 번역 저작(물론 고적 정리와 회화 연구 또한 포함해야 한다—역자)을 읽지 않으면 안 된다. 그들 외국의 문학 및 이론 문장과 접촉해야만 그의 저작의 바탕을 파악할 수 있다. 그의 지식 구조와 사상 내원도 한두 가지 음미할 수 있다. 애석하게도 오랫동안 학술계는 물론이고 출판계도 모두 이 점을 무시했다. 루쉰 형상은 대중에게 줄곧 반쪽만 보였다. 하지만 우리의 매체는 오히려 말한다, 보시오, 루쉰은 바로 그러한 모습이오라고.

역사상 루쉰의 번역 문집을 대규모로 출판한 것은 두 번 있었는데, 하나는 1938년에 발행된 초판『루쉰전집』이고, 다른 하나는 1958년 10권의『루쉰역문집』이다. 이후 50년간 전문적인 재판은 없었다. 보통의 독자들은 번역이 루쉰 세계 속에 차지하는 위치에 관심이 적고, 50년간 루쉰연구자 가운데 번역에 관해 논한 사람 역시 많지 않다. 루쉰박물관이 편집한 신판『루쉰역문전집』[1]은 현재 그 번역을 수록한 가장 온전한 판본이다. 일부 작가와 연구자는 유의하기 시작했다. 주정朱正, 쑨위스孫玉石, 첸리췬錢理群은 모두 이 대규모로 역문저작을 출판하는 일이 학계의 루쉰에 대한 진일보한 인식을 풍부하게 하는 것이며 그래서 저작이 출판되면 독서계의 논의가 일어나 관련된 화제 또한 부각될 거라고 생각한다.

신판의 역문전집은 주로 원판의 면모를 체현하고, 새로 발견된 문장을 첨가하고 또 50년대 출판사가 삭제한 작품도 보완하였다. 단행본과 개별적인 작품散篇이 처음 출판 혹은 발표시간 순으로 나뉘어 편집되었다. 교감은 번역이 처음 발표되거나 혹은 초판본을 저본으로 삼고 역자의 부기, 출판 광고 모두 관련된 번역 뒤에 붙였다. 초판본

---

1   新版『魯迅譯文全集』, 福州:福建教育出版社, 2008.

삽화가 담긴 것을 제외하고 적절하게 관련된 도판자료를 확충했다. 루쉰이 당시 책속의 부록으로 실은 영문 작품은 이번에도 중국어로 번역했다. 전체적으로 선생의 노작의 역정을 선명하게 볼 수 있고, 독자와 연구자의 수요를 만족시키는데 대체로 문제가 없을 듯하다.

루쉰의 역문집은 오색찬란한 장소라고 할 수 있다. 이역異域의 풍모와 사상의 깊이는 어떤 힘을 형성했다. 이 안의 문장은 역자의 잡문처럼 그렇게 하고 싶은 대로 하지는 않았지만, 그러나 또 다양한 문화가 충돌할 때 나타나는 쾌감이 있다. 루쉰은 고심하며 중국어와 일본어, 독일어, 영어 속에서 대응물을 찾았고, 그래서 하나의 새로운 기풍을 만들어 읽고 난 뒤 참신한 느낌이 든다. 여러분은 여기서 그의 언어를 사용하는 천부적인 재능과 단어를 고르는 고심을 느낄 수 있다. 어떤 사람은 그 개인의식의 표현이 또 마치 다른 사람의 입을 빌려 무엇인가를 말하고 있는 듯하다고 했다.

50년간 그의 번역에 대한 사람들의 무관심은 생각해보면 복잡한 원인이 있다. 하나는 번역한 작품이 대부분 복잡하고 침울한 작품으로, 사회의 주류문화와 거리가 있었다. 1958년 『루쉰역문집』의 편집 설명에서 "이러한 번역문은 지금 보니 그 가운데 몇 가지는 이미 역자가 그것들을 소개할 때 지닌 작용과 의의를 잃어버렸다. 혹은 유해한 것으로 변했다". 그래서 트로츠키와 같은 인물의 문장은 선택적으로 빠졌다. 니체의 문장은 비판을 받았다. 어떤 학자는 심지어 루쉰사상 속에 허무적 요소가 있고, 번역이 쁘띠 부르주아 계급의 잔존 정서가 없지 않다고 말했다. 언외의 뜻은 눈 깜짝할 사이에 지나가 버린 옛 사물에 불과했다.

루쉰의 번역을 잘 살피지 않은 다른 원인은 번역문장이 난삽하여 읽기가 어렵다는 점이다. 량스추梁實秋에서 리아오李敖까지 모두 이렇게 보았다. 마카오의 어느 학자는 전문 저서에서 루쉰 구법句法의 불통함을 논술했는데 지금까지 불만이 끊이지 않는다.[2] 이것은 학술이념의 문제이고, 옌푸嚴復이래 번역이념의 다양한 관점과 관련되며, 첸중수錢鍾書와 같은 세대에 이르기까지 여전히 시각이 일치하지 않고, 많은 사람들이 각자의 시각을 갖고 있는 것 또한 비난할 수 없다. 그런데 루쉰의 '믿을信' 만하지만 '순탄順'하지 않은 번역문장은 다른 하나의 주제로 확장되었고 다만 세상 사람들에게 분명해지지 않았다. 그는 또한 이로 인해 소수파가 되었고, 대중의 독서에 영향을 준 것은 사실이다. 『죽은 영혼』은 뒤에 누구도 보지 않았고, 이 판본을 인용한 사람도 아주 드물었다.

그러나 루쉰 자신은 상반된 시각을 갖고 있었는데, 그는 오히려 자신이 쓴 소설과 잡문이 사실 번역한 저작이 지닌 의미에 미치지 못한다고 생각했다. 소설과 잡문이 쓴 것은 현실의 암흑과 내심의 우울에 불과하고 빨리 사라질 것이지만, 그가 소개한 소설, 수필 및 학술저작은 다른 세계의 광채를 비추며 내심의 한기를 제거할 수 있어 중국인의 독서에 대해 특별히 중요한 것이었다. 1927년 어떤 사람이 그를 노벨문학상 후보로 추천했는데 그는 거절했다. 그 이유 중의 하나는 자신의 창작은 좋지 않으며, 번역한 작품 『작은 요하네스』와 같은 책과 비교하여 손색이 있다고 했다.

---

2   리아오(李敖)는 『펑황 위성TV · 라디오가─말한다(鳳凰衛視 · 李敖有話說)』에서 여러 차례 이 점을 이야기하고 있다.

이것은 그가 번역을 중시하고 자신의 작품을 좋게 보지 않은 진심을 보여준다. 그는 새로운 문예가 되려면 다른 길은 없고 오직 외국의 예술을 가져와야 한다고 보았다. 중국어가 주인과 노예의 관계에 너무 오래 함몰되어 있어서, 근대 이데올로기 아래 개체화의 문자가 아마도 이러한 병적 상태의 언어를 대체할 수 있을 것이다. 루쉰은 심지어 한자를 폐지하고 라틴화의 길로 가는 것도 하나의 선택[3]이라고 생각했다.

이 때문에 그는 많은 힘을 번역에 쏟았다. 루쉰의 모든 번역을 이해하는 일은 쉬운 일이 아니다. 언어 환경과 시대 배경의 차이로 인해 우리가 그의 마음에 닿으려고 한다면 많은 인내가 필요하다. 그가 선택한 대상은 때로 보통 사람이 생각해낼 수 있는 것이 아니고, 30여 권의 책은 사상이 복잡하고, 예술이 다양하며 문체도 각각 다르다. 그의 잡문의 풍부성과 비교하여 조금도 차이가 없다.

2.

신판『루쉰역문전집』은 독자에게 광활한 정신의 스펙타클을 제공한다. 루쉰 시야 속의 외국사상과 예술은 여기서 대부분을 반영하고 있다. 역자가 접한 해외의 화제는 대단히 넓은데, 처음에는 공상과학소설, 과학사, 그 뒤에는 니체와 페퇴피의 작품이다. 얼마 뒤에 안드레

---

3   「중국문단의 망령」,『차개정잡문』,『전집』8권.

예프, 가르신에 이끌리고 개성화된 담론방식은 그의 시야 중 많은 분량을 점했다. 그와 동시대 사람들의 번역이력을 보면 대다수가 셰익스피어, 톨스토이, 괴테와 같은 유명인들의 작품을 대상으로 선택했다. 루쉰은 이와 달리 그가 번역한 작품은 모두 그다지 유명하지 않은 사람들, 즉 예로센코, 아르치바세프, 아리시마 다케오, 가타가미 노부루片上伸, 리딘 등의 것으로, 이들은 문학사에서의 위치 또한 제한적이었다. 루쉰이 그들의 문장을 번역한 것은 모두 자신을 위한 것인데, 그는 스스로 이러한 작품에 흥미를 느꼈고, 일종의 내면의 힘의 분출을 환기할 수 있다고 생각했다. 게다가 이러한 작품은 대체로 한 가지 목표에 대한 갈망이 아니라, 자아갱신의 가능성에 대한 사색이었다. 이러한 외래의 작품은 얼마간은 자민족의 병의 뿌리에 대한 반성이며, 일본이든 리시아든 그가 좋아한 많은 작가들은 모두 사상계의 전사였다. 정신적 높이와 예술적 수준에서 확실히 범상치 않은 필력을 갖고 있었다.

대체로 루쉰이 번역한 작품은 다음의 몇 가지 부류로 나눌 수 있다. 첫째, 단편소설(동화와 공상과학소설을 포함해서), 둘째 수필, 셋째 미술사 저작, 넷째 미학 전문서적, 다섯째 장편소설, 여섯째 극본이다. 그가 소장한 외국저작은 아주 많았지만, 고고학 보고서, 철학 전문저서, 영화평론, 사학이론과 같은 것은 모두 번역에 이르지는 못했다. 하지만 이러한 사상으로부터 그가 받은 암시는 의심의 여지가 없다. 그는 한편으로 번역하고, 다른 한편으로 중국의 실제와 결합하여 언론을 발표했다. 예를 들어, 그는 일본 아오노 스에키치靑野季吉의 「지식계급에 관해」, 「현대문학의 10대 결함」을 소개한 뒤 중국에 진정한 지식계급이 부족하다는 강연을 발표했다. 물론 아오노에 비해 더 구체적이고 깊이 들어갔지만, 시각은 대체로 이 일본인으로부터 나온 것이다. 그가 좌익작가의 가볍고 천박함을 비판한 것도 일본학자의 체득에 도움을 받았다. 『상아탑을 나와서』를 번역한 뒤 그는 또 저자의 일본사회에 대한 공격은 마치 우리들에게 말하는 것과 같지만, 애석하게도 그 당시의 중국에는 구리야가와 하쿠손厨川白村과 같은 그런 저자[4]가 없었다. 『작은 요하네스』를 출판한 뒤 바로 「백초원에서 삼미서옥으로」가 나왔는데, 후자는 전자의 의상을 차감한 것이다. 우리는 이러한 번역을 보지 않고는 루쉰을 완전히 이해할 수 없다. 실제적으로 말해 외국 문예와의 충돌이 없었다면 루쉰의 탄생은 없었다.

루쉰의 심미의식은 서양 예술거장의 신체 속에 접목한 것이 아니라, 보통의 무명의 개성이 가득한 작가의 암시에서 온 것이다. 그는 그와 같은 대단한 거장은 대부분 '완성된' 인물이고, 중국이 필요로 하는 것은 '미완성'의 예술이라고 생각했다. 우리는 '미완성'의 단계에 있기 때문이었다. 그리고 '미완성'은 곧 다양한 가능성을 의미한다. 루쉰 사상과 예술은 때때로 많은 가능성을 담고 있다. 그가 관심을 가진 가르신, 그로스, 비어즐리, 뭉크는 모두 '완성의' 고정된 형식을 전복한 예술가다. 그들의 사상은 유동하고 있으며 부단히 의식의 물결 속에서 왕래하고 있어서 호수처럼 그렇게 응고되어 있는 것이 아니다. 달리는 예술만이 살아 있는 예술이며, 상아탑 속에 누워 있는 대작은 그가 보기에 반쯤 죽은 존재였다. 중국이 필요한 것은 약동하는 문장

---

4   「『상아탑을 나와서』 후기」, 『역문서발집』, 『전집』 12권.

이지 딱딱하게 고정된 죽은 문장이 아니다. 그가 소개한 작품은 그러한 것이 아니었다.

그의 일생을 보면, 그는 줄곧 세 종류의 세력과 대화를 해왔다고 할 수 있다. 첫째, 옛 문명으로 한나라 그림과 향촌 문헌을 정리한 것이 그것이다. 둘째, 당시의 중국과의 대화이다. 이는 그들 잡문雜文이 예다. 셋째, 동시대 서양인과의 대화로서 3백 만자의 번역이 무언가를 설명할 것이다. 이러한 대화 속에서 외래사상과 시정詩情이 그에게 준 자극은 대단히 컸다. 그것은 중국 땅에는 없는 것이고, 또 그것들은 틀림없이 신생의 사상을 촉발할 것이기 때문이었다. 그가 종종 외부환경의 압박과 싸우면서 의지한 것이 바로 서양문명에서 얻은 외부의 힘이었다. 예를 들어, 교육부에서 일할 때 중국교육이념의 진부함에 불만이어서 결국 우에노 요이치의 「예술감상의 교육」, 「사회교육과 취미」, 「아동의 호기심」을 번역했다. 지식계에 대한 작지 않은 촉발이었다. 혁명문학논쟁의 시대에 러시아문학이론의 근본점을 밝히기 위해 직접 플레하노프의 미학저작을 번역하였다. 신문학이 어려움에 처하던 시기에 그는 체코, 아일랜드 등의 나라의 문학사에서 참조를 구하고, 카라세크의 「근대 체코 문학 개관」과 노구치 요네지로野口米次郎의 「아일랜드 문학 회고」를 번역했다. 프랑스 좌익작가의 환경을 알기 위해서 직접 지드의 「자기묘사」를 소개했다. 그가 읽은 작가와 작품은 아주 많다. 러시아－소련, 일본 외에 독일, 프랑스, 스페인, 오스트리아, 헝가리, 루마니아, 불가리아, 네덜란드, 미국의 작품도 모두 섭렵하고 번역하였다.

이러한 작품과 만났을 때 그는 사실 자신을 고문拷問했다. 그의 말을 빌려 표현한다면 불을 빌려 자신의 살을 태우는 것이다.[5] 중국의 구문학의 노예성이 너무 강하고, 사대부는 단지 공허한 자기 위로의 말을 할 수 있을 뿐이어서 전체적으로 진정한 인생과는 무관했다. 루쉰이 소개한 작품은 거의 모두 마음 속 깊은 곳에서 나온 분출이고 혹은 현실과 직면하고 혹은 내심을 고문하며 정신의 깊이를 드러냈다. 게다가 그는 절대 사대부의 말투로 대상세계의 사상을 서술하거나 전달하지 않았고, 줄곧 새로운 문법과 새로운 논리 표현방식으로 전환하려고 시도했다. 말년에 가면 갈수록 그는 더욱 자각적으로 자신의 낡은 표현습관과 서로 모순을 이루었다. 번역문 또한 더욱 고삽苦澁하여 읽기 어려웠다. 그는 분명한 어구를 창조하고 이것으로 중국어 표현의 풍부함이 늘어나기를 희망했다. 이것은 그의 일생에서 가장 비장한 언어 시험인데, 량스추, 리아오가 그의 언어가 불통하다고 공격했고 그들이 사용한 것은 완전히 정상적인 사람의 논리였다. 그러나 루쉰은 사상과 심미 상에서 늘 반反정상의 상태였고, 바로 비非정상 상태의 존재였기 때문에 인간 감각의 한계를 초월할 수 있었던 것이다. 루쉰은 극한을 향해 도전하는 사람으로서 창작도 이와 같고 번역도 마찬가지였다. 그의 이러한 특징을 세상 사람들은 이해하지 못했으니, 그 번역문이 세상에서 적막한 것은 선생의 불행인지 우리의 불행인지 잘 모르겠다.

---

5 「속인은 고상한 사람을 피해야 한다는 데 대하여」, 『차개정잡문』, 『전집』 8권.

3.

예전에 루쉰의 번역을 논한 논문을 한 편 보았는데, 루쉰의 번역활동에 대해 거의 모두 기재해놓았다. 하지만 이에 대해 유감을 느꼈던 것은 단지 번역으로 번역을 논했을 뿐 선생의 문학 활동과 결합시키지 않아서, 나무를 보고 숲을 못 본 것처럼 단순했다. 루쉰연구에서 이와 같은 현상은 많아서, 소설을 얘기하는 이는 잡문을 적게 논하고, 학술을 논하는 이는 미술에 대해 거의 말하지 않는데 서로 간격이 있다. 검토를 통한 통합의 힘은 거의 약화되었다.

이것은 오래된 문제이다. 전집을 편집하는 사람이 단지 문학 활동을 중시하고 번역 사업을 홀시하는 것처럼 피와 살로 이루어진 하나의 존재가 이렇게 분해되었다. 나는 루쉰의 정신활동에서 몇 가지 영역의 작업은 상호 작용을 한다고 생각한다. 예를 들어, 학술연구와 창작은 서로 연관되고, 또 미술 소개와 잡문 쓰기는 상호간의 침투와 암시가 존재한다. 그의 정신 내원과 현실 감응 사이의 상호작용은 이전에 성실하게 정리된 것이 적었다. 연구자와 루쉰의 저작을 즐겨 읽는 사람은 이 방면의 문제에 많이 유의하는 것이 좋을 것이다.

루쉰의 입장에서 본다면 서양인의 책을 번역하는 것은 많은 함의를 지닌 일이었다. 첫째, 사상을 가져와서 국민들에게 세상에는 이렇게 문제를 사고하고 표현하는 사람이 있다는 것을 보여주려고 했다. 둘째, 신식 문법을 수용하고 표현상에서 외국의 지혜를 빌려서 중국어 표현의 주밀周密하지 못한 결점을 보완하려고 했다. 셋째, 현실의 도전에 직면하여 사람들을 현혹시키는 그러한 이론의 본질이 무엇인지를 깨닫고 또 오용하는 이들의 사고를 교정하려고 했다. 넷째, 역시 중요한 요소인데, 자기 몸속의 피를 바꾸고 잡다한 것은 뽑아내고 신선한 것을 끌어들이는 것이다. 이 후자는 우리에게 아주 얻기 어려운 것이다. 단지 옌푸, 린수, 저우쭤런, 린위탕, 량스추 등의 번역에 대한 사고와 대비해 보더라도 루쉰의 특별한 점을 알 수 있다.[6]

1932년 루쉰이 『삼한집三閑集』을 편집한 뒤 마지막에 「루쉰역저목록」 한 편을 첨부했는데, 거기서 그의 문학 활동 가운데 번역이 점하는 비율이 자신의 창작을 넘어선다는 사실을 알 수 있다. 루쉰이 번역한 책은 모두 "세상의 저명한 대작"이 아니라, 그의 표현대로 한다면 그다지 유명하지 않은 이들의 작품이다. 예를 들어 아르치바셰프의 『노동자 셰빌로프』, 무샤노코지 사네아쓰의 『한 청년의 꿈』, 구리야가와 하쿠손이 『고민의 상징』, 반 에덴의 『작은 요하네스』, 고골리의 『죽은 영혼』 등이다. 내가 이러한 번역서를 읽었을 때 번뜩 떠오른 생각이 있었는데, 그것은 그 당시 중국의 독자에게 소개하는 것이라기보다 오히려 자신을 위해 번역하지 않았나 하는 것이다. 이러한 작품은 모두 침울하고 염세적 성격을 띠지만, 타락의 설레임에 잘 빠지지 않으며 콸콸 흐르는 피로 한 차례 마음 깊은 곳에 충격을 준다. 그러나 이러한 번역문 속의 사상 역시 루쉰이 같은 시기에 쓴 수필, 소설 속으로 전화되었다.

문예의 내재 형태에 대한 인식에서 보면, 루쉰의 많은 사상은 서양인에게서 왔고, 중국의 고서가 그에게 준 계시는 단지 조금뿐이었다.

6　저우쭤런은 번역을 얘기할 때, 루쉰의 특징을 언급하고 그 자신의 번역관과 많이 비슷하다고 했다.

1929년 그는 「함순의 몇 마디 말」에서 문학에 대한 몇 가지 관점을 서술했는데, 여기서 그는 몇 가지 관점을 일본의 저작에서 얻었다고 분명히 말했다.[7] 그는 몇몇 문학가에 대한 서구인의 비평을 중시했고, 일부 사유는 사람들을 놀라게 한다고 말했는데, 거기에는 중국사대부와 유치한 좌익청년의 천박한 시각이 보이지 않기 때문이었다. 외국인의 좋은 책을 읽는 것은 루쉰에게 매번 하나의 충동이었는데, 마치 흥분제를 먹는 것처럼 자신을 돌아보는 용기를 갖게 하는 일이었다. 그는 이러한 쾌감을 폐쇄적인 중국인에게 전염시켜 보다 더 많은 사람들이 향유하기를 바랬다. 나는 그의 일부 번역후기에 드러낸 생각을 읽었는데, 이처럼 자신에 대한 비판을 문장 속에 집어넣고 있는 번역가는 많지 않다고 생각했다. 동시대 번역가들보다 높은 그의 지점은 해외문학을 소개하는 활동 속에서도 분명하게 알 수 있다.

4.

루쉰이 최초로 번역한 소설 『달나라여행』, 『땅속 여행地底旅行』은 모두 공상과학소설이다. 이와 같은 문장을 선택한 것은 그에게 깊은 의도가 있었기 때문이다. 이것은 두 가지 영역을 받아들인 것으로, 첫째 과학이념, 둘째 예술창작인데, 그는 그 당시 이 두 가지 사이에서 요동하고 있었다. 이유는 물론 간단하다. 그것은 바로 전자가 새롭고 신선

---

7   「함순의 몇 마디 말」, 『집외집습유』, 『전집』 9권.

한 정신이 가득했기 때문인데, 그것은 아마도 정신의 선구라고 할 수 있으며 가져온 것은 모두 흥분과 자극이었다. 새로운 정신이념을 소설형식으로 표현해냈는데, 공교롭게 전파의 작용을 일으키자 청년 루쉰의 문학의 그러한 기능을 믿게 되었다. 『달나라여행』과 같은 소설 정신에 대한 그의 애호는 사실 새롭게 형성된 사상 때문이다. 구중국의 문학은 설교가 지나치게 많고 지하에 엎드린 채 속된 일에 교란되고 있다. 사람들이 언제 공상과학 개념을 가진 적이 있었는가? 새로운 예술을 일으키려면 반드시 이런 종류의 번역에서 시작해야 하고, 이런 종류의 신형 예술을 사용하면 독자의 생각을 환기할 수 있다고 생각했다.

지금 이 두 번역문의 당시 반향이 어떠했는지는 알 수 없지만, 일부 자료에 의하면 반응은 미미했던 듯하다. 나는 이러한 문제가 번역문장이 백화이고, 린수林紓식의 고문이 아니라는데 있다고 생각한다. 그런데 그는 일부 새로운 개념과 어휘를 몇 십 년 뒤에도 여전히 응용했다. 여기서 그의 기본적인 문법, 그 정신의 표현방식은 이 책을 번역할 때 형성된 것이라고 할 수 있다. 『달나라여행』이 루쉰에게 준 최대의 계발은 아마도 자유롭고 호방한 독백과 과학자의 지혜일 것이다. 이 속의 인생철학과 사회이념은 깊이 그를 끌어당겼다. 나는 처음 니체의 글을 읽었을 때 이와 같은 충동을 느꼈던 듯하다! 소설속의 많은 진술은 서사성을 갖고 있을 뿐만 아니라, 중요한 것은 사색가의 독백을 방불케 하는 것이 중국인들에게 대단히 신선했다는 점이다.

나는 루쉰이 당시 이 소설을 번역하면서 일종의 기대를 품고 있었다고 믿는다. 이것은 바로 니체의 학설과 같은 새로운 사고가 반드시 옛 언어를 교체하고, 진부한 것은 반드시 사라진다는 믿음이다. 「인간의 역사」의 기본 관점 또한 이와 같은 말을 증명하고 있다. 몇 년 뒤 그가 베이징에서 수감록隨感錄을 썼을 때 사용한 것이 곧 이 소설속 인물의 어투이며, 진화적, 과학이성적 역량은 그 마음속에 깊이 들어있던 것이다.

루쉰이 선택한 번역의 대다수는 평범하지 않고 모험과 자극적인 요소가 들어 있다. 그와 저우쭤런이 함께 번역한 『역외소설집域外小說集』에 수록한 작품은 근본적으로 중국전통을 반대하는 것이다. 약간 내성적이고 쓸쓸하며 내부 억압의 격류가 묵묵히 흐르고 있다. 내가 처음 러시아 안드레예프의 소설 「거짓말」, 「침묵」 그리고 가르신의 「4일」을 읽었을 때, 루쉰의 안목에 경탄했다. 그가 이런 연민에 차 있으면서도 심오한 문장을 좋아했던 것은 몸속의 속된 기운을 몰아내기 위한 것이었을까? 이 번역에서는 평범한 것은 볼 수 없고, 오히려 인간의 정신에 대한 극한적 초월이 보인다. 뒤에 창작된 루쉰의 소설을 대조해보면 여러 외국작가의 그림자를 볼 수 있다.[8] 이러한 백화소설을 러시아 문인의 어떤 모방이라고 한다면 너무 심할 말일 듯하다. 진실은 루쉰이 그 기억과 중국 경험을 결합하여 마침내 자신의 소리를 냈다는 점이다. 외래문학의 투영은 『외침』, 『방황』의 바탕의 하나를 이룬다. 문장을 숙독한 사람은 대체로 이 점을 부인할 수 없을 것이다.

공상과학소설에 대해 열심이었던 한편에 또 학리적인 퇴폐의 문학에 경도되었던 이 형태는 일반인들에게는 모순으로 비친다. 하지만

---

8   루쉰은 『외침』 서언에서 이 점을 지적했다.

그것은 루쉰의 몸 안에서 아주 조화롭게 통일되었다. 전자는 대체로 그의 잡문적 사고 속에서 융화되었고, 후자는 소설의 선율 속에 흐르고 있다. 그가 그와 같은 단편을 썼을 때 이성적 연역은 전혀 없었는데, 마오둔茅盾 등의 그런 기계적인 것과는 달랐다. 하지만 그가 그와 같은 사회비판적 문장을 썼을 때, 신경질적인 것은 사라지고 사상은 마치 깊은 우물처럼 이성적인 긴장과 개성적인 힘이 모두 그 속에 발산되었다. 번역문 가운데 두 가지 풍격은 창작 속에서도 체현되었다. 누가 봐도 『열풍』과 『무덤』의 의상意象과 『외침』, 『방황』, 『들풀』은 많이 다를 것이다. 과학 이성과 환상적 비이성이 한 작가의 몸에서 동시에 빛을 발하고 있는 것은 불가사의하다.

  루쉰 자신이 말한 대로 번역은 창작보다 중요하다. 그는 일찍이 소설 쓰기는 해야 할 일이 없을 때 나오는 것으로, 만약 소설이 된다면 아마도 번역이나 학술을 할 것이라며, 소설은 여가의 우연한 산물에 지나지 않는다고 말했다. 나는 이 말이 진실이라고 생각한다. 어떤 사람이 그의 작품을 찬미하여 그를 노벨상 후보로 추천하려고 했을 때 대답은 오히려 부정적이었는데, 그는 자신의 소설이 어찌 자신이 번역한 외국작품과 비교할 수 있겠느냐고 말했다. 그가 보기에 여가가 있을 때 쓴 그러한 문장은 해외소설의 계시를 받은 것이어서, 『외침』에는 바로 안드레예프식의 음랭陰冷함이 있고, 『방황』에는 거의 모두 가르신의 그림자가 드리워져 있다고 했다. 언외의 뜻은 이러한 습작들은 재촉을 받아서 나온 것으로, 결코 사람들이 말하는 것처럼 그렇게 위대한 것이 아니라는 것이다. 그는 자신의 이러한 점을 인정함으로써 사람들로 하여금 그의 겸허한 매력을 깨닫게 했다. 우리가 만약 『역외소설집』, 『현대소설역총』과 그의 소설을 대조해본다면, 둘 사이의 관계를 발견할 수 있다. 중국 현대 백화소설은 외래문학의 촉발에서 비롯된 것은 분명하다.

5.

마루야마 노보루丸山昇는 『벽하역총』 가운데서 무샤노코지 사네아쓰, 아리시마 다케오 두 사람의 작품을 논할 때 전문적으로 루쉰과 두 사람의 관계를 논했다. 루쉰이 그들의 작품을 발견했을 때 약간의 문제의식 또한 함께 생겼는데, 마루야마는 다음과 같이 말했다.

나는 다케우치 요시미 등이 1930년 전후에 루쉰에게 변화가 일어나 대대적으로 "공산주의자보다 더 공산주의자"라는 경계에 접근했다는 이러한 시각에 대해 유보적인 의견을 갖고 있지만, 그러나 분명히 이런 변화는 무시할 수 없다고 생각한다. 게다가 그때부터 루쉰의 번역에서 소련의 문장이 많은 비중을 차지하게 되었는데, 그의 변화는 그 번역 활동에서 단서를 찾을 수 있으며 이것은 누구라도 인정하지 않을 수 없는 사실이다. 그러나 나는 결코 일본문학과 루쉰의 관련이 단지 이 '변화'가 일어나기 전에 존재했고, 게다가 이 '변화'로 인해 부정당했다고 생각하지 않는다. 미리 결론을 말한다면 나는 루쉰의 일본문학 번역으로부터 그의 내부의 이러한 '변화'를 촉진시킨 요인을 볼 수 있거나 혹은 이 변화 가운데 유력하게 루쉰의 독특함을 각인시킨 요인의 하나를 발견할 수 있다고 생각한다. 남겨진 번역 수량이 소설, 잡감을 포함한 창작과 견줄 수 있는 루쉰에게 번역은 아마도 창작과 마찬가지로 그 내면에 일으킨 작용을 거대했을 것이다.[9]

루쉰은 번역에 착수하기 전에 일종의 문제의식을 품었다. 일본과 독일 서적을 대량으로 구입할 때, 일부 저작은 단지 쓱 넘겨보고, 일부는 모아서 연구의 태도를 취했다. 그런데 이 연구는 중국의 당시 사상계가 지닌 문제를 해결하기 위한 것이었다. 마루야마 노보루의 말은 정확한데, 루쉰에게 번역의 의미는 창작보다 못하지 않았다. 예를 들어 구리야가와 하쿠손의 『고민의 상징』, 『상아탑을 나와서』를 소개할 때 결코 미학에서 그 호응을 구하려고 한 것이 아니고, 흥취를 느낀 것은 일본 국민성에 대한 해부에 있었다. 그는 이러한 것도 똑같이 중국에 적용되고 심지어 마치 중국독자를 위해 쓰여졌다고 생각했다. 그가 중국인의 열악한 근성劣根性에 직면했을 때, 일본인의 자아비판으로부터 다소간 공명을 얻었고, 서로의 거울삼기 효과는 예사롭지 않았다. 이전에 번역한 『노동자 셰빌로프』는 공포적인 색채의 소설로서 루쉰은 꼭 작가의 태도에 찬성한 것은 아니지만, 이 러시아 작가의 몸에 있는 '격분激憤'적인 그리고 '무정부적인 개인주의'에 감복했다. 중국인들에게 이 책을 소개한 것은, 염세주의 작가의 글을 빌려서 암흑에 대한 태도를 표현한 것이라고 생각한다. 중국의 소설가는 매번 잔인한 일에 직면하면서도 눈을 돌리고 자기기만의 환영 속에 빠져서 평

---

9   [日] 丸山昇, 王俊文 譯, 『魯迅·革命·歷史』, 北京:北京大學出版社, 2005, 2쪽.

담함과 여유로 생활의 진실을 감춘다. 이와 같은 서양인의 소설을 소개한 것은 곧 세상 사람들에게 사상이 이렇게 운행할 수 있으며 정신은 경험 속에서 의식의 한계를 넘어설 수 있음을 깨우치게 함이다. 루쉰『들풀』속의 영탄을 대조해 보면, 세심한 사람은 또 서구의 개인주의 사조와의 연계를 볼 수 있는 것이다. 이러한 문장 안과 밖에서 루쉰 정신과 번역한 책은 논리상의 관계를 맺고 있다. 사람들이 주목하지 않는 점은, 보통 중국인이 탐색하는 시각으로 외래사상을 다루어 출발점과 표현방식이 원문과 거리가 멀어지고 그 서양의 경험이나 방법을 제대로 소화하지 못하는 매판적 지식인과 같은 모습은 그와 전혀 관계가 없다는 것이다.

재미있는 것은 번역서는 그에게 있어 단지 그 문제의식의 시작일 뿐이며, 번역할 때 자극을 받고 사고한 화제에 기대어 아주 빨리 사회 풍조에 대한 체득 속으로 들어가 자신의 사유 방식에 따라 독립된 표현 문법으로 전화시킨다는 점이다. 루쉰은 대상의 사고 속에 머물지 않고 또 그것들과 결탁하지 않았다. 잡문에서 다룬 일부 현상을 보면, 사유가 어떤 것은 서양인으로부터 온 것이지만, 오히려 또 반전하여 동양인의 시각에서 문제를 사고한다. 예를 들어 혁명과 문예의 관계에 대해, 그는 트로츠키의 몇 가지 관점을 채용했지만, 귀착점은 오히려 중국의 가짜 혁명문인에 대한 풍자였다. 그가 플레하노프, 루나차르스키의 이론을 번역한 것은 '좌련' 이론의 근원을 파악하고, 또 중국의 혁명이론을 이끄는 사람들의 진상을 보기 위한 것이었다. 그는 대비를 해본 뒤 진면목을 보고서 소위 '혁명문학'은 이런 정도에 지나지 않으며, 중국의 신형 이론의 구매자는 지능지수에 있어 앞사람들에 비해 고명하다고 할 수 없다[10]고 말했다. 열근성 역시 중국의 유행 문인의 세계 속에 침투해 들어갔다. 우리는 이로부터 번역의 과정이 국민성에 대한 자세한 관찰의 과정이었음을 알 수 있다. 그와 같은 번역의 비판 작용은 잠재적이지만, 중국사상계의 폐해를 지적한 것이 아니라고 말할 수 없다.

이런 의미에서 우리는 번역이 창작보다 중요하다는 깊은 뜻을 깨달을 수 있다. 그가 일찍이 그러한 번역은 중국인에게 맞는 설사약이라고 한 말은 과장된 언사가 아니다. 중국 당시의 학자와 작가가 쓴 저작 가운데 그에게 감흥을 준 것은 극히 적었다. 외국 서적을 열독한 것은 그 정신생활의 일부였다. 게다가 그러한 외국 문장의 문법 역시 직접 그 자신의 글쓰기에 영향을 주었다. 현대 백화문의 성장은 사실 이런 번역과정에서 전개된 것이다.

6.

일본에 유학했던 루쉰은 외부세계에 대한 이해를 대체로 일본어라는 경로를 통해 얻었다. 청년 루쉰의 번역활동과 말년은 표면상 큰 차이가 있다. 그가 처음 번역한 것은 퇴폐적 분위기와 반항 의지를 지닌 소설이었고, 뒤에 '좌경'적 이론과 러시아 소련의 예술에 경도되었다. 하지만 그의 모든 번역을 통독해보면 또 전후기 서로 비슷한 사유를 볼

10 「상하이 문예의 일별」, 『이심집』, 『전집』 6권.

수 있는데, 그것은 곧 하나의 비판과 반성의 대상을 찾는 것으로 이를 통해 그 자신의 곤란과 문제를 해결하려고 했던 것이다. 니체에서 플레하노프에 이르기까지 둘 사이의 거리는 아주 크고 사상 또한 대조를 이룬다. 나는 이러한 것이 그에게는 통일되어 있다고 느낀다. 1930년대 후반 그가 소련문화에 대한 관심을 갖게 된 것은 사실 정신운동의 필연적인 과정이었다. 혹은 초기에 외래문학을 받아들인 동기 속에 이후 정신의 맹아가 들어 있다고 할 수 있다. 유의지론唯意志論자에서 유물사관으로 나아가는 과도기의 중간에 하나의 실마리가 있는 것이다.

우리는 구리야가와 하쿠손을 예로 들 수 있다. 나는 줄곧 루쉰에게 이 일본학자의 저작이 지닌 의미가 중대하다고 생각했다. 1920년대 중반 구리야가와의 작품을 번역하기 시작할 때는 바로 루쉰 정신이 가장 곤혹스럽고 가장 아득하고 흐릿한 시기였다. 구기야가와의 저작은 많은 방면에서 루쉰 내면의 요구를 만족시켰다. 첫째 성심리학설로 예술기원의 문제를 해석했는데, 즉 생명욕구가 억압을 받는 과정에서 문예가가 현실에 대해 불만을 갖는 정당성을 보았다. 둘째, 구리야가와 하쿠손은 넓은 문화공간을 제공했는데, 곧 프로이드에서 마르크스까지, 개체의 표현에서 사회주의 의식까지, 이로 인해 루쉰은 사회변혁의 중요성을 느꼈다. 셋째, 세계의 충동적이고 급진적인 문학 사조 속에서 러시아 소련 문화에 매력을 느꼈다. 트로츠키나 도스토옙스키든 신흥의 프롤레타리아 작가든 그들은 개체해방과 사회진화의 문제를 협조할 수 있고, 문인 스스로 풍이風雅를 자처하는 죽음의 길에 전기를 만들어 낼 수 있다. 루쉰은 구리야가와의 저작에서 많은 것을 배웠는데, 약간의 문화 사유방식은 그로부터 계발된 것이다. 예를 들어 루쉰이 위·진 문인들을 논할 때 '약', '여인'의 제요提要를 사용했는데, 이것은 사실『고민의 상징』에서 빌려 온 것이다. 또 예를 들어 물에 빠진 개를 두드려 패는 생각은 사실『상아탑을 나와서』의 한 '총명인'을 풍자하는 논술에서 소재를 취했고, 루쉰이 천위안陳源을 풍자할 때 유사한 의상을 사용했다. 구리야가와 하쿠손은 서양학술을 소개할 때 일본에 대한 비평을 잊지 않았는데, 어떤 언사는 격렬했다. 나는 이것이 바로 루쉰이 가장 감탄한 대목이라고 간주하는데, 그의 두 저작을 번역한 뒤 나는 루쉰이 두 가지 기본적인 문제를 분명하게 했다고 생각한다. 첫째, 지식계급의 목표와 선택이 마땅히 무엇인가 하는 것이다. 둘째, 영혼의 성찰과 사회 개조의 방향에서 러시아인의 길로 기울었다는 점이다. 러시아 지식계층의 위력은 일본 지식인들 사이에서 인정을 받은 것이고, 루쉰은 사실 이에 대해서도 깊은 감동을 받았다. 구리야가와든 루쉰이든 그들은 사상의 창끝을 모두 신생의 러시아 소련으로 향하고 있었다.

1925년은 루쉰에게 있어서 중요한 한해다. 그는 구리야가와의 책을 번역했을 뿐만 아니라, 또 소련의 문학과 이론을 접촉하기 시작했다. 이후 그는 흥취를 전부 러시아 소련의 그 신기한 땅으로 돌렸다. 구리야가와와 루쉰은 똑같이 러시아어를 알지 못했다. 그들은 하나의 공통점을 갖고 있었는데, 곧 소련의 소식 내원에 대해 신비감을 갖고 있었다는 것이다. 그러한 정보가 가치판단 상에서 정확히 상반되었기 때문에 매도와 예찬이 공존했다. 루쉰은 곧 이러한 의혹 속에서 문제에 대한 연구를 시작했다.

먼저 그의 시야에 들어온 것은 런궈전任國楨이 번역한『소련 러시아의 문예논전』으로, 루쉰은 이 책에 전기前記를 썼다. 때는 1925년 4월이었다. 1년 뒤 루쉰은 블로크의 『열둘』을 편하여 출판하는 기회에 트로츠키의 『문학과 혁명』의 한 장을 번역했고, 『열둘』의 중역본에 수록했다.[11] 신생의 소련문학은 그 당시 중국독자에게는 생소했는데, 루쉰이 그것에 관심을 가지게 동기는 혁명의 변고 속에 변화하는 문화상황에 대한 이해에 있었다. 블로크든 트로츠키든 루쉰은 그들에게 하나의 생기를 느꼈다. 핏빛, 사멸과 새로운 생활의 창조 속에서 지식인은 이전에 없던 세례를 받았다. 당연히 러시아 사회의 진실한 상황을 중국인들은 잘 모르고 있었고, 단지 일부 문헌 속에서 약간의 계시를 얻고 있었다. 대체적인 인상은 옛 생활이 파괴되고 모든 것이 처음부터 시작되고 있다는 것이었다. 예전에 개성과 인도적 심경을 지닌 작가들은 전적으로 새로운 상황에 직면했다. 루쉰은 니체로부터 시작하여 근대 지식인들은 모두 단지 사고 속에서만 변혁을 수행하고 있고, 모든 것이 상아탑 안에 머물러 있음을 알았다. 그런데 오직 소련만이 민중을 유혈의 변고 속으로 끌어들이기 시작했다. 개체의 해방은 마침내 한 걸음을 띠게 되어 사회의 변혁이 시작되었다. 여기서 자본의 압박은 전복되었고, 노예의 현상은 바뀌었으며 많은 지식인들은 고심의 문제를 실천속의 화제로 바꾸었다. 루쉰은 바로 이 층위에서 소련작품과 만났고 번역하기 시작했다. 시작부터 그는 하나의 의문을 가졌는데, 사회혁명의 충돌 속에서 지식계층은 결국 무엇을 할 수 있는가하는 것이다.

---

11   「『열둘』후기」, 『집외집습유』, 『전집』 9권.

플레하노프, 루나차르스키 등의 저작을 번역할 때 루쉰이 더 많이 고려한 것은 자신과 같은 이런 구사회에서 온 사람들이 어떻게 신생의 문화를 대할 것인가는 하는 점이었다. 그가 번역한 책은 모두 색채를 탐구하는 것을 담고 있었다. 『문예정책』과 같은 책은 단지 약간 다른 의견들 간의 논쟁이고 정론이 아니었다. 부하린, 트로츠키 등의 논쟁에서 루쉰은 혁명중의 문학과 이론이 늘 무無정형이며, 그것은 단지 하나의 정신의 시작이지 사상의 결말이 아님을 깨달았다. 이런 문제에 관심을 가진 다른 원인은, 그 당시 중국의 혁명문인이 제기한 구호가 결코 본토의 실제상에서 만들어진 것이 아니며, 또 트로츠키와 플레하노프식의 인물도 거의 없었던 데 있었다. 중국의 혁명문학 제창자는 외래이론을 많이 이식하여 모방의 흔적이 뚜렷했다. 그러나 『문예정책』을 번역할 때 루쉰은, 사실 소련 러시아 사상계의 논쟁은 문화적 배경을 갖고 있으며, 국내의 급격히 변화하는 현실이 학리적 충돌을 초래했음을 발견했다. 특별히 의미심장한 것은 당시 혁명을 예언하고 노래한 작가가 뒤에 대다수 유혈의 현실 속에서 부딪혀 죽었다는 사실이다. 경박한 중국의 좌익청년과 비교하여 루쉰이 이해한 좌익문화는 침중하고 무한한 도전을 지닌 존재였다. 그가 뒤에 번역한 동반자 소설집 『하프』는, 내가 이해하는 바로는 중국 문단의 하나의 의문에 대한 대답이다. 창조사와 태양사의 청년이 제창한 혁명문학은 사막위의 환영에 불과했다. 『하프』 속의 작품을 보면 새로운 예술은 또한 강대한 도전성을 지닌 것임을 알 수 있다.

1936년에 이르기까지 대체로 루쉰의 좌익문학에 대한 논술은 모두 의식적으로든 무의식적으로든 러시아의 경험을 인용하고 있다. 동시에 또 명·청이래의 중국사의 체험을 융합하고 있다. 이 두 가지는 깊이 있게 한 곳에서 교직되고 있다. 예를 들어 문예와 혁명, 계급성과 인성, 선전과 주의, '좌경'과 '우경'의 문제에서 일부 화제는 번역에서 탄생한 것이다. 그는 해외의 이론을 차용했지만, 말한 것은 오히려 중국의 실제 상황이었다. 혹은 급격히 변동하는 사회 앞에서 그는 깊고 절박한 생명체험으로 하나의 독특한 지식인 담론을 찾아냈다고 할 수 있으며, 나는 그의 잡감을 읽을 때 그 저작 배후의 지식적인 함양을 느꼈다. 이국의 사상과 중국 언어 환경은 그의 문장에서 복잡한 방식으로 배열되고 조합되었다.

7.

물론 번역은 그의 정신의 심화를 자극했다. 이 심화는 단지 이데올로기의 측면에 머무르는 것이 아니라, 언어와 마음의 층위로 확장되었다. 이것이 그가 동시대인과 다른 점이다.

30년대의 번역계에서 그의 번역풍을 인정한 이는 거의 없었다. 그의 번역서는 생경하고 딱딱하여 비난을 받았다. 말년에 번역한 책은 거의 모두 잡감과 소설처럼 그렇게 유창하지 않고 마치 의도적으로 사람들과 소통을 일으키려고 한 듯했다. 당시의 정신적 상황에 근거해 본다면, 그는 본래 무거운 책을 쓰고 자신이 좋아하는 일을 할 수 있었다. 반ᾱ정상적인 상태인 것은, 그가 오히려 고의적으로 문장과 사상 상에서 옛 습관과 대비를 이루며, 문장이 심오하고 난해한 쪽으로 나아가고 구절이 어색하여 거의 곳곳에 반反중국어의 의도를 엿볼 수 있는 점이다. 량스추는 일찍이 경역硬譯이며 결과는 곧 사지로 나아갈 것이라고 풍자했는데, 풍자가 아주 신랄했다. 취추바이瞿秋白와 같은 이조차도 루쉰이 그 당시 스스로를 번역계의 대립면에 위치시켰던 이런 선택의 깊은 뜻을 이해하지 못했다.[12] 내가 본 몇 편의 루쉰의 짧은 문장에서 과도하게 자신에게 도전하는 그의 용기에 감탄했다. 마땅히 소련의 문예이론과 소설을 번역한 것은 그에게 다측면의 의도가 있었다고 할 수 있는데, 정신 측면의 변혁 외에 중요한 것은 언어학상의 사고였다고 생각한다. 루쉰은 중국인의 국민성이 문제가 있는 것은 크게 사유방식과 관계가 있다고 생각했다. 사유는 언어에 근거해 진행되는 것이다. 문제는 중국어의 서술방식에 병폐가 존재한다는 것이다. 예를 들이 무논리성, 과학화되지 않은 범주, 개념의 부정확성 등. 옛 언어 안에서는 대략 단지 시적인 산문은 나올 수 있으나, 과학 이성의 존재는 있을 수 없으며, 적어도 수리數理 논리류의 것은 없다. 말년에 외국문예를 소개할 때는 이미 더 이상 내용의 전달에 만족하지 않고, 표현의 변화에 초점을 두고 있었다. '신달아信達雅'의 방면에서 독자의 독서습관을 고려하지 않고, 반대로 전통적 질서를 뒤집고 원문은 서양인의 문법을 모방하여 문구文句를 복잡하고 생경하게 만들고, 몇몇 신기하고 이해하기 어려운 문장 형식을 부단히 내놓았다. 루쉰은 중국어를 개조하는데 외래의 어법을 채용하지 않을 수 없으며, 그렇지 않다면 정신적 표현은 영원히 하나의 폐쇄적인 계통 속에서 빠져나오

---

12 「번역에 관한 통신」, 『이심집』, 『전집』 6권.

지 못할 거라고 믿었다. 그는 중국어의 역사가 외래문화의 충격을 경험했다고 인식했다. 선진의 문장은 하나의 양식으로, 양한 위·진 때 크게 변화했는데, 그 원인은 불경의 중국어 번역이 중국어를 활성화시켰던 데 있으며, 그 한 차례의 충격이 중국어를 한 차례 비약시켰던 것이다. 훗날 중국어의 발전은 외래문화의 충격이 부족하여 자아 갱신할 수 없었다. 죽음과 같은 상황을 구원하기 위해서는 오직 서양인의 언어를 이식해 와서 점차 개량해야만 거의 낡은 글쓰기書寫를 온갖 꽃이 만발하는 것으로 만들 수 있었다.

오늘날 사람들이 매번 번역을 언급하며 루쉰에 대해 많은 불만을 내놓지만, 나는 오히려 선생의 비범한 점이 여기에 있다고 생각한다. 그 할 수 없다고 알면서도 하고, 앞사람들이 하지 못한 일을 하며 군이 서사와 표현의 습관을 바꾸려고 하는 것은 큰 용기가 필요한 일이다. 나쓰메 소세키가 당시 외래문학을 소개하고 스스로 창작을 진행할 때 또한 국민의 구속舊俗에 반하여 역향적인 사유로 다른 종류의 문체를 창조한 결과, 현대 일본어를 풍부하게 만들 수 있었다. 푸쉬킨 역시 프랑스어 등의 격식을 사용하여 옛 러시아어의 문법을 전복하고 마침내 신생의 러시아 시문詩文을 탄생시켰다. 루쉰은 창작에서 사실 일찍이 이 일을 했다. 그의 소설, 잡문은 일본어의 표현방식을 많이 사용했고, 때로는 독일어의 개념을 수용하고 모국어에 근거하여 현대 백화로 전화시켰다. 예를 들면, 현실을 반영하는 것을 '사진寫眞'이라고 하고, '기념紀念'은 '기념記念'으로 사용하고, '개소介紹'는 '소개紹介'로 바꾸는 것 등이다. 일본어의 용어를 이식하면 그 문장은 곧 생소한 기운을 갖게 되고, 읽으면 일신하게 되어 정보와 의상이 전부 옛 사람들과 다르다. 1930년대 이후 루쉰은 과거의 시도는 단지 솜씨를 잠시 시험해 본 것이고, 언어상에서 깊이 있는 변혁이 있어야 한다고 인식했다. 그는 자신의 번역 의도를 프로메테우스의 불을 빌려 자신의 살을 굽는 것에 비유했는데, 이 말속에 진실한 의미가 있다. 루쉰 이후 서양 작품을 번역하는 대부분의 사람들은 이것으로 방법을 삼지 않고 자멸의 길로 나아가 끝내 옌푸의 일파가 되었다. 첸중수도 이에 대해 감탄을 자아내고 동양과 서양이 서로 잘 어울리는 것의 어려움을 깊이 느꼈다. 푸레이傳雷, 무단穆旦의 번역은 모두 한문의 기조에 기반하여 서양인과의 대응물을 찾아 독자를 즐겁게 하고 창조성의 발휘를 통하여 신식의 미문美文을 만들어냈다. 그러나 푸레이, 무단은 루쉰과 같이 원문어법과 내재논리를 견지하지 못했고, 그래서 그 속에 담긴 많은 내용을 잃어버렸다. 독자에 순응하는 것은 원문과 대체로 어긋나고, 원문에 충신하는 것은 천의무봉한 책이 되기 어렵지만, 오히려 생소한 대문을 열어젖힐 수 있다. 이 후자의 어려움은 백년간 루쉰 한 사람만이 대담하게 실행했고, 그 가운데 포함된 문화적 담력과 지략은 지금까지도 깊이 이해되지 못하고 있다. 때때로 생각해보지만 그래도 어찌할 수 없다.

마르크스주의 비평관에 대한 루쉰의
또 다른 이해

1.

위다푸는 일찍이 1928년 루쉰이 『분류奔流』를 주편했던 시기를 정신적 과도기라고 말한 적이 있다. 이 말은 옳다.[1] 루쉰이 처음 위다푸가 번역한 투르게네프의 강연 「햄릿과 돈키호테」를 잡지에 실었는데, 토론의 주제는 지식인에 관한 것이었다. 이어서 트로츠키, 부하린, 루나차르스키 등의 소련문예비평에 관한 대화를 발표했는데 모두 의미가 있었다. 이것은 그의 러시아 홍색紅쓴 문학비평관에 대한 대규모의 접촉이었다. 이러한 주관적이고 결코 계통적이지 않은 이론은 루쉰에게 많은 놀라움을 주었고, 또 그에게 더 많은 관련 저작을 찾아보게 했다. 그는 일본판의 저작 속에서 플레하노프, 루나차르스키, 트로츠키

---

1   『回憶魯迅－郁達夫談魯迅全編』, 上海：上海文化出版社, 2005, 24쪽.

등의 자원 나아가 새로운 러시아 작가의 일부 작품을 발견했다. 이런 자극적인 문장은 그에게 하나의 계시이었으니, 대체로 중국 문단의 몇 가지 폐단에 적중했다. 그때부터 그의 사회비평과 문명비평의 문장이 취향 상 이전과 달라지기 시작해, 초기의 허무적, 절망적 의상意象이 줄 어들고 사회학적 요소가 문장 속에 상당한 비중을 차지하게 되었다.

루쉰이 마르크스주의 문학관과 접촉하기 시작하는데 자극을 준 것 은 여러 가지 요소가 있다. 첫째, 그는 흠모한 반항문학의 발상지 러시 아가 어떻게 공산주의의 후광을 갖게 되었는지 세심하게 해석하여야 만 이해할 수 있을 것이다. 둘째, 자신을 공격함에 있어 가장 두렵고 살상력이 강한 것이 그와 같은 마르크스주의 깃발을 든 사람들이었고, 그는 거기에 담긴 비밀을 이해해야겠다고 생각했다. 셋째, 자신이 가 장 혐오하는 정권이 어떻게 그처럼 러시아의 혁명을 두려워하여 사랑 스런 많은 청년들을 비밀리에 살육하는지, 이것은 그에게 번역할 마 음을 갖게 했고, 이러한 마르크스주의 저작에서 해답을 찾고자 했다. 넷째가 가장 중요한데 그는 자신의 모순, 괴로운 문제를 해결할 때 러 시아에서 전래된 비평의 소리가 진실로 그를 자극했던 것이다. 일본, 독일의 자원은 거의 모두 러시아의 강력함에 미치지 못했다. 그리고 그때 일본의 일부 학자들의 마르크스주의에 대한 흥취는 그의 호기심 을 끌었다. 일본 지식인들이 러시아 비평계의 자원을 빌려서 현실에 대해 비판하는 것이 중국본토의 문제에 대한 그의 다른 사고를 환기시 켰다.

그보다 몇 년 앞서 그는 『소련의 문예논전』이란 자료를 접했는데, 그때 그러한 다른 시각의 존재에 대해 흥미를 가졌다. 그 사람들의 사물에 대한 판단은 같지 않았다. 논쟁 중에 많은 문제가 점점 명료해지면서 다른 종류의 의미를 낳았다. 뒤에 트로츠키의 『문학과 혁명』을 읽고 나서, 그는 곧 변혁 시대의 지식인 문제에 대해 다른 인식을 갖게 되었다. 이런 니체, 키에르케고르 등의 저술에서 만나지 못한 문제를 이 마르크스주의자의 글에서 느꼈던 것이다.

트로츠키의 이론은, 일부는 마르크스주의에서 왔고, 일부는 벨린스키 시대의 흔적이 남아 있다. 그의 발자크 문장에 대한 해석은 현실적 비판성 요소 외에 또 온화한 시학적 감상 정신을 함유하고 있다. 몸은 낡은 틀에 얽매여 있으나 사상은 오히려 혁명으로 나아가는 지식인에 있어 이것은 일종의 포용적 태도이며, 그 사이에는 또 이해의 마음이 없지 않았다. 이것이 루쉰으로 하여금 따뜻하다고 느끼게 하고 또 낡은 진영에서 새로운 땅으로 나아가는 즐거움을 체득하게 했던 것이다. 뒤에 그가 플레하노프와 만났을 때 유사한 느낌은 더 강렬해졌다.

플레하노프의 이론은 복잡하고 또 레닌사상의 그런 시비나 한계가 뚜렷한 것과 다르다. 러시아 마르크스주의자들의 그에 대한 태도도 복잡한데, 하지만 훗날의 비평가들은 모두 그를 우회해 갈 수 없었다. 루쉰이 그와 만난 이유는 여전히 유물주의 미학의 기본문제 즉 원리성의 텍스트를 이해하기 위해서였다. 러시아 혁명 뒤 레닌은 이러한 철학가를 비판했지만 결코 그 정신적 가치를 전부 부정하지는 않았다. 취추바이는 「문예이론가 플레하노프」라는 글에서 레닌의 관점을 소개했는데, 이 러시아 사상가에 대한 그의 평가는 비방과 칭찬이 반반이었다. 취추바이는 다음과 같이 말했다.

레닌은 "만약 연구하지 않는다면…… 게다가 곧 플레하노프가 쓴 모
든 철학저작을 연구하지 않는다면, 그것은 진실로 각성한 공산주의자가
될 수 없는데, 이것은 전세계 마르크스주의 문헌 가운데 가장 뛰어난 저
작이기 때문이다"라고 말했다. 레닌은 플레하노프의 철학논문을 "공산
주의자의 필수적인 교과서"라고 생각했다. 여기서 레닌은 특별히 '연구'
라는 글자를 중요하게 지적했다. 우리들은 마땅히 견실하게 프롤레타리
아 계급의 입장에 서서 플레하노프의 유산을 연구하지만, 그러나 맹종
해서 안 되며 더욱이 그를 한 마디로 무시해서도 안 된다. 그는 순수한
멘세비키 문예이론가라고 생각해야 한다. 문제는 그가 순수한 멘세비키
학자라는데 있는 것이 아니라, 그가 철학방면에서 충분한 변증법적 유
물론자가 아니라는 데 있다.[2]

공산당원에 대한 루쉰의 이러한 태도는 이해할 수 있다. 그는 한 과
도적인 학자로부터 문제의식을 발견했고, 그러나 레닌으로부터 이론
적 답안을 얻은 것이 아닌데, 대체로 자신도 과도적인 사람이기 때문
이었다. 진행 중인 문제에 대해 살펴보는 것은 루쉰의 사상과 부합한
다. 그는 완성된 결론에 대해 줄곧 흥미를 느끼지 못했다. 그런데 그때
의 러시아 문화 또한 모색단계에 있었다. 이와 같이 정형을 갖추지 못
한 모색식의 사고는 루쉰의 갈망과 겹쳐지는 지점이 있다.

플레하노프의 문학에 대한 유물주의 이해는 시의詩意적 흔적을 갖고
있다. 그의 몸에 붙은 고전철학 분위기와 혁명적 이념은 루쉰에게 홍

---

2   瞿秋白, 「文藝理論家的普列漢諾夫」, 『上海百家文庫瞿秋白張聞天卷』, 上海 : 上海文藝
     出版社, 2010, 274쪽.

취가 없지 않았다. 플레하노프가 예술현상을 말하고, 감성 화면 뒤의 깨달음 속에서 물이 흐르는 곳에 도랑이 생기듯이 예술에 대한 은밀한 해석을 완성했다. 그 탁 트인 정신은 과거 예술이론가에게는 없던 것이다. 적어도 루쉰은 이와 같은 시의 또는 이와 같은 현실의 필치를 본 적이 없었고, 이 러시아 사상가의 사상은 성장하는 사상이며 부단히 변화하는 것이다. 그러한 교조와는 거리가 먼 문제의식은 의심할 바 없이 루쉰의 사상을 격발시켰다. 『예술론』에서 플레하노프의 정신은 고난 속에서 추구하는 정신이며, 조금의 도덕적 만족과 횡포는 없다. 이것은 탐색의 의식이지 과시의 사상이 아니다. 인식할 필요가 있는 것은 플레하노프가 예술의 복잡성을 보았고 진화론자에 비해 더욱 다층적인 시각을 드러냈다는 점이다. 그리고 이것은 루쉰이 예전에 본 적이 없는 인식 형식이다.

러시아인의 비평은 항상 도덕주의적 연설이었다. 벨린스키는 정치를 믿지 않았고, 오직 도덕과 교육이 세상을 구할 수 있다고 생각했다. 그러나 뒤에 러시아 문인들이 어찌하여 그렇게 정치에 열심이었는지, 설마 도덕속의 맹점을 해결하려고 한 것은 아닐른지? 소련 성립 초기의 문학논쟁은 루쉰의 주목을 끌었는데, 『문예정책』은 주로 문학발전의 각종 가능성을 토론했다. 루쉰은 혁명의 이론은 가설적이지 않고, 모색의 산물이라는 것, 게다가 현실의 변화에 따라 변화하는 것임을 알았다. 이것은 결과적으로 일찍이 정치에 관심이 없던 문인을 정치의 추동자가 되도록 만들었다. 트로츠키와 부하린은 신흥국가의 문학 이념에 대해 어떤 다른 사유를 갖고 있지 않았는데, 루쉰이 생각한 것과 같았다. 소련 건국초기의 사상논쟁에서 지식인은 마땅히 옛 유산을 어떻게 보아야 할지, 마르크스 문헌에서는 모두 토론한 적이 없었다. 루쉰은 이로부터 마르크스주의자가 새로운 상황, 새로운 문제에 직면했을 때 결코 어떤 기성의 답안을 갖고 있지 않음을 알았다. 그들은 마르크스 혹은 비非마르크스의 자원에 의거해 문제를 사고했다. 결론적인 개념은 하나의 과정을 거쳐야 성립될 수 있다. 그러나 개념이 일단 성립되더라도 사상의 끝이 아니라, 마땅히 다른 하나의 낯선 존재의 참조가 되는 것이니, 역사는 영원히 모두 진행되어가는 과정에 있는 것이다.

잡지 『분류』가 처음 그러한 이론가와 소설가의 논쟁을 연재했을 때, 루쉰의 사상은 변화 중에 있었다. 그를 감흥시킨 것은 러시아혁명의 대오에 그렇게 많은 학자와 작가가 있고, 또 그들이 상당한 역량을 갖고 있다는 사실이었다. 중국의 혁명전선에서 지식인의 비율은 높지 않았다. 이것은 아마도 사회의 진보가 더딘 요소 가운데 하나일 것이다. 러시아에서 정신적 다양성의 배후에 오히려 하나의 합력合力이 존재했다. 그것은 하나의 철학적 사유와 시의詩意가 뒤섞인 존재이고, 다툴 수는 있지만 간단히 복종하지 않았는데, 이것이 루쉰이 좌익자원에 대해 호감을 가진 이유의 하나였다. 그는 사실 뒤의 논쟁이 트로츠키가 제거된 뒤에는 일어나기 어려웠음을 알지 못했다. 애석하게도 역사는 그에게 많은 시간을 주지 않아서, 이러한 문제를 사고할 수 없었다.

2.

루쉰이 소장한 마르크스 문헌자료를 보면, 그의 마르크스 기본원리에 대한 이해는 결코 리다자오李大釗, 장선푸張申府 만큼 깊지 못했음을 알 수 있다. 경제학, 정당문화에 대한 이해는 제한적이었다. 그의 시야 속에 감도는 것은 대 정치 시대 하에 감성세계의 시의詩意 배후의 사명과 가치 책임이다. 그는 자신이 사고에 참여할 수 있다고 생각한 것 또한 단지 이런 것이다. 그 몇 문장은 스탈린 시기의 저술이 아니며, 기본은 스탈린 정권전의 이론이다. 이러한 이론은 옛 유산에 대해 의미 없는 지양止揚을 하지 않고, 일종의 비판흡수의 시각을 갖고 있었다. 루나차르스키가 톨스토이와 체호프에 대해 토론할 때 전통 작가에 대한 변증적 태도는 루쉰에게 깊은 인상을 남겼다. 루나차르스키가 청산하고자 한 유산은 공교롭게도 루쉰이 대면하고자 했던 존재였으며, 그가 번역한 루나차르스키의 『예술론』이 드러낸 것은 절반의 신新과 구舊, 신이기도 하고 구이기도 한 정신적 색채였다. 그러한 '좌경'의 사상을 루쉰은 기본적으로 받아들였다. 옛 정신을 파괴하는 과정 속에서 루나차르스키는 스스로 새로운 길을 찾고 있었으며, 그 길은 분명하게 사람들의 눈앞에 펼쳐졌기 때문이다. 이론이 사람들의 아픈 곳에 부딪혔을 때 이미 자성自省의 힘을 획득했던 것이다.

루쉰이 마르크스주의 비판이론을 받아들이며 의거한 자원은 많지 않다. 원리 부분은 플레하노프로부터 수용했고, 비평관은 트로츠키와 루나차르스키로부터 얻었다. 이러한 관점은 모두 온화한 것으로 나가는 것이지, 금강역사가 눈을 부릅뜬 그런 존재가 아니며 혁명적 정치

이론과 많이 달랐다. 이와 같은 러시아 비평가들은 한편으로는 학자적 아량과 속되지 않은 견식을 갖고 있으며, 다른 한편으로는 강렬한 사회적 관심을 갖고 있었다. 그들 사이의 비평과 대화는 루쉰의 눈에 당쟁의 산물이 아니며, 그 자신이 그러한 자료에 대한 파악으로 생성한 연상은 취추바이, 천두슈의 느낌과 차이가 있었다. 당외 인사로서 그가 이해한 혁명비평이념과 그들 공산당원들이 한 이해는 색깔이 분명하게 달랐다.

루나차르스키의 플레하노프에 대한 비평은 반드시 정확한 것은 아니고, 그의 영수領袖에 대한 종교적 정감은 루쉰이 종래 가져보지 못한 것이다. 이것이 그들의 차이다. 루나차르스키는 사상이 정확해야 예술적 매력을 갖는다고 생각했는데, 이것의 후대 비평가에 대한 영향은 부정적이다. 사실 사상이 모순적인 사람은 예술에서 더욱 다양한 시의를 가질 수 있는데, 루쉰은 동반자 작가에게서 이러한 점을 느꼈다. '좌련'에서 그가 좋아한 것은 위다푸와 같은 결점이 많은 문인이지, 저우양周揚, 샤옌夏衍과 같은 이들은 루쉰이 오히려 좋아하지 않았다. 소련에서 증명된 비평이론, 루쉰은 토론할 공간이 아주 넓다고 생각했다.

그의 완벽주의에 대한 거부는 그 정신의 예리함의 어떤 표현이다. 스스로 자신은 완벽하지 않다고 생각했다. 그의 눈에 고골리는 완벽하지 않고 가르신도 완벽하지 않으며 고리키는 심지어 다소 도적의 기운도 보인다. 하지만 이러한 것이 그들 작품의 독특함에 영향을 주지는 않는다. 특징을 지닌 문학에 대한 긍정은 바로 변증적 태도다. 샤오쥔蕭軍의 『8월의 향촌』이 세상에 알려진 뒤, 장춘차오張春橋는 작가가 마땅히 서둘러 내륙으로 돌아오지 말고 자신을 충실하게 한 뒤 다시 창작해야 한다고 생각했다. 루쉰은 「3월의 조계」에서 "우리에게 투창이 있으면 투창을 쓰면 되는 것이지, 이제 막 만들고 있거나 장차 만들어질 탱크와 소이탄만 기다릴 필요는 없다"[3]라고 말했다. 그의 바진巴金, 딩링丁玲에 대한 긍정은 그들 작품의 완벽성에 기원하는 것이 아니라, 바로 그들의 진취적인 정신에서 기원한다. 비록 마르크스주의 비평이론을 받아들인 뒤라고 할지라도, 그는 여전히 구소설의 스케치 수법을 긍정하고 19세기 문학가의 창작을 인정했다. 문학은 역사적 과정이고, 모두가 이러한 과정 속에 있다. 그의 눈에 마르크스 사상의 개방성은 곧 가치가 있는 부분이었다.

신흥의 소련 문예사조 속에서 루쉰은 그것과 낡은 문예와의 연계가 양자의 분열이 아님을 일었다. 이것은 **중요하다**. 부족힘을 수용하고, 실패를 인정하면 그런 옛 진영에서 나온 사람들도 새로운 세계로 진입할 수 있는 것이다. 타고난 성인은 아무 데도 없다. 야코블레프, 리딘Lidin과 같은 이러한 작가들의 작품에서는 프롤레타리아 계급의 소리는 없지만, 그러나 이것은 혁명시대에 불가피한 현상이다. 트로츠키 등은 전문적으로 동반자 작품의 가치를 토론했고, 후대 중국의 좌익문인들과 같이 그처럼 흉악하게 모든 구식 문인을 살육하지는 않았는데, 혁명이 승리하기 전 혹은 막 승리한 뒤에 순수한 혁명문학은 불가능하며, 순수를 요구하는 것은 사실 순수와 거리가 먼 것이다.

1930년대의 문학 실천 속에서 루쉰은 중국문학 진보의 어려움을

---

3   『전집』 8권, 662쪽.

느꼈다. 그는 자신이 혁명가가 아니며 따라서 당연히 혁명 문학을 창작할 수 없다고 생각했다. 앞서가는 그런 청년들은 오히려 기이한 편장篇章을 쓸 수 있다. 앞서가는 청년들의 작품은 유치하고 웃기지만, 루쉰은 대체로 사대부와 쁘띠 부르주아 계급과는 다르다고 생각했다. 그가 희망한 것은 실천에 종사하는 청년들에 의해 완전히 새로운 문장이 세워지는 것이었다. 이것은 또한 그가 적극적으로 샤오쥔, 샤오훙蕭紅, 러우스柔石를 격려한 이유이기도 하다.

3.

'5·4' 이후 리다자오, 천두슈를 시작으로 중국의 급진적인 지식인들이 마르크스를 수용한 것은 정치와 혁명의 각도에서 시작된 것이다. 그들이 마르크스의 세계에 진입했을 때 문학 문제는 아주 적게 재고했다. 취추바이, 마오둔 등만이 다층적 각도에서 마르크스주의 문화에 대한 사고를 했으며, 이러한 것은 모두 루쉰의 주의를 끌었다. 그러나 그러한 동시대인들과 다르게 루쉰은 정치와 혁명의 각도에서 마르크스주의를 수용하지 않고, 지식인 개조의 측면에서 관련 화제에 진입했다. 이것은 '5·4' 시기의 관점과 가깝다. '5·4'가 해결하려고 한 것은 사대부의 진부한 의식이며, 그리고 현재는 쁘띠 부르주아 계급의 지병에 대한 정리에 직면해 있다. 루쉰은 스스로 구식 계급의 일부라고 인정했는데, 그가 더욱더 깊이 들어가 이러한 문제를 의식했을 때, 거의 단지 러시아의 급진적 비평가들의 사상만이 그의 통감痛感의식을 환기할 수 있었다. 그의 자신에 대한 불만과 이로부터 형성된 기대는 모두 러시아 소련 문학비평이론의 소개 속에 집중되었다. 그의 말을 빌려 말한다면 불을 훔쳐와 자신의 살을 구운 것이다. 비록 자신은 고통스러웠을지라도.[4]

루쉰이 보기에 러시아 변화의 주요한 원인은 하나의 지식계급이 존재한다는데 있었다. 두려움을 불사하는 이 계급의 이념을 위한 순교정신은 인문지도를 바꾸었다. 그래서 뒤의 정치상의 거대한 변화는 주로 지식계급과 사회역량이 추동한 것이다. 정치문제는 사실 바로 지식계급의 문제다. 만약 루쉰이 정치와 어떤 관계가 있었다고 한다면, 그것은 입장을 강조한다는 의미다. 그는 사상의 변신은 입장에서 시작되는 것임을 알았다.

낡은 진영에서 온 문인이 대중세계에 몸을 두게 되었을 때 상황은 변화가 일어날 수 있다. 그리고 혁명은 새로운 문장의 출현을 촉진한다. 그러나 이 모든 것은 목가적 과정이 아니라 유혈과 오물로 가득하다. 『하프』를 번역할 때 루쉰은 혁명세계로 진입하는 곤란함을 보았다. 지식계급의 자아 갱신은 결코 상아탑 속의 사람들이 상상할 수 있는 것이 아니었다.

변신한 지식계급은 다시 변신해서 돌아갈 수 있어 낡은 곳으로 돌아가기도 하는데, 이것은 오히려 경계해야 할 일이다. 그는 '좌련' 문인들 가운데서 구식 문인의 낙후된 점을 발견했다. 예를 들어 문학의 계급성 문제에 대한 루쉰의 관점은 좌익작가들과 거의 차이가 없었다.

---

4   「'경역'과 '문학의 계급성'」, 『전집』 6권.

그러나 좌익의 발전 중에 자기 본연의 입장을 견지해나가는 것 역시 쉽지 않아서 극좌나 극우가 된다. 이러한 것은 모두 신인新人들의 요구와 거리가 있다. 그는 '좌련' 종파주의자들이 자신의 가치에 기반한 입장을 방기하는 선택에 대해 불만을 가졌고 심지어 하나의 죄과라고 생각했다. 줄곧 '좌련'의 리더들과 일치할 수 없었고, 이론과 현실에 대한 그들과 다른 이해는 훗날 문학비평의 다른 구조를 이끌었고, 그래서 혁명문인 내부의 충돌 역시 이로부터 발생한 것이다.

　루쉰이 시종 자기 입장을 방기하지 않도록 한 주요한 요인은 그의 앞에 가로놓여 있던 전제정권이었다. 국민당이 공산당원을 살해하고 그리고 일당독재는 루쉰의 몇 가지 사유를 바꾸었다. 그는 통치자와 민중 간의 거리가 어디에 있고 대중과 통치자는 두 세계의 존재임을 의식하기 시작했다. 격렬한 투쟁의 시대에 지식인은 오직 민중의 입장에 서야 자신의 문제를 극복할 수 있다. 혹은 예전의 한계를 바꾸어야 어떤 정신적 공간에 진입할 수 있다고 말할 수 있다. 기본적인 문제가 해결되기 전에 가치관을 방기하는 일은 심각한 문제다.

　량스추와의 논쟁 중에 루쉰의 비평의식은 흥미로운 점을 드러내었다. 그들은 량스추의 베비트식 비평관에 대해 의문을 지녔는데, 그들이 강조한 것은 계급의 가치이고 초超계급적인 사람은 존재하지 않는다고 인식했다. 이것은 피압박자의 입장에 선 한 목소리이다. 이것은 초기 진화론하의 문학관에 비해 보다 변증적인 힘을 드러낸다. 계급성의 관점은 루쉰의 변증사유를 촉진하였는데, 그의 황당한 체험에서 변증사유로의 전진의 과정은 사실 형상사유가 점차 약화되고 이성사유가 부단히 강화되는 과정이었다. 절망과 허무의 의식도 날로 희박해졌다. 루쉰이 뒤에 잡문창작을 좋아하고 소설 또한 역사소설에 한 정한 것은 모두 그 정신의 변화와 관련이 있다.

그러나 이러한 논쟁은 결코 완전히 그 고유의 심미적 선호를 바꾸 지는 못했다. 그는 계급론은 결코 심미 속의 흥미 요소를 방기하는 것 이 아니라, 그러한 흥미의 존재가 베비트주의자가 말한 만물에 초연 하고 고적한 자와는 다르다는 것을 해석하려고 하는 것임을 깨달았다. 예술은 현실속의 다양한 합력合力의 산물이다. 그는 자신이 완전한 마 르크스주의자가 아님을 인정했다. 구시대의 유물이 아직 자신의 세계 속에 있기 때문이다. 자신의 사상을 검토할 때 그는 자신이 구시대의 습관을 갖고 있으며, 그것이 사상에 유해하다고 말했다. 이러한 경로 를 바로잡는 것은 당연히 학습이다. "몇 명의 견실하고 분명하며 정말 사회과학과 문예이론을 아는 비평가"[5]가 필요하다. 그는 「우리에게는 비평가가 필요하다」라는 글에서 중국의 작품이 세상에 나온 뒤 정신 계의 호응이 없는 침묵에 탄식했는데, 이것은 의심할 바 없이 문단이 활기가 없는 원인 가운데 하나다. 그리고 량스추, 청팡우成仿吾의 비평 은 그가 보기에 전자는 쁘띠 부르주아 계급의 공상이고, 후자는 유치 병의 읊조림이었다. 그의 중국 좌익문인에 대한 실망은 이유가 없는 것이 아니었다.

루쉰은 불不혁명의 문학에 대해 한 가지 평가의 잣대를 갖고 있었고, 혁명문학에 대해서도 다른 하나의 기준을 갖고 있었다. 결코 후자로 간단히 전자를 부정하지 않았다. 그의 「『중국신문학대계』 소설2집 서

---

5   「우리에게는 비평가가 필요하다」, 『전집』 6권.

언」에는 플레하노프와 루나차르스키의 필법이 보이지 않는데, 그의 풍격은 오히려 일본의 구리야가와 하쿠손과 쓰루미 유스케鶴見佑輔에 가깝고 또 심미적 판단은 입장과 계급성에 대해 제기한 바가 거의 없었다. 루쉰의 심미판단은 여전히 구식 문인의 요소를 갖고 있는데, 그는 시종 자신의 감각에 충실했으며 결코 생경하게 외래의 이론은 적용하지 않았다. 위핑보俞平伯, 페이밍廢名, 쉬친원許欽文에 대한 그러한 논술은 모두 생명의 열기가 있지만, 반대로 엘리스, 나쓰메 소세키의 감성 속의 이성과 서로 비슷하다.

이 현상은 심미판단과 가치판단의 복잡성을 반영한다. 마르크스주의 미학관은 결코 루쉰이 예전부터 갖고 있던 감상적 기호를 변화시키지 못했다. 계급론 그리고 현실 문제를 추궁하는 요소를 제외하면 방기하지 않은 것은 공교롭게도 자신이 이미 형성하고 있던 자비와 연민의 심경이었다. 이런 심경은 모두 일체의 교조적 존재에 대한 일종의 희석稀釋인데, 사상이 억압당해 더 이상 심경을 가질 수 없을 때는 아마도 자아 관찰의 길을 이탈하여 노예 모습을 갖게 될 것이다. 그는 서양 문학개론의 교조성에 대해 늘 경계심을 갖고 있었다. 이 경계의 시각은 대체로 계급적 입장에서 온 것으로, 어떤 문제를 막연하게 사고하는 것이 아니다. 모든 사물은 다른 일면이 존재하고 상아탑 속의 사람들이 상상하는 것처럼 그렇게 간단한 것이 아니다. 그의 량스추, 주광첸朱光潛에 대한 비평은 바로 이러한 교수들의 문화에 대한 이해의 간략화와 격식화 때문인데, 그의 비평은 변증적 태도를 채용했고 그리고 이것은 마르크스주의자의 사유 방식과 다소 교차하는 지점이 존재했다. 루쉰은 목숨이 다하는 날까지 다만 마르크스주의 문학관에 호응했던 한 사람일 뿐이라고 할 수 있을 것이다. 그의 통달과 지혜는 자칭 마르크스주의자라고 하는 이들이 미치지 못하는 것이다. 그는 분명하게 그와 같이 입만 열면 이론을 말하는 문인들은 이 세계와는 두꺼운 단절을 낳게 된다고 인식했다.

4.

취추바이는 당시 루쉰이 진화론에서 계급론으로 나아갔다고 논술하고, 그 사이의 논리적 고리를 보았다. 1927년 이전에 루쉰은 이미 스스로 사물을 판단하는 사유 방식을 형성했다. 그의 사물에 대한 인식은 결코 간단한 긍정에서 간단한 부정으로 나아가는 과정이 아니었다. 무엇을 긍정할 때 역시 무엇을 부정하고 있다. 존재의 불가사의함과 자신의 반면을 향해 가는 난감함은 문제의 황당함을 예시한다. 마르크스주의자의 황당함에 대한 지적 역시 자기 특유의 힘을 갖고 있는데, 이것이 루쉰의 주의를 끌어당겼다. 불합리한 방식의 표현으로 변증유물주의 층위에 진입했다. 루쉰 말년의 사상은 보다 객관적이 되었다. 예를 들어 「'구형식의 채용'을 논의함」라는 글에서 완벽주의를 부정하고 전통에 대한 거울삼기 가능한 선택을 강조하면서 루쉰은 다음과 같이 말했다.

구형식을 채용하면 삭제되는 곳이 있게 마련이며 삭제되는 곳이 있으면 덧붙여진 부분도 있게 된다. 그 결과가 신형식의 출현이며 이는 변혁이기도 하다. 뿐만 아니라 이 작업은 방관자가 생각하는 것처럼 결코 수월한 일이 아니다.

그러나 설사 신형식을 수립했다고 하더라도 이것이 바로 당연히 높은 수준의 예술이 될 리 없다. 다른 문화적인 작업의 도움이 있어야 예술은 진보한다. 어떤 문화 부문에서 전문가 한 명에게 독각희(獨脚戱)의 수준을 높여 달라고 요구했다면, 빈말이라면 괜찮지만 제대로 하려면 어렵다. 그리하여 개인을 질책하는 논리는 환경 탓을 하는 것과 마찬가지로 불공평하다.[6]

황당한 체험에서 변증적 사고까지 루쉰은 구문화의 몇 가지 장점을 긍정하였다. 그 자신 결코 이러한 것을 방기하지 않았다. 저우양의 훗날 문학예술 정품精品에 대한 요구는 보수적이고 신중함을 드러냈다. 루쉰은 정신적인 측면에서 급진적이지만 그 표현방식은 구문인의 습관을 갖고 있었는데, 바로 단번에 혁명 담론 속으로 들어간 것이 아니었다.

그의 비평문장은 러시아식 어투가 아니었다. 그러나 저우양, 아잉阿英의 이론은 이러한 문제를 갖고 있었다. 그가 번역한 러시아 비평문장에서 어떤 생명의 특이한 힘을 볼 수 있다. 곧 루크차부스키의 『인성의 천재-가르신』에서 문장의 가치는 생명체험과 사회학 이론의 기초위에서 건립되는 것이라고 했다. 그와 같은 감성적 직관속의 담론은 정신적 전도傳道와 다르다. 문학은 교과서가 아니며, 그것은 그대로 자

---

6   『전집』 8권, 51~52쪽.

신의 가치를 갖고 있다. 그가 혁명문학을 강조했을 때 주목한 것은 반항의 의지이고, 권력자에 대한 반항으로, 결코 반항 대오 자체의 문제를 사고하지는 않았다. 새롭고, 다른 세계에 속하는 작품이 출현하는 것은 공허하게 구호를 외치는 것보다 더 중요하다. 그는 「바이망 작 『아이의 탑』 서문」에서 다음과 같이 말했다.

이 『아이의 탑』을 선보이는 것은 지금의 일반적인 시인들과 우열을 견주자는 게 아니다. 다른 의의가 있다. 이것은 동방의 어렴풋한 빛이요, 소리 내며 나는 숲 속의 화살이다. 겨울 끝의 새싹이며, 진군의 첫걸음이다. 선구자를 향한 사랑의 큰 깃발이며 억압하는 자에 대한 증오의 큰 비석이다. 이른바 원숙하고 세련되고 고요하고 그윽한 저 모든 작품들과 견줄 필요가 없다. 이 시가 다른 세계에 속한 것이기 때문이다.[7]

이 말의 배후에는 문학이 다른 표준을 갖고 있음을 긍정하고 있다. 바이망白莽에 대해 사용한 것은 다른 세계의 척도다. 새로운 문학이 진행 중일 때 완벽성 여부는 실천적인 일이지 이론적인 일이 아니기 때문이다. 그리고 이러한 미의 존재에 대해서는 또 다만 다른 표준으로만 측정할 수 있다. 루쉰은 결코 혁명적 비평관이 감성 체험과 거리가 먼 텅 빈 교조라고 생각하지 않았다. 다른 세계의 예술 역시 아름다움의 예술이다.

저우양은 선진문학을 이론적 지도의 일, 세계관의 문제로 보았다.

---

[7]   『전집』 8권, 637쪽.

실천속의 실패와 착오에 대해 용인하는 태도를 갖지 않았다. 예술법칙은 예술실천 뒤의 총결이지 가설이 아니다. 고리키는 가설에서 나온 것이 아니고, 파데예프 또한 가설에서 나온 것이 아니다. 다른 세계의 예술은 실천이며, 길이 없는 곳에서 힘들게 모색해가는 원정遠征으로, 그것은 대가를 요구하고 심지어 목숨까지 내놓아야 한다. 루쉰이 바이망, 러우스와 같은 이러한 작가들에게서 어떤 정신적 순도殉道를 보았고, 그들의 순결한 마음이 곧 순결한 문장을 탄생시킨다고 생각했다. 기성의 이론에 의지하는 것으로는 사회를 읽고 이해할 수 없다.

가설이 정신의 선구가 되었을 때 예술은 간단히 이념의 확성기가 된다. 이때의 혁명문학은 더 이상 지식인의 자아비평이 아니고, 바로 외재적 선험이념에 복종하는 것이다. '좌련' 시기 루쉰이 다른 사람들과 충돌한 것은 다음 두 가지 방면에서 드러났다. 첫째, 좌익 지도자와 전통과의 격절인데, 많은 사람들은 문화 진화 중의 점진적 과정에 대해 그다지 이해하지 못했다. 둘째, 형태로 논리를 대체하고 비평을 상대방을 교살絞殺하는 이기利器로 변화시켰으니 이는 정신적 교류나 게임이 아니었다. 마르크스주의 비평이론이 객관세계에 대한 대면과 투시이지 간단한 전복이 아님을 이해하지 못했다. 그러나 루쉰의 의도는 그 당시의 '좌련' 지도자들이 받아들이기 어려웠고, 루쉰식의 사고는 점차 하나의 이데올로기 형태에 의해 금지 당했다. '좌련'이 루쉰의 사상을 받아들였을 때 혁명문화에 대한 기대 부분은 남겨두었으나, 그 개성적 가치형태는 잘라내었다. 이후의 루쉰연구에서 이러한 문제에 대한 토론은 좀처럼 사라진 적이 없었다.

5.

현대 중국의 비평사에서 본다면 루쉰의 비평관이 후대에 미친 영향력은 저우양과 같은 사람들이 도저히 미칠 수 없을 만큼 크다. 저우양의 문학비평은 먼저 믿음과 이론을 갖고 그런 뒤에 작품에 대한 해석에 들어간다. 루쉰은 이와 반대로 먼저 작품에 대해 체득한 뒤에 정신분석을 진행하고 분석하는 가운데 변증법적 매력을 드러낸다.

저우양은 1933년에 발표한 「문학의 진실성」이란 문장에서 다음과 같이 말했다.

> 작가는 반드시 모든 과정에서 그것의 필연성을 보아야 한다. 그러나 이 말은 결코 작가에게 이것을 과정에 일정한 영향을 주는 우연을 말살하라는 것이 아님을 말할 필요도 없다. 반대로 소위 우연한 사건(Accident)은 문학작품에서 항상 보인다. 중요한 것은 '작가가 반드시 이 우연을 필연적 과정의 하나의 동기로 보고 묘사해야 한다'(구라하라 고레히토[藏原惟人])는 것이다. 만약 단지 현상 속의 우연만을 보고 이 우연적 현상 속에 감추어진 필연적이고 본질적인 것을 보지 못한다면, 현실에 대한 정확한 인식을 획득하지 못할 뿐만 아니라, 현실을 왜곡하는 길, 문학의 허위적 길로 달려가게 된다.
>
> 오직 혁명계급의 입장에 서서 유물변증법의 방법을 쥐고 얽히고설켜 어지러운 현상에서 필연적이고 본질적인 것을 찾는 일이 바로 운동의 근본법칙이며, 곧 현실의 가장 정확한 인식의 길로, 문학적 진실성의 가장 높은 봉우리로 달려가는 길이다.[8]

루쉰의 문학가에 대한 요구는 추상적 교의敎義를 말한 것이 아니라, 반항을 말하고, 현실을 이야기하며, 예술의 법칙을 논하는 것이었다. 그는 거듭 자아의 비판은 지식인 자주성의 일부분이라고 강조했다. 그에게 자주성은 불가결한 것이다. 이러한 것은 후펑胡風에 의해 훌륭하게 계승되었다. 후펑의 자신과 프롤레타리아 내부 문제에 대한 경계는 루쉰의 사유를 계승한 것이다. 우리는 루쉰의 사상이 비非이성주의를 배척하지 않았으며, 루쉰이 다다주의, 표현주의에 대해 찬미했음을 세밀하게 보아야 한다. 이것은 플레하노프와 아주 닮았다. 플레하노프는 계급성을 승인했지만, 칸트의 행하는 바 없이 행하는 심미관에 대해 동의했다.[9] 루쉰이 말년에 여조女弔를 찬미하고, 도스토옙스키를 찬미하면서 사용한 것은 변증법적 관념이 아니라 칸트식의 이념이었다. 또 벨린스키의 시각도 지녔다. 이것은 그가 저우양과 같은 비평가가 아니며 마오쩌둥과 같은 이론가도 아님을 증명한다. 그는 계급적 입장을 긍정했지만, 오히려 심미적으로는 19세기 사실주의 심미 정신을 견지하며, 아방가르드 예술에 대해서도 부정하지 않았다. 표현주의, 다다주의적 문장 가운데 심미 쾌감과 현실 심정의 의상意象이 담겨 있다.

새로운 문학은 모든 것이 전부 새로울 수는 없다. 여러 가지 잡다하게 취하고, 여러 사람들의 장점을 취해야 곧 의미가 있다. 그가 좌로 기울어졌을 때 청년 목판화가들과 새로운 예술의 창조에 대해 대화하며, 한나라의 분방한 선線의 수용과 당나라의 대범한 문화의 접목을 주

---

8   『周揚文論選』, 北京 : 人民文學出版社, 2009, 15쪽.
9   瞿秋白, 앞의 책, 268쪽.

장한 것은 역시 옛 것을 돌아보고 새 것을 취해 다시 새로운 것을 세우
자는 의미이다. 그는 파데예프의 문장에서 도스토옙스키의 의미를 찾
아내고, 글라드코프의 요동치는 기운에는 또한 분명히 『성경』의 광대
함이 있었던 것이다. 중국의 마르크스주의자들이 문학을 크게 외칠
때 자신의 유산을 거의 망각했는데, 그들의 역사에 대한 모호함은 또
한 그들의 인지의 모호함을 초래했다. 그런데 이것은 그때만이 아니
라 후대의 비평계에도 줄곧 존재하는 문제이다.

　루쉰 사상에서 비평은 인지와 평가이며, 사상적 의의 측면의 것이
고, 문단의 불가결한 힘이다. 그러나 문예이론은 간단히 창작을 지도
할 수 없으니, 창작의 법칙은 작가가 체득한 결과이고, 비非개념의 집
합이다. 루쉰은 「쉬마오융의 『타잡집打雜集』 서문」에서 다음과 같이 말
했다.

　　톨스토이는 글을 쓰려고 할 때, 미국의 '문학개론' 혹은 중국 어느 대
　학의 강의록을 조사한 연후에 소설이 문학의 정수임을 알고 이에 『전쟁
　과 평화』와 같은 위대한 창작을 하고자 결심한 것일까? 나는 모르겠다.
　하지만 나는 중국의 이 몇 년간의 잡문작가들이 문장을 쓰는 데 있어 누
　구 한 사람 '문학개론' 규정을 생각지 않았고, 문학사상의 위치를 노리
　지 않았음을 알고 있다. 그렇게 쓰지 않으면 안 된다고 생각해 그렇게 썼
　던 것이다. 그렇게 쓰는 것이 다수의 사람들에게 유익하다고 생각했기
　때문이다.[10]

10　『전집』 8권, 387쪽.

여기서 루쉰은 작가적 관점에서 비평의 무력함 혹은 문학개론의 무력함을 말하고 있다. 또 루쉰이 어떻게 단지 몇몇 비평가의 글을 번역하고 주된 힘을 창작의 번역에 사용했는지를 이해할 수 있다. 아마도 그는 내심으로 사상적 돌파의 갈망 때문에 비평에 관심을 두었으며, 또 인지의 곤혹을 해결하기를 희망했다고 생각된다. 그러나 정신적 풍부함으로 본다면 역시 작품이지 비평은 아니다. 비평이 만약 예술적 법칙을 준수하지 않는다면 큰 오차를 낳아서, 다시 정신의 밝음을 복원하지 못할 수도 있다. 그리고 소설과 시문 속의 도전적 존재는 관심을 받지 못했는데, 이것은 시대의 유감이다.

어쩌면 루쉰이 비평에 주목했을 때 작가적 입장에 서서 해결하려고 한 것이 자기 내심의 문제였다고 할 수 있을 것이다. 러시아의 비평가들은 창작의 쓴맛 단맛을 깨달았던 이들인데, 그들이 몇몇 문장의 취미 경향에 찬동하지 않았을지라도 그 존재의 합리적 요소는 이해했다. 그러나 중국의 비평가는 그 당시 그저 무턱대고 자신의 기쁨과 노여움에서 출발하여 간단히 자신의 희망만을 표현할 뿐이어서, 예술의 궁전에서 아주 멀어졌을 뿐만 아니라 사상은 진리를 추구하는 가능성조차 방기했다. 이것이 바로 그가 경계하려고 한 것이다.

6.

다수의 러시아혁명 서적과 문학작품을 접촉한 뒤, 루쉰은 마르크스주의 비평관에 많은 종류가 있음을 깨달았다. 레닌과 트로츠키가 다르고, 루나차르스키와 플레하노프가 서로 달랐다. 창작에서는 고리키와 파데예프, 숄로호프 등도 각각의 장점이 있다. 루쉰 스스로 중국 마르크스주의자의 위치를 다투지 않았고, 또 자신의 관점이 전진의 방향을 대표한다고 생각하지 않았다.

그러나 진짜 또는 가짜 마르크스주의 비평관을 판단하는 것은 현재 문제의 정곡을 찌를 수 있는지 여부다. 여기에 경험과 이론 강도의 문제가 있다. 자신의 경험에 근거해 그는 많은 '좌련' 작가의 선택이 모두 문제가 있고, '좌련'의 문제는 실제를 벗어난 데 있다고 생각했다. 첫째, 재빨리 신속히 모이고 재빨리 흩어지는 번개 식의 집회는 의미 없는 희생이다. 둘째, 욕으로 전투를 대체하는 것으로 역시 경박한 행동이다. 셋째, 조직 해산의 이유는 일종의 투항주의이다. 이 점에서 그와 드로츠기는 비슷하고 문제의 판단 상에서 실제를 벗어나지 않았다. 현재적 존재로부터 이론 문제를 사고한 것으로 서로 다르지 않다. 이 또한 사람들에게 플레하노프의 문장을 상기시키는데 이 점에서 둘은 서로 가깝다. '좌련'에서 루쉰의 사상은 지도자를 존중하는 시각에서 출발하여 문제를 파악하는 것이 아니라, 반대로 그가 존중한 것은 자신의 자유로운 판단이었다. 이것은 그가 마르크스주의 미학을 수용한 뒤에도 방기하지 않은 정신이다.

루쉰의 의식 속에는 설사 혁명 대오에 가담한다고 하더라도, 개성은 잃어버릴 수 없으며 독립적 판단 역시 잃어버려서는 안 된다는 점이 있었다. 어떤 이론에 의거하여 현실에 대응하는 것은 많은 중요한 문제를 놓칠 수 있다. 그러나 좌익 대오의 주요한 문제는 사상 속에 사실 주인과 노예의 관계가 존재한다는 점이다. 이것이 문학 대오의 진화를 제약했다. 혁명 대오에 봉건적 의식이 잔류되어 있을 때 새로운 이론과 사상은 회의의 대상이 될 만한 것이었으니.

1930년대 그의 문학에 관한 비평을 보게 되면, 사유의 방식에 고대 문론의 흔적이 있으며 또 청나라 말기 식의 격정이 많고, 마르크스주의적 비평의식과 변증적 관점 또한 그 사이에 뒤섞여 있음을 느낄 수 있다. 예를 들어 그는 『삶과 죽음의 자리』를 논하면서 작가의 '세밀한 관찰'과 '궤도를 벗어난 필치'를 찬미했는데, 비록 '약도'이고 아직 완벽하지 않지만 그러나 '정신은 건전하다'[11]고 했다. 여기서 루쉰은 '정신 건전'의 의식을 강조했는데, 문인이란 우울과 나르시시즘이라는 것은 모두 이 범주에 있지 않다. 저우쭤런, 린위탕이 소품문의 함축미를 크게 외칠 때, 루쉰은 그들이 여전히 자신들의 애호에서 출발하여 옛 사람을 대하고 있고 그 시대의 내적인 고통을 망각하고 있다고 생각했다. 중국사회의 고상한 선비들이 만약 사대부의 침상에서 누워 잔다면 환영幻影과 자기기만에서 벗어나지 못할 거라고 생각했다. 「소품문에 관하여」에서 루쉰은 다음과 같이 말했다.

청조의 검열을 거친 이 '성령'은 지금에 이르러 아주 타당한 것이 되었다. 멸망의 소탈함은 있지만 청초의 소위 불합리는 없으며, 나라가 있을 때는 고상한 인물이 되고, 나라가 없을 때도 여전히 일사(逸士)로서 받아들여진다. 일사도 자격이 있어야 했는데, 먼저 곧 '초연'하다. '사(士)'가 하품인 노복에서 벗어난다는 것이고, '일(逸)'이 책임에서 벗어

---

11   「샤오훙의 『삶과 죽음의 자리』 서문」, 『전집』 8권,

난다는 것이다. 지금 명나라와 청나라의 소품을 특히 중시하는 것은 사실 큰 이유가 있는 것이고, 조금도 괴상한 것은 아니다.[12]

위의 인용에서 저자의 책임감과 현실에 대한 심경을 엿볼 수 있다. 그가 보기에 이 두 가지가 결핍되는 것은 큰 문제였다. 비평에서 그는 문장에 대한 주의를 제외하고, 현실적 정합성과 자아 책임감의 여부가 문장 평가의 시금석이라고 인식했다. '좌련'의 비평가들은 사± 문제를 논할 때 큰 소리로 욕만 할 뿐 급소를 찌를 줄 몰랐다. 그리고 이런 시각은 이론에서 벗겨낸 것이 아니고, 혼자 생각해서 밝게 빛난 것이고 자유의 투사와 마르크스 이론이 충돌한 뒤 우연히 얻은 산물이다. 그러나 작가는 스스로 줄곧 비非마르크스주의적 비평가라고 인식했다.

'좌련' 청년들과의 논쟁에서 루쉰의 시각은 청년들에게 보수적 인상을 주었다. 혁명성을 강조할 때 그가 잊지 않은 것은 예술성의 문제였다. 사실주의 사상을 논할 때 그는 또 환상의 역량을 배척하지 않았다. "모든 문학은 정말 선전이지만, 모든 선전이 전부 문예는 아니다",[13] "분수에서 나오는 것은 모두 물이고, 혈관에서 나오는 것은 모두 피다."[14] 분명하게 트로츠키의 흔적이 드러난다. 혁명문학사조와 대면했을 때 줄곧 지적인 면을 포기하지 않았다. 비록 대중문예를 강조했지만, 그의 취향과 영감사유적 정취는 이로 인해 감소하지 않았다.

---

12   「소품문에 관하여」, 『전집』 8권, 545쪽.
13   「문예와 혁명」, 「이심집」, 『전집』 6권.
14   「혁명문학」, 「이이집」, 『전집』 5권.

루쉰의 심미사상 속의 마르크스주의 문학비평관은 체계와 구체적 표현이 없고, 단지 피억압자가 각성한 뒤 자유를 쟁취한 정신의 갑작스러운 출현에 불과하다. 또 지도자의 각도에서 문제를 사고하는 것이 아니라, 혁명가의 신분에서 역사를 따져 묻고, 문화 설계의 가능성을 따져 물은 것이다. 이 점은 쉽게 우리들에게 벤야민, 그람시 등의 비평이론을 연상시킨다. 혹은 그들 모두 스탈린화된 급진적인 투사가 아니라고 할 수 있다. 루쉰은 권력구조의 마르크스주의 문학관과 거리가 멀었고, 뒤에 권력 그림자 속의 마르크스주의, 마오쩌둥 사상 문예관과도 본질적인 차이가 있다. 이 살아있는 정신의 자유와 창작의 잠재능력을 지닌 루쉰, 그 정신의 정수는 훗날 이데올로기로 무장한 관점에 의해 전복되었고, 일부 사상은 모호하게 해석되었으며, 일부 정신은 파편적으로 분해되었으니, 그 정신의 총체성이 상실되어 버린 것이다.

루쉰이 세상을 뜬 뒤 중국에서는 꽤 오랫동안 마르크스를 교조화하고 실용주의화했다. 풍부한 마르크스 유산은 능지처참을 당했다. 루쉰의 마르크스 세계로의 진입이 우리에게 시사하는 것은 새로 등장한 문제에 대해 도전을 제기하는 것이 대단히 중요하다는 점이다. 자신에 대한 고문拷問으로 대상세계에 진입하는 것은 인지認知 불모지의 확대를 피할 수 있다. 루쉰이 우리에게 갖는 의미는 마르크스주의의 신도가 된 것이 아니라, 마르크스주의자들의 그러한 사유를 본보기로 삼아 일체 기성의, 마르크스주의자에 의해 정형화된 형식에 대해서도 현실적인 따져 묻기를 감행했다는 점이다. 마르크스는 루쉰에게 기성의 신앙이 아니라 하나의 해방된 참조물이다. 이것은 쉽게 우리에게

서구 프랑크푸르트학파의 일부 우수한 점을 상기시키는데, 루쉰과 그들 간의 연계에 대해서는 한번 생각해볼 만한데, 일부 연구자는 사실 일찍부터 이 문제를 의식하고 있다.

저우周 씨 형제의 안과 밖

1.

장중싱張中行 선생이 나한테 말하기를 루쉰과 저우쭤런의 차이는 한 사람은 믿음을 쫓고, 다른 한 사람은 의심에 그치는데 있다고 했다. 처음 이 말을 들었을 때, 나는 비록 전부 믿을 수는 없었지만 약간은 이 치가 있다는 생각을 반나절 동안 했다. 나는 장선생의 관점을 전부 수용할 수는 없었지만, 보통 사람들이 그렇게 간단히 보고는 마치 무슨 신앙에 귀의하는 것과는 다르지만 루쉰 또한 의심이 많은 사람이라고 내심 생각했다. 내가 보기에 두 사람 중에 한 사람은 상아탑에서 자리를 지키고, 다른 한 사람은 서재의 밖에 있었다. 두 사람은 처음에는 같은 출발선상에 있었지만, 뒤에는 달라졌다. 재미있는 것은 이 안과 밖에서 비슷하기도 하고 다르기도 하지만, 사실 그들은 몇 곳에서 비슷한 작업을 했는데, 만약 역사적 시각에서 본다면 신문화를 구성하는 합력合力은 어느 하나가 결핍되면 모두 안 되는 것이다.

일본 문학에 대한 태도에서 볼 때, 저우씨 형제는 많은 부분에서 일치한다. 1923년 6월 그들이 공역한『현대일본소설집』은 상하이 상우인수관商務印書館에서 출판했다. 책에는 나쓰메 소세키夏目漱石, 모리 오가이森鷗外, 무샤노코지 사네아쓰武者小路實篤, 아리시마 다케오有島武郎, 기쿠치 간菊池寬, 아쿠타가와 류노스케芥川龍之介, 사토 하루오佐藤春夫 등의 작품이 수록되었다. 저우씨 형제는 이런 작가들의 작품을 좋아했다. 나쓰메의 기지와 여유, 아리시마 다케오의 자비와 연민, 아쿠타가와의 유머와 애절은 중국의 소설가들한테서는 볼 수 없는 것이었다. 그들은 이런 작품들을 신속하게 소개해야겠다고 생각했는데, 적어도 중국인들이 이를 통해 약간 계시를 받게 되기를 바랐다. 소설은 이렇게 쓰는 거구나 하면서 말이다! 이후 그들은 부단히 섬나라의 예술에 주목했고, 때때로 이것을 자신의 사상 속으로 전환시켰다. 그러나 두 사람은 이때 약간의 차이를 드러내었는데, 루쉰은 일본 작가의 표현수법을 흡수하고 자신의 창작이 문학속의 사실寫實 정신과 개성 정신에 호응하도록 활용했다. 반면 저우쮀런은 학술적 측면에서 독특한 예술사상의 중국에 대한 의의를 천명했다. 후자는 상아탑속의 침잠된 사고이고, 전자는 외부세계속의 노력이다. 두 사람의 관심 대목은 각각 달랐다.

1918년 저우쮀런은『베이징대학일간北京大學日刊』에 「일본의 근래 30년 소설의 발달」를 발표하여 이 나라의 문학에 대한 독특한 서술을 했는데, 자료와 관점이 대단히 정교했다. 저우쮀런은 자연주의와 사실파의 소설을 이야기했는데, 납득할만한 대목이 많다. 한 번만 보아도 문학의 내적 함의를 깊이 느낄 수 있는 사람은 문장에도 범상치 않은 기운이 나타남을 알 수 있다. 나는 이 논문을 보고 저자의 안목에 깊이 감복했는데, 그는 인성과 새로운 심미 각도에서 일본문학의 새로운 풍경을 보았고, 일본작가와 같은 높이에 서서 조금도 배척하는 마음이 없었다고 할 수 있다. 소설의 특질을 묘사할 때 또 역사가의 기개가 있는 것이 일본의 비평가를 방불케 한다. 그러나 저우쭤런은 일본으로 일본을 말한 것이 아니니, 그 목적은 중국문학의 미발달을 비평하기 위한 것으로 이로서 세상 사람들의 주목을 끌었다. 문장의 마지막에 다음과 같은 구절이 있다.

최근 중국의 신소설의 발달을 일본과 비교해보면 몇 가지 차이를 볼 수 있는데, 연구의 가치가 많다. 중국에서 이전에 소설을 쓰는 것은 본래 "천박한 일"이어서 줄곧 중시하는 이가 없었다. 경자(庚子)─19세기의 마지막 1년─이후『청의(淸議)』,『신민(新民)』등이 각각 나오고, 량런궁(梁任公)이「소설과 군치(群治)의 관계」를 발표하고 이어서『신소설』을 간행했는데, 이것은 하나의 개혁운동으로 마치 메이지초년의 상황과 비슷했다. 즉『가인지기우(佳人之奇遇)』,『경국미담(經國美談)』과 같은 여러 책이 그때 번역되어『청의보(淸議報)』에 게재되었다. 『신소설』에서 량런궁은 직접『신중국미래기(新中國未來記)』를 지었는데 역시 정치소설이었다.

(…중략…)

중국이 신소설을 한 지도 20년, 생각해보니 성적이 좋지 않은 것은 무슨 까닭인가? 내가 보기에는 단지 중국인이 모방하려고 하지 않고 모방할 수도 없기 때문이다. 이런 연고로 구소설은 몇 종이 나오는데, 신문학 소설은 단 한 권도 없다. 창작에 대해서는 잠시 접어두자, 번역 또한 이와 같다. ……우리가 이 병폐를 구하려고 한다면 반드시 역사적 인습을 탈피하고 진심으로 먼저 다른 사람을 모방해야 한다. 그런 뒤에야 스스로 모방에서 독창적인 문학으로 변신할 수 있으니, 일본이 바로 모범이다.[1]

이 논문을 썼을 때 루쉰과 저우쭤런은 함께 생활하고 있었고 그들의 관점도 서로 비슷했다. 기이한 것은 루쉰은 이런 논술을 발표하지 않고, 이름이 세상이 알려지지 않은 채로 모방과 창조에 종사하였는데 그때 「광인일기」가 출현한 것이다. 소설은 명확히 고골리와 안드레예프의 몇몇 작품을 모방하였다. 전체적으로 전혀 유치하지 않은데, 옌자옌嚴家炎 선생은 이와 관련해 현대중국소설이 루쉰에게서 시작되었고, 또 그로부터 성숙했다고 지적한 바 있다. 저우쭤런이 바랬던 소설은 그 형의 노작勞作속에서 등장했다고 할 수 있다.

이론상 자각적 사고는 하나의 경계境界인데, 사고 후 그것을 서가에 놓아두는 것이 아니라 그것을 세상을 바꾸는 동력으로 변화시키고, 그것을 이전에 맹점이었던 지대에서 물화物化시키는 것이 더욱 높은 경계다. 루쉰은 후자에 속하는데, 그는 멀리 앞으로 달려가 우리와 같은 속인들을 몸 뒤에 떼어 놓았고, 동시대의 사람들과 후대의 사람들 가운데 그와 같은 노작을 저술한 이는 몇 명 없었다.

---

1   『周作人文類編』第7卷, 長沙, 湖南文藝出版社, 1998, 248쪽.

2.

　기야마 히데오木山英雄 선생은 1950년대 하부토 시게히사羽太重久를 방문하고 나서 저우씨 형제의 상황을 이해하게 되었다. 하부토는 저우쮀런 부인의 남동생으로, 그는 루쉰이 사람을 만날 때 아주 열정적이고 이야기하기 좋아하여 사람들에게 친절하다는 느낌을 준다고 말했다. 저우쮀런은 이야기하는 것을 그다지 좋아하지 않았고, 모르는 사람과 교류하는 것을 좋아하지 않았다. 이것은 또한 나의 과거의 추측을 실증하는데, 곧 루쉰은 재미있고 유머가 있으며 성정性情이 있는 반면, 저우쮀런은 속세와 함께 어울리는 기지機智가 부족하고 그래서 단지 서재로 물러나 있었다는 것이다. 그들의 외부세계에 대한 반영反映으로 본다면, 루쉰은 적절히 공간을 넓히는 실제적인 일을 하고 바라는 바를 실제에 실현시킨 반면에, 저우쮀런은 기껏해야 이론이나 사상을 공부하는 사색자로서 날씨를 묘사하고 일화를 이야기하였으니, 논밭의 노동자와는 관계가 없다고 할 것이다. 나는 두 사람의 특징을 한 사람은 동태적이고, 다른 한 사람은 정태적이라고 생각한다. 이후의 문학은 두 사람의 다른 길을 따라 갈라졌다.

　주지하듯이 루쉰과 저우쮀런은 민속학의 창시자이다. 민속학이란 학문의 수립과 두 사람의 관계는 아주 밀접하다. 저우쮀런은 이론적인 건설자로서 일생 프레이저Frazer, 앤드류 랭Andrew Lang, 엘리스Havelock Ellis의 이론을 열심히 소개했고, 민간의 토양에 문화의 본원이 있다고 생각했다. 중국의 정통문화는 관官의 문화이고 권력자 의지의 체현에 불과하며, 흡수할 만한 것은 그중 몇 가지에 그치고, 어떤 때는 전체가 쓸데없는 말과 같았다. 그런데 우리는 시골 마을에 가서 그러한 구두 전설, 가요, 희곡이 많은 미묘한 정서를 담고 있음을 알 수 있고, 저우 쭤런은 풍속과 전설 속에서 진귀함으로 가득한 사상을 발견했는데, 이것은 바로 구식문인이 주목하지 못한 내용이다. 그가 풍토, 신화를 논할 때의 흥취는 마치 자신의 집안을 찾는 것 같은데, 그 속에 담겨진 것이 바로 집체 무의식의 그것이기 때문이다. 문화를 연구하는 것은 이러한 것을 돌아보는 일이다. 나는 오랫동안 마음 기울여 해온 그의 인내심에 마음이 갔다. 그의 영향 하에 일군의 민속학 학자가 출현했으며, 그래서 그 공은 일반문인에게 뒤지지 않는다고 생각한다. 그러나 다른 점은 루쉰이 문제의 중요성을 깊게 인식한 뒤 창작에 공을 들여 소설과 수상록에 내면 정신 속의 풍경을 드러낸 것이다. 나는 때때로 두 사람의 문장을 대조하고 회심의 미소를 금하지 못하곤 한다. 저우쭤런이 강조한 문화인류학의 은유는 루쉰에게도 출현했다. 그 문장에서 반영한 가요와 관습의 요소는 아주 많은데, 그는 현대소설가 가운데 으뜸가는 민간 풍경의 관찰자다.

일부 사람들의 눈에 여우와 귀신을 이야기하는 것은 이단이 아니면 타락일 뿐이다. 그런데 저우씨 형제는 오히려 유달리 좋아했다. 단지 한 사람은 경전에서 어구나 고사를 인용하고, 한 사람은 이것을 문학의 화면위로 외화시킨 것에 불과하다. 학리상 저우쭤런의 안목은 우리들이 가끔 탄복하지 않을 수 없는데, 그는 서양인의 저술에 대해 잘 이해하고 있었으며 매번 신기한 발견을 하였다. 그는 랭을 통해 신화와 사회인류학에 진입해 민속의 대다수가 고대 야만적 기풍의 유전으로 오늘날 사람들의 몸속에 오랜 습속으로 남아 있음을 발견했다. 사람들은 이러한 역사의 그림자 속에서 생활하고 있다. 자아를 이해하기 위해서는 때때로 옛 것 안으로 들어가 원인을 찾지 않을 수 없다. 루쉰의 시각은 이와 가까운데, 그는 이론의 층면에서 이 문제를 이해한 것이 아니라, 실제 관찰을 통해 결론을 얻고, 형상이 느껴지는 화면은 역사적 투영을 똑똑히 보여주었다. 그는 고향의 귀기鬼氣, 음혼陰魂 속의 주문呪文을 썼는데, 나는 어떤 중국의 민속학자보다 선명하다고 생각한다. 여기에는 많은 의미가 농축되어 있다. 사회와 구시대에 대한 해석은 사람들로 하여금 감탄을 낳게 할 뿐만 아니라 연구자에게 사상의 공간을 남겨주었다. 저우쭤런은 말년에 루쉰 소설에 주해식의 글을 썼는데, 오히려 이 점을 설명한다.

형제 두 사람 중에 한 사람은 이성의 자각자이고, 다른 한 사람은 실천의 자각자라고 말해도 좋을 성 싶다. 그리고 실천은 그때 더욱 힘들고 쉽지 않았다. 나는 루쉰이 문제를 사고하는데 있어 저우쭤런보다 복잡했다고 느낀다. 예를 들어 보자, 소설을 쓸 때 뒤의 마오둔茅盾처럼 하나의 이론에 기대어 구상하고 장면을 그려내지 않았다. 그는 한편으로는 자신을 안에서 태우고 내심의 고통을 토해 내었다. 동시에 또 탁월한 눈을 통해 많은 중생의 고통스러운 운명을 조각했다. 그가 민속방면에서 표현한 의상意象은 그 풍부함이 저우쭤런을 훌쩍 뛰어넘는다. 가오위안둥高遠東은 「축복」을 묘사할 때, 그것은 유가, 도가, 불가가 사람을 잡아먹는 우언이라고 썼다. 루쉰이 가공한 루전魯鎭이란 곳은 중국 역사와 문명의 축도다. 한 감성적인 화면 속에 드러난 정보는 종종 추상적인 이론보다 더 넓고 깊다. 나는 가끔 루쉰의 소설을 읽고 난 뒤, 저우쭤런이 소품문에서 힘들게 기대했던 것이 결국 루쉰에게서 보게 되었다는 감개를 느끼고 한다. 사상의 넓이에서 본다면, 루쉰은 주변 사람들을 뛰어넘는데, 그는 시골 마을 풍속의 토양 안에 깊이 뿌리를 내리고, 전통중의 암흑과 부정적인 것을 모두 드러냈기 때문이다. 루쉰의 작품은 심원한 가치가 있다고 사람들이 말하는 것은 사실 민간의 본연을 표현하고, 그 작품 속의 시골 마을 사람과 약자의 세계가 진실하며 사대부의 손을 거치지 않은 세계이기 때문이다. 때때로 저우씨 형제의 작품을 읽고, 루쉰 문장의 많은 부분이 동생에 의해 소품문으로 주석이 이루어졌다고 느끼곤 한다.

「여조女吊」와 같은 류의 문장을 읽게 되면, 그 시골 마을 사람이자 귀신, 귀신이자 사람의 숨결이 정말 사람들의 혼백을 놀라게 한다. 비주류의 문화 속에 사실 민중의 살아 있는 피와 살이 섞여 있는 그 무엇이 있다. 고아한 문인 학사의 노래가 언제 이러한 세계에 관심을 쏟았을까? 중국의 역대 문인은 세속의 비주류 문화에 그다지 주목하지 않았으며, 수준 낮고 무료하다고 생각했다. 하지만 루쉰은 오히려 여기서 큰 슬픔과 기쁨을 발견했고, 거기서 문화 속에 생동하는 전승되어 온 그 무엇을 찾았다. 그러나 그러한 추구는 직접 발을 담그고 진행한 것인데, 몸에는 혈기가 있었고 진흙 냄새를 수반했다. 저우쭤런과 같은 높은 곳에서의 걱정 없는 한가로움이 아니었다. 저우쭤런은 사상, 심미와 자신의 즐거움을 결합시켰다. 곧 선비의 자유와 지혜다. 루쉰은 자신의 자유와 지혜를 갖고 있었지만, 다다미에 누워 유유자적하지 않았다. 그는 들판의 늑대처럼 어두운 밤 속의 놀람과 두려움을 울부짖음 소리로 표출했고, 또 민족의 슬픔을 노래했다. 방법이 없으면 그는 내면 깊은 곳에서 암흑 속의 존재와 함께 있고자 했다.

3.

역사책을 성실하게 뒤적거려 보면 가끔 얼마간 기발한 발상이 생길 수 있는데, 문장 속의 것은 결코 모두 믿을 수 없다는 것이다. 예를 들어, 한 사람의 사상을 이해하려면 간혹 책속에서 나와 그의 생활방식이 어떠했는지, 그가 어떻게 자신의 직업을 선택했는지를 볼 필요가 있다. 직업을 선택하는 것과 하나의 생활이념에 집중해보면 대체로 약간의 문제를 이해할 수 있고, 성격 속의 것도 아마 약간 찾을 수 있다. 저우씨 형제의 차이는 간혹 일상생활 속에서 드러난다. 루쉰은 일생 줄곧 도피하는 길 위에 있었는데, 사오싱紹興에서 난징, 일본으로 건너간 뒤 또 의학 전공에서 문학으로 도피했다. 귀국한 뒤 또 부단히 달아나 베이징에서 샤먼厦門으로 샤먼에서 다시 광둥으로 마지막에 상하이로 갔다. 살았던 지역은 여러 곳이지만 줄곧 변천의 상태에 있었다. 루쉰이 우리에게 주는 인상은 늘 주변의 세계와 대립하고, 마지막에는 자신의 활동무대를 벗어나 사방의 세계와 격투할 수밖에 없었다는 점이다. 저우쭤런의 생활 선택은 아무 변화가 없었는데, 불변不變으로 만변萬變에 대응했다고 할 수 있다. 연막煙幕 뒤에서 이 세계와 대화하는 것은 결코 외부의 힘이 자신을 다치게 하지 못하게 한다. 결과는 부단히 방식을 바꾸고 세상을 교란시키는 것이며, 고초를 참아내고 그럭저럭 스스로 난세를 즐기는 것이다. 우리가 두 사람의 인생을 이런 각도에서 토론하면 보다 깊은 풍경으로 들어갈 수 있다.

1919년 말에 루쉰 형제가 바다오완八道彎으로 이사를 한 뒤, 저우쭤런은 감옥 생활 몇 년을 제외하고 줄곧 여기서 살았는데, 그는 자신의 서재를 벗어나지 않았다. 그러나 루쉰은 6, 7차례 더 주거지를 바꾸었다. 루쉰의 행적에 대해 저우쭤런은 본분을 잊고 청년 귀신들과 뒤섞여 문화의 소용돌이 속으로 뛰어가 유행을 따랐다고 생각했다. 저우쭤런은 형을 조롱함에 악의적인 점이 있었고, 또 이해할 수 없는 맹목성이 있었다. 그는 루쉰의 그 당시 최대의 희망이 신생新生의 무리와 신문화 대오를 만드는 것임을 알지 못했다. 저우쭤런이 자신의 서재에서 부단히 정신의 등불을 찾고 있었다면, 루쉰은 오히려 민간에서 생명의 육신을 찾아 스스로 굽고 있었다. 일찍이 샤먼에 갔을 때 그는 남쪽 지역에서 창조사 사람들과 연합하여 새로운 전선을 만들고 좀 재미있는 일을 하고 싶었다. 하지만 뒤에 그것은 환영幻影에 불과함을 알았다. 그가 처음 남쪽으로 도피했을 때의 의도는 생활방식을 바꿔 보려는 것이었는데, 오래지 않아 이전의 생각이 낙관이었음을 깨달았다. 직업을 선택하는 것은 그에게 고통이었다. 교원이 되든 자유로운 기고가가 되든, 전자는 문학적 상상을 억압하여 점차 매너리즘에 빠지게 한다면, 후자는 하나의 도전으로 어떤 보호막이 없는 채로 스스로를 떠돌게 한다. 루쉰의 문제는 주변의 세계와 서로 조화하지 못한다는 것이었는데, 그는 아주 빨리 사방의 모든 것이 그와 대립하고 있음을 발견했다. 샤먼에서 그가 구제강顧頡剛과 충돌한 것은 사실 일반인들 사이에서라면 이 정도로 일어날 수 있는 일은 아니다. 루쉰의 눈에 구제강은 현대평론파의 졸개에 불과했는데, 그 눈에는 단지 후스胡適류의 유명인만 들어 있었으니, 어부지리 같은 방식으로 명성을 탐하는 옹색한 문인에 지나지 않았다. 루쉰이 싫어한 학자와 교수는 대부분 저우쭤런의 친구였다. 예를 들어 구제강에 대해서도 저우쭤런은 정중하게 대하며 자신이 편집한『어사語絲』에 그의 많은 문장을 실었다. 구제강은 첸쉬안퉁錢玄同의 학생이고 첸쉬안퉁은 저우쭤런의 친구로서 둘의 관계에 대해서는 말할 필요가 없다. 나는 늘 루쉰이 이런 사대부 기질을 지닌 문인을 싫어했는데, 이런 사람들은 단지 땅에 엎드릴 줄만 알아서 그저 지리멸렬한 사물만을 볼 수 있고, 시야가 좁아서 스스로 옳다고 생각한다고 보았다. 그는 이러한 사람들의 몸에서 나오는 냄새는 낡고 오래된 기운인데, 어디에 무슨 동탕하는 기운이 있겠는가고 생각하였다. 그들과 멀어지는 것이 최후의 선택일 따름이다.

말년의 루쉰한테는 수많은 새로운 청년들이 모여들었는데, 문학을 하고 미술을 하는 이들도 조금씩 있었다. 편지와 일기를 조사해보면 매년 새로운 친구와 오래된 친구가 서로 모여들었는데, 새로운 지식인의 수가 점차 많아졌다. 그러나 바다오완의 저우쭤런 주변의 사람들은 변화가 없어 영원히 이와 같은 류의 학자거나 혹은 기질이 서로 가까운 몇 명의 제자들뿐이었다. 두 사람 주변의 문인들을 비교해보면 몇 가지 재미있는 현상을 발견할 수 있는데, 루쉰에게는 야성적, 도전적인 사람이 많아서 샤오쥔蕭軍, 샤오훙蕭紅, 취추바이瞿秋白, 후펑胡風, 펑쉐펑馮雪峰 등의 친구가 있었다. 한편 저우쭤런에게는 필연적으로 페이밍廢名, 위핑보兪平伯과 같은 학생이 많았는데, 만약 페이밍이 매일 루쉰한테 나타난다면 우리들은 뭔가 잘못되었다고 느낄 것이다. 루쉰 주변 사람들 대다수는 성품이 진실되고 본성을 질서를 흩트리는 것을 좋아했다. 마치 위를 향해 가는 태양처럼 뿜어내는 것은 뜨거운 기염이었다. 바다오완의 해질 무렵 거실에는 하늘하늘한 차 연기로 맑고 진한 시적인 맛이 난다. 루쉰의 무리는 가시덤불 속에서 이리 갔다 저리 갔다 생존의 길을 모색하고 있었다. 저우쭤런의 쿠위자이^{苦雨齋}의 학인들은 마치 일군의 관객처럼 냉랭하게 세상을 향해 몇 마디의 주문^{呪文}을 던졌다. 전자를 선택하면 커다란 고초를 받아 온몸에 혈흔이 튀었다. 좌익청년 대다수가 그러했다. 사회를 개조하는 것은 많은 문제와 부딪히지 않을 수 없다. 후자를 선택하면 종종 칼과의 접촉을 피하고 모두 사상문화 영역에 머물러 있게 되니 결국 투사의 길이 아니다. 샤먼에 있을 때 루쉰이 친구에게 보낸 편지에서 주위에는 좋은 지식인이 거의 없으며, 잘하는 것은 대체로 싸움질이라고 했다. 이 감상은 한 가지 문제를 보여주는데, 루쉰의 눈에 그 당시의 중국에서 중요한 것은 말이 아니라 실천이며, 사회의 격류 속에서 책 속에 없는 사물을 발견할 수 있으며, 그리고 사회의 개조는 바로 이러한 인물을 필요로 한다는 것이었다. 아마 루쉰의 이 생각을 쿠위자이의 주인은 동의하지 못할 것이며, 자신과는 거리가 멀다고 여길 것이다. 문제의 관건은 서재생활을 선택하면 나아가거나 물러나거나 할 수 있고, 적어도 입고 먹는 걱정은 없다는 점이다. 그러나 자신을 쫓아내고 사회의 비바람 속으로 내치면 격투만 있을 뿐 퇴로는 없다. 누가 감히 이렇게 하겠는가? 루쉰의 대단함은 바로 여기에 있다고 생각한다.

그리하여 루쉰과 그의 동생의 차이를 논할 때, 이 안과 밖의 결과를 보지 않을 수 없다. 상아탑을 나서는 것은 상아탑에서 있는 것과는 다른 생명의 질감을 갖는다, 분명히 중국은 많은 서재 속의 사람을 필요로 했고, 그래서 지식 군체^{群體}에 대한 사고는 그만큼 중요하다. 하지만 한편으로는 사고하고 다른 한편으로는 실천하는 것은 대단히 쉽지 않은 선택이다. 지금 루쉰을 비웃는 사람은 상아탑에 안주하는 선비들로서, 그들은 차라리 쿠위자이 안의 저우쮀런을 좋아하고 또 고난스런 세상을 교란시키는 루쉰을 보고 싶지 않으며, 본분을 망각한 조급한 행동이라고 생각했다. 그러나 루쉰을 좋아하는 사람들은 모두 그 안일한 세계에 있지 않고, 그러한 사람들 대다수는 고난을 경험한 좌절자이며 세상을 걱정하는 회의자懷疑者와 투사다. 이런 사람들이 바깥의 세계에서 몸부림치고 있지만, 집 처마 아래의 고상한 선비들은 비바람 속의 사람들을 깊이 이해할 수 없다.

4.

예로부디 좋은 문장은 읽고 니면 살이있는 감각을 갖고, 우리와 부단히 교류하고 있는 듯하다. 그것은 살아 있는 글이고, 죽은 교조가 아니다. 읽는 것은 언제나 들어오는 감각이고 끝나지 않는 마침표이다. 루쉰의 문장이 사람들에게 주는 것은 늘 시작하는 인상이니 줄곧 진행 속의 상태에 있다고 할 수 있다. 그것은 줄곧 열어젖히는 과정이고, 시간의 변동에 따라 녹스는 것이 아니다. 우리들은 그의 책에서 저우쮀런과 후스가 마치 어디엔가 머물러 있는 것처럼 말년까지 계속 자신을 반복하는 것과는 다른 모습을 본다. 루쉰의 문장은 반복적이지 않으며 매번 새로운 발견이 있다. 그 사상은 부단히 생소한 영역과 충돌한다. 그는 인지의 극한을 향해 도전하고 실행한 것은 모두 전인미답의 일이다. 예를 들어, 말년에 서양의 판화를 보급한 것은 시간이 있을 때마다 힘을 다해 행한 새로운 수확이다. 저우쮀런은 일찍이 이 세상에 무슨 새로운 일은 없으며 일체가 중복일 뿐이라고 말했다. 루쉰도 어떤 때는 그렇게 생각했었으나, 뒤에 이러한 비관에 안주하지 않고 급히 바깥 세계로 나가 무언가를 찾았다. 다른 사람들이 하지 않는 일을 하고 생명의 방향을 다원화했다.

이는 나로 하여금 그의 번역의 역사가 생각나게 했다. 저우쭤런과 달리 그가 번역한 것은 독서인의 눈에 모두 경전에 해당하는 대저작이 아니며 작고 야성적인 작품이다. 저우쭤런의 모든 번역은 모두 과거의 정품精品으로 곧 당대의 작품은 없다. 그가 번역한『희랍 마임希臘擬曲』, 『이솝우화』,『덧없는 세상의 목욕탕浮世澡堂』,『루키아노스대화집』은 모두 역사를 통해 검증을 받은 경전에 값하는 것들이다. 그러나 루쉰이 번역한 대다수는 지식계가 그다지 보기를 원하지 않는 작품이다.『작은 요하네스』,『어린 피티』,『표』,『사상·산수·인물』,『근대미술사조』등은 모두 다소 논쟁이 있거나 혹은 독서인이 일고할 가치도 없는 것들이다. 루쉰이 경전의 오묘한 면을 모르지는 않았지만, 그것은 모두 옛사람들의 것이고 우리들과는 다소 거리가 있다고 보는 것이다. 그는 문인들이 과거와 미래에 관해서는 한 무더기의 미담을 얘기하지만, 다만 현재에 대해서는 아무런 대안도 제시하지 못한다고 말한 적이 있다. 많은 사람들이 사실 마땅히 가야 할 길을 모르기 때문이다. 그래서 작품을 선택할 때 당시 사람들에게 의미가 있는 현재성이 강한 문장에 주목했다. 그것은 지식에 도움이 될 뿐만 아니라, 중요한 점은 몸부림치는 자에게 생존을 위한 참조를 제공할 수 있다는 점이었다. 저우쭤런이 가치가 없다고 여긴 실용적인 번역은 루쉰의 눈에는 적지 않은 가치가 있었다.

정신의 높은 곳을 향하는 도중에 방향은 때로 반대가 되기도 한다. 문제는 선택을 할 때 누가 험준한 요충지로 달려가는가 하는 것이다. 루쉰이 좋아한 화가 그로스, 케테 콜비츠, 파보르스키 등 몇 명의 화가는 모두 정신의 탐험가다. 이런 사람들에게 주목할 때 우선 그들의 비범한 예술언어가 발산하는 긴장감을 느끼게 된다. 그로스는 일찍이 독일의 다다주의자이며 전통에 대해서는 부정적이었다. 케테 콜비츠는 뒤에 '좌파'의 투사가 되었으니, 당연히 상아탑으로 피해 있는 선비가 아니었다. 그들의 예술에서 드러난 것은 현실적인 관심이고 추악한 인간 세상에 대한 항의이며 생명 그 뜨거운 피의 흩뿌림이다. 그로스는 사회에 대한 관심이 많아서 그린 작품은 모두 반조류反潮流적이고, 그러한 아이러니의 만화는 광풍과 같은 충격을 주었다. 루쉰이 그 작품을 보았을 때 대단한 흥취를 드러냈는데, 그것이 바로 자신과 중국화가에게 가장 필요한 예술임을 알았던 것이다. 참담한 인생에 직면했을 때 걱정하지 않았다. 모든 학문이 만약 살아있는 사람과 접촉하지 않는다면 죽은 것이다.

루쉰은 말년에 대단히 활발하게 예술적 사유와 심미적 취향을 현실화하고 있었다. 하지만 이 현실화의 표현은 이데올로기의 수사가 아니라 완전히 생명의 자각이었다. 그의 활약은 연령의 한계를 초월하였으니, 내심은 청춘이어서 부단히 낯선 것을 찾았다. 게다가 문장은 타오르고 있었으니 결코 사그라드는 흔적이 없었다. 죽기 전의 문장이라고 하더라도 여전히 광채를 발하여 마치 배후에 끝없는 큰 바다가 있는 듯했다. 하지만 우리들이 저우쭤런의 단문을 읽으면 아주 정치精緻하지만, 느낄 수 있는 것은 무기력, 그리고 어찌해 볼 도리가 없는 탄식이다. 그것은 역사의 만가輓歌로 달려가게 되는데, 그는 늙기도 전에 역사 속의 인물처럼 변했다. 그러나 우리는 루쉰한테서 어떻게 은거하는 고요를 느낄 수 있겠는가? 그와 좌익청년들과 교류, 화가들과의 각종 활동은 사실 모두 개척적이다. 재미있는 것은 문학 작품을 번역할 때 그는 고의로 경역硬譯의 방식을 사용하여 정신을 전달했고, 중국인의 서사 관습과 사유 습관을 바꾸려고 노력했다. 량스추梁實秋는 그것을 죽음의 길이라고 풍자했는데, 그 이유는 전통의 독서습관을 파괴했기 때문이다. 저우쭤런은 이에 대해 침묵하고 의견을 내지 않았다. 그러나 그 형의 모험에 대해 생각이 없지 않아서, 고의로 다른 사람들을 곤란하게 하는 것에 불과하다고 인식했다. 상냥하고 무기력한 그와 상하이의 형의 사유는 동일한 수평선상에 있지 않았다.

저우쭤런이 베이핑에서 그의 희랍의 꿈과 엘리스 학설을 반복할 때, 루쉰은 눈을 소련, 독일, 일본의 청년 좌익예술로 돌렸다. 그는 심지어 일본 고바야시 다키지小林多喜二 현상에 깊이 주목하고 응원하는 문장을 썼다. 루쉰은 마르크스주의 진영에 접근하면서, 한편으로는 인상파, 다다주의, 모더니즘에 대해서도 연구를 진행했다. 트로츠키를 중시했을 뿐만 아니라, 또 이사크 바벨isaac babel에 주목하여 비어즐리를 소개하는 동시에 바자렐리를 추천했다. 이런 새로운 자극은 그의 세계의 다양한 모습을 구성하였으니, 물이 높은 산에서 내려가는 소리, 큰 사막의 모래 소리, 산골짜기의 돌개바람의 힘이 모두 이 세계 안에 모였다. 루쉰은 미술, 문학, 철학, 사회학 등의 경관景觀에서 살아있는 인간세상의 기상을 이끌어내었다. 이 기상에서 가닥가닥 이어진 정신의 사슬이 끊어지면 사람들은 자신의 격류 속으로 진입한다. 사상의 하늘이

활짝 열리고, 심층의 욕망이 비등한다. 그는 사람들을 자폐의 곤경에서 황야와 대지로 내몰았다. 그한테서 우리는 루소가 말한 자유를 본다. 정신이 일단 노예에서 벗어나면 새로운 태양이 솟아오른다.

5.

저우쭤런은 말년에 루쉰과 좌익작가들을 비꼬았는데, 기본적인 관점은 너무 유행을 따른다는 것이었다. 유행을 쫓는 것의 폐단은 예술을 설교의 도구로 떨어뜨린다는 것이며, 인간의 개성과 거리가 멀다는 것이다. 이런 비평은 사실 약간의 문제가 있는데, 나는 그가 루쉰의 문장을 세심히 읽지 않았다고 의심한다. 루쉰과 좌익작가의 특징 중 하나는 반항적이고 현실을 걱정한다는 점이다. 사람이 사상을 표현할 때 선교宣敎적인 흔적이 남지 않을 수 없다. 문제는 이 선교가 억압자에 대한 것이지 대중에게 강제할 의사는 없다는 점이다. 그리고 루쉰과 일반 문인이 다른 점은, 그는 여전히 니체식의 격정을 갖고 있고 그것을 선교사의 행렬에 집어넣고자 했는데 그것이 다소 단순화되었던 것이다.

'5·4' 이후의 학인들은 매번 큰 광장에서 대중들을 만나면 고담준론을 펼치기 좋아했다. 강연의 대다수는 잘 팔리고 유행하는 화제다. 저우쭤런은, 사실 루쉰과 자신은 둘 다 무기력한 사람이라 그렇게 거대한 주의를 주장하지 못하고, 말하는 것은 모두 작은 문제와 사건에 속하거나 혹은 상식적인 일이라는 것을 모르지 않았다. 그 자신은 강연에 능하지 않고 또 대중 앞에 얼굴을 드러내는데 두려움이 있었다. 그러나 일생 머리를 극적이며 몇 차례 강연을 했고, 시사평론 문장도 몇 편 억지로 쓰게 되었다. 그는 뒤에 설교하기를 좋아하지 않는 자신이 일생 남긴 문장에 다소 설교적 성분이 있으며 세속적인 격식에 떨어졌음을 알았다. 좌익작가와 다르지만 사유방식은 오히려 겹친다.

여기서 우리들은 그의 내심의 충돌을 느낄 수 있다. 현실을 택하든 서재식의 방식이든 중국인은 일단 발언을 하면 가치판단의 속된 길을 피하기 어렵다. 페이밍, 위핑보를 포함한 이런 사람들은 거의 은사이지만, 밑바탕에는 오히려 인간 마음을 지닌 사람들로서 바깥의 고투苦鬪와 내면의 침잠된 사유는 때때로 하나의 논리 위에 있다.

또 하나의 근거는 저우쮜런이 루쉰을 비평한 것인데, 그것은 곧 군자는 무리를 짓지만 당을 만들지 않는다는 것이다. 루쉰은 뒤에 좌파 진영에 가서 소위 '자유대동맹회'에 가담했는데, 저우쮜런이 보기에는 하나의 문제로서 자유주의와 개성주의 전통을 위반한 것이었다. 이것에 대한 페이밍의 저우쮜런에 대한 독해는 약간의 상황을 분명하게 해주었다. 쿠위자이의 학자들은 주의를 표방하지 않고 파벌을 짓지 않는데, 페이밍은 저우쮜런이 무슨 파벌에 속하지는 않지만, 특수한 한 부류에 불과하다고 말했다. 그의 「파벌에 관해」는 저우쮜런 주위 인물들의 신조와 같은데, 저우쮜런의 문단에서의 특수한 지위를 설명하고 있다.

린위탕 선생은 『인간세(人間世)』 22기 「소품문(小品文)의 유업(遺業)」에서 즈탕(知堂) 선생(곧 저우쮜런)은 오늘날의 공안파(公安派)라고 했는데, 개인적인 견해는 삼가 린선생과 다르다. 내 생각에는 즈탕선생은 사장(辭章) 일파가 아니며, 다른 곳에서 찾아야 한다. 이 때문에 나는 도연명(陶淵明)을 생각했다. 도연명은 시로 후대에 전해졌는데 도연명의 시는 사실 위진남북조(魏晉南北朝)의 시와 함께 놓을 수 없으며, 그는 본래 고립되어 있었다. 즈탕선생의 산문이 지금 세상에 알려졌고, 그 '파벌' 또한 고립이라고 말할 수밖에 없는데 도연명의 시와 비슷한 정황이다.[2]

저우쭤런을 "고립된 인간"이라고 한 것은 쿠위자이 주인의 본색을 꿰뚫어 본 것이다. 저우쭤런은 문풍文風이 동시대인과 크게 다를 뿐만 아니라, 인생태도나 심미개성으로 보아도 별도의 유파에 속하지 않는다. 루쉰과 다른 점은, 그는 자신의 이러한 선택에 대해 아무런 후회도 없고, 한 번 그렇게 나아가 쭉 그렇게 했던 것이다. 루쉰은 자신에 대해 회의했으며 내심의 어두운 느낌이 옳다고 생각하지 않았으며, 그러한 귀기鬼氣 및 암흑의 존재와 간절히 결별하고 싶었다. 그래서 그는 말년에 청년들과 만나고 때로는 그들의 열정을 흡수했는데, 그가 보기에 많은 청년들과 함께 하나의 전선을 만들면 새로운 길을 개척할 수 있기 때문이었다. 저우쭤런은 이러한 면에서의 사고가 소극적이어서 점점 시대와 거리를 두게 되었다. 루쉰의 친구 차오쥐런曹聚仁은 자신을 역사의 관객이라고 말했는데, 그렇다면 저우쭤런 쪽으로 옮겨가는 것이 적합할 것이다. 좌익인사들이 실천을 말보다 더 중요하게 생

2   『回望周作人·研究述評』, 鄭州 : 河南大學出版社, 2004, 34쪽.

각할 때, 그는 오히려 생각을 중시했다. 후스와 같은 자유주의자가 조급히 미국의 문명을 이용하여 중국을 다시 건설하려고 할 때, 그는 오히려 사람들이 고대 희랍으로 거슬러 올라가기를 바랐다. 학리學理는 인성의 한가운데 위치하고, 지식은 공리 담론과 거리를 두며, 이것이 이상의 경계이다. 저우씨는 어렵게 이것을 준수하려고 했는데. 희망 역시 한 가지 인간 세상의 길이다. 그러나 이것을 해내는 것 역시 아주 어려운 일이다.

인생은 본래 다양한 가능성이 있고, 길을 가는 방법 또한 하나가 아니다. 무리를 지으나 당을 만들지 않고 세상에 자립하는 것도 하나의 선택이며, 광활한 곳으로 가서 무수한 사람들과 뜨거운 태양 아래서 미친 듯이 기뻐하는 것도 하나의 선택이다. 저우씨 형제는 본래 한 배 위에 타고 있었으나 뒤에 각자 다른 길을 걸었다. 안에서나 밖에서의 경험과 교훈은 모두 적지 않을 터이지만, 우리가 종합해내는 것도 사실 간단하지 않다.

광기 있는 지식인들

1.

민국의 사람 및 사건의 많은 부분은 오늘날의 관점에서 보면 모두 불가사의하다. 나는 가끔 그때의 신문과 잡지를 뒤적거리다가 지식인들의 여러 문장에서 마음이 간절히 열망하는 것을 보고, 현재 사람들은 이미 다시는 그때의 광경을 반복할 수 없을 거라는 생각이 들었다. 중국역사상 육조와 당·송 시기의 사대부의 강직한 성격은 역사에 밝은 빛을 많이 남겼는데, 후대의 지식인들에게는 이러한 기상을 볼 수 없다. 오직 민국 초기 전후에 유행이 크게 변화하여, 광적인 지식인들 狂士이 배출되고 유업이 계속 몇 년 동안 이어졌다. 나는 루쉰이 다음과 같은 문장에서 그 당시의 풍상을 적었던 것이 기억난다.

그렇지만 이건 당시의 유행이었으니, 어조가 비분강개하고 높낮이와 멈춤과 바뀜이 있어야 좋은 문장이라 일컬어질 수 있었다. 내가 아직도 기억하고 있거니와, "머리를 풀어헤치고 큰소리로 외치며 책을 안고서 홀로 간다. 훔칠 눈물 없는데 거센 바람이 촛불을 끄누나"는 많은 사람들에게 전해져 암송되던 경구였다.[1]

루쉰과 같은 세대 사람들은 혈기를 숭상했는데, '상무尙武'가 그 당시에 여성에게도 있었다. 추진秋瑾의 이야기는 이 점을 증명한다. 저우쭤런은 회고록에서 사오싱 사람들의 도도함을 얘기했는데, 루쉰의 '자젠성戛劍生'이란 필명은 당시의 상황을 상기시킨다. 그가 말을 타고 난징성南京城을 달려가는 모습을 생각할 수 있을까? 만약 그때의 표정을 볼 수 있다면 역사가들은 어떤 감개가 생길지 모르겠다.

루쉰은 '광인狂人'의 형상으로 경험한 인생을 비유하기를 좋아했다. 그러나 인간이 아무 구속도 받지 않고 자유분방하게 자유자재로 노니는 점을 이야기한다면, 루쉰과 저우쭤런은 이 아름다운 명예를 천두슈에게 양보해야 한다. 천두슈의 광狂은 지금 여러 방면에서 드러나는데, 동시대의 친구들과 달리 사람됨이 신중하고 문장이 자유분방했다. 천두슈의 사람됨이 옛 규칙을 지키지 않고, 문장 역시 오기傲氣가 다른 사람을 능가했다. '5·4' 전후 광적인 증세를 지닌 이가 많았지만, 천두슈처럼 그렇게 호방한 사람은 오히려 많지 않았다. 우리들이 지금 그 역사를 얘기해보면, 천두슈의 특이한 행동에 놀랄 것이다. 중국 독서인의 자유분방한 풍조는 그한테서 극점에 도달했다고 할 수 있다.

---

1   「『집외집』서언」, 『전집』 9권, 29쪽.

몇 년 간 나는 천두슈의 사진, 편지, 관련 사료들을 읽으면서 그 풍채에 압도당했다. 그는 견실한 대장부로서 일생동한 행한 일이 모두 기이했다. 언행거지, 비非유학화는 다소 경전적 도리에서 벗어났다. 그는 다른 사람들이 감히 하지 못하는 일을 그는 종종 과감히 했다. 한 가지 이야기를 통해 대체로 그의 개성을 볼 수 있겠다. 1902년 가을 천두슈가 두 번째로 일본에 갔을 때 유학하고 있던 황싱黃興, 천톈화陳天華, 쩌우룽鄒容 등과 다양한 교류를 했다. 그때 루쉰도 도쿄에 와서 일본어를 배우고 있었다. 그러나 루쉰은 사람들과 교류가 드물어 조용한 관객처럼 어떤 과격한 행동도 하지 않았다. 천두슈와 쩌우룽은 곧 개성을 드러내어 오래지 않아 한바탕 장난을 기획했다. 대략 1903년 봄 육군학생 감독監督 야오위姚료가 나쁜 심보로 사람들을 괴롭히자, 천두슈는 마침내 친구들과 기회를 엿보다 보복을 시작했다. 어느 날 밤 천두슈와 쩌우룽 등은 몰래 야오위의 사는 곳을 습격했다. 그들은 상대를 부둥켜 잡고 나서 천두슈는 칼을 들고 야오위의 변발을 잘랐다. 이 행동은 유학생 사이에 전해져 갈채를 받았다. 하지만 천두슈는 오히려 이로 인해 귀국하지 않을 수 없었는데, 관청의 노여움을 샀기 때문이다. 이 얘기는 뒤에 유학생 사이에서 전설이 되었고, 루쉰도 필시 흥분했을 것이라고 짐작된다. 그 당시의 유학생은 대다수 변발을 하고 있었는데, 변발을 잘린 자는 마을의 여자를 훔친 간악한 남자로 의심받거나, 혹은 '외국과 내통한 이'로서 '매국노漢奸'로 간주되었다. 야오위가 받은 놀림은 사실 이 사람에 대한 징벌이다. 루쉰은 야오위 사건에 대해 분명히 알고 있었을 것이다.

그의 동학 쉬서우칭許壽裳은 당시 유학생 회관에 달려가 이 한바탕의 법석을 보았다. 루쉰과 천두슈는 도쿄에서 만났을 확률이 극히 높다고 추측하지만, 자료로 실증할 수 없어 함부로 예단할 수는 없다. 사실 만났다고 하더라도 무슨 특별한 인상이 있기 어려운데, 그때 그들은 아직 무슨 명성을 갖고 있지 않았기 때문이다.

천두슈는 일본에 갈 때마다 체류 시간이 짧았다. 그래서 루쉰과 직접적인 연계는 없었다. 그러나 1907년 봄 그가 다시 일본에 갔을 때 『민보民報』관에서 저우씨 형제의 몇몇 친구들을 만났다. 당시 저우씨 형제, 첸쉬안퉁錢玄同 등은 장타이옌章太炎한테 학문을 배우고 있었다. 천두슈가 『민보』관에 왔을 때 저우씨 형제는 그 자리에 있지 않았다. 한 전기 작가가 일찍이 저우쭤런이 당시 천두슈를 보았다고 한 것은 실수인 듯하다. 저우쭤런 자신의 설명에 따르면 처음 천두슈를 만난 것은 1917년으로 10년 전이 아닌데, 『즈탕회상록知堂回想錄·베이징대학 감회록北大感舊錄2』에 분명하게 기록되어 있다.

베이징대(北京大) 유명인의 고사를 이야기하려고 하면, 이것은 결코 황지강(黃季剛)을 빼놓을 수가 없는데, 그는 장타이옌 문하의 대제자일 뿐만 아니라 우리의 대사형이다. 그의 국학은 손꼽힐 정도이지만, 그러나 성격이 괴팍하여 그의 학문과는 정비례하여, 몇 가지 일은 얘기해보면 참으로 사람들로 하여금 승복할 수 없게 한다. (…중략…)

이 말은 시간을 거슬러 올라가서 얘기해야 하는데, 대체로 청조 광서(光緖) 말년의 일이다. 술신(戌申)(1908)년 전후 천두슈가 『신청년』을 발행하면서 베이징대에 들어가기 10년 전으로, 장타이옌은 도쿄의 『민보(民報)』사에서 한 명의 손님을 맞게 되는데, 그의 이름은 천중푸(陳

仲甫)라고 했다. 이 사람이 바로 훗날의 두슈인데, 그때는 한학을 하고 예서(隷書)를 쓰는 인물이었다. 이때 첸쉬안퉁과 황지강이 그 자리에 있었는데, 손님이 왔다는 소리를 듣고 벽을 사이에 두고 다른 방으로 들어갔다. 그런데 벽이라는 것이 두 장의 종이를 댄 미닫이문이라 그래서 무슨 말이든 분명하게 들을 수 있었다. 주인과 손님은 청조 한학의 발달에 대해 얘기하면서 단옥재(段玉裁) 등 여러 명을 열거했는데, 주로 안후이(安徽)와 장쑤(江蘇)의 인물이 많이 나왔고, 뒤에 어떻게 바뀌었는지 잘 모르겠지만, 천중푸는 갑자기 후베이(湖北) 이야기를 꺼내고는 왜 거기에는 대학자가 나오지 않는가 하니 주인 또한 그렇다고 하며 사람이 없네라고 부연했다. 이때 황지강이 큰 소리로 대답하기를 "후베이는 분명히 학자가 없지만, 이것이 무시당할 일은 아닙니다. 안후이는 확실히 학사가 많지만, 이 역시 반드시 높이 볼 일은 아닙니다"라고 했다. 주인과 손님이 이 말을 듣고 흥이 깨져서 따분해하다가 바로 헤어졌다. 10년 뒤 황지강은 베이징대학의 교수가 되었는데, 천중푸도 바로 이어서 문과대 학장이 되었다. 뿐만 아니라 『신청년』 잡지도 만들고 신문학운동을 추진하여 일시에 세상을 풍미하게 되었다. 이 두 사람의 기치는 각기 분명하여 충돌이 불가피했다. 당시 베이징대학에서 장타이옌 문학 출신의 백양체(柏梁體) 시를 서로 돌아가며 압운할 수 있는 교내 저명인사들이 그 두 사람에 대해 기억하는 두 구절이 있다. 천중푸의 한 구는 "공자 사당을 헐고 그 제사를 파해야 한다"로 논지가 명확하고, 황지강의 한 구는 "여덟 가지 경전 외에는 다 개똥이다"로 역시 그 정신을 잘 표현해내고 있다.[2]

저우쭤런의 이 글은 후인들에 의해 여러 가지 이야기로 연역되었는데, 어떤 이는 다소 소설적 의미를 붙여서 천두슈와 황지강의 성격의 특징 또한 여기에 덧붙여 보다 생동적으로 만들었다. 사람들은 천두슈의 옛 일을 소설로 써서 모종의 전기성傳奇性을 증명했다. 이것은 신구新舊교체, 우상파괴의 시대에 일본 유학생 속의 여러 가지 미치광이 같은 행동인데, 지금 보아도 재미가 느껴진다. 천두슈는 표리가 일치하는 경골인 반면, 루쉰은 다소 내향적이고 이야기하기를 원하지 않았다. 천두슈의 광표은 밖으로 드러날 때가 많았는데 곧바로 몸으로 실행하였다. 루쉰은 내공을 수련하는 것처럼 그 고고함을 학술 및 번역과 저술에 담고 있었다. 1903년 『소보蘇報』 사건으로 장타이옌, 쩌우룽이 감옥에 갇히게 되자, 천두슈와 루쉰 두 사람도 적지 않은 자극을 받았다. 천두슈와 장스자오章士釗 등은 『국민일일보國民日日報』를 창간하여 『소보』의 작업을 계속했는데, 많은 시대적 적폐를 비판하는 문장을 발표했다. 루쉰은 묵묵히 해외소설을 번역하고 이를 통해 자신을 기탁했다. 쉬서우창은 회고록에서 『소보』 사건 이후 얼마 뒤 루쉰은 한 편의 번역문 「스파르타의 혼」을 보냈다고 적었다. 소설은 외국의 상무尚武 의식을 빌려서 복수의 관념을 호소했는데, 사상의 강렬함을 볼 수 있다. 그때 그는 천두슈와 길이 다름을 보여주었다. 『소보』나 지하활동에 종사하는 것이 아니라, 예술에 대한 사색에 의거해 일종의 숙원을 완성하고자 했다. 여기서 루쉰은 일종의 우언화의 추세를 드러냈고, 서양의 옛 이야기를 빌려서 내심의 희망을 암시하고 새로운 꿈을 조합했다. 그가 일본에서

2   『周作人散文全集』第13卷, 桂林 : 廣西師範大學出版社, 2009, 676~677쪽.

유학할 때 쓴 많은 번역과 논문은 사실 모두 이러한 특징을 드러낸다. 뒤에 그는 줄곧 이 한 가지 세계와의 대화방식을 유지하여, 예술적, 형상적 그리고 우언적인 표현방식으로 자신의 시대와 교류했다. 나는 그의 책을 천두슈의 문장과 대조하면서 한 가지 차이를 느꼈다. 후자는 이미 거의 심미적 매력을 잃어버렸지만, 전자는 여전히 동감動感속에서 변화하고 있으며, 읽은 사람과 읽는 시점의 차이에 따라 새로운 의미가 솟구치고 있다. 천두슈를 이해하는 것은 단지 그의 문장에 의거할 수는 없고, 반드시 그의 신세와 이야기를 이해해야만 그 격앙된 문장에 이끌릴 수 있다. 그러나 루쉰은 완전히 반대로 그의 문장을 대충 읽어보는 것으로 충분하다. 하지만 그 세계의 기이, 심원, 현묘함은 오히려 언어로 표현할 수 없다. 문학가는 곧 문학가이지, 간혹 정치가와 간단히 대비할 수 없을 때가 있다.

2.

하나의 현상은 주의할 만하다. 루쉰이 교류한 인물 몇몇은 천두슈와 관련이 있는데, 개별적으로 관계가 심상치 않다. 예를 들어 쑤만수蘇曼殊, 장타이옌이 그렇다. 또 한 사람 루쉰이 뒤에 통탄한 인물 장스자오는 천두슈의 오랜 친구인데 한 때는 격의 없이 아주 친밀했다. 그러나 이 몇 사람은 루쉰과 문장 관계 및 학술상의 교류가 많았지만, 천두슈와는 달라서 어떤 이는 교제가 아주 긴밀하여 심지어 같이 먹고 같이 살았을 정도였다. 천두슈와 쑤만수, 장스자오의 왕래는 모두 초기이고 구식의 회재불우懷才不遇의 사대부 기질이 농후했다. 그들 간의 시사詩詞 창화唱和 또한 명·청 시대 지식인의 유풍을 갖고 있었다. 예를 들어 쑤만수를 보자. 그의 루쉰, 천두슈와의 교류는 당시 광기 있는 지식인의 기풍을 볼 수 있다. 이 전기傳奇적 색채를 띠는 인물은 매번 후인들에게 흥미롭게 추억되는데, 이루다 말할 수 없는 그의 부드러운 마음씨와 세상 예법에 얽매이지 않고 하고 싶은 대로 하는 모습은 분명히 다시 보기 어렵다.

쑤만수는 1884년 일본에서 태어났고, 아버지는 중국인이며 어머니는 일본인이니 혼혈아라고 할 수 있다. 대략 1907년 루쉰은 그를 알았다. 마쓰다 와타루增田涉는 『루쉰의 인상』에서 다음과 같이 적었다.

루쉰은 그의 친구 가운데 괴상한 인물이 하나 있었는데, 돈이 있으면 술 마시며 다 써버리고, 돈이 없으면 절에서 성실하게 생활하고, 그 사이에 돈이 생기면 또 나와서 돈을 다써버렸다고 했다. 그는 허무주의자라고 하기 보다는 퇴폐파라고 불러야 하겠다. 또 말하기를, 그가 도대체 일본인인지 중국인지 분명하지 않고, 듣자 하니 혼혈아 …… 내가 그에게 일본말을 할 수 있는지 물었더니, 대답하기를 아주 잘 해, 일본인과 거의 비슷해 라고 했다. 실제로 그는 우리들이 도쿄에서 창간하려고 했던 『신생(新生)』 잡지의 동인 가운데 한 사람이었다. 누구냐고 물었더니 곧 쑤만수라고 대답했다.[3]

---

3   『魯迅回憶錄』(全著 下), 北京, 北京出版社, 1999, 1378쪽.

간행하려고 한 『신생』에 대해 루쉰과 그들은 좋은 예상을 했다. 큰 포부를 갖고 있었다. 하지만 자금 문제로 결국 무산되었다. 어떻게 쑤만수를 끌어들였는지, 누구 소개로 이루어진 것인지 전혀 문자로 기록된 것은 없다. 단지 루쉰이 「잡억雜憶」이란 제목의 글에서 둘 사이에 통하는 점 곧 낭만적인 시인을 좋아한다는 것을 얘기한 바 있다. 그 문장의 서두는 다음과 같이 시작된다.

G. Byron의 시를 청년들이 크게 애독하고 있다고 말하는 사람이 있는데, 나는 이 말이 일리가 있다고 나는 생각한다. 나 자신을 두고 보더라도 그의 시를 읽고 어찌나 마음이 설레였던지 아직도 기억하고 있다. (…중략…)

쑤만수 선생도 몇 수를 번역했었는데, 그때 그는 아직 「아젱을 타는 사람에게 부치다」와 같은 시를 짓지 않았으므로 역시 Byron과 인연이 있었다. 다만 번역문이 너무 고체(古體)여서 이해하기 어려웠다. 아마 장타이옌 선생의 윤색을 거쳤던 모양이다.[4]

쑤만수의 한문은 원래 좋지 않았는데, 뒤에 천두슈, 장타이옌, 장스자오 등의 지적을 받고 아주 빨리 발전하였다. 루쉰은 그 당시 연대하기를 위해 대체로 그 사이의 괴상한 기운을 보았을 듯하다. 그 뒤에 쓴 소설과 시는 모두 비창悲愴이 있고 사람을 끄는 힘이 있다. 루쉰보다 먼저 아주 힘있게 소설을 쓴 이는 당연히 쑤만수다. 이 작가의 많은 작품

---

4   『전집』 1권, 327~328쪽.

이 한 시대를 풍미했고, 천두슈는 그것을 위해 서문을 써주었으니 그 당시의 영향력을 알 수 있다. 재미있는 것은 역시 1903년에 루쉰이 위고의 수필 「애진哀塵」 등의 문장을 번역하는데 매진하고 있을 때, 쑤만수는 동시에 위고의 『레 미제라블』를 번역했다는 점이다. 이 번역은 천두슈의 교정과 윤색을 거쳐 『국민일일보』에 발표되었다. 저우쭤런은 회고하기를, 루쉰은 그 번역문을 보고 아주 깊은 인상을 받아서 쑤만수에 대해 호감을 갖게 되었다고 한다. 쑤만수가 1903년 이후 번역한 일부 작품은 대체로 루쉰이 좋아했다. 1907년 그가 루쉰 앞에 나타났을 때 바로 동일한 진영에 흡수된 것은 필연적이었고, 동반자라고 해도 무방하겠다. 그와 루쉰과의 교류는 짧았고, 천두슈와의 그런 오래된 우정과는 거리가 멀었다. 쑤만수는 천두슈와 1902년에 서로 알게 되어 '5·4' 1년 전에 죽을 때까지 그와의 관계는 끊어졌다가 이어졌다가 했다. 『신청년』 창간 뒤 이 간행물에서 그의 소설을 읽을 수 있는 것은 천두슈의 요청으로 인해서이다. 천두슈는 쑤만수의 낭만적인 생활과 솔직한 성격을 아주 좋아했다. 간혹 그 학문을 논하면서 찬탄한 때도 있었다. 이것은 그에게 잘 없는 일이었다.

쑤만수의 퇴폐, 낭만, 호학好學 그리고 시인 기질은 모두 천두슈를 감동시켰다. 뒤에 두 사람은 점점 소원해졌는데 길이 다른 까닭이었다. 하지만 천두슈의 그에 대한 진실한 감정은 잊혀지지 않아서 말년에는 쑤만수의 일생을 회고하며 항상 마음을 쓰곤 했다. 타이징능臺靜農은 천두슈가 이 죽은 친구를 생각함에 표정이 어두웠다고 회고한 적이 있다. 그의 망우에 대한 애착을 볼 수 있다.

돌이켜 보건대 그 시대는 문인들이 센티멘탈과 복수의 의식이 많아서 자연히 낭만적 것이 많았다고 할 수 있다. 쑤만수의 소설『단홍령안기斷鴻零雁記』,『강사기絳紗記』,『분검기焚劍記』 등은 기운이 범상치 않다. 쑤만수의 소설은 감상적인 것을 제외하면 개인주의적 요소가 뚜렷하다. 예를 들어, 암살을 쓰고, 가난하고 약한 사람을 그리는 것 모두 천두슈가 관심을 가진 내용이다. 그는 마치 이 친구의 필치 어간에서 가까운 체험을 느꼈던 듯하다. 문학작품은 종종 문인의 어떤 기탁인데, 쑤만수는 감상이 풍부하고 마음이 한결같았고 그리하여 그 소설은 사람들의 마음을 뜨겁게 했다. 우리들이 그 시대의 풍조, 사회심리를 보는데, 간혹 부득이 문인의 묵적墨迹 안에서 걸음을 멈추게 된다. 시인과 광적인 지식인들이 사람들에게 제공하는 상상과 암시는 사실 너무 너무 많다.

3.

청나라 말엽의 광기 있는 지식인들은 몸에 다소 구식 문인의 협기를 띠고 있었는데, 이런 종류의 신구新舊가 절반씩 지닌 특징은 천두슈, 쑤만수도 마찬가지였다. 협의 속에 괴로움이 있고, 비분이 있는데, 이것은 예부터 그러했다. 천두슈, 쑤만수의 시문을 보면 모두 전통 경전을 인용하여 자신을 논하기를 좋아했는데, 호방한 기풍은 사람의 주목을 끈다. 자세하게 감상해보면 또한 감상적인 요소가 많으니 협기와 슬픈 감정은 이따금 하나의 형제인 셈이지만, 만약 그 사이의 남모르는 근심을 읽지 못한다면 그것은 대략 그 전부를 보지 못하는 것이다.

천두슈가 젊은 시절에 지은 시에 재자와 협객의 흔적이 보인다. 쑤만수 역시 몇 수의 구시舊詩가 있는데, 항상 후인들에게 인용되었다. 쑤만수의 시는 피를 뿌리는 듯하면서, 원대한 포부를 썼는데, 풍골이 있다. 그러나 그가 쓴 소설을 보면 또 다른 분위기에 빠지게 되는데 다소 구성지며 도처에 슬픔이 느껴진다. 쑤만수의 소설은 언정言情을 위주로 하여 청년 남녀 혼인의 불행을 그렸다. 작품은 직접적으로 비극의 근원을 지적하고, 옛 예교에 대해 풍자를 가했다. 그의 『분검기焚劍記』, 『파잠기破簪記』는 전기傳奇 필법으로 세상의 인심을 묘사하여 이전의 재자가인 소설에 비해 세상을 풍자하는 의미가 강하다. 쑤만수는 다정다감한 사람으로 인간 세상의 고난에 대해 민감했다. 소설 줄거리는 복잡하지 않지만, 검에 의지해 돌아가거나, 가인佳人을 얻기 어려운 고독에 가득찬 한을 드러내고 있는데, 이 정서는 천두슈 등의 감탄을 받았다. 천두슈는 쑤만수의 「『파잠기』 후서」에서 이렇게 썼다.

나는 항상 인간 세상에 무릇 어떤 일이 발생하면 선과 악이든 반드시 그 발생의 이유가 있다고 생각한다. 하물며 흔히 보는 일이라면 그 이유는 더욱 충족할 터이어서 선악을 막론하고 모두 발생하지 말아야 한다고 말하는 것은 적당치 않다. 하물며 식(食)과 색(色)은 사람의 본성으로 범부라도 평생의 반려가 있으니 돈독한 사람의 정이 아니겠는가? 인류는 암흑과 야만의 시대에 벗어나지 못해 개인 의지의 자유가 사회 악습에 억압당하고 있는데 또 어찌 이뿐이랴? 이것이 가장 통절하다. 동서 고금의 설부(說部)(곧 소설 - 역자)는 많이들 이 이치를 설파하고 있다. 전자는 우리 친구 만수의 『강사기』, 추통(秋桐)의 『쌍평기(雙枰記)』가 모두 이 뜻을 설명하고 있어, 여기에 적는다. 지금 만수가 『파잠기』를 짓고 다시 나에게 서(敍)를 쓰라고 명령하여, 내 다시 이와 같은 관점으로 썼는바, 우리 친구가 자신의 의도를 읽어내지 못하는 나의 건강부회를 비웃고 있는 것은 아닐까?[5]

상당히 긴 시간 천두슈는 줄곧 쑤만수의 소설이 일독할 만하며 이 나라 사람들에게 가치가 있다고 생각했다. 루쉰이 나타나고 나서 새로운 바람이 불어와 그의 시각이 변화했는데, 사실 루쉰의 광기와 군웅을 비웃으며 멸시하는 행동에 대해 어찌 놀라지 않았겠는가. 솔직히 말해 쑤만수는 단지 서정 시인으로 어린 소년과 같이 개인적인 원한과 정감의 울타리에서 벗어나지 못했다. 문장은 본래 정교하고 뛰어나며 고상하지만, 협객과 가인의 낡은 꿈의 새로운 제창에 불과하여 현대인의 정서와는 거리가 멀다. 루쉰 작품의 규모와 기상은 앞사람과 비교할 수 없다. 만약 『외침』의 여러 편과 쑤만수 전집을 대비해 본다면 우열은 바로 드러나고 명암은 즉시 분명해진다. 루쉰은 사람과 사물을 묘사함에 있어 끈끈한 남녀 간의 관계에 구속되지 않았고, 내면에는 비범한 기운이 많았다. 그는 혼인의 불행과 빈궁한 사람의 실의를 그렸는데, 스토리가 곡절이 있는 것 외에 철학적 사유가 많이 보인다. 그 정감은 우여곡절을 겪고, 곧장 하늘에 이르는데, 심오한 아름다움美이 있다. 그래서 '5·4' 이후 루쉰은 쑤만수를 이야기할 때, 그가 쓴 「거문고를 타는 사람에게 부침寄彈箏人」과 같은 시에 대해 옳지

---

5   『陳獨秀著作選』第1卷, 上海 : 上海人民出版社, 1993, 241쪽.

않다고 생각하고, 바이런을 번역할 때의 그런 사랑스러움에 미치지 못한다고 생각했다.

루쉰은 문장상의 수양에 있어 천두슈, 쑤만수보다 뛰어났는데, 이 것은 대부분의 사람들이 인정하는 바이다. 천두슈의 시문은 호방한 감정이 대단하지만 차안此岸에 그치고 있다. 쑤만수는 따뜻한 마음이 가득하지만 필경 재자才子식의 읊조림에 불과했지만, 루쉰은 천마행공 하며 생사의 경계로 달려가 위로는 하늘을 궁구하고 아래로는 저승을 힐문하며, 인간 세상을 휘둘러보면서 두 사람보다 더 멀리 나아갔다. 말년에 이르러 일본유학시절의 생활을 회고하니, 큰 파괴와 큰 변혁 에 대해 회고의 감정으로 젊은 시절의 기운이 오래 마음에 갈마든다. 천두슈 등의 구속되지 않는 방탕함은 밖으로 세상에 드러났고, 루쉰 은 내심 깊은 곳에 탁월한 기운을 갖는데, 문장은 다른 사람에 비해 더 멀리 나아가서 결코 옛날 재자才子식에 사로잡혀 있지 않았다. 「광인일 기」, 「장명등」 어디에 문인의 진부함이 있는가? 소설 속의 귀기鬼氣와 양기陽氣가 한 곳에서 교직하여 세상에 위엄있게 충격을 주는데, 읽고 나서 모골이 송연해지는 것이 마치 한 대 얻어맞은 듯한 느낌이 든다. 그의 잡문이 지닌 신랄, 통렬, 명쾌함은 다른 사람들에게 '소송 문서를 작성하는 관리'의 풍이 있다고 비난받았지만, 과장된 말은 아니다. 하 지만 그 또한 일면만을 본 것이다. 사실 루쉰의 문장은 달고 쓰고 맵고 신 맛 외에 또 자아에 상해를 가하고, 심장을 도려내어 스스로 맛보는 그런 면을 갖고 있다. 이 후자의 잔혹하나 분방함은 천백 년 간에는 드 문 것이다.

마오쩌둥은 당시 가장 곤란한 상황에서 루쉰의 글을 읽고, 몰래 스스로 무릎을 치며 따라가기 어려운 사람이라고 생각했다. 그때 마오쩌둥은 피압박자로서 홀연 루쉰의 몸에서 기이한 기운을 보았던 것이다. 스스로 하려고 했거나 혹은 하지 못한 말을 루쉰이 대체로 모두 말했던 것이다. 마오쩌둥의 성격으로 하늘 아래 마음에 들어 하는 인물은 극히 드문데, 오직 루쉰에 대해서만은 대단히 좋은 말을 많이 남겼다. 천두슈라는 인물에 대해 마오쩌둥은 나중에 단지 어느 단계에 같은 길을 갔던 사람 정도로 옆으로 내쳤다. 루쉰은 예외여서 거의 줄곧 그의 옆에 있었다. 사상의 깊은 곳에 호응하는 바가 있었고, 심지어 현대중국의 성인이라고까지 칭했다. 이 현상은 음미할만한 가치가 있는데, 현대사상에서 독특한 것이다. 문인 대다수가 루쉰의 문장을 읽기 좋아하고, 그 속에서 노예성에 반대하는 맑고 우렁찬 기운을 느낀다. 그 뜻이 어디에도 구속되지 않는 양강陽剛의 미는 동시대 문인의 약점을 비춘다. 오늘날 사람들이 이 경지에 도달하고자 하지만, 아마 어렵고 또 어려울 듯하다.

4.

루쉰에게 큰 영향을 크게 준 선배 학인은 장타이옌이다. 1907년 루쉰이 쑤만수와 알게 된 그 해 천두슈도 장타이옌과 접촉한 바 있어 장타이옌과 함께 아주친화회亞洲親和會에 가입했다. 루쉰과 장타이옌은 사제관계로 장타이옌을 따라 문자학을 학습했다. 한편 천두슈는 장타이옌의 손님으로 깊은 교류는 없었다. 장타이옌이 살아 있을 때 루쉰은 그에 대해 아주 정중하여 어떤 글도 쓰지 않았다. 그러나 천두슈는 직설적인 말로 그 애증이 반반이라고 하면서 그 학식의 깊이와 투사적인 풍골은 좋아하지만, 또 그 명사들 사이에 섞여 들어가 만년의 절조를 지키지 못한 것이 싫다는 식으로 말했다. 루쉰, 천두슈의 장타이옌에 대한 시각이 어떠하든 광적인 지식인으로 유명한 선배 장타이옌은 다소간 '5·4' 세대에게 감화를 주었다. 만약 정신계보의 연속성을 이야기하려면 피차의 연계를 보아야 할 것이다.

루쉰이 장타이옌을 따라 공부한 전후의 경력에 대해서는 후인들이 많이 기술하였다. 루쉰 자신이 쓴 것은 오히려 적다. 그의 전기의 문장 특히 고아한 번역문을 보면 장타이옌의 그림자가 분명히 있다. 장타이옌은 루쉰보다 13살이 많고 이름은 빙린炳麟, 자는 메이수枚叔라 하였으며 저장浙江성 위항余杭에서 태어났다. 황칸黃侃은 "아름다운 행실이 많고, 저술도 풍부하다. 문장학과 훈고학은 청유淸儒를 집대성하고 있다. 불경과 노장사상은 진晉과 당唐의 유업을 해석했고, 폭넓게 알고 또 종합하여 정통한 것이 실제로 세상의 대유大儒이다"[6]라고 칭했다. 루쉰은 장타이옌을 따라 배우며 학문상에서 커다란 발전이 있었고, 문자학의 심원한 경지를 깨달았다. 말년에 '중국자체변천사'를 쓰려고 했던 것도 이러한 초기의 학습과 무관치 않다. 그러나 후인들은 장타이옌의 일생을 회고하면서 가장 중시한 것은 그 광적인 지식인의 풍모이며 이것이야말로 선생의 매력이라고 생각했다. 장타이옌의 학문상의 높이와 깊이는 세상 사람들이 인정하는 것이지만, 그의 격렬하

---

6   黃侃, 『太炎先生行事記』, 陳平原·杜玲玲 편, 『追憶章太炎』, 北京 : 三聯書店, 2009, 17쪽.

고 강직하며 세상을 업신여기는 듯한 자세는 보다 더 사람들에게 깊은 인상을 주었다. 그의 제자 가운데 이러한 특징을 가진 자가 많다. 황칸의 강하고 고집 셈, 첸쉬안퉁의 웅변, 차오쥐런曹聚仁의 남다른 행위는 모두 장타이옌의 어떤 그림자. 루쉰에게 보이는 급한 면은 그 스승과도 일치하는 점이 있다. 혹은 스승의 기개가 다소 제자들을 전염시켰다고 할 수 있다. 그것은 시대적 기풍인데, 곧 캉유웨이康有爲와 량치차오梁啓超가 광적인 언어를 많이 쓰고, 장타이옌은 격렬한 말을 좋아했다. 쩌우룽은 몸을 바쳐 순도殉道했고, 추진秋瑾은 피를 형장에 뿌렸다. 그러나 여러 사람 가운데 루쉰은 장타이옌의 그림자를 오랫동안 잊지 못했고 인상을 지울 수가 없었다. 루쉰이 장타이옌 문하의 제자들을 만났을 때 우연히 장타이옌에 이야기가 미치면 대단히 존중했다고 한다. 당연히 그 가운데 선생의 일화가 적지 않을 것이다. 학생 가운데 스승의 학문을 이야기하기 좋아하는 이가 많고, 그렇다면 자연히 그처럼 사납고 고집스러운 옛 일을 이야기하지 않을 수 없다. 예를 들어 어떻게 사람들을 욕했는지, 자칭 미친 사람이라고 했고, 또 어떠한 위험에 닥쳐도 두려워하지 않고 생사를 염두에 두지 않는지, 또 어떻게 의식衣食에 순서가 없이 자신의 뜻을 고고하게 실천하는지 등. 자오쥐런과 루쉰이 한담할 때 대체로 이러한 일들을 이야기했을 터이다. 두 사람간의 편지를 보면 이 점이 증명된다. 자오쥐런이 1934년「장타이옌 선생」이라는 문장에서 말한 스승의 '미침瘋'은 의미가 있다.

타이옌 선생은 한 가지 외호(外號)가 있었는데, '미치광이 장(章瘋子)'이 그것이다. 청말 광서년에 량치차오, 마이멍화(麥孟華)가 캉유웨이를 교주(敎主)로 삼고 상하이에서 『공양(公羊)』의법(義法)을 선전하며 '10년이 넘지 않아 계시가 있을 것이다'라고 말했다. 타이옌 선생은 코웃음을 치면서 '캉유웨이는 무슨 물건인가! 소정묘(少正卯)나 여혜경(呂惠卿) 노릇밖에 못할 사람이다! 황당한 말과 잠꼬대는 이탁오(李卓吾)의 그 화색(貨色)에 불과하다!'라고 말했다. 캉씨의 무리들이 한이 뼈에 사무쳤다! 양호(兩湖)총독 장지동(張之洞)이 선생의 이름을 흠모하여 첸쉰(錢恂)을 막부에 관여하게 했다. 그때 량딩펀(梁鼎芬)이 서호서원산장(西湖書院山長)이 되어 하루는 장선생에게 '듣자하니 캉유웨이가 황제가 되려고 하는데 정말입니까'라고 물었더니, 타이옌 선생이 '나는 그가 교주가 되려고 한다는 얘기는 들었지만, 황제가 되려고 한다는 말은 들은 적이 없습니다. 사실 사람은 제왕(帝王)사상을 갖는 것이 정상입니다. 단지 교주가 되려고 하는 것은 헛된 생각에 빠지는 것입니다.' 량딩펀은 깜짝 놀랐다!⁷

루쉰은 자오쥐런과 대체로 약간의 차이가 있는데, 그는 장타이옌을 이야기함에 있어 문사文史 소품의 심리상태가 아니라 오히려 다소 형이상학적 경향을 갖고 있다고 했는데, 「타이옌 선생에 관한 두어 가지 일」에서 다음과 같이 말했다.

나는 선생의 업적은 혁명 역사에 끼친 것이 학술사에 남긴 것보다 크다고 생각한다. 30여 년 전을 돌이켜 보면, 목판본 『구서(訄書)』가 출판

---

7   위의 책, 411~412쪽.

되었을 때 나는 그것을 제대로 끊어 읽지 못했고, 당연히 이해하지도 못했다. 당시 청년들 중에 나 같은 사람이 퍽 많았을 것이다. 내가 중국에 타이옌 선생이라는 분이 있다는 걸 알게 된 것은, 그의 경학과 소학 때문이 결코 아니라, 그가 캉유웨이를 반박하고 쩌우룽의 『혁명군』에 서문을 쓴 일로 상하이 서쪽 감옥에 갇혔기 때문이다. 그때 일본에 유학한 저 장성 출신 학생들이 잡지 『절강조(浙江潮)』를 내고 있었다. 거기에 선생의 옥중시가 실렸는데 그건 난해하지 않았다. (…중략…)

1906년 출옥하여, 그날로 동쪽으로 배를 타고 도쿄로 갔다. 얼마 뒤 『민보』를 꾸렸고 나는 이 『민보』를 즐겨 읽었다. 선생의 문필이 예스럽고 해석하기 어려워서가 아니며, 불법(佛法)이나 '구분진화(俱分進化)'를 말해서가 아니다. 그가 군주제 유지를 주장한 량치차오와 투쟁하고, '××'한 ×××와 투쟁하고 『홍루몽』을 성불(成佛)의 지름길이라 한 ×××와 투쟁하매, 그 필봉을 당해 내는 적수가 없는 데에 탄복하였다. 그의 강의를 들으러 간 것도 이 무렵이었다. 그가 학자여서가 아니라 학문 있는 혁명가였기 때문이다. 그래서 지금도 선생의 음성과 웃는 모습이 눈에 생생하지만 그가 강의한 『설문해자』 내용은 한 구절도 생각나지 않는다.[8]

장타이옌의 영향력은 민국 초에 이미 다른 학인들이 미치지 못할 정도에 도달했다. 그의 제자들 가운데 다수가 베이징대에서 교수가 되었고, 현대 언어문자학의 보급에서 추동력이 컸다. 1930년대에 이르러

---

[8]　『전집』 8권, 699~700쪽.

장타이옌은 학문전수로 생활하여 문하생이 아주 많았는데, 학생들은 각자 스승의 덕을 보며 유명해졌고, 그 역시 마침내 하나의 학술적 우상으로 변했다. 솔직하게 말해 장타이옌의 학문은 넓고 깊어서 훗날 그 요체를 터득한 자는 많지 않다. 루쉰은 줄곧 제자로서 자처하며 자랑하는 것을 좋아하지 않고 학계의 좀벌레에 대해 코웃음을 쳤다. 그는 장타이옌을 칭찬했지만 다른 시각을 갖고 있어, 저우쭤런, 첸쉬안퉁과는 크게 달랐다. 루쉰은 사제 간에 반드시 옛 방식으로 예를 지키며 지낼 필요가 없다고 생각했다. 스승이 만약 틀렸다면 거리낌 없이 비판해야 한다고 생각했다. 그래서 루쉰의 말과 행동을 보면, 오히려 진정으로 그 스승의 몇 가지 유풍을 체현한 듯하다. 예를 들어 세상을 내려다보며 우뚝 선 것과 자신을 의지하며 남을 의지하지 않는依自不依他 등등. 장타이옌의 제자들 가운데 스승과 가장 가까이 있었던 이는 반대로 더욱 멀어져 정신적으로 서로 통하는 바가 사라졌다. 루쉰과 장타이옌은 뒤에 접촉이 거의 중단되었지만, 그들의 '고孤'와 '오傲', '독獨'과 '광狂'을 세세하게 관찰해보면 현대사의 시의詩意를 담고 있다. 사상가와 자기 주변의 세계는 상용相容되지 않는 것이다.

하지만 장타이옌의 풍골에 대해 그의 제자들 외에 다른 시각이 있다. 천두슈는 황칸, 첸쉬안퉁과 달리 그에 대해 그렇게 공경하지 않았다. 푸칭취안濮清泉은 「내가 아는 천두슈」에서 천두슈의 타이옌 선생에 대한 시각을 기술했는데, 다음과 같다.

천두슈는 장타이옌과 자주 왕래했는데, 그는 장타이옌의 '박학'에 대단히 감복했고 그를 하나의 '국보'라고 생각했다. 그리고 장타이옌도 천두슈의 '소학(小學)'에 대해 높이 평가하여 그를 '경외하는 친구'라고 생각했다. 그는 장타이옌의 사람됨이 아주 인색하여 친구들이 그에게 돈을 빌리면 상환할 때 이자를 내야 하고, 받고 나서도 부끄러워하는 기색도 없는데, 돈을 마치 목숨처럼 좋아하는 품행이 나쁜 문인(文人)의 전형이라고 생각했다.[9]

장타이옌은 본래 어디에 구속되지 않고 자유로운데, 천두슈는 그보다 더했다. 이 한 편의 회고록의 진위는 이미 고증하기 어렵지만, 적어도 천두슈의 사람 보는 눈이 예리하여 광인 중의 광인이라고 할 수 있다. 장타이옌은 학술상 기세가 드높아 타인과 견줄 수 없다. 생활 속에서 또 위에서 말한 나쁜 습관이 있는지는 듣지 못했다. 풍문의 여부는 알 수 없다. 그러나 천두슈가 루쉰을 이야기할 때는 아주 정중하게 말했는데, 푸칭취안은 또 이렇게 적었다.

내가 천두슈에게 루쉰이 당신에게 너무 조급하다고 욕했기 때문에 당신도 그를 폄하합니까? 라고 물었다. 그는 대답하기를 나는 결코 그렇게 속 좁은 인간이 아닙니다. 그가 욕한 것이 맞다면 그것은 당연한 것이고, 그가 틀렸다면 어쩔 수 없이 그가 욕하는 대로 내버려둡니다. 저는 일생 욕을 하는 자가 많았습니다. 저는 결코 반대로 그가 묘옥(妙玉)(『홍루몽』 속의 수행하는 비구니 – 역자)이라고 욕할 수 없습니다. 루쉰 스스로 욕하는 것은 전투가 아니라고 했습니다. 저는 그의 이 말에 감복합니다.

---

9   『文史資料選輯』第71輯, 北京 : 中華書局, 1980, 29 · 70쪽.

한 사람에 대한 평가는 당대에 정해질 수 없는데, 천하에 후세가 어떻게 평가하는지, 또 대중의 관점이 어떤지를 보아야 합니다. 요컨대 저는 루쉰에 대해 대단히 탄복하고 있으며 그를 외우라고 생각합니다. 그의 문장은 예리하고 심도 있는데, 저는 거기에 미치지 못합니다. 사람들은 그의 단문(短文)이 비수와 같다고 말하는데, 저는 그의 문장이 큰 칼보다 낫다고 생각합니다. 그가 말년에 문학을 버리고 정론에 종사하고 있는 것은 손실이 아니라고 할 수 없습니다. 저는 그가 대대로 전해질 대작품을 세상에 발표하기를 기대하고 있으며, 이 기대가 물거품이 되지 않기를 바랍니다.[10]

푸칭취안의 서술은 착오가 있는데, 루쉰은 문장에서 천두슈를 욕하지 않았으며, 그 너무 조급하다는 표현은 신월파新月派 머리 위에 얹혀야만 하고 천두슈와는 아무 상관이 없다. 그러나 이 문장 또한 하나의 정보를 알려주는데, 적어도 우리들이 그의 동시대인에 대한 인상과 심리를 알 수 있게 한다. 만청晚淸의 유명인들은 많으며 행적이 괴이한 자도 역시 셀 수 없다. 천두슈가 평생 욕한 인물도 아주 많은데, 캉유웨이, 량치차오, 장타이옌은 모두 안중에 없었다. 오직 루쉰만이 그를 설복시켰고, 흉금을 털어놓게 했다. 루쉰의 성급함과 모짐 그리고 표일飄逸함은 결코 가볍고 쉽게 치켜세울 것이 아닌데, 그 사람됨과 그 문장은 세상에 드물고, 경천동지의 기개가 있다. 천두슈는 내심 옛 친구를 존경했고, 또 그의 진솔함과 절절함을 보았던 것이다.

---

10   위의 책.

5.

  사실 자세하게 말해 루쉰과 천두슈의 광狂적인 자태는 결코 같은 정신적 층위에 있지 않다. 그들은 육조六朝인의 어떤 유업을 갖고 있는데, 이것은 한 번 보면 알 수 있다. 또 만명晚明 사대부의 '세상에 용납되지 않아 세상과 절연한 사람孤憤絕人'의 기색도 갖고 있는데, 대체로 섣부른 단정이라고 할 수 없겠다. 그러나 루쉰의 내면은 또 서양인의 어떤 그림자가 있고, 또 그 속에 내재화하고 있다. 이것이 그를 복잡하게 만들었다. 우리가 천두슈를 멀리서든 가까이서든 보면 마치 대체로 어떤 비밀스러운 점이 없음을 알 수 있다. 그러나 루쉰은 달라서 우리가 어떻게 측정하든 가까운 듯하면서 멀고멀면서도 가까워서 두서를 잡기 어렵다. 루쉰은 자신이 안드레예프식의 음냉陰冷함이 있다고 말한 적이 있는데, 대체로 틀리지 않다. 하지만 또 니체의 정신을 갖고 있어 마음속에 비非이성의 암류暗流가 흐르고 있다. 천두슈는 자신도 니체를 좋아한다고 말했지만, 그는 결국 많이 이해하지 못했고 분명하게 말할 수도 없었다. 그러나 루쉰은 이 독일 철학가에 대해 성실한 연구를 수행했다. 일생 대부분의 시간을 번역에 투자했기 때문에 루쉰은 해외의 반항철학에 대해 잘 이해하고 있었다. 한편 천두슈는 혁명에 종사한 시간이 많아서 정신철학에 바탕을 둔 것은 단지 몇 년으로, 사유가 복잡함에서 단순화하는 방향으로 나아갔다. 그래서 똑같이 이름난 전사지만 그들이 드러낸 의상意象은 다르고 후인들에게 준 느낌은 당연히 차이가 있다.

  만약 니체에 대한 이해에 있어 천두슈가 단지 그 그림자를 수용했다면, 루쉰은 그 정수를 이해했고 또 새로운 의미를 덧붙였다고 할 수 있다. 일본에 유학할 때 루쉰은 니체의 저작을 보고 이 초인의 철학에 대해 흥미를 가졌다. 그의 초기의 문장에서 여러 차례 니체를 언급하고 그 사상을 이용해 문화상의 난제를 해석했다. 뒤에 그는 니체의 문장을 번역해서 『신청년』에 발표했는데, 그 정신의 깊이에 대해 지속적인 열정을 갖고 있었다. 일본의 이토 토라마루는 일찍이 니체의 루쉰에 대한 영향에 대해 기술한 적이 있는데, 그 시각이 의미가 있어 참고할 만하다. 이토는 "루쉰은 니체 소위 '적극적인 사람'이 중국민족의 위기를 구원할 주체성, 능동성, 정치성을 가진 인물임을 알았다. '근본이 흔들리고 신기神氣가 방황하니 화국華國은 장차 자손의 공벌攻伐에 마를 것이다'(「파악성론」). 이런 인식에 기초해 루쉰은 최후의 희망을 소수 인물의 '심성心聲'과 '내요內曜'에 기탁했는데, 이것이 바로 그의 '개인주의'다"라고 했다. 루쉰이 니체를 좋아한 것은 뒤의 창작에서 점차 드러났다. 예를 들어 항상 힐문하는 문구를 사용하고 문장이 시화詩化적인 것이라든지, 강권强權을 거부하고 말 속에 씻어 내는 기운이 있는 것 등이 그러하다. 「문화편향론」, 「파악성론」, 「악마파 시의 힘」은 모두 니체의 그림자가 나타난다. 나는 니체가 루쉰에게 준 심각한 영향은 사람이 자아를 초월할 수 있고 독립된 정신을 갖는다고 하는 점을 발견한 점이라고 생각한다. 새로운 사람이 옛 사람을 대체하고 구속舊俗을 멀리 뒤로 떨쳐버리는 것이다. 「문화편향론」은 깊고 절실하게 개인의 사상을 드러내었다.

니체와 같은 사람은 개인주의의 최고 영웅이었다. 그가 희망을 걸었던 것은 오로지 영웅과 천재였으며, 우민(愚民)을 본위로 하는 것에 대해서는 마치 뱀과 전갈을 보듯 증오했다. 그 의미인즉슨, 다수에게 맡겨 다스리게 하면 사회의 원기는 하루아침에 무너질 수 있으며, 그보다는 평범한 대중을 희생하여 한두 명의 천재의 출현을 기대하는 것이 더 나으며, 차츰 천재가 출현하게 되면 사회활동 역시 싹이 튼다는 것이다. 이 것이 바로 이른바 초인설(超人說)이며, 일찍이 유럽의 사상계를 뒤흔들 었던 것이다.[11]

루쉰의 장서 속에 니체에 관한 저작은 여러 권이다. 나는 가끔 두 사람의 사진을 보고 무슨 까닭인지 기질상 서로 비슷하다는 느낌을 받는다. 모두 수염을 길렀고 눈매가 활활 타오르며 우울하지만 또 강하고 굳세며 눈 뒤에 깊은 바다가 있다. 루쉰이 젊었을 때 이 독일 사람에 주목한 것은 아마도 '개성을 존중하고, 정신을 발양하는' 데로부터 계 발 받은 바에서 비롯된 것이 아닐까? 하늘 아래 평범한 사람은 대부분 개성의 소멸로 인해 노예가 된다. 그래서 근본적인 출로는 '입인立人', '사람이 서야 모든 일이 이루어진다'는 데에 있다. 이 핵심적인 사상은 니체로부터 받은 암시라고 할 것이다. 루쉰이 상당히 오랜 시간동안 당파적 단체와 관련이 없었고, 또 자신의 세력을 만들지도 않았던 것은 바로 니체식의 잠언을 준수하여 스스로 비아非我적 정신의 새장에 빠지지 않았기 때문이다. 우리가 그의 초기 시문을 읽는다면 니체의 독백과 비슷함을 느낄 것이다. 격조는 다르고 지향은 차이가 있지

---

11 『전집』 1권, 93쪽.

만 경계境界상 중첩되는 곳은 많다. 『신청년』시대 그의 「수감록」안에서 니체를 긍정한 것은 우수한 민족이 배출될 수 있음을 믿은 것이다. 루쉰의 회의주의적 시각 안에서 진화론과 '초인'의 갈망을 투사하는데, 같은 문장에서 그 복잡한 정감을 체득할 수 있다. 더욱이 피압박민족의 일원으로서 내뱉은 울부짖음은 사람의 마음을 뒤흔든다. 그가 이후의 천두슈와 같이 시종 자신이 노예임을 인정하지 않은 것과 달리, 루쉰은 죽을 때까지 자신은 노예 총관의 통제를 받아서 몸에는 노예로 지냈던 옛 흔적이 남아 있다고 말했다. 그래서 루쉰의 니체에 대한 수용은 서재안의 학인처럼 그렇게 평이하지 않고, 그의 내심에는 줄곧 피가 떨어지고 있었다. 니체의 정신은 그의 육체 속으로 들어갔다. 베이징 생활 말기 그는 천시잉陳西瀅과의 논쟁에서 또 장스자오와의 투쟁에서 니체의 흔적이 남아 있다. 시와 철학의 함축은 지속적으로 그 안에서 교직되었다. 그가 이 시기에 쓴 『들풀』은 의미와 정서상 분명히 『짜라투스트라는 이렇게 말했다』의 운치가 있는데, 절망적인 마음으로 절망에 반항하는 것은 자신自信하는 마음으로 절망을 거부하는 것과 다르다. 다시 더 자세히 생각해보면 천두슈는 확실히 후자에 속한다. 그의 경험 속에서 자신의 고난을 배척하거나 혹은 보통 사람의 근심과 괴로움을 몸 밖으로 쫓아냈다. 그러나 니체와 루쉰은 지혜를 고난에 대한 곱씹음 속에서 세웠고, 그래서 그들의 문장은 인본적 흡인력이 있는 것이 아마도 이와 관련이 있다고 생각한다. 천두슈는 이 전통에 대해서 낯설었던 것이 당연하다. 비록 그가 니체를 인정하고 또 좋아했다고 할지라도.

천두슈는 친구와의 대화 속에서 중국고대철학에 대해 약간 연구를 했지만 서양철학에 대해서는 문외한이라고 솔직하게 말했다. 분명히 그는 서양문명사에 대해 계통적인 파악과 정리를 하기 어려웠다. 그러나 이것을 루쉰과 저우쮜런은 청년시절에 이미 성실하게 한 바 있다. 루쉰의 일생을 통해 기본적인 인문 사유는 1907년 전후에 이미 확립되었다. 천두슈는 30년대에 와서 자신을 수정하고 바꾼 것이 많았다. 그는 니체의 말을 예로 들어서 그는 자신의 감정변화를 설명한 바 있다.

니체에 관해 천두슈는 말하기를, 나는 이전에 풍문을 듣고 그가 제국주의의 대변인이라고 생각했다. 그러나 지금 그의 대표작『짜라투스트라는 이렇게 말했다』을 읽고, 그가 만악(萬惡)의 사회를 비판하는 철학자임을 알았다. 나는 그에게 물었다, 니체는 초인철학을 주장하지 않았느냐? 세계상 초인은 어디서 오는가?라고. 그는 말하기를 바로 세상에 초인이 없기 때문에 그래서 그는 사람을 초인의 경지로 높이려고 한다고 대답했다. 그는 독일사회의 상층인은 한 무리의 동물, 머저리, 우둔한 놈들이다. 그는 대학교수의 돼지 멱따는 소리를 욕했고, 신문기자는 사기꾼이고, 당국은 강도고, 관리는 도적이라고 했으니 (…중략…) 이것은 자본주의사회에 대한 강력한 성토이지 어디 제국주의 대변인의 기색이 엿보이는가? 독일정부는 그를 정신병원에 가두었으니 어찌 자가당착에 빠진 것이 아니겠는가.[12]

---

12   朱文華,『陳獨秀評傳』, 靑島 : 靑島出版社, 2005, 261쪽.

하늘 아래 강직한 사람은 일단 니체와 만나면 지음知音의 느낌을 가질 수 있다. 다른 사람의 사상을 받아들임에 있어서 모든 사람이 배경은 다르고 각도도 차이가 있으며 형성된 사유 또한 출입이 있지만 유행하는 습속과 무리를 이루지 않는다는 점에서 대체로 어떤 충돌도 없다. 똑같이 니체에 감복했지만, 루쉰은 사상상의 고통과 육체상의 고통을 드러냈다. 그러나 천두슈는 육체상의 고통이 정신상의 고통보다 컸다. 그들의 책을 읽으면 루쉰이 표현한 것 안에는 고대 희랍과 고대 중국에서 온 정신상의 계승이 있음을 느낄 수 있다. 그의 문장 배후에는 역사의 거대한 그림자가 드리워져 있고, 인간의 혈색이 그 안에 투여되고 있다. 거꾸로 천두슈가 갖고 있는 왕충王充, 이지李贄와 같은 심각함과 단순함은 모두 한눈에 들어온다. 게다가 해외의 개성주의 사조의 개입이 덧붙어 그 혈액 속에 흐르는 것은 이미 단지 산적의 호기만이 아니다. 천두슈는 동서방문명의 차이를 강조했고, 민주와 과학사상을 추진했지만, 내가 보기에는 그 산적의 호기가 니체의 기氣보다 많다. 루쉰은 자신에게 장주莊周, 한비韓非의 독이 있다고 말했는데, 생각건대 천두슈에게도 반드시 얼마간은 있을 것이다. 그러나 깊이 들어가 생각해보면, 니체 등 서양 투사의 유산과 장주, 한비의 유산은 서로 충돌하여 대체로 '5·4' 광적인 문인들의 눈부신 경관을 만들었다. 그렇지 않으면 무엇 때문에 사람들이 이것을 한시도 잊지 않을까? 이 현상은 대단히 복잡하여 파헤치기 어렵다. 만약 호기심이 있는 사람이 열심히 탐구해본다면 아마도 새로운 화제를 이끌어낼 수도 있겠지만, 그것은 이미 필자가 담당할 수 있는 일은 아니다.

6.

그러나 '5·4' 그 세대의 광狂은 또한 위·진魏晉의 유풍을 갖고 있다. 위·진 명사의 청담淸談, 민첩한 깨달음, 임의적 방종은 인간의 의식적 자각이여, 현대에 이르러서도 재차 새롭게 발현되어 새로운 특징을 갖게 되었다. 혜강嵇康 뒤에 이런 특징을 가진 자는 대체로 비슷한 일면을 갖고 있고 정신철학은 일치하는 바, 혜강 이후의 사대부에서도 위진 풍골을 노래하는 무리를 볼 수 있는데, 사람들은 앞 사람의 광狂속에서 인생에 대한 통달과 탈속의 존귀함을 본다. 만청에 이르러 혜강식의 인물이 점점 늘어나고, 위진 명사와 관련된 화제 또한 한 때의 풍경을 이루었다. 만약 어떤 사람이 열심히 정리해본다면 또한 흥미로울 듯하다.

루쉰은 생전에 「위진 풍격, 문장과 약, 술의 관계」라는 글을 써서 사람들을 놀라게 했는데, 어떤 사람은 그가 위진 명사의 지기知己라는 것은 과찬의 말이 아니라고 했는데, 그는 『혜강집』을 교감하는데 23년이 걸렸으며 수정도 10여 차례 했을 만큼 공을 들였다. 류반눙劉半農은 루쉰에게서 오래된 유령을 보고는 혜강의 암시를 받았다고 생각했다. 루쉰의 유머, 비분과 성급함은 다소 고풍적인데 위진 풍골이 있다고 하는 것도 맞으며, 선생이 완적阮籍 등을 말한 것은 대체로 현실 환경의 영향을 받은 것으로, 만약 국민당 숙정의 자극을 받지 않았다면 아마도 시선을 그렇게 깊게 사마司馬씨의 통치망 안에 고정시킬 수 없었을 것이다. 그 역시 이로부터 공교롭게 독서인의 어찌할 수 없음을 깨달았다. 보기에 마치 거리낌 없고 기이한 광적인 지식인의 몸에 커다란 애처로움과 패러독스가 있는 것이다. 루쉰은 말했다.

> 우리는 이를 보면서, 그토록 오만한 사람인 혜강이 아들에게 대해서
> 는 이토록 범속하도록 가르쳤으니 정말 신기한 노릇이라고 느낄 것입니
> 다. 이 때문에 우리는 혜강도 스스로 자신의 행동에 대해 만족하지 않았
> 음을 알 수 있습니다. 그래서 한 사람의 언행을 비평한다는 것은 정말 어
> 렵습니다. 사회적으로 아들이 아버지를 닮지 않으면 '불초하다'라고 말
> 하고 나쁜 일로 여깁니다만, 의외로 세상에는 자기 아들이 자기를 닮기
> 를 바라지 않는 아버지도 있습니다. 사실 그들이 난세에 태어난 탓에 어
> 쩔 수 없이 이러한 행동을 할 수밖에 없었던 것이지 결코 그들의 본심에
> 서 우러난 태도는 아니었기 때문입니다. 그러나 또 이로부터 위진 시기
> 에 예교를 파괴한 사람들은 실제로는 대단히 고집스럽게 예교를 믿었다
> 는 것을 알 수 있습니다.[13]

이 단락은 실재를 말한 것이 훌륭하다. 나는 이로부터 루쉰의 동시
대인 장타이옌, 우즈후이吳稚暉, 첸쉬안퉁 등이 거의 또 패러독스를 갖
고 있다고 생각했다. 비록 혜강, 완적과 같다고 말할 수 없지만, 내재
하는 충돌이 자아를 원만하게 통일시킬 수 없는 것은 대략 일치한다.

우즈후이와 같은 사람은 자유분방함과 괴이함이 옛 사람에게 미치
지 못한다. 어떤 학자는 문장을 써서 그를 위진 명사의 재생에 비유했
다. 우즈후이는 일생 명과 암이 반반으로 논쟁이 많은 인물이다. 그의

---

13 『전집』 5권, 163~164쪽.

언행을 보면 어떤 때는 분명히 『세설신어世說新語』속의 단편을 연상시키는데, 어떤 이는 심지어 유의경劉義慶 문장의 복사판이라고 했다. 20년대 장스자오는 백화문에 반대하고, "경전을 읽어 나라를 구하자讀經救國"고 제창했는데, 우즈후이는 원래 그와 오랜 친구로서 그 진부한 행위를 보고 문장을 써서 조롱했다. 그「친구의 죽음友喪」이라는 제목의 글은 필법이 운치가 있고, 부고의 형식으로 장스자오의 "전후前後 갑인甲寅" 기간의 변화에 대해 커다란 풍자를 가했는데, 마치 추도사와 같아서 흥미롭다.

친구 우징헝(吳敬恒) 등의 죄가 무거운데 스스로 죽지 못하여, 화(禍)가 나의 친구 학사대부(學士大夫) 부군(府君)에 미쳤다. 부군이 갑인 전에 베어나 갑인 후에 아프고 병없이 죽었다. 우리 친구들은 직접 납관하는 것을 보고 옛 것을 존중하여 장사를 지내니 참괴(慙愧)하고 혼미(昏迷)하여 더 말할 수가 없다. 이에 부고로 애도한다.[14]

"갑인 전"은 장스자오가 민국초기 발행한 『갑인甲寅』 잡지를 가리키는데, 생기가 있고 반청배만反淸排滿의 호기가 많았던 반면 "갑인 뒤"는 1920년대 장스자오가 발행한 『갑인』 주간으로, 가락은 이미 옛 것을 반복하지는 않지만, 대체로 전 조대의 신하 같은 자태를 띠었다. 우즈후이는 친구를 위해 추도문을 썼는데, 장스자오가 보고 어떤 느낌이었는지 알 수 없지만 반드시 조롱을 받았다고 느꼈을 거라고 생각한

---

14   羅平漢, 『風塵逸士吳稚暉別傳』, 北京 : 人民文學出版社, 2002, 143쪽에서 재인용.

다. 우즈후이는 친구에 대해 유희적 필법을 사용하기 좋아했고, 논적에 대해서는 얼마간 악독함을 담고 해학 외에 폄하가 들어 있었다. 천두슈가 죽은 뒤 우즈후이는 적의를 품고 한 폭의 만련輓聯을 썼는데, 다음과 같다.

사상은 아주 고명하고 사회에 대한 공도 세웠으며 조상에 대해 죄책감을 느끼며 죽음을 두려워하지 않고 누차 직필로 사실을 기록했네.

그런데 정치는 크게 실패하여 구미의 무리들에게로 달려갔으니 이처럼 초구(楚口)에 머물다 끝내 아Q에게 패하고 어릿광대가 되었네.[15]

우즈후이는 원래 관직도 의원도 하지 않겠다고 했는데, 뒤에는 국민당의 간부, 참모가 되는 등 사실 복잡한 인물이다. 그와 동시대에 또다른 사람들이 있었다. 그들은 관리가 되지 않고 서재에 있는 것을 좋아했으나 언행거지에 방탕한 구석이 있었다. 사람과 사물을 보는데 밝은 눈을 갖고서 범부와 속인은 눈에 보이지 않았다. 저우씨 형제 및 천두슈와 관계가 좋은 첸쉬안퉁은 고담준론을 좋아하고, 말투와 태도가 무인지경에 들어간 듯하여, 천두슈까지도 그 하는 말이 너무 급진적이고 또 너무 격분한다고 느꼈다. 그러나 사람들은 모두 그를 받아들였고, 또 그 괴탄怪誕을 미덕으로 생각하고 서로 깊이 이해했다. 저우쭤런은 다음과 같이 회고했다.

---

15   羅平漢,『風塵逸士吳稚暉別傳』, 北京 : 人民文學出版社, 2002, 222쪽에서 재인용.

쉬안퉁은 한담을 잘하고 또 좋아해서 늘 수업 시간에 피곤해서 졸리면 나와서 친구들과 한담하고 또 정신이 진작되며 곧장 몇 시간동안 이야기하면서도 피곤함을 몰랐다. 그 이야기는 엄숙하고 익살맞은 것이 뒤섞여 있고, 또 자신이 만든 새로운 전고(典故)를 사용하며 말을 바꾸거나 우스갯소리를 하여 말하는 사람이나 듣는 사람이나 모두 웃음을 참지 못했다. 그러나 낯선 사람은 종종 납득하기 어려워했다. 이런 방식은 편지에서 더욱 심해 한참 놔두었다가 다시 가져와서 읽어도 어떤 때는 역시 난해한 곳이 있는데, 새로운 전고와 새로운 명사를 잠시 사용하지 않는다 해도 쉽게 기억할 수 없었다.[16]

첸쉬안퉁의 괴이함은 보통 사람들에게는 간혹 이치로 이해시킬 수 없었지만, 그러나 저우쭤런의 눈에는 얻기 어려운 인물이었다. 유희 문자를 좀 쓰고 주변 사람들과 농담을 하는 것은 요컨대 도덕으로 범람한 문장에 비해서는 재미가 있었다. 무미건조한 환경에서 오직 태만한 인생태도는 다소 인간성의 윤택함을 주고, 엄숙하고 경건한 태도에 동화되는데 이르지는 않는다. 저우쭤런 자신은 그다지 유머를 좋아하지 않았고, 제멋대로 엄숙하지 않은 것을 높이 평가하는 사람이다. 장타이옌부터 첸쉬안퉁에 이르기까지 모두 광기가 있고, 세상 예법에 매이지 않고 하고 싶은 대로 하는 모습 또한 진인眞人의 본색을 잃지 않았는데, 마치 『세설신어』의 현대판을 방불케 하며 그 사이의 기승전결은 인간의 정수를 포함하고 있다.

---

16   『周作人散文全集』第14卷, 桂林 : 廣西師範大學出版社, 2009, 147쪽.

민국 문인의 저작을 읽으면 때때로 웃음을 금할 수 없다. 처량하고 고통스러운 생활 속에서 문인 학자는 매번 취태醉態로 강호를 우습게 보는데, 그 상태는 위진 풍도와 얼마나 비슷한지, 비록 저우쭤런처럼 평화적 태도로 글을 사람이라도 문풍은 또한 칼 그림자를 보이고 난폭한 기운을 숨기고 있다. 저우씨는 늘 고인의 말을 인용했는데, 곧 "사람됨이 먼저 정중하고 깊이가 있어야 하고, 문장은 또 방탕해야 한다"이다. 단지 저우씨 문장의 표면만 보면 그 내재적 함축을 풀기 어렵고, 그래서 그를 오독할 수도 있다. 그의 말년은 마음이 온통 잿빛이었는데, '한간漢奸'이란 죄명을 쓴 나날 속에 루키아누스Lucianus의 대화록을 힘들게 번역했으니 의도는 심상치 않았다. 루키아누스는 진정한 의미에서의 광기 있는 선비이다. 그는 명사를 욕하고, 귀족을 저주하고, 플라톤과 아리스토텔레스를 조소하며, 회의주의와 웅변의 기운이 그 안에 가득했는데, 뒤에 독일의 니체는 고대 희랍문명의 이러한 길을 따라 나아갔다. 저우쭤런은 평생 고상한 선비의 면모로 세상에 알려졌지만, 내심은 오히려 "유랑끼"를 갖고 동서고금의 광기 있는 지식인들과 무리를 이루었다. 왕충王充, 이지李贄, 유리초俞理初의 도도한 기운은 줄곧 그가 숭상한 것으로, 이 세 사람은 긴 중국 역사의 밤을 밝히는 세 개의 등불이라고 할 수 있다. 말년에 낙심하여 고통의 바다에 빠져 있었지만, 그 마음이 의지한 것은 루키아누스와 같은 그런 혼자 다니는 변사辯士였다. 이런 종류의 유풍遺風은 오랫동안 학계에 보존되었다. 그리고 오직 "5·4" 학인만이 더욱 열렬히 역사를 멀리 바라보았는데, 오늘날 사람은 심히 부끄러움을 느껴야 할 것이다.

옛 사람들은 매번 '죽림칠현竹林七賢'을 언급하며 동경하는 마음이 농후했는데, 그 원인은 자신의 주변에 이런 종류의 인물이 드물었기 때문이다. 루쉰과 같은 세대는 달랐는데, 그의 주위에는 재미있는 인물이 아주 많았고, 남긴 이야기도 한 번에 다 말하기 어려울 정도로 많다. 기강을 파괴하고 옛집을 무너뜨리려는 시대에 문인의 표현은 매번 옛 사람과 반대인데, 소위 옛 것을 제거하고 새로운 것을 세우고, 난세에 영웅이 나온다는 말은 일리가 없는 것이 아니다. 그러나 광인狂人은 진위眞僞의 구분이 있고, 고하高下의 차이가 있다. 루쉰은 첸쉬안퉁을 좋아하지 않았고, 장타이옌은 우즈후이를 비판했으며, 천두슈는 황칸과 거리가 있었던 등등. 대체로 이런 점에서 통달하고 탈속한 사람도 그렇지 못한 면이 많음을 엿보게 한다. 중국의 선비풍은 현대에 이르러 한 차례 큰 변화를 겪었다. 각 방면의 호걸 또한 이때에 등장했다. 하지만 뒤에 천하가 하나로 돌아가니, 이런 인물들이 점차 소멸하여 '넓은 숲이 흩어지고 사라졌다'는 의미가 있다. 현재의 청년 역시 우연히 광기 있는 지식인을 모방하지만, 무슨 까닭인지 몰라도 결국 같지 않고 약간 건달기를 띠기도 한다. 무엇 때문인가? 나도 모르겠다. 진화와 퇴화는 때때로 시간의 흐름과는 무관하다.

오키나와의 루쉰 언어

1.

일본은 이해하기 어려운 나라다. 십여 년 전 내가 처음으로 도쿄에 갔을 때, 일본의 현대가 책에서 쓰여 있는 것처럼 그렇게 간단하지 않다는 것을 알았다. 몇 년 뒤에 홋카이도와 나가사키에 갔었고 이 나라의 역사에 대해 약간 감성적 인식을 갖게 되었다. 인상 속에 모든 것은 평온하게 드러났지만, 그 안에 줄곧 현대성의 모순이 휘감겨 있었고, 동방과 서방 간에 그 연결하는 교량이 사실 취약했다. 이 시각의 심화는 올해의 오키나와 방문에서 비롯되었는데, 나는 일본 각 민족의 기억의 복잡성을 의식하게 되었다. 예전 일본에 대한 상상은 많이 변했다. 일부 작가, 예술가와 학자의 문장에서 나는 다른 일본을 읽었다.

오에 겐자부로는 『오키나와 노트』에서 전쟁에 대한 기억과 일본의 책임 문제에 대해 썼는데, 읽고 나서 사람들에게 물살이 빠른 강을 만난 듯 정신이 씻어지는 듯했다. 그것은 일본의 우울이다. 전쟁이 남긴 문제에 대한 시각에서, 이 책은 우익분자, 그를 기소하는 소송이 지금까지 결론이 나지 않는 것에 격노하였다.『오키나와 노트』는 일본현대사의 다른 기억으로, 오키나와 자신의 문제 또한 일본의 문제이며 동아시아의 문제라는 것이다. 나는 여기서 일본지식계의 다른 소리를 들었다. 일본에서 단지 오키나와에 대한 시각을 이야기해보면 대체로 그 기본적인 정신의 방향을 알 수 있다. 이 민감한 화제에 대해 많은 사람들이 거론하지 않고 있다.

오키나와는 류큐琉球라고 부른다. 건륭乾隆 22년에 출판된『류큐국지략琉球國志略』에 이에 대한 많은 재미있는 기록이 있다. 류큐 고국古國은 중국 및 일본과 복잡한 관계가 있는데, 동아시아 역사를 연구하는 사람들은 이에 대해 모두 흥미를 갖는다.『수서隋書』에는 이 지역 사람들에 대해 "눈이 깊고 코가 길며 또 작은 재주가 있다"라고 했다. 그 말투는 여전히 대중화주의大中華主義적인데, 그 당시 중국인의 거만한 태도를 볼 수 있다.『류큐국지략』에서 명明 홍무洪武 5년 중국은 "관리를 파견하여 황제의 조서를 주어 하달하니 비로소 조공하러 오기 시작했다"고 했다. 우리가 현재 명청 두 왕조 황제의 조령詔令을 보면 책봉의 배후는 회유하는 정신이 있음을 알 수 있다. 뒤에 류큐에 파견되어간 사신은 이 나라에 대한 많은 시문을 남겼는데, 호국사護國寺, 파상사波上寺, 보문사普門寺, 공묘孔廟, 관제묘關帝廟 등의 옛 사적에서 다소간 중화문명의 영향을 느낄 수 있다. 일본은 일찍이 송나라 때부터 류큐와 접촉하기 시작하여 그와 또 깊은 관계를 갖게 되었다. 그러나 명청 문인이 남긴 문장에서 보면 류큐는 깊은 영역에 있어 하나의 독특한 문명이다.

그들의 신령숭배와 예의 속의 본토 특징은 일본 및 중국과는 다르다.

1879년부터 류큐는 일본에 병합 당해 중국 문명은 여기서 다른 문화형태에 의해 대체되었다. 제2차 세계대전 이후에 중국의 문화 또한 한 차례 은밀히 이곳에 진입하였다. 오키나와인은 더 이상 유가의 언어 환경 속에서 문제를 사고하지 않고, 그곳 지식인들의 정감 방식은 현대중국지식인의 혁명적 경향에 오히려 가까웠다.

내가 오키나와에 간 것은 연초인데, 그 안의 역사를 이해하기 위해 손에는 후둥주胡冬竹가 번역한 『오키나와 현대사』를 들고 있었다. 그 안에는 이미 『류큐국지략』 안의 시의詩意는 없고, 긴장속의 초조와 우환이 내재하고 있었다. 『류큐국지략』을 읽으면 호기심이 생길 수 있다. 원시신앙과 조화된 민풍民風이 방문의 충동을 불러일으킨다. 그러나 『오키나와 현대사』는 완전히 변했는데, 죽음과 항쟁의 분위기하에서의 각종 인간 생활이 뒤엉켜서 『오키나와 현대사』를 한 민족의 괴로운 역사로 만들었다. 오키나와의 근대를 이해하려면 반드시 아라사키 모리데루新崎盛暉 교수의 『오키나와 현대사』를 읽어야 하는데, 그 안에는 옛 사람의 시문 속에 들어 있는 침착함이나 고풍스러움과는 거리가 있다. 1945년 미군은 오키나와에서 일본군과 잔혹한 혈전을 벌였는데, 이는 2차 대전 중 두 국가의 유일한 지상전이다. 일본 군관은 "군인과 민간인이 함께 죽는다"라는 명령을 하달했고, 무수한 백성이 죽음의 전차위로 차출당했으며, 사람들은 집체 자살을 강요당했다. 그 상황의 참혹함은 동아시아에서 보기 드물다. 미군이 점령한 뒤 오키나와는 고난의 큰 늪에 빠져서 사람들은 줄곧 항의속에서 살아가고 있다. 지식계든 민중이든 저항은 이미 그들 생명의 일부분이 되었다.

1945년 오키나와는 미군에 의해 일본으로부터 분리된 이후 1972년에 이르러서야 일본으로 복귀했다. 사람들의 자기 신분에 대한 상실과 제국의 자신에 대한 배신에 대해 말할 수없는 원한을 갖고 있다. 그들은 오랫동안 여전히 전쟁의 책임을 추궁하고 있다. 그러나 엄혹한 사실은 현재 그들이 미군의 통제 하에 있으며 전쟁의 그림자는 사라지지 않았다는 점이다.

1940년대 마르크스주의 조직이 여기에 출현했다. 전후戰後에 다케우치 요시미가 번역한『루쉰선집』14권이 여기서 조금씩 유행하기 시작했다. 루쉰 문장은 이렇게 조국이 없는 문인들에게 의외의 위안을 주었다. 그들은 그 안에서 또 자신의 고초를 읽었고, 자신의 현재가 또한 노예의 생활임을 깨달았다. 루쉰의 절망을 두려워하지 않는 정신적 선택은 여전히 암흑 속에서의 한줄기 빛이며, 그렇게 깊이 이 섬안에 투사되었다. 공자의 이념이 여기에 파급된 이후 루쉰은 대체로 두 번째로 오랫동안 사랑받은 중국인이다. 많은 민간사상가가 60여 년간의 예술을 지탱했는데 이러한 예술의 핵심정신과 루쉰은 밀접한 관계가 있다.

민간의 집회와 독서 활동은 창작적 연구를 수반한다. 1953년 류큐대학의『유대문학琉大文學』을 시작으로 암암리에 루쉰의 어록이 유행했다. 일부 지하 간행물에는 늘 루쉰 작품의 일부가 등장했다. 그들은 이 중국 작가의 사고에서 절경絶境에서 벗어나는 길에 대한 계시를 발견했다.

오키나와 지식인들은 루쉰에 대해 아카데미 식의 연구를 하지 않았다. 그들은 루쉰의 영혼을 자신의 피와 몸속에 박아 넣었다. 여기서 두 가지의 힘이 나타났는데, 하나는 뒤로 향하는 힘으로 옛 자신을 찾아서 자신의 신분을 확립하는 것이다. 그것은 조상 문명을 발굴하고, 잃어버린 기억을 건져 올리는 데 지나지 않지만 사람들이 자각적으로 파괴된 유산을 철저히 보존했다. 다른 하나는 현실에 대한 저항이다. 전자가 잃어버린 역사적 언어 환경에 대한 소환이라면, 후자는 억압에서 해방된다는 신념을 의미한다. 그들은 역사를 돌아보고 역사와 직면하는 가운데 자신의 현실적 역할을 찾았다. 그들이 볼 때 본토문명을 잃어버리고 고난에 직면하는 용기를 잃어버린 것은 모두 하나의 죄과이기 때문이다.

나는 오키나와에서 많은 옛 흔적을 보고, 그것들과 중국 본토문명이 모두 관계가 있음을 알았다. 가장 상징적인 의미를 갖는 것은 사키마佐喜眞미술관의 존재다. 이 미술관은 미군기지의 철조망 옆에 있는데, 나는 거기서 의외의 수확을 얻었다. 관장 사키마 미치오佐喜眞道夫는 온후하고 친근한 류큐 사나이로서 대량의 케테 콜비츠 판화를 소장하고 있었다. 이 반전反戰의 화가 작품은 미술관의 진기한 품목이었다. 마루키丸木 부부의 반전 회화와 더불어 여기서 중심을 이루고 있었다.

사키마 미치오가 케테 콜비츠 판화를 소장한 배경에는 많은 이야기가 있었다. 그 조상의 본적은 류큐이고, 구마모토에서 태어났다. 어릴 적에 구마모토의 아이가 자신에게 "류큐 원숭이"라고 놀렸다. 이 기억은 그에게 훗날 고토故土에 대한 강렬한 회귀의 바람을 갖게 했다. 그러나 고토는 이미 함락되었고, 무수한 원혼과 혈흔은 그곳에서 숨 쉬는 것조차 힘들게 했다. 1960년대 대학에서 공부할 때 그는 루쉰의 문장에 이끌렸다. 그 작은 인물의 운명, 사람과 사람 사이의 격막 그리고 불굴의 반항 의지는 어둠 속의 불꽃과 같이 이 고토를 잃어버린 사람을 이끌었다. 고향에서 무수한 사람들이 비명에 죽었다. 또 무수한 사람들이 곤경에 빠졌지만, 누구도 대신해 말해주지 않았다. 루쉰이 소개한 케테 콜비츠의 반전 작품을 보았을 때 그는 너무 놀랐다. 지금까지 그 원작에서 희망을 구했다. 고토에 대해 케테 콜비츠의 자비와 연민, 큰 사랑, 근심과 고뇌 그리고 불굴의 내면은 너무도 친근하고 절실한 존재였다.

　루쉰이 케테 콜비츠 판화에 대해 소개한 글은 일찍이 사키마 미치오를 흔들어놓았다. 그 신선하고 생기있는 문장은 오랫동안 그를 이끌었다. 케테 콜비츠에 대한 애정으로 그는 뜻을 같이 하는 많은 친구들을 찾았다. 사키마 미치오는 어느 누구의 작품도 케테 콜비츠와 같이 그렇게 오키나와인의 심정을 토로할 수 없다는 것을 깨달았다. 죽음, 폭정에 대한 그런 호소는 그야말로 고토인의 소리 없는 표현이다. 우연한 기회에 그는 화가 마루키 부부와 알게 되었다. 이 부부는 일생 반전反戰 예술의 창작에 종사했다. 그들은 오키나와를 정신의 기점으로 삼고 2차대전이후의 역사를 반추했다. 마루키 부부의 전쟁을 소재로 한 창작은 우울한 선율을 띠는데, 그들은 『원자폭탄폭발原子爆彈炸圖』, 『남경대학살』, 『오키나와 전투』 등을 그렸다. 사키마 미치오는 두 사람의 작품을 대량으로 소장하고 있는데, 특히 『오키나와 전투』는 유명하다. 이 두 노인분의 작품은 놀람과 공포, 사멸과 망령의 울부짖음으로 가득하다. 몇 십 폭의 큰 그림은 완전히 지역적인 어둠으로 뒤덮여있다. 듣자하니 그들은 중국에 온 적이 있다고 하는데, 루쉰의 원작은 그들에게 영향을 주었고, 루쉰이 당시 호소한 살육과 피바다 속의 음산한 원한이 이 그림 위에 비장하게 흐르고 있다. 케테 콜비츠의 판화는 낮고 느린 야상곡으로 혼자 괴롭게 부른다는 의미를 담고 있다. 마루키 부부의 작품은 곧 원혼의 합창으로, 착란적인 이동식 투시법 가운데 처량스러움이 부각되고 있다. 그들의 불안하고 괴로운 필묵에는 몇 대 사람들의 애원이 흐르고 있다.

케테 콜비츠 등의 작품이 이미 중국에서 조용히 사라졌을 때, 옛 류큐의 대지에서 오히려 그 여운이 메아리쳤다. 거의 사라진 망령과 함께 미군기지와 대치하고 있다. 반反독재전쟁에서 오키나와는 무수히 많은 민중이 희생되었는데, 그들은 인간의 재앙에 목숨을 잃었다. 신분이 사라진 세월 속에서 일본 때문에 고초를 받았는데, 이것은 거기 사람들이 받아들이기 어려운 것이다. 그리고 케테 콜비츠의 유작과 마쿠키 부부의 묵적은 침묵하는 대다수의 처량함과 고통을 하소연하고 있다.

관련된 이야기는 정말 너무 많다.

나는 오키나와에서 나카사토 이사오仲里效 부부를 알게 되었다. 나카사토 이사오는 뛰어난 비평가이고, 자유 기고가다. 그는 60년대에 조금씩 루쉰의 작품을 읽었다. 다케우치 요시미의 번역문을 만나게 된 이후부터 그는 자기 인생의 길을 확립했으며, 이후 일생을 루쉰의 그림자 속에서 보냈다고 말했다. 1972년 초 오키나와가 일본에 복귀하기 몇 개월 전, 그는 몇 명의 친구들과 함께 중국으로 가서 루쉰이 걸었던 길을 따라 갔다. 이 몇 명의 류큐인은 자신의 고토가 일본으로 귀속되는 것을 바라지 않았고, 오히려 중국을 향해서 정신적인 성원을 기대했다. 상하이에 도착했을 때 몇 명의 중국문화계 사람들과 루쉰에 관해 토론했고, 루쉰에 관한 새로운 해석을 듣고 싶었다. 하지만 대답은 오히려 나카사토 이사오를 실망시켰다. 그 당시 사람들의 루쉰에 대한 이해는 단일한 언어 환경 속에 있었기 때문인데, 나카사토 이사오는 루쉰 정신이 몇 명의 중국학자가 상상하듯 그렇게 간단하지 않다고 생각했다. 그러나 1970년대에는 바다 건너 오키나와인들이 그렇게 깊은 교류를 원하고 있는지 아는 중국인이 거의 없었다.

그때 그가 잡지를 편집하면서 간행물의 돋보이는 위치에 루쉰의 말을 넣어 인쇄했다. 젊은 아내가 그가 등사를 할 때 도움을 주었고, 호기심에 루쉰이 누구인지 그에게 물었다. 나카사토 이사오는 이 중국 작가의 이름을 이야기했다. 당시 그의 마음은 루쉰에게 완전히 점령당하고 있었다. 그는 묵묵히 『들풀』의 시를 암송하며, 그 불안, 고통 그리고 죽음을 초월하는 생명의 뜨거운 열기를 마음 깊은 곳에 투과시켰다. 많은 광활하고, 웅대하고, 신기한 세계! 오키나와인은 그 복잡하고 심오한 세계에서 고뇌와 번민을 극복하는 힘을 찾았다. 이후 그는 영화평론, 미술평론과 희극평론을 하고, 고토의 문학작품에 대한 해석을 전개했는데, 그 안에는 줄곧 루쉰의 비판의식이 관통하고 있었다. 나카사토 이사오와 같은 이런 민간사상가에게 루쉰의 가치는 단지 학문 방면에서만이 아니라 일종의 세상을 깨우치는 힘을 지닌 데 있었다. 이 민간사상가는 고독 속에서 역사와 엄준한 현실에 대면했고, 루쉰 당시의 서술 방식이 다소간 그에게서 부활되었다.

모든 것이 비밀스럽게 진행되었다. 각종 반항의 집회와 모임에서의 대담 예약은 그렇게 재미있게 그들의 생활 속에서 전개되었다. 그와 몇 명의 친구들은 모임을 결성하고 함께 오키나와의 운명을 연구했다. 정부가 무고한 피해자와 일본군 전사자의 기념비를 한 장소에 세우려고 했을 때, 그는 곧 이것은 일본군의 역사에 대한 미화가 아닌가? 일본인은 전쟁에 대해 진정으로 반성했는가? 라고 문제를 제기했다. 많은 문장 배후의 복잡한 질문은 전적으로 수난자의 간단한 호소가 아니라 민족주의 밖 인간성에 대한 고문이다. 그의 많은 문장에서 늘 루쉰식의 성급함과 격렬함을 볼 수 있다.

나카사토 이사오와 사키마 미치오 주위의 예술가는 많았다. 어느 날 나는 그들의 한 모임에 참가했다. 그곳은 히가 야스오比嘉康雄의 고거故居였다. 히가 야스오는 저명한 촬영가로 이미 세상을 떠난 지 오래되었다. 그는 1938년 오키나와에서 태어나서 도쿄사진학교에서 학생들을 가르쳤다. 그는 고대 오키나와의 유풍에 대해 많은 연구를 했는데, 자신의 렌즈를 통해 충실하게 각 섬의 습속과 어민의 생활을 기록했다. 작품은 두 시력을 갖고 흑백의 대비 속에서 류큐가 잃어버린 영혼 하나하나를 소환하고 있다. 중요한 것은 이미 고인이 된 이 예술가가 진실로 1940년대 이래 오키나와의 각종 저항 활동을 기록했다는 점이다. 그의 렌즈는 류큐인들의 원망, 불안, 결연한 얼굴을 생동감있게 기록했다. 이것은 나에게 아라사키 모리데루가 『오키나와 현대사』에서 기록한 "반反복귀, 반反야마토大和"의 장을 기억나게 했다. 사유는 이처럼 접근하고, 또 함의는 동일한 팔레트 속에 놓여졌다. 그날 이후 많은 현지 문인이 왔다. 사키마 미치오와 나카사토 이사오외에 시인 다카라 벤高良勉, 촬영가 히가 도요미츠比嘉豊光, 류큐대학 강사 아사토 에이코安里英子 등이 있었다. 그들은 류큐어로 글을 짓고 류큐의 옛 노래를 불렀다. 시인 다카라 벤은 중국 손님을 보고 큰 소리로 "오늘은 일중회담이 아니라 류큐중국회담이다. 우리의 마음은 중국을 향하고 있다"라고 말했다.

뜻밖에도 아사토 에이코의 손에 그녀가 소장하고 있는 루쉰이 편집한 『케테 콜비츠 판화』가 들려 있는 것을 보고, 그녀가 이에 대해 많은 연구를 했음을 알았다. 류큐대학에는 많은 사람들이 케테 콜비츠를 연구했는데, 자연히 중국 1930년대 예술도 연구했다. 그 연구는 거의 모두 전쟁후유증의 불안과 관련이 있었다. 가장 의미가 있었던 것은 그와 같은 연구자와 민간예술가의 상호작용인데, 그들의 모임활동은 고대 류큐역사에 대한 책임의식을 보여 주고 있다. 시인 다카라 벤은 그날 1969년 구입한 『루쉰문집』을 가져와 나와 토론을 했는데, 시인은 전형적인 류큐인으로 검은 피부에 큰 눈을 가졌으며 유머스럽고 활달하게 말했다. 그는 1960년대 류큐가 아직 일본으로 복귀하지 않았던 때 자신은 여권을 갖고 일본으로 유학을 갔었다고 했다. 당시 학생운동이 일어나서 학교 전체가 봉쇄되어 학교로 돌아갈 길이 없었다. 그래서 한 학기의 전 비용을 10여 권의 『루쉰문집』을 사는데 써버렸다. 그는 루쉰의 문장에서 내심으로부터 호응이 일어나는 것을 발견했다. 모든 것은 너무도 친근하여 마치 옛 친구를 만난 것 같았다. 그는 붓을 사용하여 책 속에 그림을 그리면서 중요한 부분을 기록했다. 그는 루쉰이 자신의 고독하고 고통스러운 마음을 격하게 되살렸다고 말했다. 적막과 노예성을 거부하는 사람이 바로 진정한 사람이다. 그는 많은 시를 썼고 또 평론을 했다. 의상意象은 류큐의 가요와 두보, 루쉰에게서 취해 왔다. 고향의 피냄새의 기억은 이런 대화에서 점차 급격히 되살아났고, 그러한 눈물을 머금은 눈빛과 무고자의 유해는 떨쳐버리지 못하는 존재가 되었다.

오키나와에서 많은 예술전람은 모두 의미심장하다. 내용 또한 대부분 루쉰정신에 대한 연속이다. 예를 들어 사키마 미술관의 우에노 마코토上野誠 전展, 홍성담(한국의 민중미술운동가 겸 판화가-역자) 전은 1930년대 중국 '일팔예사一八藝社(중국 최초의 혁명적 목각 판화운동 단체-역자)'의 그림자가 비친다. 우에노 마코토는 루쉰 학생 류셴劉峴의 계발하에 케테 콜비츠에 주목했고, 또 한국의 홍성담이 만든 목판화는 직접 루쉰 학생들의 작품을 모방한 것이다. 사키마 미치오의 눈에 이런 단서 역시 오키나와 반항 정신의 단서이다. 그들은 이런 정신의 맥박을 필요로 했다. 오래된 류큐 전통이 이러한 새로운 예술의 소환아래 변화가 일어나는 것은 의심할 바 없다.

사키마 미치오의 선택에서 고대 류큐인의 포용력과 개방성을 볼 수 있다. 그의 마음은 사방을 향해 열려 있다. 그 한국인, 중국인의 예술 활동은 그의 눈에 모두 그들 반항정신의 일부분이고, 또 자기 내면의 일부분에 속했다. 그들은 동아시아 문제, 전지구화 문제를 사고했는데, 모두 긴장감 아래서 행한 선택이다. 그날 미술관이 거행한 루쉰 토론회에서 한국에서 온 학자 이정화는 한반도의 현상에 말할 때 아주 걱정스러워 했다. 이 무거운 화제는 주위 사람들의 공명을 얻었다. 중국이든 한국과 일본이든 문화중의 주인과 노예 현상은 근심의 원인이다. 그리고 루쉰의 당시 희망이 없는 가운데에서의 선택, 그 길이 없는 곳에서 달려가는 용기는 사람들이 스스로 주인이 되는 갈망을 환기시켰다.

후둥주의 소개로 나는 아라사키 모리데루 선생을 알게 되었다. 이 오키나와 대학의 전 총장은 아주 온화했는데, 나는 그의 『오키나와 현대사』에 대한 인상을 이야기했다. 그는 갑자기 부끄러운 웃음을 지었다. 아마도 책 속의 처절한 광경을 경험해보지 못한 것 같았다. 나는 여기 사람들의 바탕색을 의식했다. 고대 중국 문인이 이곳에는 "나라 안에 명리名利로 마음이 혼란한 이는 없네"라고 한 말은 정확했다. 우리의 선배들이 그들은 "배고픔과 추위를 참고 고생을 견뎌내며 혈기를 숭상한다"라고 말한 것도 맞다. 아라사키 모리테루의 작품은 강렬剛烈한 소리를 갖고 있으며, 사람들을 위한 조용한 미소는 사람들을 감동시켰다. 우리는 아라사키 등의 사람들과 대화를 나누는 가운데 오키나와는 현재 동아시아 다른 지역에 없었던 다른 유형의 근심을 갖고 있다고 느꼈다. 그들의 근심은 이중적이다. 여기에는 자기 존재 신분에 대한 질문이 있고 또 점령당한 것에 대한 분노가 있다. 군국주의와 제국주의의 이중 압박하에서 그들은 현재까지 냉전의 고통에서 벗어나지 못하고 있다. 그리고 좌익문화가 이곳에서 장기간 연속된 것은 바로 현실의 진실 된 반영이다. 눈을 크게 뜨기만 하면 어쩔 수 없이 살인무기에 직면하게 된다. 한국전쟁, 베트남전쟁, 이라크전쟁 시기에 미국 비행기는 모두 여기서 이륙했다. 이 지식인들이 볼 때, 저항하지 않는 것은 죄를 짓는 것을 의미한다. 그리고 이러한 선택은 그들의 운명과 전지구적 정치를 한 곳에 뒤섞어 놓는다. 오키나와의 저항은 사실 지구촌에서 약한 존재의 저항의 상징이다. 그러나 이것은 일반 일본 민중은 진정으로 이해할 수 없는 것이다. 일본군도에서 오키나와인은 1950년대의 좌익 맥박을 연속시켜오고 있다.

몇 십 년 간 나는 십여 명의 일본 루쉰연구자와 만났고 그들 연구의 배후에 있는 갈망을 깊이 맛보았다. 그러나 오키나와인의 루쉰관은 사람들에게 생명의 체온을 느끼게 한다. 뚝뚝 흐르는 혈기의 분출이 있는 것이다. 오키나와에서 그렇게 많은 사람들이 루쉰을 좋아하는 것은 다케우치 요시미의 영향을 받은 것이고, 그들은 반문 하의 반항이 자신의 근심을 벗어나는 길이라고 느꼈다. 다케우치 요시미의 루쉰관은 근대 아시아의 불합리와 연결된다. 그것은 정신 깊은 곳에서 나오는 힘의 돌연스런 질주인 바, 이런 종류의 질주는 적막한 일본지식인들에게서 끊임없이 메아리친다. 오키나와에서의 루쉰 전파는 다른 하나의 방식인데, 그들은 자신의 생명체험에서 아시아 현대성의 불합리의 연속성을 보여 주고 있다. 많은 사진작품과 시문에서 무언의 분노를 느낄 수 있다. 소위 국가, 정의라는 미명하의 역사 기호는 오키나와 지식인이 보기에는 일종의 죄의 시작이다. 활달한 고대 류큐의 소리는 근대에서 액운을 만났고, 그들은 주변존재의 허망을 보았다. 지금 류큐 민가의 청량하고 구성진 선율을 들으면 정신이 탁 트이는 듯 느껴진다. 오키나와인은 자신이 생존하기 위해서는 반드시 이러한 광대함을 보존해야한다고 생각했다. 그러나 근대 이래의 각종 외래의 힘은 자유의 공간을 압살했다. 하늘은 점령당하고 바다는 제한을 받았으며 집 뜰 옆은 끝없는 철조망이다. 60여 년간 그들은 중국을 향한 창구를 폐쇄당했다. 그리고 조상의 자유로운 교류는 단지 추억이 되었을 뿐이다. 1970년대 일부 옛 류큐정신의 탐색자는 장정長征의 대오를 형성했다. 그들은 중국의 푸젠福建에서 장도長途를 시작해 2개월에 걸쳐 걸어서 베이징에 도찰했다. 명청 두 왕조시기에 류큐인은 바로 이렇게 베이징으로 가서 책봉을 받았다. 오늘날의 오키나와인이 볼 때 조상의 선택은 일종의 명철한 교류였다. 서로 존중하고 화목하게 나라와 나라, 지역과 지역 간에 아름다운 교류를 만들었다. 그러나 근대 이후 이 모든 것이 사라졌다.

오키나와를 일주일간 방문하면서 마치 꿈을 꾸는 것 같았다. 20세기 냉전의 고통은 지금도 이 바다와 땅에 여전하다. 그 속의 예술가들은 예술을 위한 예술을 하지 않으니, 소아小我의 천지 속에 갇혀 있지 않다. 그들은 예술의 영원이 아니라, 줄곧 그러한 능욕과 박해를 당하는 동포들을 주목해 왔다. 게다가 세계적인 반항 유형의 문장, 대체로 강권에 직면한 글을 읽는 것을 그들은 아주 좋아했다. 시인 다카라 벤은, 우리들은 고난을 받았기 때문에 루쉰과 만날 수 있었다, 우리는 만났고 루쉰 때문에 친구가 되었다고 했다.

일본에서 루쉰은 복잡한 주제로서, 도쿄에서 오키나와까지 루쉰에 대한 사람들의 이해는 다른 언어 환경 속에서 기능하고 있다. 다케우치 요시미竹內好, 마루야마 노보루丸山昇, 이토 토라마루伊藤虎丸, 키야마 에이오木山英雄, 마루오 쓰네키丸尾常喜는 모두 학자적 지혜로서 루쉰과 묵묵히 대화했다. 그러한 깊고 절절한 말은 서재 속에 더 많이 감돌고 있다. 만약 다케우치 요시미의 시야가 여전히 생명철학의 측면에 있다고 한다면, 오키나와인의 루쉰관은 행동의 예술에 있고 루쉰은 그들이 노예성에 직면하여 참조할 수 있는 거울이라고 할 수 있다.『외침』, 『들풀』의 소리는 교실에서 울리지 않고, 항의의 최전방과 민중의 운동 속에 있다. 우리의 최근 몇 년간의 루쉰연구는 애석하게도 관념적 연역이었고, 사회운동 속의 루쉰은 약화되었다. 사실 중국의 항일전쟁과 국공전쟁에서 루쉰의 소리는 전선에서 울렸다. 오키나와의 기억은 우리의 백년 역사에 대한 재인식을 환기시켰고, 그처럼 글에 기록되지 않은 경험은 오늘날에서 보면 대단히 진귀한 것이다. 오에 겐자부로의 입장처럼 일찍이 루쉰적 응어리가 없는 것은 아닌데, 그는 서재에서 뛰쳐나간 지식인이다. 오에 겐자부로의 오키나와인에 대한 성원은 양심의 외화外化인데, 그는 침묵으로 사악함에 대면하는 것은 일종의 죄라고 인식했고, 그래서 말하고 달려가는 것이 바로 지식인의 선택이라고 말했다. 나는 아라사키 모리테루의 저술도 좋고, 히가 야스오, 나카사토 이사오, 사키마 미치오, 다카라 벤의 작품도 좋은데, 그들은 모두 살아 있는 오키나와의 모습으로 나타났다고 생각한다. 반항적 문화는 간단한 유희가 아니며, 생존에 대한 근심과 자유로운 선택의 험난한 길이다. 일찍이 고난을 깊이 맛보지 못한 사람이 좌익을 과장되게 떠드는 것 역시 구호의 나열에 불과한데, 오키나와인의 역사가 거의 모두 증명하고 있다. 곧 반항의 길은 일체 노예가 되고 싶지 않은 이들의 선택이라는 것을. 우리처럼 현실과 멀리 떨어진 이런 이방인은 때때로 그들을 읽고 이해하려 하지만 그 역시 결코 쉽지 않다.

모옌莫言, 루쉰과 만난 노래꾼

1.

중화민국 시절의 문인들에게 있어 중국 시골 마을에 관한 기억은 적막하다. 적막과 고요 외에 광기 어린 노래狂歌의 작품은 거의 없다. 많은 학자들의 저술에서 본 향촌사회는 대체로 따뜻하고 품위가 있는 존재였다. 그런데 루쉰 작품 속의 루전魯鎭과 웨이좡未庄에서 시작해 향토사회의 색깔이 혼잡하게 되었다. 이 새로 나타난 가락은 음산하고 정신은 암흑에 억압 받고 있어서 숨을 못 쉴 정도로 우울하다. 루쉰과 같은 세대 사람들이 드높인 것은 개체의 자아의식뿐으로, 시골 마을의 경관을 묘사할 때 붓끝은 오히려 적막에 둘러싸여 서술자와 대상세계는 일정한 거리가 있었다. 뒤의 쑨리와 왕쩡치汪曾祺는 모두 이러한 의미에서 향토에 몸을 두었으나, 그렇다고 또 향토에 속하지도 못하여 민중의 격정은 작가 자아의 정감에 의해 억제를 당했다. 격정은 자아에 속했지만, 묘사한 객체와는 다른 상태였다.

모옌이 우리 앞에 나타난 뒤 이 현상은 바뀌었다. 1980년대에 세상에 나온 「투명한 홍당무」, 『홍까오량 가족』은 우리에게 하나의 떠들썩한 모습을 보여 주었으니, 시골 마을 사회의 내재적인 굉음이 흘러넘치게 되었다. 이 사회의 내재적 색채와 내음은 문인들의 상상보다 훨씬 복잡하다. 라틴 아메리카 문예의 수용으로 사람들은 서술의 다른 가능성을 보았다. 마침내 넓디넓은 토지 위의 다양한 생각이 격발되었으니, 몇 년간 유행된 서술방식은 젊은이들을 더욱 휘감았다. 그들은 새로운 농촌의 악보를 찾고 있었다. 왜 앞 사람들이 부르지 못한 노래를 부를 수 없는가?

모옌을 처음 읽었을 때 사람들을 끌어들인 것은 과도하게 주관적인 서술시각이었다. 나의 첫 느낌은 그가 중국 향토사회의 물감을 찾아서, 중국어 창작이 마침내 고흐처럼 사람들에게 그런 눈부시지만 또 대단히 아름다운 경치를 갖게 했다는 점이었다. 『붉은 수수밭』, 『개의 길狗道』, 『둥근 번개球狀閃電』, 「폭발」은 완전히 시골 사람들 자신의 목소리였으니, 그들 눈에 비친 색채와 선율은 무수한 영혼의 격동과 통했고 척박한 군상에게 생명의 빛을 열어 주었다. 산야 속의 백성은 더 이상 침묵하는 묘사대상이 아니었다. 그들은 스스로 주체가 되어 몸 밖의 세계를 묘사하고 가지각색의 천지를 보았다. 그래서 라블레식의 미친 듯이 기뻐하는 광희狂喜가 출현한다. 광활한 가을 밤, 끝없는 수수밭, 온 천지에 가득한 술기운과 피비린내 또 무수한 원혼이 그렇게 휘감고 있다. 모든 전아한 아름다움과 고요하고 장엄한 아름다움은 모두 사라졌다. 인간 세상은 부조화한 초조, 원한, 반항, 유혈, 죽음 그리고 핏빛의 애욕, 혼돈의 시정詩情, 어디에나 있는 자비와 연민으로 가득 차 있다. 모옌은 관념으로 간단히 세계를 묘사하지 않았다. 그가 태워 올린 것은 생명의 불로, 날아오르는 영혼에 기대어 정신적 사각 지역을 통과했다. 사상의 해방이라고 하기보다는 예술상의 자아 추방이라고 하는 편이 나을 것이다. 그 가운데 생성된 저력은 사람들로 하여금 동시대의 작가들보다 더 곱씹게 하여 잊기 어렵게 한다.

모옌의 초기 글은 양호한 질감을 드러내었는데, 그것은 유가문화가 암시하는 조야粗野하고 원생태적인 예술을 받아들이지 않았기 때문이다. 그 세대의 사람들은 교육상 전통적 훈도를 받은 적이 없으니, 그 우열은 여기에 집중적으로 드러났다. 모옌은 시작하자마자 전통에서 가르침을 구하지 않았고, 또 유행하는 스타일에 머리를 숙이지도 않았다. 그는 마르께스의 형식을 빌려 자신에게 맞는 서술이 원점을 찾았다. 혼돈스런 들판에서 자신의 여정을 시작했다. 교화, 학문은 멀리 사라지고 또 소설투, 산문투도 멀리 달아났으며, 돈 있는 자들의 동전 냄새, 속어 취향도 멀리 떠났다. 그는 생명의 후각과 감각기관에 기대어 자신의 정신적 바탕색을 찾았다. 그것은 바꾸기 어려운 편력이었으니, 모든 것이 전적으로 자신의 양지良知에서 기원했다. "훙까오량 계열"에서 뒤이어 완성한 많은 시골 마을 제재 작품 속에서, 그는 다른 사람이 반복할 수 없는 길로 달려갔다.

게다가 중요한 것은『풍만한 가슴, 살찐 엉덩이豐乳肥臀』,『탄샹싱檀香刑』,『인생은 고달파生死疲勞』를 세상에 내놓음에 따라 중국 본토 세계의 광희의 장면은 마침내 외국 서술의 질곡으로부터 해방되었다. 거기에는 이미 마르케스의 괴이한 그림자를 벗어던지고, 우리 토양에서 자란 중국 문명 속의 마술 같은 환상이 있다. 이 마술적 환상을 우리는 단지 한대 무덤의 조상造像, 둔황의 천지귀인도天地鬼人圖에서 약간 고증할 수 있을 뿐이다. 한나라 사람들이 그린 사물과 인간은 신기하고 괴이하며 천지 사이를 내왕한다. 한대 이후의 소설은 얼마간 지괴志怪의 전통을 보여주고 있지만, 대다수는 지그재그식 걸음이고 시골 풍속 안의 자유스러움은 보기 어렵다. 그러나 모옌의 출현은 잃어버린 정령, 혼백과 연결되고 게다가 역량을 확대했다. 오에 겐자부로 등의 그에 대한 인정은 사실 이 천마행공식의 상태에 대한 경이로운 느낌의 표현이었다. 그것은 루쉰이 남긴 혼백의 다른 표현이었을까? 아주 오래된 우리 동아시아에서 이렇게 기세등등한 놀라운 혼백은 일찌기 본 적이 없다.

2.

예전에 샤오쥔蕭軍의 『8월의 향촌』을 읽고 둥베이東北 산야의 핏빛 묘사를 본 뒤 러시아작가 세라피모비치의 『철의 흐름』을 떠올린 적이 있다. 루쉰이 샤오쥔 책의 서문을 써줄 때, 앞 사람들이 쓰지 못한 작가의 기상, 즉 붉은 수수, 무성한 풀, 귀뚜라미, 들새, 김이 무럭무럭 나는 혈기 등에 대한 기백을 긍정했다. 그것은 러시아 문학과 충돌한 결과이다. 모옌은 이러한 선배들과 결코 같지 않았다. 그는 해외소설을 수용할 때 샤오쥔과 같이 외부적 운명에 대한 스캔에 머물지 않았다. 인간의 내면세계로 진입했던 것이다. 그는 샤오쥔과 같은 드넓은 기세를 지녔지만, 놀랄만한 심령의 내적인 깨달음을 드러낸 점이 다르다. 그것은 선배 작가들이 갖지 못한 점이다. 그는 기질적으로 러시아 현대작가와 중국 루쉰이 공유하는 어떤 지점, 즉 음울함과 잔혹함에 접근했다. 게다가 이러한 것을 부단히 확대하고 시의를 갖고 앞으로 나아갔다. 이전의 심미와 관련된 어떤 개념도 거의 모두 그의 예술적 방향을 포괄할 수 없었다. 그는 러시아 작가의 넓고 넓은 필촉을 배웠고, 또 '5·4' 문학의 시대를 감지하고 세상을 금심하는 길을 따라서 영혼의 깊이를 그려냈다.

모옌은 스토리에 의지해 독자의 환심을 사지 않았다. 그의 작품이 사람을 끄는 대목은 시골 마을 사회의 어떤 모습 — 심리상태와 사회상태를 묘사한 데 있다. 우리의 선배들이 향토사회를 드러냈을 때 그 정적인 필치와 점잖은 아름다움을 생각해보면, 모옌의 출현은 인간 세상의 다른 모습을 환원시켜준 것이다. 그외 깊이와 절절함은 잔혹함을 쓰는데 있고, 또 잔혹 가운데 몸부림의 기색이 솟아나오고, 극단적인 끔찍함 속에서 어떤 정신적인 아름다움이 피어오른다. 이 아름다움은 우리의 고적한 의식의 왕국을 약탈하고, 일체의 공중누각을 흔들어 무너뜨려 마치 놀라 자빠지는 올빼미처럼 시골 마을 사람들의 몇 세기에 걸친 비애과 고통을 외침 소리로 표현해냈다. 사대부 기질, 관료 기질, 노예 기질의 문장 속에서 스스로를 가련히 여기는 자들은 모옌의 기발하고 특출한 문풍에서 자신의 창백함을 드러냈다.

잔혹의 아름다움은 두려움에 대한 초월에서 온다. 대체로 사멸을 경험한 사람만이 이에 대해 인내심 있는 음미를 할 수 있을 것이다. 루쉰이 당시 『들풀』을 쓴 것은 퇴폐 이후의 강인함과 솔직담백함이 그렇게 하도록 한 것으로, 큰 고통을 겪고 큰 고생을 경험하면서 죽음에 대해 그처럼 침착할 수 있게 되었던 것이다. 『금발영아金髮嬰兒』, 『개의 길』, 『티엔탕 마을 마늘종 노래天堂蒜薹之歌』, 『탄샹싱』, 『인생은 고달파』는 모두 견디기 어려운 사멸을 그렸다. 모옌은 이러한 작품들 가운데 중국사회의 가장 참혹한 경관을 기록했다. 그의 직면하는 용기와 비범한 시각은 인간 세상에서 가장 홀시당하고 가장 망각되어 버리고 사람들이 가장 입을 열기 어려운 순간을 전부 환원시켰다. 가장 이른 『투명한 홍당무』는 단선적인 심미 의지를 갖고 있는 거의 자비와 연민의 노래일 뿐인 듯하다. 하지만 『탄샹싱』과 『인생은 고달파』에 와서 모옌은 자아의 표현방식을 찾았다. 모든 사상의 번쩍거림은 모두 무언無言의 색감 속으로 내화되었다. 저자의 시골 마을 세계에 대한 사랑은 보통 작가와는 완전히 다른데, 그는 시골 풍속에 대한 관찰에 만족하지 못했고 또 사대부식의 정감과도 거리가 멀었다. 많은 작품 속에서 각종 향토의 신화를 반복적으로 꿰어내고 있다. 그에게 향촌문명에 대한 우아한 예찬은 없다. 그런 정적인 가짜 산수도는 여기서 붕괴되었다. 모옌은 문인의 시정詩情이 이치를 벗어나는 것을 좋아하지 않았는데, 그러한 서재 안의 묵향墨香은 나르시시즘과 무치無恥를 담고 있다고 보았기 때문이다. 그가 가진 것은 단지 고달픈 사람들의 노래일 뿐이어서, 흙바닥에서 뒹굴고 억울함과 상흔傷痕을 담은 민요는 시종 그의 소설 속에서 울려 퍼지고 있다. 많은 문인들이 낡고 오래된 향촌 마을의 고조를 쓴 것은 골동품식의 전시展示였다. 그러나 모옌 필 아래의 묘사는 경천동지의 외침과 분노의 표현이다. 모옌은 조용한 시골마을을 진정으로 도적이게 만들었는데, 마치 민요속의 굴렁쇠처럼 큰 사랑, 큰 원한, 큰 광기, 큰 슬픔, 큰 어둠, 큰 차가움의 정감적 사유를 연이어 굴렸다. 내가 이러한 문장을 읽었을 때 첫 번째로 느낀 것은 공전의 통쾌함이었으니, 마치 사우나를 하듯 대부분의 독기를 몰아내었다. 두 번째는 예전의 서생書生식의 작품이 갑자기 허위와 가식의 궁색함을 드러내고 있다는 것을 느꼈다는 점이다. 스스로 책을 읽고 글을 쓰는 사람이라고 자인하는 우리는 모옌과 대비해 볼 때 옹졸함과 연약함을 드러내고 있지 않은가? 적어도 지나친 나르시즘에 그치는 듯하다. 현대의 일부 문인들은 암흑의 존재를 비판할 때, 필 끝이 종종 미끄러져 그 무게를 감당하지 못하는 듯하다. 음울한 기억과 격투하고 또 쓴 물을 삼키는 것은 마귀에 비해 더 엄혹한 눈빛을 가져야만 하는 것이다.

많은 문장에서 우리는 거의 선입관의 끼어드는 것을 볼 수 없다. 모옌은 어떤 주의의 선교자가 아니다. 그는 각종 사조가 서로 다투는 것을 싫어했다. 그의 기본적인 생각은 생명의 체험과 정신의 직관력으로부터 솟아오르는 것이다. 모든 기만적인 문자와 거짓말은 그의 야성적 작풍 속에서 모두 빛을 잃었다. 『훙까오량 가족』, 『술의 나라』, 『탄샹싱』, 『인생은 고달파』는 그러한 호방함으로 가득하다. 우리는 장자莊子, 이백李白, 루쉰의 문장을 읽을 때만 그러한 체험을 했었다. 모옌에게는 학자들의 온화한 문체가 없었다. 루쉰과 같은 그러한 철인哲人식의 복잡함도 잘 보이지 않지만, 그러나 민간 설서民間說書의 영탄, 광야속 가수의 울부짖음을 융합하고 속된 곡조들을 섞어서 오히려 『소요유逍遙遊』, 『몽유천모음유별夢遊天姥吟留別』, 『들풀』과 비슷한 음율을 연주하였다. 위축되고 왜소하고 단조로운 우리 문단에 그가 있음으로서 더 이상 적막은 사라지게 되었다. 사람들은 때때로 문인들이 스스로 즐기고 만족하는 것, 또 그들의 진부한 티와 난폭한 기운을 싫어하는데, 결국 무언가 결여됨이 있음을 깨닫는다. 루쉰과 모옌식의 문장에서 모든 것이 바뀌었다. 우리가 서재의 냄새와 서곤체西崑體(송나라 초에 유행한 시가 유파-역자)의 맛이 가득한 진부한 문장을 질리도록 읽었을 때, 모옌은 우리에게 혈기왕성한 창구를 열어주었고, 그것은 자유인의 찬란한 왕국으로 통하게 했다. 우리의 이 세계에서 문인이란 때때로 무료한 세계의 장식에 불과하지만, 마음 깊은 곳의 교활함, 거짓 태도, 허황함을 제거한 것은 '5·4' 세대 문인이 열어젖혔던 기풍이다. 우리는 모옌의 저작에서 그 정신의 몇 가지 근원을 발견할 수 있다.

3.

루쉰이 모옌의 시야에 들어온 것은 1970년대였다. 내적으로 함축된 루쉰 정신의 그에 대한 영향은 잠재적이었다. 근 50년간의 문학에서 결핍된 것은 개인정신이다. 모옌 세대 사람들이 부족한 것도 바로 그것이다. 나는 그가 진정 루쉰을 이해하기 시작한 것은 1980년대 후반이라고 생각하는데, 일단의 특수한 체험이 자신의 주변 환경에 대해 루쉰식의 시각을 갖게 했던 것이다. 또는 루쉰식의 주제에 호응하기 시작했다고도 할 수 있다. 『환락歡樂』에서 「백광白光」의 의상意象이 나오고, 『열세 걸음十三步』의 필법은 몇 대목에서 『새로 쓴 옛날이야기』의 묵적墨迹이 보인다. 『술의 나라』와 같은 작품이 세상에 나왔을 때, 사실 5·4 시기의 중단된 명맥이 이어진 것이다. 『술의 나라』는 당시 소설의 평범한 격식을 변화시켰고, 그것의 무게는 이전의 어떤 백화 작품과도 어깨를 나란히 한다. 1980년대 집체주의적 노래와 비교해서『술의 나라』,『탄샹싱』등은 우리에게 기존 문명과 주변 세계에 대한 깨어있는 중국작가의 태도를 볼 수 있게 했다. 풍토와 인정 그리고 세속의 사회는 모든 정신의 토양이다. 모옌은 오래된 유풍遺風이 사람을 잡아먹는 현실을 보았다. 그리하여 정인군자에 대한 묘사에서 잔혹함을 많이 표출했다.『술의 나라』는 표면상 전기傳奇식의 작품으로 보이는데, 스토리의 기이함과 다변多變, 장면의 참혹함과 불안감은 이전의 소설에서는 보기 어렵다. 작품의 내재적인 격류는 깊고 절절하게 흐르고 있다. 그것은 사실 수많은 무고한 생명에 대한 대자대비의 정을 담고 있으며, 그 피눈물 속에서 톨스토이와 도스토옙스키의 심경과 연결된다. 다만 정찰대원 식의 스토리를 이용하여 사람들의 이목을 기리고 있을 따름이다.

이와 같은 현란하고, 극히 혼란한 생활의 파편 속에서 우리의 작가는 각종 병적인 인생을 기록했다. 먹는 풍속, 생사의 의식, 귀신 숭배의 체계적인 동작, 명절의 질서 속에서 관객, 유랑민, 불량배, 강도, 고상한 인물의 사람 같지 않은 일면, 우스운 일면 모두 연출되고 있다. 작가는 그런 익숙한 생활에 직면했을 때 차분히 가라앉아 곱씹는 것이 아니다. 낡은 평안을 교란하여 가라앉은 찌꺼기까지 모두 일어나게 하고, 모든 비밀스러운 죄과와 악습이 선악의 교체 가운데 드러나게 한다. 그는 루쉰이 암흑을 고문하던 필법을 배우고 또 루쉰에게 없던 것을 많이 추가했다. 그가 말한 것처럼 관객의 심리를 묘사했을 뿐만 아니라, 중요한 것은 망나니의 심리를 묘사한 것이다. 관객은 무감각하고 누추하다. 그러나 망나니는 마귀의 현신으로, 그 험악과 잔혹함은 침묵하는 대다수

관객에 비할 바가 아니다. 루쉰이 당시 시골 마을 사람들과 소지식인을 묘사할 때 그 노예성에 대한 지적은 가공할 만했다. 노예성의 이면은 혹독한 관리 근성이다. 모옌은 혹리에 대해 많은 흥미를 느꼈다. 그래서 우리가 『술의 나라』, 『풍만한 가슴, 살찐 엉덩이』, 『탄샹싱』을 읽은 뒤 알게 된 것은 혹리의 유풍이고, 피가 흐르는 도살과 난폭 속에 바로 우리 문명의 죄과의 메아리를 듣는다. 당시 바진巴金, 딩링丁玲이 구舊가족의 식인성을 그릴 때의 필치를 생각해보면 너무도 핍진하다. 모옌은 루쉰의 비장함에서 벗어나 우리에게 정신상의 격동을 주었을 뿐만 아니라 생리적 고초를 남겼다. 세상을 놀라게 하는 문장은 심지어 독자의 인내심의 극한을 넘어섰다. 단테의 『신곡』에서 일지라도, 우리의 생리적 자극은 『술의 나라』, 『탄샹싱』과는 서로 비교할 수 없다.

모옌의 문투는 상당히 복잡하고 심오하지만 또 광채를 띠고 있다. 그는 격식적인 서술틀을 부수었고, 미추의 경계 역시 때때로 모호했다. 그는 철저한 유미주의 전복자로서, 서술의 길에서 심지어 루쉰보다도 더 멀리 나아갔다. 루쉰은 문학에서 똥과 파리는 묘사하지 않는 것이 가장 좋다고 말했지만, 모옌은 오히려 그것들을 묘사하여 굳이 사람들에게 오랫동안 불쾌감을 주었다. 루쉰이 죽음에 직면했을 때 썼던 것은 심리적 놀라움과 정신적 힐문이었다. 그러나 모옌은 인내심을 갖고 시체, 인육의 향연 및 성적학대를 그려냈다. 모든 도학적인 가짜 근엄함과 신비성은 여기서 사라졌다. 우리는 그와 같은 역사 기억 속에서 정사 속에 없던 것을 읽었다. 기만과 속임 그리고 체면을 중시하는 것에 습관이 된 민족에 대해 말한다면, 그와 같은 까오미高密 둥베이 시골마을의 이야기가 솔직하게 표현한 것은 민족 전체의 민간기억이었다. 『풍만한 가슴, 살찐 엉덩이』에서 애매한 시골 마을의 인정 풍속은 피범벅이 된 칼 빛 속에 덮이고, 고생하는 인민들의 복잡하고 찬란한 내적 자각의 세계가 부상하며, 향촌사회 고난의 내력을 설명한다. 『술의 나라』는 「광인일기」의 다른 모방인데, 태도가 온화하고 거동이 우아한 그와 같은 역사적 문장은 이런 종류의 서술에서 위치를 잃었다. 어두운 밤의 사멸과 평온에 남을 해하는 일은 사람의 혼을 빼놓는다. 작가는 대체로 이러한 미치광이 증에서 쾌감을 느낀다. 세계의 치부를 가리는 커튼을 걷어 올리는 것보다 더 자신을 즐겁게 하는 것이 무엇일까? 무질서와 혼돈 속에서 곧 세계의 다른 구석을 바라볼 수 있는 것이다.

도덕적 각도에서 모옌을 평가하는 모든 사람들은 대체로 그 심미상의 깊은 의미를 잘 알지 못한다. 나는 많은 사람들이 그의 작품을 읽을 때 또한 각종의 부적절함, 언어의 지나친 소란 뜲, 감관의 과도한 반사反射, 정경의 과도한 주관성이 있음을 인정하는데, 작가는 후기에 와서 심지어 초기의 온화하고 그윽히 깊은 필치와 짙은 묵으로 지우는 습관을 버렸고, 오랜 윤색과 함축을 줄였다. 그의 문장은 본래 함축과 미적 운치를 갖고 있었는데, 그처럼 반복해서 음영吟詠할 수 있는 문장 구조 또한 버리게 되었다. 많은 소설이 너무 가득한 색채로 채워졌다. 모옌의 독특한 점 또한 여기에 있는데, 그가 어찌 면밀, 세심, 온화한 문자에 전아한 일면이 있음을 모를 리가 있겠는가. 하지만 그것은 사대부의 것이며, 까오미 둥베이 향촌의 후대에서 온 문체는 아니다. 우리의 작가가 하려고 한 것은 바로 앞 사람과 현재 사람이 할 가치가 없다고 여기고 또 할 수도 없는 일이었다.

4.

수잔 손탁은 유럽작가의 작품을 서술할 때 특정한 시기의 진리이든 영원한 진리든 상관없이 예술은 진리의 조수가 아니라고 강조했다. 그녀는 "예술 작품 자체도 생기 가득하고 매력이 충만하며 전범이라고 할 만한 물품이며, 그것은 우리들이 더 광활하고 더 풍부한 방식으로 세계로 다시 돌아오게 한다."[1] 모옌의 세계에는 수잔 손탁이 말한 그러한 매력이 가득한 의상이 있는데, 기실 루쉰 전통의 또 다른 표현이다. 한번은 그가 루쉰박물관에 와서 강연을 했는데, 내용은 소설 창작과 루쉰의 관계였다. 그는 솔직하게 루쉰의 영향을 받았으며 게다가 줄곧 그에게 존경심을 갖고 있다고 말했다. 루쉰은 모옌에게 하나의 거대한 존재이다. 이 존재는 완전히 정신 기질적인 것으로, 학리學理의 측면에는 없는 것이다. 린셴즈林賢治, 왕더허우王得后, 첸리췬錢理群 등이 루쉰으로 달려간 것은 하나의 정신적 탐색으로, 그 영혼을 모방하고 있다고 말하는 것도 맞다. 모옌은 루쉰을 찬탄했는데, 그 근본은 인생 경계에 대한 갈망이었다. 예를 들어 참담함에 직면한 인생, 독립적인 개인 입장, 도학에서 벗어나 구속 없이 떠도는 것, 그리고 세상을 깜짝 놀라게 하는 상상이 있다. 모옌의 몸에는 귀족적 체질과 꾸미는 기색이 없다. 그는 마치 투명한 홍당무 안의 아이와 같이 천연적인 아름다움과 질박한 기운을 표현했다. 게다가 죽음을 묘사할 때의 잔혹과 고문의 필법은 루쉰과 도스토옙스키에 뒤지지 않는다. 오랫동안 소리 없던 민족,

---

1   蘇珊·桑塔格, 程巍 譯, 『反對闡釋 論風格』, 上海 : 上海譯文出版社, 2003, 33쪽.

고난 속에서 오랫동안 몸부림쳐 온 국가에 만약 루쉰이나 모옌과 같은 작가가 존재하지 않는다면 너무 불행한 일일 것이다.

　루쉰의 문장 속의 혈색과 혼귀魂鬼는 곧 역사적 은어인데, 그 바로 앞과 신변 환경에 대한 묘사는 슬픔과 기쁨의 모습을 드러낸다. 그는 고향 땅의 핏빛과 어둠에서 사람 같기도 하고 귀신같기도 한 그림을 보았다. 루전과 웨이좡에서 인간의 존재는 완전히 전도되었다. 이러한 것들을 묘사할 때, 그는 자비와 연민의 부처와 같이 백성을 내려다보고 모든 상처 입은 영혼을 위해 흐느끼며 노래했다. 모옌의 까오미 둥베이 시골 마을은 황량하고 적막하며 척박함을 드러내는 존재다. 루쉰과 다른 점은 그가 향촌사회의 한 노래꾼이며 그 촌락의 보통의 일원이고 혹은 그 속에서 몸소 경험한 사람이라고 할 수 있다. 당시 루쉰이 직면한 것은 유불도儒佛道의 혼귀이며 그 필사적인 싸움은 피비린내가 났다. 그러나 모옌의 『인생은 고달파』에서 인간이기도 하고 귀신이기도 한 농부, 진실이기도 하고 환상이기도 한 삶과 죽음의 자리는 오래된 민족적 슬픔의 초상화이다. 국민의 심리 밑바닥에 잠겨 있는 악귀와 고심은 우리들의 아름다운 몸체를 해치는 독의 근원이다. 모옌의 붓은 이런 것들에 직핍해가며, 산과 땅을 뒤흔들고 썩은 나무를 꺾는 기세로 당시 유행하는 황당한 담론들을 정리해 버렸다.

　『풍만한 가슴, 살찐 엉덩이』에서『탄샹싱』까지 서술자가 부단히 인간의 심미적 한계를 향해 도전하고, 외친 것은 바로 공포스런 올빼미 소리다. 나는 그 속에서 역사서술의 다른 쾌감을 맛본다. 저자는 역사에 대한 힐문 가운데서 루쉰과 유사한 필법을 아주 많이 드러낸다. 게다가 고의적인 모방이든 잠재적인 창조든 상관없이 여기서 민간기억의 웅대한 시정이 폭발한다. 산둥山東 대지에 흩어져 있는 이민족 통치에 대한 반항의 노래, 생리적 극한을 넘어설 만큼 잔인한 형벌의 묘사, 유혈과 비명속의 인생 운명이 야사 속의 경우와 얼마나 흡사한가. 루쉰은 명청 문인의 야사와 잡다한 서적을 인용한 적이 있는데,『촉벽蜀碧』,『입재한록立齋閑錄』속의 인간인 듯 아닌 듯한 살육을 이야기하면서 전제 제도 하의 나라에서 자라날 수 있는 것이 무엇인지 감탄하였다. 그러나 역대 문인들은 백정의 흉악하고 잔인함을 모두 웃음거리로 만들었다. 부드러운 조롱, 끊임없는 애정의 말, 또 고상한 선비의 베이징 대사가 있었다. 중국 문학의 대다수는 바람과 꽃과 눈과 달, 황제의 대사, 사당의 학술적 논리인데, 누가 인간 세상의 핏빛과 암흑을 환원해 내겠는가? 좌익문화는 일찍이 이러한 전통을 갖고 있었다. 그러나 뒤에 팔고문八股文적인 연역과 무미건조한 전도에 빠졌다. 하늘을 직시한 이는 단지 몇 명의 고독한 투사뿐이었다. 모옌이 의화단 시대의 생활을 그렸을 때 약동하는 신령한 빛으로 충만했던 것은 끝없는 봉화와 사방에 흐르는 피였다. 그처럼 고초를 겪던 세월의 욕정과 동경, 재난과 환상은 다시 한 번 환기되었다. 우리는 단지 루쉰 작품을 읽을 때만 유사한 격동을 느낄 수 있다. 많은 시간이 흐른 뒤 루쉰이 소란스러운 속세에서 사라졌을 때 모옌은 천진하고 거짓 없는 아이 마음으로 미완성의 장절章節을 계속해서 써냈다. 두 종류의 문장에서 후자는 비교해 보면 투박하고 간략함을 드러내고 심지어 멀리 미치는 운치도 없지만, '5·4' 선각자들의 개성주의의 불꽃은 이 산둥 대장부의 붓 아래서 다시 타올랐고,『외침』과『방황』의 범상치 않은 비탄에 잠긴 슬픈 기운이 어떤 연속성을 갖게 되었다.

5.

시골 마을 생활을 경험한 사람만이 곧 낡은 토템이 시골 마을 사람들의 세계 속에서 갖는 의미를 이해할 수 있다. 포송령蒲松齡이 당년에 귀신을 이야기할 때 오묘하고 괴이한 필력으로 천하의 슬픔과 기쁨을 묘사했는데, 이것은 살아가는 생령들의 내적 우주에 진입해 들어갔던 것이다. 루쉰은 우리 중국에는 러시아의 기독교가 없고 백성의 머리 위에 군림하는 것은 '예禮'라고 말한 적이 있다. 도스토옙스키의 전율은 심령과 지옥의 공포에서 온 것으로, 그리하여 그의 잔인성은 종교적 의미를 갖는다. 모옌은 중국 땅의 생활을 묘사할 때 전혀 종교적 충동을 갖지 않았다. 그는 중국인漢人 세계의 마법적 환상을 창조했는데 음이기도 했고 양이기도 했으며, 신이기도 했고 귀신이기두 했으며, 밝기도 했고 어둡기도 했다. 이것은 러시아 작가에게서는 볼 수 없는 것이다. 모옌은 원점의 서술자로 돌아가고자 했다. 불도의 은어와 유학의 예교는 그에게서 모두 우회해 가 버렸다. 하나의 천부와 충격에 의지해서 그는 독자적으로 정신의 금지구역으로 돌진했고, 사상적 비약은 공교롭게 이 공허하고 적막한 곳에서 시작한 듯하다.

러시아 작가 츠베타예바(1892~1941)는 푸시킨과 푸가초프를 논할 때 그들의 작품이 마법을 부리고 있음에 감탄했다. 거기는 마치 꿈과 같이 흐릿하고 심오하며, 곡절이 있고 몽롱했기 때문이다. 나는 이것이 러시아의 전통과 많은 연관이 있으며, 게다가 당연히 슬라브어 계통의 어떤 전통을 초월했을 거라고 추측한다. 모옌을 읽을 때 나는 이 중국작가의 마법을 상기했다. 『열세걸음』의 음양의 변화, 화장장 내외의 오묘한 이야기, 인간 세상의 선과 악이 오직 이 마법의 변환 속에 있으며, 이것이 사람들의 마음을 움직인다. 『인생은 고달파』의 주인 공이 소와 개와 돼지로 변하는 기이한 역정은 생존의 배경과 정신을 황당하게 만들었다. 오래된 시골에 남아 있는 요괴의 도道, 족제비식의 무속은 『인생은 고달파』에서 황홀하고 몽롱한 신곡神曲으로 변화했다. 그것은 흙속에서 솟아오른 민간 풍속의 노래이다. 인간 세상의 모든 논리적인 서술은 전부 끊어졌다. 모옌의 악惡에 대한 조소는 지극한 선동의 힘을 갖고 있고, 그 혹독한 열기는 우리의 상상을 뛰어넘는다. 그가 사실적 필법을 사용할 때 우리는 단지 그의 도의적 역량을 감지할 뿐이다. 예를 들어 『티엔탕 마을 마늘종 노래』는 사람들의 눈물을 자아낼 만큼 비탄스러운데, 그것은 가치판단적인 것이며 또 문인의 울분을 써낸 작품이지만, '훙가오량 계열'의 다이내믹함에는 미치지 못한다. 그러나 일단 마법의 세계에 진입하면 판에 박은 듯한 사실寫實이 가져온 우울함은 날아오르는 기운에 의해 대체된다. 여러 해 동안 그는 줄곧 광기어린 필치로 가족의 이야기를 썼고 옛날의 역사를 회고했다. 예전의 역사적인 서사는 그의 눈에는 거의 아무런 힘이 없었고, 수식 없는 직설법의 어조는 정신의 색깔을 묻어 버렸다. 모옌은 신이 돕는 어떤 역량이 과거를 바꿀 수 있다고 믿는다. 무질서와 다성부多聲部를 변환하는 합창 속에서 인간 세상의 풍부함을 발견할 수 있다. 직각直覺은 일체를 환원할 수 있으며, 그렇게 하여 필히 논리를 타파하여야 한다. 문인들은 논리의 족쇄와 수갑에서 거의 비상할 수 없다.

당시 루쉰이 역사에 대해 반추할 때 사용한 것은 니체와 안드레예프의 필법이다. 그는 뒤에 또 한나라 그림과 서양 판화에서 깊고 넓은 바탕색을 얻었고, 향토적 기운과 지식인의 정서를 하나로 융합했다. 모옌의 표현 방식은 루쉰과 비교해서 뚜렷이 흙의 기운을 지니고 있다. 그는 육계六界 윤회의 설을 빌려서 정신 배경을 확대했다. 우리가 루쉰을 읽으면 지옥 가장자리의 공포를 느끼게 되는데, 모옌이 우리에게 주는 것은 마도魔道 속의 섬광이다. 생각을 가진 작가는 원래 모두 하늘과 땅을 서로 교환시키고, 사람과 신을 서로 의지케 하는 것이다. 피안 세계의 존재는 독자에게 있어 얼마나 많은 자극을 주는 것인가. 원래 우리 주위의 세계는 멀리 멀리 돌아서 오는 영혼이 얼마나 많은가. 인간 세상은 어떻게 죽음의 혼귀魂鬼에서 벗어날 수 있는가? 오직 그와 같이 사라진 존재와의 교류를 통해서만 오늘의 진면목이 있을 수 있다. 우리의 의식과 전세前世의 사상은 연결되어 벗어날 수 없다.

해외 귀신정신의 중국 예술에 대한 침투는 이미 천년 이상의 역사를 갖고 있다. 당 이후의 신괴神怪소설은 불교의 영향을 깊이 받았다. 타이징눙臺靜農 선생은 「불교 이야기와 중국 소설」이란 글에서 지옥, 금적조金赤鳥, 신용神龍 등의 의상을 이야기할 때, 중국 작가의 '진화'의 원인이 불교의 인과응보의 충격을 받았는데 있다고 분석했다. 그러나 중국 문인의 지옥 등의 의상에 대한 사용은 유가 혹은 도가의식에서 시작된 것으로, 불경의 언어 환경과 같은 그러한 청결함은 거의 없다. 선인仙人적, 예교적인 것은 모두 조금씩 있지만, 세상을 즐기는 문화의 침전을 피할 수 없다. 대규모적으로 외래의식을 수용한 두 번째는 5·4 세대로서 단테, 니체, 도스토옙스키적인 것이 모두 들어왔다. 그때의 번역과 소개는 사상혁명을 위한 것으로 또 계몽의 요소를 담고 있었다. 그러나 한·당과 달리 문인들은 자아를 가졌다. 모옌 세대에 와서 마르케스 등과 만나며 사고방식 또한 대대적으로 변화했다. 그는 정신적 연옥 속에서 인간 세상의 모습을 다시 써서 인간의 다양한 표현의 가능성을 드러내고자 했다. 여기서 그는 여전히 다른 종류의 가치 속박에서 벗어날 수 없었으니, 그것은 곧 환상적 마술적 문장을 빌어 현실에 대해 전도와 비평을 가하는 것이다. 정태적 요소는 적었다. 창작이 체현한 것은 여전히 생명에 대한 태도였는데 이것은 잘한 일이다. 모옌은 그 사이의 득실을 알았다. 루쉰과 모옌은 모두 피안과 현세를 썼지만, 그들은 또 종교 신도가 아니어서 필하의 세계와 독자 사이에 일종의 거리를 갖게 되었다. 그들의 서술태도는 미학적이었고 신앙적인 것은 아니었다. 유교의 허위적 탄식의 언사와 도교의 탐욕적인 감정은 개인의 자비와 연민의 깊은 생각으로 대체되었다. 우리들은 이 신기한 문장에서 개성적인 서사자의 창조적 즐거움을 발견한다.

6.

루쉰 이후의 문학은 논리적 실마리가 존재한다. 중국문화의 단색單色적 성격은 희비극의 단색적 성격을 숙성시켰다. 모든 포위망을 돌파하는 이의 필사적인 투쟁은 근본적으로 비슷한 특색을 드러내고 있다. 사실 역사를 세밀히 보면 위·진의 풍도와 만명晚明의 기풍은 모두 괴이하고 자유분방한 기운을 갖는다. 그러나 그 시대 문인의 자유분방함은 루쉰식의 넓이가 없고 구문명의 족쇄가 뚜렷하게 보인다. 명말明末의 부산傅山(명말 청초의 문인 - 역자)을 예로 들어 보면, 그는 예술은 "졸

拙할지언정 교巧하지 말고, 추醜할지언정 아양媚떨지 말고, 지리支離할지
언정 매끄럽지淸滑말고, 솔직率直할지언정 꾸미지按排 말아야 한다"고 주
장했다. 태도의 측면에서 사람들을 탄복하게 한다. 하지만 사유의 깊
은 곳에는 형이상학적인 영험스런 광채가 아직 없다. 민국초에 이르
러 광기 있는 문인이 적지 않았으나 또 이와 같을 뿐, 장타이옌, 첸쉬
안퉁의 괴이한 풍격은 모두 서방 칸트이래의 사상가와 견줄 수 없었
다. 오직 루쉰에게 와서 존재에 대한 본연적인 질문이 있게 되었고, 실
재와 허무, 유한과 무한 등의 문제가 밑바닥에 깔리게 되었다. 명·청
시대 문인의 사대부형상과 비교해서 루쉰은 완전히 개인적인 기질을
갖고 있고, 유도불의 연원과는 본질적인 연계가 없었다. 모옌이 기꺼
워한 것은 공교롭게도 이 전통이다. 그는 원만, 노련, 중용, 청원淸遠과
같은 류를 싫어했고, 들길에서의 전복이 그에게 여러 가지 즐거움을
주었다. 그는 루쉰식의 독립정신을 배웠는데, 이것은 그에게 이미 충
분했다고 할 수 있다. 그는 자신에게 고풍속의 학술적 깊이와 의젓함
은 없다고 생각했다. 사대부의 나약함과 창백함을 버리는 것은 바로
루쉰 세대의 갈망이 아니었던가?

모옌의 창작은 단지 루쉰의 기질과 개성에 대한 호응일 뿐, 많은 루
쉰의 동조자들이 달려간 길과는 달랐다. 예를 들어 쑨리는 루쉰의 맑
고 적막한 점을 모방하였으니 개체적인 애절함이 많다. 무신木心은 루
쉰의 기발하게 독특한 점과 침울함을 중시했지만, 문장은 무수히 많
은 굽이 있는 운韻이 있다. 천단칭陳丹靑은 글에서 『차개정잡감』의 풍취
와 흥미를 투시하여 온화함 속에도 가슴 깊이 은밀히 쌓인 분노가 있
다고 했다. 사오옌샹邵燕祥의 잡감은 『이심집』, 『준풍월담』에서 온 것

이다. 작가는 자신의 경험을 동일시하여 우연치 않게도 비수와 투창의 힘을 드러내고 있다. 왕후이汪暉는 루쉰과 현대철학을 연계시켜 현대문학으로 하여금 유럽문화와 대화하는 텍스트를 갖게 했으니, 루쉰의 복잡함은 카프카, 카뮈, 사르트르에 뒤지지 않으며 심지어 그들보다도 더 격앙된 철학적 사유가 흐르고 있다고 했다. 모든 사람들이 루쉰과 대면할 때 모두 다른 자태를 드러낸다. 모옌의 선택은 더 광범위한 천지간에 자신의 개성을 두드러지게 드러낸다. 그가 대표한 것은 서재속의 문인이 아니고 또 문화 영웅이 아니었고 토지 위의 수천만의 농민이었던 것이다.

이 선택은 자신이 원한 것으로, 나는 루쉰으로부터 온 신적 계시 같은 것이 아니라, 심령의 소환에 의한 것이라고 믿는다. 모옌은 루쉰과 만난 사람이지만, 맹목적으로 남을 따르는 루쉰족이 아니다. 그가 루쉰과 대면하는 순간 신비한 어떤 면을 체득했고, 그 순간 그는 명중되었다. 루쉰 세대는 더욱 무거운 것을 짊어졌는데, 인습의 무게와 반란의 성난 포효는 그 문장으로 하여금 무한한 의상으로 유동케 했다. 문아文雅하면서 야野하고, 야이면서 문아한 다양한 문화의 빛이 빛나고 있다. 루쉰이 구문명에 반항할 때 더욱 많은 경우 자기 몸의 귀기鬼氣에 항거하였다고 할 것이다. 그리하여 책 속의 행간에는 역사의 긴 그림자가 있다. 모옌 세대는 자신의 심장을 도려내어 먹어보는 혹독함이 새로운 것으로 치환되었다. 역사 음미의 길이는 자아 고문의 길이를 초월하고, 그의 흥분은 시골 농민 사회의 소용돌이 속에 집중되어 도처에서 단순한 광대함과 혼탁 속에서의 위대함을 드러냈다. 그는 간략화되고, 혼란해진 세계를 명석하게 바꾸었다.

루쉰으로부터 멀리 떨어진 곳에서 루쉰과 만나는 것은 불가사의하게 보인다. 우리 오늘날의 문화 언어 환경과 '5·4'의 배경은 가면 갈수록 멀어진다. 고전 예술의 배경이 없는 오늘의 문학이 조설근曹雪芹과 루쉰의 의상을 재현할 수 있을까? 모옌은 역사는 멀리 흘러갔고, 이 세대 사람들은 자신의 문학 세계를 갖고 있음을 분명히 알고 있다. 그러나 불행한 것은 문인이 사회의 깊은 곳에 깊이 들어갈 때 홀연 루쉰의 주제와 어쩔 수 없이 중첩됨을 발견한다는 점이다. 공자진龔自珍은 당시 역사의 윤회에 감탄했다. 두보 이상으로 초연할 수 없으며, 인간이 읊는 것은 두보의 세계에서 많이 나타났다고 생각했다. 무슨 방법이 있는가? 이것은 역사진화의 완만함이고 또 지혜진화의 완만함이니, 이미 문학적 화제가 아니다. 우리 오늘날의 문학은 단지 이 측면에서 풍부한 전통을 잇고 있디. 모옌은 문하사에서 고독하게 혼자 길을 가는 사람이 아니다. 그의 앞과 뒤에는 모두 친근한 반려자가 있다.

역자 후기

본서는 '중국 루쉰연구 명가정선집' 시리즈의 한 권으로 중국의 저명한 루쉰연구가인 런민대학人民大學 쑨위孫郁 선생의 『루쉰과 현대중국魯迅與現代中國』 중 주요한 부분들을 번역한 책이다.

쑨위 선생은 중국의 수만 명에 이를 것으로 보이는 루쉰연구가 중 루쉰에 공감한 외국의 지식인들의 족적에 민감하게 반응하고, 특히 한국과 일본 지식인들의 루쉰 정신에 대한 진정성 있는 수용 태도에 감동하고 그를 중국의 지식인에 대한 반성 촉구로 연결시키는 보기 드문 학자이자 실천성을 추구하는 지식인이라고 하겠다.

필자가 중국의 적지 않은 '루쉰연구 명가'들 가운데 쑨위 교수의 저서를 번역하고자 마음 먹게 된 데는 그럴 만한 이유가 있다. 그것은 무엇보다도 먼저 쑨위 교수와의 오래된 두터운 인연과 위에서 언급한 쑨위 교수의 루쉰을 통한 한국 지식인과의 통절한 교감 추구에 깊이 공감했기 때문이다. 즉 쑨위 교수의 루쉰연구의 주요 관점과 내용을 필히 한국 지식인들에게 전달하고 대화를 추진할 필요를 느꼈기 때문이다.

역자와 쑨위 교수와의 인연과 교류는 크게 네 가지 정황 혹은 단계로 나누어 설명할 수 있을 것이다.

우선 첫 접촉과 교류는 2003년 말, 그 전부터 알고 있었던 본 '중국 루쉰연구 명가정선집' 주편자인 베이징 중국루쉰박물관中國魯迅博物館 거타오葛濤연구원을 통해 당시 상임부원장을 맡고 있던 쑨위 교수로부 터 초청을 받아 "한국에서의 루쉰연구韓國的魯迅研究"라는 제목으로 특별 강연을 하게 된 데서 시작된다. 쑨위 교수는 한국의 루쉰연구와 그 정 신의 실천적 수용에 대해 강한 인상을 받은 모양이었고, 계속 교류할 기회를 만들었다. 그리하여 2004년 1월 왕푸런 교수가 주최한 산터 우대학汕頭大學 회의와 11월 칭다오대학靑島大學이 개최한 루쉰 학술회의 에서 계속 쑨위 교수를 만나 교류할 수 있었다. 그리고 이는 2005년 7월과 11월의 중국과 한국에서의 진일보한 상호 교류로 이어진다. 우 선 그의 회고를 들어 보자.

2004년 1월 나는 산터우대학(汕頭大學)으로 학술회의를 하러 갔는 데 한국학자인 박재우(朴宰雨)교수와의 대화 가운데에서 한국학계의 상황에 대해 얼마간 이해를 하게 되었다. 그 전에 그는 베이징(北京) 루 쉰박물관(魯迅博物館)에 와서 "한국에서의 루쉰연구(韓國的魯迅研究)" 라는 제목의 강연을 한 차례 하였는데, 대단히 심도 있고 절절하다는 인 상을 받았다.

두 번째는 앞서의 산발적인 접촉과 교류의 결과, 2005년의 한중 두 루쉰학계 사이의 본격적인 교류가 시작되었다는 점이다. 즉 2005년 7 월 중국 허난문예출판사河南文藝出版社에서의 『한국루쉰연구논문집韓國魯

迅研究論文集』이 출간되고 선양사범대학瀋陽師範大學에서 제1차 '한중루쉰연구대화회韓中魯迅研究對話會'가 열리고 11월 한국외국어대학에서의 제2차 '한중루쉰연구대화회'가 열리게 된 것이다.

우리는 위의 산터우대학에서의 교류의 결과로 의기투합하여 우선적으로 '한국루쉰연구논문집'을 중국어로 출판하기로 하였는데 두 나라의 많은 학자들의 노력을 거쳐 결실을 보게 된다. 이 논문집에 대해서는 중국 루쉰학계의 광범한 주목을 받아 상당히 의미 있는 서평들이 많은 나오게 된다. 쑨위 교수가 한국 교수들의 논문에 대해 어떤 느낌을 받았고 어떻게 생각하고 있는지 살펴보자.

한국의 루쉰연구가 나에게 준 인상은 화제가 풍부하고, 특히 루쉰의 복수의식, 혁명적 정서, 투사의 기풍에 대한 묘사가 강렬하며, 어떤 경우 매우 강한 심각성을 지닌다는 점이다. (…중략…) 이러한 치열한 문장과 만나게 되면 스스로의 생활 주변에 대해 돌아보게 되는데, 오늘날 우리의 청년들은 대개 이웃 나라 친구들이 갖고 있는 그러한 열정이 없다고 느껴진다. 우리의 많은 교수들과 학자들은 이미 귀족의 집에 들어가기 시작하여 점점 우아하게 되었고, 사회의 모순에 대해 둔감하게 되었다. 안이한 정신상태에서 신변의 황당하거나 처참한 일에 대해 보고도 못 본 체, 태연자약 명사와 같은 모습을 연출하고 있다. (…중략…) 한국의 지식계에는 자기 성찰의 충동이 있어 늘상 자신 사회의 암흑이 대해 비판하고 있다는 것을 알고 있는데, 중국의 많은 지식인들에게는 이미 이와 비슷한 모습이 결여되어 있다고 느껴진다. 그런 의미에서 말하자면 루쉰의 어떤 사유방식은 오히려 그 나라에 보존되어 있다고 할 것이다. 요 몇 년간 한국인들의 논저를 보면 정신적 기상에 있어 폭넓은 자세를 취하고 있으며, 그들의 현대성에 대한 질의에서 보여주는 강한 용기는 다시 한번 루쉰의 의의를 떠오르게 한다.

— 쑨위, 『한국루쉰연구논문집(韓國魯迅研究論文集)』서문 2

쑨위 교수가 한국의 루쉰연구에 대해 얼마나 강력한 인상을 받았는가를 알 수 있는데, 그보다는 한국의 루쉰연구와 한국 지식인들의 사회비판적 태도를 거울삼아 중국에서의 루쉰연구의 타성화와 사회적 비판정신의 결여에 대해 질타하고 있는 점이 매우 인상적이다.

2005년 7월 한국의 루쉰학계에서는 루쉰을 누차 '나의 스승'이라고 하면서 그 정신적 영향에 대해 감동석으로 서술한 바 있는 리영희泳禧 선생 부부를 모시고, 유세종劉世鍾, 전형준全炯俊, 김하림金河林, 김언하金彦河, 한병곤韓秉坤, 이주노李珠魯, 임명신任命新, 홍석표洪昔杓, 그리고 본인 등 근 10명의 교수들이 결집하여 중국 선양으로 향했다. 우리는 거기서 쑨위 교수를 비롯하여, 첸리췬, 왕푸런 등 중국 루쉰학계의 정예精銳들과 다시 조우하여 '제1차 한중루쉰연구대화회' 제하의 열띤 발표와 토론회를 갖게 되었다. 어찌 보면 1993년 11월 한국에서 열린 '루쉰의 문학과 사상' 한중일 루쉰 국제학술대회에 이은 의미 깊고 또 성황을 이룬 국제학술대회였다. 역자로서는 리영희교수를 중국루쉰학계에 처음으로 소개했다는 감회가 큰 모임이기도 하다. 이 모임은 11월 다시 서울 한국외국어대학교에서의 '21세기 루쉰연구의 연속성과 변화'라는 주제로 개최하게 된 '제2차 한중루쉰연구대화회'로 이어졌는데, 중국 측에서는 쑨위, 황차오성黃喬生, 거타오葛濤 등 베이징 중국루쉰박물관의 주요 연구자들과 베이징사대北京師大의 류융劉勇 교수 등이 참가하고, 한국 측에서는 중문학계의 주요 루쉰 학자와 중국현대문학 연구자들 외에도 리영희李泳禧, 임헌영任軒永, 박홍규朴洪奎 선생 등 사회운동가 내지는 사상적 지식인들이 참석하였고, 그 외에도 국제 루쉰학계에서 명망 있는 일본의 키야마 에이오木山英雄, 오스트레일리아의 유진 코왈리스Eugene Kowallis 교수 등이 참석하여 역시 상당한 성황을 이루었고 뜻 깊은 교류를 하였다. 우리는 한국외대에서 '서울 루쉰 주간'을 선포하고 한중 루쉰 전람회도 개최하였으며, 또 중국문화원을 빌려 '루쉰 독서생활 전시회魯迅讀書生活展覽會'도 개최하는 등 폭넓은 학술-문화 활동을 전개하였다. 역자로서는 대학시절 루쉰의 영향을 받아 중국문학 연구에 뜻을 둔 이래, 정말 초심에 향응하는 뜻 깊은 학술활동의 하나였다. 미시적인 학술연구야 당연히 중요하지만 이러한 학술 조직 활동의 중요성에 대해 쑨위 교수와 역자는 정말 의기투합함을 느꼈다.

세 번째는 이러한 교류의 결과, 중국학계에서 한국의 루쉰연구에 대한 관심과 일본에서의 루쉰연구를 포함한 동아시아 루쉰학에 대한 관심이 제고되고 관련 논문과 저서들도 나오게 되었다는 사실이다. 역자는 두 차례의 한중 루쉰연구 대화의 과정에서 나온 부분적인 논문을 포함, 서평과 산문 등을 모아『한중 루쉰연구 대화로부터 동아루쉰학으로從韓中魯迅研究對話到東亞魯迅學』라는 중국어 문집을 편찬해 보았고, 쑨위 교수의 소개를 받아 당시 중국에서 비판성이 강한 주간 신문인 『남방주말南方周末』의 요청대로 리영희 선생을 찾아 뵙고 인터뷰를 하였는데, 이는 2006년 12월 '한국 루쉰의 루쉰韓國魯迅的魯迅'이라는 기사 제목을 달고 중국에 크게 소개되었다. 이로부터 중국에서는 리영희 선생을 '한국의 루쉰'이라고 부르게 되었다. 더불어 임헌영 선생과 역자에 대해서도 소개가 되었다. 이 인터뷰들은 후일 중국에서 발간된 『한국루쉰연구정선집韓國魯迅研究精選集』 2(박재우 주편, 중국편역출판사中國編 譯出版社, 2016)에 재수록 되어 있다. 역자는 이런 인연으로 영광스럽게 도 2007년 1월 베이징 루쉰박물관의 초청을 받아 객원연구원으로 위 촉받기도 했다.

쑨위 교수는 2005년 한국방문 시의 소감을 누차 피력했는데,『루쉰 이 남긴 가르침魯迅遺風錄』(2016)이라는 책에 실린「한국에서는 루쉰풍 韓國的魯迅風」이라는 글에서 한국 루쉰연구에서 받은 감동과 친히 겪은 감격에 찬 이야기들을 생생하게 소개하고 있다.

한국인의 루쉰에 대한 독해는 다른 국가와는 달랐으니, 그것은 길을 찾으려는 갈증과 노역에 대해 저항하는 열정이었다. 반역정신으로 충만 한 이웃 나라의 친구들은 특히 루쉰이 남긴 유산에 대해 흥미를 갖고 있 었다. 그들은 이 중국 문인의 몸에서 자신들이 필요한 것들을 찾아냈으 니 그것은 바로 옛 전통에 대한 초월과 인간의 해방에 대한 탐색이었다. 루쉰의 길이 없는 곳에서 길을 가는 용기는 그들에게 있어서는 상징적인 등불이었을 뿐만 아니라 사람을 새롭게 하는 하나의 가능성이었다.
(…중략…)

겨울 한국에 가서 많은 곳을 다녔고, 많은 사람들을 알게 되었다. 가장 큰 수확은 한국에 루쉰 동호인이 그렇게 많다는 것을 알았다는 점이다. (…중략…)

한국을 떠나기 전날 밤, 우리는 한 술집에 모였다. 그날 서울 및 기타 외지로부터 루쉰 애호자들과 시인, 교수들이 많이 왔다. 술잔이 두세 순배 돌자 한 시인이 그다지 정확하지 않은 중국어로 "루쉰! 루쉰! 루쉰!" 하고 큰 소리로 외쳤다. 그러자 방안의 모든 사람들이 함께 외치고 서로 끌어안으며 미친 듯한 열광의 경지로 들어갔다. 소리는 차가운 서울의 거리로 울려 퍼져 나갔다. 마치 한 세기의 처량한 구슬픔을 스쳐 지난 무수한 마음들이 하나의 생각으로 고동치고 있는 것 같았다. 그것은 내 일생 중에 루쉰과 관련한 첫 번째의 미친듯한 열광의 경험이었다. 중국의 어떠한 루쉰 학술회의에서도 이러한 격정적인 장면은 없었다. 나의 눈가에 눈물이 흘러 내렸다. 새로운 친구들을 알게 된 때문인지 다른 연유가 있었는지 일시에 분명히 설명할 길이 없었다. 그때 나는 다만 루쉰이 이미 우리 서로 다른 나라 사이의 공통적인 언어가 되었다는 것만을 느꼈을 뿐이다.

네 번째는 역자가 2011년 9월 사오싱에서 열린 국제루쉰연구회 성립회의에서 초대 회장으로 선출된 후, 첫 번째 활동으로 중국 베이징의 중국촨메이대학魯中國傳媒大學에서 국제루쉰연구회 제1차 학술포럼

(2012)을 개최하고자 했을 때, 해외 루쉰학자들에 대한 초청은 역자가 책임을 맡았지만, 중국 현지에서의 중국 루쉰전문가들의 협조를 어떻게 받을 것인가가 하는 것이 과제로 되었다. 그때 중국루쉰연구회 상임부회장을 맡고 있던 쑨위 선생이 암암리의 크게 도와주었고, 중국의 주요 루쉰학자들의 전폭적인 호응을 얻어 성황리에 개최할 수 있었다. 중국 베이징에서 성공적으로 국제루쉰연구회의 신고식을 한 셈이다. 역자에게는 이것도 하나의 감동이었다. 그리하여 국제루쉰연구회는 순풍에 돛단 듯이 발전하여, 제2차 인도 뉴델리 포럼(2012), 제3차 미국 하버드대학 포럼(2013), 제4차 한국 서울－여수 포럼(2013), 제5차 중국 쑤저우대학蘇州大學 포럼(2014), 제6차 독일 뒤셀도르프 포럼(2015), 제7차 인도 네루대학 포럼(2016), 제8차 오스트리아 비엔나 포럼(2017), 제9차 말레이시아 쿠알라룸푸르 포럼(2019) 등 총 9차례의 국제학술포럼을 성공적으로 개최하고 많은 국제적인 학술교류활동을 추진하여 루쉰연구의 국제화와 구제적인 루쉰 보급에 나름 기여할 수 있었다고 생각된다.

이처럼 각별한 인연을 지닌 쑨위 교수이기에 역자는 긴긴 시간을 할애해 집요하게 번역 혹은 교정 과정에 임하였다. 아래에서는 역자 두 사람의 본서 번역과 편집 과정에 대해 간략히 설명하고자 한다.

이 '중국루쉰연구명가정선집'의 한국어 번역은 모두 다 그렇듯이 한국어로 번역 출판했을 때의 분량을 고려하지 않을 수 없어 적절한

편역을 원칙으로 했다. 본서의 경우, 원서의 분량이 총 5장에 32만 자나 되어 번역하면 한국어로 55만 자가 넘을 것으로 생각되었다. 어떤 문장을 포함하고 어떤 문장을 할애할 것인가? 무엇보다도 쑨위 교수의 루쉰연구의 핵심 맥락을 이해할 수 있는 체계를 갖추는 것이 중요하다고 생각되었다. 원서 5장 가운데 우선 루쉰연구 자체와는 좀 거리가 있어 보이는 「제4장 루쉰과 일본魯迅與日本」, 「제5장 루쉰이 남긴 가르침魯迅遺風」에서 각각 「오끼나와의 루쉰 언어」 및 「모옌, 루쉰과 만난 노래꾼」을 제외하고 나머지는 할애하기로 하였다. 꼭 포함해야 할 「제1장 루쉰의 정신적 특징魯迅的精神特徵」의 문장들 대부분, 그리고 「제2장 루쉰의 번역 이념魯迅的翻譯理念」 중의 두 문장, 「제3장 루쉰과 동시대인魯迅與同時代人」 중의 두 문장을 포함하니 나름대로 쑨위 교수의 루쉰연구 체계를 이해할 골격이 갖추어졌다고 판단되었다.

쑨위 교수와 교류한 지 오래되었지만 그의 루쉰연구에 대한 저작을 번역하기는 이번이 처음이었는데 그의 루쉰연구는 다른 중국의 루쉰 명가들과는 다른 보다 독특한 개성과 뛰어난 안목을 보여주고 있다고 느껴진다. 그 철학적인 연구 시야와 정치한 분석과 논술은 탄복할 만했다고 생각된다. 이 책을 통해 루쉰 연구와 관련하여 많은 깨달음 혹은 시사점을 얻었다고 하겠다.

그는 신문 문예면 기자도 여러 해 담당하였고, 또 북경 루쉰박물관장이란 직책에 오랫동안 있었던 탓인지 그의 루쉰에 대한 연구는 종래의 아카데미적 연구 경향에서 다소 벗어나 있어서 어찌 보면 신선한 면이 적지 않았다. 그것은 그가 중국사회에 대해서도 정면으로 직시하려고 노력해 왔고, 그와 관련해 언론에도 많은 글을 썼으며, 특히 중국 루쉰박물관에 머물면서 루쉰의 유품을 오랫동안 보았고, 또 그와 관련된 행사를 진행하면서 얻은 인식이 오롯이 남아 있는데서 오는 것일 것이다. 특히 「저자 서문」에서 말한 것처럼 루쉰 연구자뿐만 아니라 다양한 분야에서 종사하는 사람들 중에 루쉰 애독자들을 초청하고 그들과 대화하면서 받은 인상이 그의 논문에도 녹아 있다. 위에서 선택 번역한 글들은 대체로 이런 점이 두드러진다. 예를 들어, 「저우씨 형제의 안과 밖」, 「번역의 혼」, 「루쉰이 보는 아름다움」, 또 「마르크스주의 비평관에 대한 루쉰의 또 다른 이해」 등이 그것이다.

그리고 저자는 해외의 루쉰 연구에 대해서도 많은 관심을 갖고 있다. 본래 일본에서의 루쉰연구에 대해 많은 관심을 갖고 연구를 했고 그에 대한 글도 많이 썼다. 그리고 위에서 언급한 대로 한국의 루쉰열이라든가 한국의 루쉰연구에 대해 소개하는 글도 많이 썼다. 어떤 중국 시인은 그가 한국 루쉰연구에 대해 쓴 글을 보고는 어떤 의미에서 한국의 루쉰연구가 중국의 루쉰연구를 앞섰다고까지 극찬하였다. 그는 한편 어떤 의미에서 루쉰을 현재화하는 데도 노력도 경주하고 있는데, '루쉰과 모옌'에 대한 글은 이 점을 잘 보여준다. 저자의 연구가 지닌 이런 장점들은 문장 곳곳에서 향후의 연구 과제를 밝혀놓고 있는 것으로 드러나는데, 이것은 향후 루쉰 연구자가 공동으로 지향해야할 점이기도 할 것이다.

역자의 한 사람인 서광덕 교수는 다께우찌 요시미 등 일본에서의 루쉰연구에 대해 오랜 관심을 갖고 논저와 역서를 내고 있는 전문가이다. 그는 한국, 중국, 일본 등 동아시아 세 나라 독자들의 루쉰에 대한 독서와 수용에 대해 많은 관심을 보여 주고 있다. 다음은 서광덕교수의 진술이다. "한국에서는 2018년『루쉰전집』 20권 전집 번역본이 완간되었다. 이 전집이 번역되어 출판되는 과정에서 다수의 사람들이 루쉰을 폭넓게 접하게 된 점은 고무적인 현상이라고 하겠다. 한국은 이제 일본 다음으로 두 번째로『루쉰전집』완역본을 보유한 나라가 되었다. 이제 한국의 독서계에서 루쉰이 이전보다 더 많이 읽히게 될 것이다. 물론 앞으로 루쉰이 한국에서 진일보 어떤 식으로 읽혀질 지는 지켜봐야할 문제이겠으나, 이런 생각과 함께 자연스럽게 이미 교과서를 통해 국민작가로서 당연하게 읽혀져 온 중국의 독자들은 지금 루쉰을 어떻게 생각하고 있으며 앞으로 어떻게 사유해갈 것인가 하는 의문이 들었다. 그리고 일찌감치 자국의 독서계에 루쉰을 수용해온 일본의 경우, 1950년대부터 70년대까지와 같은 루쉰에 대한 독서붐은 사라진지 오래지만 여전히 스테디셀러로 남아 있는 상황에서 앞으로 루쉰을 어떻게 읽게 될 것인가 하는 점 역시 궁금하다."

서교수의 언급 속에 한국 루쉰전집번역위원회가 조직 번역한『루쉰전집』 20권본이 거론되고 있는데, 본 역서 루쉰 원문의 한국어 번역은 대개 이 번역본을 따랐지만 얼마간 조정한 경우도 있고 직접 번역한 경우도 있음을 밝힌다. 그렇지만 부족한 점도 적지 않으리라 생각된다. 독자 여러분의 질정을 기대한다.

마지막으로 쑨위 교수의 근황을 소개하자면 2019년 9월 중국루쉰연구회中國魯迅硏究會 주최로 후난성湖南省 창사長沙의 후난대학湖南大學에서 열린 "루쉰과 5·4신문화—5·4운동100주년기념魯迅與五四新文化—紀念五四運動一百周年" 국제학술회의에서 만난 그는 중국루쉰연구회 회장직을 잘 수행하고 있었다. 여전히 그 본연의 사회적 열정을 바탕으로 비판적 자세로 루쉰 연구에 매진하고 있다고 느껴졌다. 역자가 알기로 그전에 그는 건강에 이상이 생겨 여러 차례 수술을 거쳤는데 정말 다행이라는 생각이 들었다.

건강이 완전히 회복되어 한국에서도 다시 한 번 그 활발하고 씩씩한 모습을 보고 싶고 그 열정에 찬 예리한 학술강연을 듣고 싶다. 또한 한국의 루쉰 애호가들과 어우러져 겨울 막걸리를 마시며 다시 한 번 "루쉰! 루쉰! 루쉰!" 하고 함께 목이 터지라고 외쳤으면 싶다.

2021년 5월
박재우·서광덕